Krieg um den Mond

KLAUS SEIBEL

Roman

1. Auflage, Juni 2012

Lessingstr. 5, 65830 Kriftel

ISBN: 1477544291
ISBN-13: 978-1477544297

Coverfoto Front: © Stephen Sweet – Fotolia.com
Coverfoto Back: © David Woods – Fotolia.com
Covergestaltung Front: Heike Ponge, Grafikdesign
Covergestaltung Back: Klaus Seibel

Homepage: www.kseibel.de
Facebook: Klaus Seibel Autorenseite

Zwei Hinweise:

Dieses Buch ist ein Roman. Handlungen und Personen sind frei erfunden. Ähnlichkeiten mit lebenden oder toten Personen sind rein zufällig.

Dieses Buch ist eine Autoren-Ausgabe und nicht verlagsmäßig lektoriert. Von daher werden sich möglicherweise einige Fehler eingeschlichen haben. Ich habe versucht, das zu vermeiden, aber nobody is perfect. Ein Lektorat hätte das Buch deutlich teurer gemacht, was vermutlich nicht in Ihrem Interesse gewesen wäre. Ich hoffe, dass ich hier einen guten Kompromiss gefunden habe, der Ihnen einige Stunden Lesespaß und Entspannung bietet.

Für meine Frau

TEIL 1

DIE ENTDECKUNG

1. Houston, Texas

„Abschalten! Abschalten!“, brüllte Gordon.

Von einer Sekunde auf die andere war seine Müdigkeit wie weggeblasen. Eine Woge Adrenalin überschwemmte seinen Körper.

„Abschalten!“, brüllte er wieder, aber niemand führte seinen Befehl aus. Was nützte es, der Leiter eines großen Teams zu sein, wenn niemand da war, dem man Anweisungen geben konnte. Hätte er Balton nicht zu Beginn der Nachtschicht gefeuert, dann müsste er jetzt nicht selbst hier sitzen.

‘Hätte’, ‘müsste’, das half ihm nicht.

„Verdammt!“, entfuhr es ihm. Mit fliegenden Fingern blätterte er in der Handlungsanweisung, schleuderte sie aber sofort unwillig auf den Fußboden. Zum Lesen war keine Zeit. In rasender Eile klickte er sich durch die Menüs auf dem Monitor. Da, endlich: Internetübertragung unterbrechen.

Erst jetzt hatte sein Körper Zeit zu schwitzen. Er tat es aus allen Poren. Gordon sah auf die Uhr: 20 Sekunden. Jede Sekunde davon war eine zu viel. Aber sie ließen sich nicht mehr zurückdrehen.

Gordon wischte sich die Schweißtropfen weg, die in seinen Augen brannten. Die Bildübertragung vom Mond zeigte wieder graues Gestein. Der automatische Rover war auf seinem Kurs weitergefahren. Mit seinem Überrangpasswort nahm Gordon ihn in manuelle Steuerung. Vorsichtig wendete er. Bloß jetzt keinen Fehler machen. Dann wäre alles verloren. Da war es wieder. Er zoomte mit der Kamera so nah heran wie möglich.

„Unglaublich!“, flüsterte er tonlos.

2. Hofheim, zwei Monate vorher

„Au!“ Ein Schmerzimpuls jagte von ihrem Fuß bis ins Gehirn.

Anne liebte es, barfüßig auf ihrem weichen Flokati-Teppich zu laufen, aber heute war nicht ihr Tag. Etwas Scharfes bohrte sich in ihre Fußsohle. Gerade in der Mitte, wo die Haut am zartesten war und es besonders weh tat. Annes Hand tastete zu der schmerzenden Stelle, bis sie etwas Hartes fühlte. Nicht besonders groß, aber spitz. Vorsichtig zog sie daran, bis sie das Teil in der Hand hielt: eine Schraube, die sich anscheinend im hohen Flor des Teppichs versteckt hatte.

Anne humpelte zu ihrem Schreibtischstuhl und hinterließ bei jedem Schritt einen kleinen, roten Fleck auf dem Weiß ihres Teppichs.

„Scheiße!“

Diese Flecken ärgerten sie mehr als die Verletzung. Das war mit einem Pflaster schnell erledigt, aber die Flecken würden Arbeit machen. Ärgerlich wollte sie die Schraube in eine Ecke werfen, beherrschte sich aber noch rechtzeitig. Dann hätte sie nur lange suchen müssen. Die Schraube wurde noch gebraucht. Sie stammte offensichtlich von ihrem Schreibtischstuhl, denn die Sitzfläche wackelte beim Hinsetzen. Er war wirklich schon in die Jahre gekommen und das Sitzpolster war abgewetzt.

Anne suchte einen Platz auf ihrem Schreibtisch, wo sie die Schraube bis zur Reparatur deponieren konnte, ohne dass sie in Bergen von Papier unterging. Seit sie mit ihrer Promotion begonnen hatte, türmten sich die Entwürfe ihres Manuskripts übereinander. Die Briefwaage bot sich an. Sie wurde fast nie gebraucht und ragte über die Lagen von Papier heraus. Ein Geschenk zu Weihnachten, eines der wenigen modernen Stücke, die Anne besaß. Die Waage schaltete sich automatisch ein, sobald etwas darauf gelegt wurde. 9,5 Gramm zeigte die Digitalanzeige sofort.

Anne staunte: „Keine zehn Gramm und so ein Ärger.“

Sie hatte nicht die geringste Ahnung, dass ein sehr ähnliches Teil ihr Leben radikal verändern würde - und nicht nur ihres.

Anne ließ die Schraube achtlos liegen. Die Waage schaltete sich nach 20 Sekunden von alleine aus. Um nicht noch mehr Flecken auf den Teppich zu machen, hüpfte sie auf einem Bein ins Bad und versorgte die Wunde. Anne beschloss, dass sie für heute genug gearbeitet hatte und etwas Entspannung verdiente. Sie schlüpfte in ihre Shorts, zog ein T-Shirt über und machte sich auf den Weg nach draußen. Es war kurz nach Mitternacht und stockdunkel, aber das störte sie nicht. Im Gegenteil. Es war die ideale Zeit.

Leise schloss Anne die Wohnungstür und trat in den kurzen Gang, der zur Treppe führte. Ihre Vorsicht war unnötig. Lisa, ihre Freundin im Nachbarappartement, schlief nicht. Hinter ihrer Wohnungstür rumpelte und polterte es. Wenige Sekunden später wurde die Tür aufgerissen und Lisa stürmte heraus, genau in Annes Arme.

„Du hast es heute aber eilig. Wo willst Du denn jetzt noch hin?“, wurde sie von Anne empfangen. „Ach, ich sehe schon, wieder auf eine Party.“

Lisa war unübersehbar partymäßig angezogen. Sie trug ein silbrig glänzendes Top aus dem neuesten, eng anliegenden Material. Ihr Rock war ungefähr so lang, wie ihre Taille breit war - und Lisa hatte eine sehr schmale Taille. Dazu trug sie Sandaletten mit hohen Absätzen.

„Du hast anscheinend noch viel vor.“

„Klar. Von nichts kommt nichts. Es gibt eine große Party in Frankfurt.“

„Die Jungs werden in Ohnmacht fallen, wenn sie dich so sehen.“

„Quatsch! Die sind einiges gewohnt. Außerdem ist die Konkurrenz groß, da muss man sich etwas einfallen lassen. Und was machst du hier auf dem Flur? Auch auf Tour gehen?“

„Ach, was. Kein Interesse an Partys. Das weißt du doch.“

„Wieder in den Wald?“, wollte Lisa wissen.

„Ja, in den Wald. Ich muss mich dringend entspannen. Heute war ein beschissener Tag.“

Auf den 'beschissenen Tag' ging Lisa nicht ein, aber der Wald hatte es ihr angetan. „Ich glaub' es nicht. Allein in den Wald. Willst du da einen Baum aufreißen? Du spinnst doch."

„Ich will gar nichts aufreißen. Ich will meine Ruhe haben."

„Komm mit mir", versuchte Lisa Anne zu locken. „Da kannst du dich auch entspannen. Du wirst schon sehen."

„Kein Bedarf."

„Mir gefällt es gar nicht, dass du alleine in der Nacht durch den Wald gehst. Ich bin zwar nicht deine Mutter, aber immerhin deine Freundin. Und ich mache mir Sorgen um dich. Das ist viel zu gefährlich."

„Ich habe keine Angst. Außerdem, wo ist die Wahrscheinlichkeit größer, einem Verbrecher zu begegnen? Nachts im Hofheimer Wald oder abends am Frankfurter Hauptbahnhof?"

„So kannst du das doch nicht sehen", widersprach Lisa.

„Warum nicht? Die Gefahr im Wald ist eine Sache von früher, heute tickt die Welt anders."

Für Anne als leidenschaftliche Mathematikerin war die Angelegenheit eindeutig und damit erledigt.

Gemeinsam gingen Anne und Lisa die Treppe herunter. Lisas Absätze klackerten laut auf den steinernen Stufen und an der Tür ihrer Hauswirtin vorbei, die das Erdgeschoss bewohnte. Heute war die extreme Schwerhörigkeit der alten Dame mal wieder von Vorteil. Ohne Hörgerät ging nichts bei ihr, was vor allem Lisa reichlich ausnutzte. Sie drehte ihre Musik ohne Skrupel bis zum Anschlag auf. Zum Glück nur dann, wenn Anne nicht nebenan war, denn die hörte sehr gut und zog Ruhe vor.

Anne nahm Lisa die kurze Strecke zum S-Bahnhof mit. Dann steuerte sie ihren kleinen, roten Toyota durch die scharfen Kurven den Wald hinauf nach Langenhain. Hier, in der Nähe der kleinen Sternwarte hatte Anne jedes Mal das Gefühl, einer fernen, aber wunderbaren Welt ganz nah zu sein.

Anne stellte den Wagen direkt am Waldrand ab und ging zu Fuß weiter. Trotz der Dunkelheit fand sie zielsicher den Weg, der nach einigen hundert Metern durch den Wald zu einer kleinen Lichtung führte. Sie war ihn schon oft gegangen, vorzugsweise bei Nacht. Sie kannte jede Wurzel, über die man stolpern konnte, und jeden Ast, der über dem schmalen Pfad hing. Die Schatten der Bäume im fahlen Mondlicht hätten anderen eine kräftige Gänsehaut über den Rücken gejagt. Für Anne waren es alte Bekannte. Begleitet von den Geräuschen der Nacht und dem Zirpen der Insekten gelangte sie bald an ihren vertrauten Platz.

Mit einem tiefen Seufzer legte Anne sich in das weiche Gras und entspannte sich. Ihre Gedanken begannen zu laufen und bewegten sich von selbst zu dem immer gleichen Thema: den Mond. Dort wollte Anne unbedingt hin.

Die Wahrscheinlichkeit, dieses Ziel zu erreichen, war genauso gering, wie den nächsten Jackpot im Lotto zu knacken. Mit anderen Worten: Sie war erbärmlich schlecht.

Die Aussicht, dass Europa in den nächsten 10 - 20 Jahren eine bemannte Expedition zum Mond starten würde, schätzte Anne angesichts knapper Kassen und begrenztem Interesse an bemannter Raumfahrt ganz nüchtern als äußerst gering ein. Und wenn, dann würden vielleicht drei Astronauten mitfliegen. Warum sollte ausgerechnet sie eine davon sein? Trotzdem ...

Immerhin hatte sie ihr Studium der Mathematik und der Astrophysik mit Auszeichnung abgeschlossen. Das hatte ihr die Tür zu einer Praktikantenstelle bei der ESA, der 'European Space Agency' geöffnet. Das war mehr, als ihre Kommilitonen ihr zugetraut hatten und immerhin schonmal ein Schritt in die „Nähe“ des Weltraums.

Alle ihre Freunde lächelten über ihre Phantasien, aber das war Anne egal. Sie war fest davon überzeugt: Von drei Europäern auf den Weg zum Mond würde einer Anne Winkler heißen, geboren und wohnhaft in Hofheim.

Das war ihr Ziel. Das war ihr Gedanke, wenn sie abends ins Bett ging und morgens, wenn sie aufstand. Und ganz besonders in so einer lauen Sommernacht wie heute, wenn sie allein auf ihrer Lieblingswiese lag, den Mond über sich. Dann träumte sie ihren Traum.

In Annes linker Hosentasche begann ihr Handy zu vibrieren. Der Traum fiel in sich zusammen.

„Warum habe ich Idiot das nicht ausgestellt?"

Widerwillig zerrte Anne das Handy aus den Shorts und sah auf das Display. „Olaf" leuchtete ihr entgegen. Das war ein junger Wissenschaftler bei der ESA.

„Was will der denn schon wieder?", seufzte sie.

Anne überlegte kurz, den Anruf wegzudrücken, meldete sich dann aber doch mit einem wenig freundlichen „Ja?"

3. Houston, Texas

„Hi, Teresa."

„Hi, Mr. Forell. Wie geht's?"

„Danke, bestens. Irgendetwas Dringendes, was anliegt?"

„Ja, eine Nachricht von ganz oben. Von Richard Wincent. Er hat gefragt, ob Sie schon da sind und ihre E-Mails gecheckt haben. Muss wichtig sein."

„Danke, Teresa, ich kümmere mich darum."

Gordon beeilte sich in sein Büro zu kommen. Wenn Wincent anrief, musste es wirklich wichtig sein. Wincent war einer der wenigen Männer, vor denen er Respekt hatte. Er war der oberste Chef der NASA und gehörte zu dem kleinen, exklusiven Kreis von Menschen, die direkten Zugang zum Präsidenten der Vereinigten Staaten hatten. An anderen Tagen verharrte Gordon immer einige Sekunden vor seiner Bürotür, um stolz die aufgeklebten Worte auf sich wirken zu lassen. „Gordon Forell, Project Moon Rover" stand dort, und vor allem die fünf Buchstaben des Wortes „Chief".

Die USA wollten mit einem bemannten Flug zum Mars. Nicht sofort, aber irgendwann. Den Triumph, als erste einen fremden Planeten betreten zu haben, durfte man nicht anderen Nationen überlassen. Zur Vorbereitung stand eine Landung auf dem Mond auf dem Programm, wo eine bemannte Basis aufgebaut werden sollte. Für diese Basis hatten sie lange nach dem optimalen Platz gesucht. Die Vorentscheidung war getroffen. Sie würden in der Nähe des Südpols landen. Dort gab es einen Ort, an dem ununterbrochen die Sonne schien, wodurch die Energieversorgung für die Station gesichert war. Die Stelle lag auf der erdzugewandten Seite des Mondes, damit eine direkte Funkverbindung zur Erde möglich war. Gordons Team hatte die Aufgabe bekommen, innerhalb dieser groben Vorgaben den genauen Landeplatz auszuwählen. Für diese Aufgabe sollte ein Rover auf dem Mond abgesetzt werden, ähnlich den beiden Mars-Rovern, die jahrelang unseren Nachbarplaneten erkundet hatten. Mit ihm konnte die NASA ungefährdet das Gelände sondieren, damit die Astronauten später keine unangenehmen

Überraschungen erlebten. Niemand hatte Interesse daran, dass sie in tiefem Mondstaub versanken wie in Treibsand, oder auf einem spitzen Felsgrat aufsetzten. Zuletzt sollte der Rover den Landeplatz markieren, damit später punktgenaue Landungen zur Versorgung der Basis möglich würden. Für die Steuerung dieses Rovers war Gordons Team verantwortlich. Eine Herausforderung, die er mit Begeisterung angenommen hatte, bedeutete sie doch Verantwortung für zahlreiche Mitarbeiter sowie ein bedeutendes Budget - aber wichtiger noch: viele Möglichkeiten, sich in der Öffentlichkeit zu präsentieren.

Heute war von Begeisterung nichts zu spüren. Kein Wunder, da Gordon im letzten Monat jeden Tag mindestens 16 Stunden im Büro verbracht hatte. Natürlich gab es viel Arbeit, aber das war nicht der einzige Grund.

Hastig tippte Gordon den Zahlencode in die Tastatur neben der Tür. Eine grüne LED-Anzeige leuchtete, das Frei-Signal. Er riss die Tür auf, ging mit schnellen Schritten achtlos an dem großen Modell der Saturn V-Rakete vorbei, das der Blickfang in seinem Büro war, und ließ sich in den Bürostuhl fallen.

Der Rechner lief Tag und Nacht im Stand-by-Modus, so dass Gordon nicht zu warten brauchte. Ein Tastendruck und das System war da. Schnell den Zeigefinger über den Fingerabdruck-Scanner gezogen und alle Informationen standen ihm zur Verfügung. Ganz oben in der Liste stand die E-Mail von Richard Wincent, mit rotem Ausrufezeichen versehen. Gordon überflog den Inhalt. Zehn Sekunden später hatte er den Telefonhörer in der Hand.

„Teresa, Teambesprechung in 30 Minuten im großen Saal."

„Alles klar, Mr. Forell. Das ganze Team?"

„Das ganze Team in 30 Minuten."

Die E-Mail bedeutete viel Arbeit für seine Mannschaft, was Gordon aber nicht besonders störte. Entscheidend war die weltweite Aufmerksamkeit, nicht nur für das Projekt, es würde unzählige Gelegenheiten geben, selbst zu erscheinen oder zumindest seinen Namen immer wieder zu platzieren. Dafür hatten sich die ungezählten Überstunden gelohnt genauso wie die Arbeit, seine Konkurrenten aus dem Weg zu boxen.

Seit Jahren hatte Gordon systematisch an seiner Karriere gebastelt. Er war deshalb sogar vor fünf Jahren in die Kirche eingetreten, in der seine Frau bereits Mitglied war und zweimal in der Woche eine Frauengruppe besuchte.

Philip del Haye, der Pastor, stellte nicht viele Fragen. Er war ganz einfach stolz ein neues Mitglied aufnehmen zu können, das sogar bei der NASA arbeitete.

Vielleicht hat er in seiner Gemeinde schon lange keinen Mitgliederzuwachs mehr gehabt, überlegte Gordon, *und ich tue seiner Statistik gut.*

Die Zeiten, die Gordon notgedrungen im Gottesdienst verbrachte, wusste er dank seiner jahrelangen Meeting-Erfahrung sinnvoll zu nutzen. Die meisten Meetings waren so stinklangweilig wie die meisten Predigten. Im Laufe der Zeit hatte er eine Technik entwickelt, wie ein interessierter Zuhörer zu wirken und gleichzeitig in Gedanken weit weg zu sein. In der letzten Woche lag Gordon in Gedanken mit seiner Traumfrau an einem weißen Strand in der Karibik und streichelte ihre weiche Haut, während ein Kollege eine Präsentation umständlich erläuterte. Fünf Minuten Aufmerksamkeit pro Vortrag und am Ende eine passende Frage dazu genügten, damit alle dachten, er hätte zugehört. Während der Predigten machte er für gewöhnlich in Gedanken den Dienstplan für die kommende Woche. Es war bei Predigten noch einfacher als bei Vorträgen. Man musste keine Fragen stellen, sondern am Ende nur ein paar Mal bemerken „Gute Predigt".

Gordon war sich sicher, so seine Chancen auf eine Beförderung um mindestens zehn Prozent erhöht zu haben. Im konservativ-frommen Texas war es schwierig, Karriere zu machen, wenn man als Atheist bekannt war. So gesehen war die Zeit, die er in der Kirche verbrachte, eine hervorragende Investition. Ein angenehmer Nebeneffekt war, dass er sich mindestens 100 Pluspunkte bei seiner Frau geholt hatte, was für ihn manche Annehmlichkeit bedeutete.

Es dauerte nur drei Jahre, dann bot man ihm sogar einen Platz im Gemeinderat an. Er hatte vermeintlich gezögert und vorgeschoben, er hätte zu viel zu tun in seiner wichtigen Position. Das stimmte zwar, aber er sagte es nur, um sich dadurch interessanter zu machen. Falls sie ihn trotzdem nehmen würden - womit er fest rechnete - hatte er damit auch schon möglichen kritischen Fragen über sein geringes Engagement einen Riegel vorgeschoben. Seine Rechnung ging auf. Er wurde gewählt, die ganze Gemeinde war stolz und in seiner Bilanz erhöhten sich seine Chancen auf die begehrte Beförderung um weitere zehn Prozent.

Gordon war schlau genug, sich seine Konkurrenten genau anzusehen. Jeff Miller mit seinem wesentlich besseren Uni-Abschluss war kein Problem. Er war noch nicht lange genug dabei, um ein ausreichend großes Netzwerk wichtiger Kontakte aufzubauen. Ein paar vertrauliche Gespräche mit den entscheidenden Leuten und die Sache war geregelt.

Romano Gonzales war der einzige ernst zu nehmende Gegner, ein ehrgeiziger Sohn mexikanischer Einwanderer. Mit anstrengenden Jobs hatte er sein Studium selbst finanziert und sich hochgearbeitet, wie es dem ur-amerikanischen Traum entsprach. Aber er war traditionell katholisch wie seine Eltern und Großeltern. Pech für ihn, denn in den Augen der vielen evangelikalen Christen war das die falsche Religion, was Gordon selbstverständlich auszunutzen wusste.

„Bing!“ Ein Erinnerungs-Memo poppte auf Gordons Rechner hoch.

„Team-Meeting in 5 Minuten“ erschien auf dem Bildschirm. Es wurde Zeit. Unterlagen benötigte Gordon keine. Die E-Mail genügte. Ein kurzer „Print“-Befehl setzte den Drucker in Gang. Ungeduldig wartete Gordon, bis das Papier aus dem Ausgabeschacht gekrochen kam. Dann marschierte er mit selbstbewussten Schritten den Gang entlang zum großen Meeting-Raum. Theoretisch genügte eine Rund-Mail, aber dann hätte er keinen Auftritt gehabt. Gordon brauchte das Gefühl, Mitarbeiter einfach herzitieren zu können, auch wenn sie viel Arbeit hatten - oder gerade dann.

Als Gordon den Raum betrat, verstummten die Gespräche. Prüfend ließ er seinen Blick über die zwei Reihen der wartenden Mitarbeiter schweifen.

„Ladies und Gentlemen. Ich brauche Sie nicht daran zu erinnern, dass übermorgen die Rakete mit dem Mond-Rover in Canaveral startet. Seit Monaten arbeiten wir daran, dieses Ereignis live über Fernsehen und Internet zu senden. Vor einer Stunde hat mich eine E-Mail von Richard Wincent erreicht."

Um die Wirkung seiner Worte zu erhöhen, hielt er das Papier hoch, und aller Augen folgten dieser Bewegung.

„Richard Wincent fragt nach, ob wir die Berichterstattung über das Internet während der gesamten Projektdauer aufrecht erhalten können. Ich habe Wincent bereits geantwortet, dass wir diese Aufgabe selbstverständlich übernehmen werden, ohne dass die Steuerungs- und Auswertungsaufgaben darunter leiden werden. Irgendwelche Einwände?"

Zu Gordons Überraschung hob ein Mann aus der zweiten Reihe die Hand. Timothy Balton, ein sonst eher schüchterner Typ. Er war Anfang 30 und seine Frau war mit dem zweiten Kind schwanger, wie Gordon zufällig wusste.

„Ja?", grunzte er unwillig.

„Entschuldigen Sie meine Frage, Sir. Wir arbeiten seit Monaten jeden Tag 16 Stunden für das Projekt. Die neuen Aufgaben bedeuten, dass das gesamte Team drei Monate weiterhin so viel Arbeit leisten muss. Was ist mit dem Urlaub, der uns nach dem Start versprochen wurde?"

„Der ist gestrichen."

Leises Gemurmel war zu hören, was Gordon überhaupt nicht gefiel. Um aufkommende Diskussionen im Keim zu ersticken, fuhr er deshalb fort: „Wir werden die neuen Aufgaben mit unserem gesamten Team erledigen. Ohne Ausnahme."

„Aber ...", setzte Balton an, kam aber nicht weiter. Gordon trat drei Schritte nach vorne und stand den Mitarbeitern in der ersten Reihe fast auf den Füßen. Er sah Timothy direkt in die Augen.

„Mr. Balton, haben Sie ein Problem damit, sich ganz für unser Projekt einzusetzen?"

Die Worte verließen seinen Mund wie Pistolenschüsse. Es wurde still wie in einer Leichenhalle.

„Nein, Sir!" klang es leise von hinten.

„Gut so! Und jetzt an die Arbeit. Jeder von Ihnen hat viel zu tun. Wir haben keine Zeit zu verschwenden. Wir werden jede Minute der gesamten Mission übertragen, in bester Qualität und ohne Ausfälle. Ich erwarte ihre volle Leistung, damit die Welt sieht, was wir können."

Gordon trat zur Seite, was von der ersten Reihe als Aufforderung zum Aufstehen verstanden wurde. Damit es keine nachträglichen Diskussionen gab, blieb er stehen, bis der letzte gegangen war. Der Raum leerte sich schnell.

4. Hofheim

„Hi, Anne, Olaf ist hier."

„Das habe ich schon gesehen. Was willst du? Es ist mitten in der Nacht."

Die NASA hat gerade eine Pressemeldung herausgegeben. Sie werden nicht nur den Start, sondern die gesamte Landeplatz-Erkundungs-Mission live im Internet übertragen - über den vollen Zeitraum. Ich dachte, dass dich das interessiert."

„Tut es auch. Trotzdem ist es 1 Uhr in der Nacht. Das ist doch nicht alles, was du mir sagen willst."

„Na ja, ich wollte dich auch fragen, ob du zur Launch-Party kommst. Wir wollen uns den Raketenstart gemeinsam auf dem großen Bildschirm in unserer Steuerungszentrale ansehen und eine kleine Party feiern."

„Und *darum* rufst du mich jetzt an?" Anne konnte es nicht fassen.

„Ich wollte der Erste sein, der dich fragt."

Anne dachte nach. Auf die Party konnte sie gut verzichten, andererseits wollte sie den Start gerne sehen. Der riesige Bildschirm in der Steuerzentrale war etwas ganz anderes als ihr Minifernseher zu Hause.

„Und? Kommst du?", bohrte Olaf.

„Ja, ich werde kommen. Aber ob an meiner Seite ein Platz frei ist, weiß ich noch nicht."

„Mmh, überlegs dir und sag mir Bescheid."

Olaf war nicht begeistert, aber man sollte die Hoffnung niemals aufgeben.

Ausgerechnet Olaf. Anne wusste nicht so richtig, was sie von ihm halten sollte. Er kam aus der Schweiz und arbeitete seit einem Jahr bei der ESA in Darmstadt als Kommunikations-wissenschaftler. Sie selbst konnte in mathematischen Formeln und Berechnungen aufgehen. Nur zum Spaß hatte sie die komplizierte Flugbahn der Smart-Sonde nachberechnet, die die ESA mit einem Ionen-Antrieb zum Mond geschickt hatte, um diese neue Technik auszuprobieren. Die Ausdrucke der Formeln und die Darstellung der Flugbahn zierten eine ganze Wand ihres

Wohnzimmers. Alle Bilder mussten weichen, um ausreichend Platz zu schaffen.

Olaf hatte eine Abneigung gegen Formeln. Wenn Berechnungen nötig waren, fand er immer jemanden, der ihm den schwierigsten Teil abnahm. Olaf besaß unglaublich viele Kontakte. Anne vermutete, dass ein Ausdruck seiner Telefonliste mindestens so groß war wie der Ausdruck ihrer Formeln. Diese Fähigkeit Kontakte zu knüpfen ging ihr ganz ab. Das beeindruckte sie, aber ein Wissenschaftler war er in ihren Augen nicht.

Anne kannte Olaf oberflächlich, weil er ihr bei einer komplizierten Internet-Recherche geholfen hatte. Das war das zweite, was er sehr gut konnte. Natürlich war sie in der Lage eine Google-Suche anzustoßen, mehr aber auch nicht. Sie konnte dem vielen Surfen im Internet nicht viel abgewinnen. Eigentlich seltsam, wo sie jeden Tag mit Computern arbeitete.

Insgesamt hatte Olaf seine guten Seiten - aber in einer Wissenschafts-Organisation war er fehl am Platz. Ob er aus dem gemeinsamen Abend im Internet etwas ableitete? Anne wusste es nicht. Ihre Erfahrung mit Männern war minimal, was aber nicht an mangelnder Nachfrage lag. Sie trieb ausgiebig Sport, hatte aber trotz der straffen Muskeln eine weibliche Figur. Das Geld für den Friseur sparte sie sich. Sie ließ ihre blonden Haare einfach lang wachsen und offen hängen. Das schien den Männern sogar zu gefallen. Ihre schroffe Art war auch kein Hindernis.

Stachelt vermutlich den Jagd-Instinkt an, sagte Anne sich.

Einige Anfragen für die Launch-Party kämen mit Sicherheit noch. Warum also nicht Olaf? Dann war dieses Thema erledigt. Das war am einfachsten. Sie schrieb ihm eine kurze SMS mit ihrem Okay und schaltete ihr Handy aus. Ihr Bedarf an Unterhaltung war für heute gedeckt. Wirkliche Lust zum Träumen hatte sie auch nicht mehr, dafür aber die richtige Bettschwere.

5. Houston, Texas

Gordon führte sich auf, als wäre er alleine für den Start der Rakete verantwortlich, dabei musste er nur die Fernseh- und Internetübertragung organisieren. Der Startvorgang wurde von einer separaten Abteilung durchgeführt. Es war zwar jedes Mal ein beeindruckendes Spektakel, wenn eine Rakete abhob, aber andererseits auch ein Routinevorgang, der alle paar Wochen durchgeführt wurde. Der Rover ruhte 100fach getestet fest eingebettet im Landemodul. Und das steckte sicher verpackt in der obersten Stufe der Rakete, die es aus der Erdumlaufbahn bis zum Mond transportieren würde. Erst nach der erfolgreichen Landung ging die Verantwortung an Gordons Team über.

Gordon hatte ein Headset auf dem Kopf und ein Mikrofon vor den Lippen, in das er seit Stunden seine Anweisungen brüllte. Auf der anderen Seite der Leitung befand sich John Campbell. John war für die 12 Leute zuständig, die sich vor Ort in Cape Canaveral um die Hardware kümmerten. Keine große Sache, die paar Kameras, wenn nicht dieses ewige Geschrei in seinen Ohren wäre. Der Lautstärkeregler stand schon auf Minimum und inzwischen lagen auch seine Nerven blank. Er wünschte sich in eine Jurte in die Wüste Gobi ohne Funkempfang.

Sehnsuchtsvoll sah John zu der großen Digitalanzeige hinüber, auf der die Zeit bis zum Start herunter gezählt wurde. Noch zwei Stunden.

„John! Hörst du mich?“, brüllte es wieder in seinem Ohr.

„Klar, Gordon. Was ist?“

„Ich will, dass du nochmals alle Kameras checkst. Und mache es persönlich.“

„Sie sind schon dreimal gecheckt worden heute. Außerdem sind sie redundant. Wenn eine ausfallen sollte, wird sofort auf eine Ersatzkamera umgeschaltet. Es kann nichts schief gehen.“

„Gut. Aber geh trotzdem alle ab. Und in sechzig Minuten will ich einen Probelauf haben und alle Bilder hier in Houston sehen.“

„Okay. Wird gemacht.“

„Was ist mit den Kameras in den Kampf-Jets, die die Luftaufnahmen machen sollen?“

„Sie sind gestern gecheckt worden. Dafür habe ich heute keine Zeit mehr.“ John konnte es sich nicht verkneifen, Gordon aufs Glatteis zu führen, und der fiel in der Hektik tatsächlich darauf herein. Anscheinend begann er langsam, den Überblick zu verlieren.

„Wie? Keine Zeit? Für wichtige Dinge haben wir immer Zeit. Warum machst du das nicht?“

„Weil sie tausend Meilen entfernt stationiert sind und bald starten werden“, gab John genüsslich zurück.

„Ah.“

Fünf Sekunden wohltuende Stille.

„Bis später, John - aber bleibe in der Leitung.“

John war sich sicher, dass Gordon seinen Fehler bemerkt hatte. Dumm war er schließlich nicht. Jetzt würde er den Schauplatz wechseln. Richtig, die Stimme an seinem Ohr hörte sich gedämpft an. Gordon hatte das Mikro von seinem Mund weggedreht und bellte andere an. John konnte alles gut verstehen, aber diesmal betraf es ihn nicht. Das blieb vermutlich die nächste halbe Stunde so. Wertvolle Zeit, die man besser nutzen konnte, als alle Kameras abzulaufen. Die waren in Ordnung, seine Leute waren am Platz und auf die konnte er sich verlassen. John verteilte die kurze Anweisung, sich auf die Probe-Übertragung in einer Stunde vorzubereiten, dann machte er sich auf den Weg zur Cafeteria. Den Kopfhörer musste er auflassen, denn bei Gordon wusste man nie. Nur das Mikro schaltete er ab. Er wollte nicht riskieren, Gordon durch verräterische Geräusche misstrauisch zu machen. John fiel nicht auf mit dem Headset auf dem Kopf. Andere, die ihm auf dem Weg entgegen kamen, waren ähnlich ausgestattet.

„Balton!“, hörte John leise Gordons Stimme.

Jetzt ist das arme Schwein dran, dachte John, als er sich einen Becher Kaffee am Automaten zapfte. Der Duft stieg ihm wohltuend in die Nase. Das war eindeutig besser, als sinnlos von Kamera zu Kamera zu hetzen. *Soll Gordon doch seine schlechte Laune an anderen auslassen.*

Timothy Balton tat ihm leid. Er mochte Tim. Tim war ruhig, aber machte gute Arbeit. Früher hatten sie öfter an einem Abend ein Bier zusammen getrunken, aber das war lange her. Seit Tim eine schwangere Frau zu Hause hatte, war er jede freie Minute bei ihr, denn bedingt durch eine Fehlgeburt vor drei Jahren machte ihr die jetzige Schwangerschaft viele Probleme. Gordon nahm darauf keine Rücksicht. Ganz im Gegenteil. Aus irgendeinem Grund hatte Gordon es auf Tim abgesehen. Er hatte ihm die Verantwortung für die Internet-Übertragung übergeben, aber nicht, weil er ihn befördern wollte. Das war John klar. Diese Aufgabe bedeutete einfach nur mehr Arbeit und gab Gordon zusätzliche Gelegenheiten Tim zu triezen. John vermutete, dass Gordon Tim die Rolle des Sündenbocks anhängen wollte. Bei jedem umfangreichen Projekt traten Fehler auf und dann brauchte Gordon jemanden, auf den er die Schuld abwälzen konnte.

Schade für das Team, dachte John zwischen zwei Schlucken heißen Kaffees. *Für Tim und seine Frau ist es vielleicht sogar das Beste, wenn er bei der nächsten Gelegenheit gefeuert wird.*

„John!", dröhnte es wieder in sein Ohr.

John zuckte zusammen und hätte sich bald am Kaffee verschluckt. Hastig schaltete er das Mikrofon ein. „Ja, Boss?", brachte John krächzend hervor, während er mühsam einen Hustenanfall unterdrückte.

„Was machst du gerade?", wollte Gordon misstrauisch wissen.

„Bin unterwegs zur letzten Kamera."

„Es war so leise bei dir, da wollte ich hören, ob alles in Ordnung ist."

„Alles bestens hier. Ich hatte das Mikro abgeschaltet, weil es in der Nähe der Startrampe so laut ist. Ich wollte dich nicht stören."

„Gut." Und schon war Gordon wieder weg.

„Scheißkerl!", entwischte es John - aber erst nachdem das Mikro wieder aus war. „Am Besten ich kündige und gehe mit Tim, wenn er gefeuert wird."

Andererseits hatte sich Johns Geduld schon häufig ausgezahlt. Auch Gordon würde an seine Grenzen kommen. Er besaß mehr Schwachstellen, als ihm selbst bewusst war. Irgendwann würde er Fehler machen.

6. Gordon

„Balton! Wo sind Sie, verdammt noch mal?"

Gordon rauschte ohne Rücksicht auf die dort sitzenden Mitarbeiter zwischen den langen Tischreihen mit den Computerarbeitsplätzen durch.

Hinter einer Wand aus Monitoren tauchte eine Hand auf. „Hier, Sir!"

„Was machen Sie da?", schrie Gordon hinüber. „Ich brauche Sie bei mir."

„Sofort, Sir!"

Timothy Balton bemühte sich, so schnell wie möglich zu Gordon vorzudringen, was wegen der vielen herumhängenden Kabel nicht einfach war.

„Ich will wissen, wie der Stand ist."

„Alle Server sind durchgecheckt und einsatzbereit, Sir."

„Für wie viele Nutzer gleichzeitig sind wir eingerichtet?"

„Eine Million, Sir."

„Das ist mir zu wenig."

„Aber das waren die Vorgaben."

„Das ist mir egal", fuhr Gordon ihn an. „Die letzte Umfrage von heute Morgen hat ergeben, dass wir mehr Nutzer haben werden. Ich will Kapazitäten für 2 Millionen vorhalten."

„Sir, wir haben nur 20% Puffer. Und das ist schon optimistisch. Wie soll ich in einer Stunde die Kapazitäten verdoppeln?"

„Das ist ihr Problem. Sie haben die Verantwortung für das Internet."

Damit ließ Gordon Balton stehen und hielt Ausschau nach dem Nächsten, den er peinigen konnte. Er fummelte sein Handy aus der Tasche und hatte kurz darauf George Mallone in der Leitung.

„Hi, George, ich brauche Sie in 10 Minuten im kleinen Besprechungsraum. Ich will einen Überblick über unsere Vermarktung haben und endlich wissen, was bei den Verträgen herausgekommen ist."

George Mallone war für die Vermarktung der Übertragung verantwortlich. Im Endeffekt hieß das, dass er für fast nichts zuständig war, denn das meiste war durch langfristige Verträge mit Fernsehgesellschaften oder Internet-Providern festgelegt. Dementsprechend gelassen sah er dem Treffen mit Gordon entgegen. Außerdem hatte Gordon von diesem Bereich keine Ahnung.

Mallone saß schon im Besprechungsraum als Gordon eintraf. Eigentlich sah man Mallone immer nur sitzen. Er brachte eine enorme Körperfülle mit und manche lästerten, dass selbst Gordon es nicht schaffte, Mallones Massenträgheit zu überwinden und ihn zu irgendetwas zu beschleunigen. Gerade hatte Mallone sich eine Tasse Kaffee eingegossen.

„Hi, Gordon, auch eine Tasse Kaffe?“

Mallone hielt Gordon die Kanne hin, aber der winkte ab. „Keine Zeit.“

„Für eine Tasse Kaffee muss immer Zeit sein.“

Gordon kam etwas aus seinem Konzept. Für gewöhnlich ergriff er das Wort und bestimmte die Gesprächsrichtung.

„Wie sieht es mit der Vermarktung aus? Ich will, dass so viel Geld wie möglich hereinkommt. Wir reißen uns den Arsch auf, so viel Nutzer wie möglich zu erreichen. Du hast immer alles nach hinten verschoben, um einen besseren Preis herauszuschlagen. Jetzt will ich endlich wissen, was für uns dabei herausspringt.“

„Nur die Ruhe. Es ist alles geregelt und wird ohne Probleme abgehen.“

„Geht es etwas genauer?“ Gordon wurde aggressiv.

„Klar! Die Fernsehrechte sind seit Jahren vergeben. Darauf haben wir keinen Einfluss. Was wir bekommen, hängt von der Einschaltquote und der Übertragungsdauer ab. Also müssen wir zusehen, dass wir es schön interessant machen und lange hinziehen. Da weißt du am besten, wen du dafür anhauen musst.“

Gordon grunzte unzufrieden. Es gefiel ihm nicht, dass er so wenig Einfluss auf die Werbeeinnahmen hatte. Am Ende des Projekts wollte er eine möglichst hohe Summe präsentieren, die sein Projekt der NASA eingebracht hatte. Es gab Mitarbeiter, die frotzelten, dass er den Mond-Rover am liebsten mit Werbeaufklebern wie ein Formel-1-Auto ausgestattet hätte oder die Rakete so bunt bemalt wie eine Red Bull-Dose.

„Wie sieht es mit dem Internet aus?“

„Die Start-Phase ist genauso geregelt, wie bei den Fernsehrechten. Das heißt: kein Spielraum. Bannerwerbung und das übliche andere. Die Banner werden natürlich um so wertvoller, je mehr Leute die Seite anklicken. Also auch hier: euer Job.“

Mallone lehnte sich zurück, was der Stuhl mit einem deutlich vernehmbaren Ächzen quittierte.

Gordons Ärger wuchs. Das war nicht das, was er hören wollte.

„Ich erinnere mich, dass du gesagt hast, wir könnten mehr herausholen als sonst. Was ist damit?“ Gordon bemühte sich ruhig zu sprechen, aber seine Stimme hatte einen gefährlichen Unterton angenommen.

„Ja, das stimmt“, meinte Mallone gedehnt. „Du weißt doch, dass ich immer noch ein Ass im Ärmel habe. Die Internet-Übertragung nach dem Start ist nicht langfristig geregelt. Da haben wir große Freiheiten - die ich selbstverständlich genutzt habe. Ich habe eine kleine Auktion veranstaltet zwischen den größten Internetprovidern.“

Mallone machte eine Kunstpause, um die Worte auf Gordon wirken zu lassen. Der war einerseits beeindruckt von dieser Idee, andererseits brachte ihn die Art von Mallone auf die Palme.

„Und? Wer hat gewonnen?“

„Natürlich die üblichen Kandidaten. Sie haben es sich allerdings teuer erkauft. AOL für Amerika, T-Online für Europa, den Mittleren Osten und Afrika und der Internetableger von NTT für Asien und Australien. In ihrem Gebiet können sie die Informationen an andere weiterverkaufen.“

„Und was verdienen wir?“ Gordon platzte vor Ungeduld.

„Sechs Millionen Dollar für die erste Woche und zwei Millionen für jede weitere.“

„Mehr nicht?“

„Natürlich nicht insgesamt sondern von jedem der Drei. Wenn sie die ganze Zeit dabei bleiben, kommt ein hübsches Sümmchen zusammen.“

Das war tatsächlich mehr, als Gordon vermutet hatte. Eigentlich hätte er zufrieden sein müssen. Trotz des geringen Spielraums hatte Mallone das Maximum herausgeschlagen, aber seine angestaute Aggression ließ nur ein kurzes „Gut gemacht!“ zu.

Hastig stand Gordon auf und verließ den Raum. Das breite Grinsen auf dem Gesicht von Mallone sah er nicht mehr. Er wollte nur noch raus. Mallone brachte ihn jedes Mal zur Raserei, aber er konnte keinesfalls auf ihn verzichten. Das hatte er schon einige Male mit Bedauern festgestellt.

Gordon stürmte auf den Flur. Nach kurzem Suchen fand er eine Nische, in die er sich unbeobachtet an die Wand lehnen konnte. Er schloss die Augen und atmete mehrmals tief ein und aus. So konnte es nicht weitergehen. Seine innere Stimme gab ihm unmissverständlich zu verstehen, dass er auf dem besten Weg war, die Kontrolle zu verlieren - und es gab nichts, was er mehr hasste. Einige Fehler hatte er sich schon erlaubt. Sie waren bisher nicht tragisch, aber sie durften sich nicht anhäufen.

Der Stoff seines Hemdes klebte trotz Klimaanlage auf der Haut. Er musste sich dringend frisch machen.

Wo ist Mirjam?

Er tippte ihre Nummer in sein Handy und schaltete das Mikrofon ein. „Mirjam? Wo sind Sie?“

„Bei den Internet-Leuten. Ich helfe ihnen, noch einige Server aufzutun.“

Mirja hatte eine weiche, warme Stimme, die Gordons überreizten Nerven gut tat.

„Würden Sie mir bitte ein neues Hemd aus meinem Büro bringen? Im Nebenraum im Wandschrank rechts neben der Tür müsste noch eins sein.“

„Sicher mache ich das. Wo sind Sie jetzt?“

„Ich bin in C.4. Am Ende des Gangs ist ein Waschraum. Davor werde ich warten. Finden Sie das?“

„Natürlich. In zehn Minuten bin ich da.“

Jetzt ging es Gordon schon wieder besser. Die Aussichten auf ein frisches Hemd und eine kurze Begegnung mit Mirjam wirkten wie ein Vitaminschub. Mirjam Goldsmith, deren Urgroßeltern aus Deutschland eingewandert waren, war seit einem Vierteljahr Praktikantin in seinem Team. Innerhalb kurzer Zeit hatte sie sich zu einer Art zweiter Assistentin entwickelt. Natürlich hatte er in seiner Position eine richtige Sekretärin, Teresa. Aber der ging er lieber aus dem Weg. Sie war ein Überbleibsel aus der Zeit, in der er mit strengen moralischen Maßstäben hantierte, um befördert zu werden. Da hatte er sie eingestellt. Nach seiner Beförderung war sie einfach mit in die neuen Büros gezogen. Nun saß sie da an ihrem Schreibtisch: Konservativ, korrekt, züchtig. Mit einem Wort: Stinklangweilig.

Mirjam hatte keine Model-Maße, aber sie trug körperbetonte Kleidung, soweit es im Büro möglich war. Sie wusste ihre weiblichen Formen deutlich hervor zu heben. Das gefiel Gordon, wie ihm auch ihr nettes Gesicht gefiel, das von ihren dunklen Haaren eingerahmt wurde, die immer exakt auf Kinnlänge geschnitten waren.

Man brauchte keine Gedanken lesen zu können, um zu wissen, dass einige nur auf den Beginn einer Affäre warteten. Manche tuschelten sogar, er hätte Mirjam nur deshalb eingestellt. So ganz falsch lagen sie nicht. Gordons Motto war: „Man muss von den großen Tieren lernen - und dann ihre Fehler vermeiden." Das war der Weg zum Erfolg.

Von George W. Bush hatte er gelernt, mit dem Hintergrund christlich-konservativer Unterstützung seine Position zu erreichen. Von Bill Clinton konnte man lernen, wie man in dieser Position Spaß hatte. Er wusste nur noch nicht, wie er „es" anfangen sollte, denn schließlich gehörten zwei dazu.

Gordon war am Waschraum angekommen und ging ungeduldig vor der Tür auf und ab. Da kam Mirjam auch schon. Sie musste sich wirklich beeilt haben, den Umweg über sein Büro in so kurzer Zeit zu schaffen. Ihr Atem ging heftig und ihr Gesicht war gerötet, was ihr ein reizvolles Aussehen gab.

„Hier, bitte. Es war das letzte Hemd in dem Schrank. Haben Sie in den letzten Tagen so viele Hemden gebraucht?"

Gordon hatte seinen Vorrat an Hemden im Büro auf zehn aufgestockt. An langen Tagen musste er mindestens einmal pro Tag das Hemd wechseln und die letzten 10 Abende war er gar nicht mehr nach Hause gefahren. Die Nächte verbrachte er entweder an seinem Schreibtisch oder in dem Reisebett, das er tagsüber zusammenfalten und unauffällig in eine Ecke des Nebenraums schieben konnte. Wahrscheinlich hatte Mirjam die leeren Bügel gesehen und die zusammengeknüllten Hemden auf dem Boden des Wandschranks.

„Ja, in der letzten Zeit war es ziemlich stressig und ich bin oft nicht nach Hause gekommen."

„Das tut mir leid." Mirjam gab Gordon das Hemd, wobei sie ihn wie zufällig an der Hand berührte. Es genügte, um Gordon spüren zu lassen, dass es alles andere als Zufall war.

„Ich warte hier draußen. Dann kann ich das verschwitzte Hemd gleich mitnehmen. Wenn es Ihnen recht ist, bringe ich Ihre Hemden zur Schnell-Reinigung. In 3 Stunden sind sie fertig."

„Das wäre wunderbar."

Gordon verschwand im Waschraum, beeilte sich, aus dem klebrigen Hemd zu kommen, und hielt den Kopf unter das kalte Wasser. Wie gut das tat. Er sah sich im Spiegel an und verfolgte die Tropfen, wie sie an seiner Nase und an seinen Wangen hinunterliefen. Kritisch begutachtete er seine Frisur. An seiner rechten Schläfe entdeckte er ein einzelnes graues Haar, das die letzte Färbe-Aktion verpasst hatte. Es besaß keine Überlebens-chance und wurde umgehend ausgezupft.

Gordon musste grinsen.

Mit Mirjam ist es einfacher als gedacht. Man muss nur an der richtigen Position mit Macht und Einfluss sitzen, dann fliegen die Frauen auf einen.

Gordon atmete tief die kühle Luft des Waschraums ein. Sein Blut floss irgendwie leichter durch seine Adern. Jetzt war sein innerer Akku wieder voll und er konnte sich den kommenden Aufgaben stellen.

„Das war genau, was ich jetzt brauchte", sagte er munter, als er aus dem Waschraum kam. „Sie sind ein Engel."

Ein unvoreingenommener Beobachter hätte bemerkt, dass sie sich zwei Sekunden zu lange ansahen, als Gordon Mijam das alte Hemd in die Hand drückte. Aber es gab keinen Beobachter.

„Hab' ich gerne gemacht." Mirjam ging seitwärts zur nahen Glastür, blickte nochmals kurz zurück und verschwand im Treppenhaus. Gordon wanderte zufrieden den Gang entlang. Jetzt wollte er sich die Test-Bilder aus Cape Canaveral ansehen.

7. Darmstadt, Deutschland

Es war schon nach Mitternacht, als Anne ihren Toyota auf den Parkplatz der ESA steuerte. Einige Autos standen immer dort, denn die Satelliten, die überwacht werden mussten, machten nachts keine Pause. Aber so voll wie heute war es sonst nur tagsüber. Anscheinend waren ziemlich viele der Einladung zur Launch-Party nachgekommen.

Anne hatte eine anstrengende Zeit hinter sich. Hätte sie bloß nicht Lisa nach einem Party-Outfit gefragt. Die war begeistert auf ihr Anliegen angesprungen. Viel zu begeistert.

Lisa hatte die gleiche Konfektionsgröße, wie Anne selbst, und auch die Schuhe passten. Anne dachte zuerst, das wäre ein Vorteil, aber es entpuppte sich schnell als mittleres Desaster. Lisa holte ein Teil nach dem anderen aus ihren unerschöpflichen Schränken und Anne musste alles anprobieren. Lisa schien es sich zur Aufgabe zu machen, Anne möglichst sexy auszustaffieren. Sie war der festen Überzeugung, dass Anne umfangreiche Beratung benötigte, um auf der Party Erfolg zu haben. Es ging nicht in ihren Kopf, dass Anne diesen 'Erfolg' gar nicht wollte.

Nach einer Stunde wurde es Anne zu viel und sie weigerte sich kategorisch, Lisas kurze Röcke anzuziehen. Sie einigten sich am Ende auf eine leichte Sommerjeans, die allerdings so eng saß, dass Anne nur mit Lisas Hilfe den Reißverschluss schließen konnte. Ein bauchfreies Top fand Anne sehr angenehm, da der Abend ziemlich schwül war. Die Sandaletten mit den hohen Absätzen angezogen zu haben, bereute Anne schon bald, aber da war sie bereits am Ziel und angekommen und hatte eine Parklücke gefunden. Heute musste sie wohl oder übel mit diesen Dingern zurechtkommen.

Mit vorsichtigen Schritten bewegte Anne sich auf den Haupteingang zu. Auf dem Dach wehten die vielen bunten Fahnen der Mitgliedsnationen der ESA. Schon auf dem Flur wurde sie von Olaf empfangen. Er musterte sie von oben bis unten.

„Spar dir die Bemerkung“, kam Anne seiner Begrüßung zuvor. „Ich bereue dieses Outfit schon jetzt.“

„Ich nicht.“ Olaf schmunzelte. „Trotzdem herzlich willkommen. Komm! Ich zeige dir alles.“

Olafs Versuch sich bei ihr einzuhaken, widersetzte sich Anne. Olaf nahm es gelassen.

„Wieso zeigen? Ich dachte, die Party findet im Kontrollzentrum statt.“

„Nur teilweise. Den Start wollen wir hier sehen, aber zum Feiern ist zu wenig Platz. Du weißt doch, es ist alles voll mit den Kontrolltischen. Wir sind jetzt in dem großen Tagungs- und Schulungsraum.

„Und warum wolltest du, dass wir uns hier treffen?“

„Damit ich dich ein wenig herumführen kann“, lachte Olaf.

„Danke. Super Idee. Ich freue mich über jeden Schritt, den ich nicht gehen muss.“

„Oh. Soll ich dich tragen?“

Anne blitzte ihn böse an. „Die Absätze sind verdammt spitz. Wenn ich dich damit in den Hintern trete, hast du noch ein Loch.“

„Solche unanständigen Worte aus so einem schönen Mund“, frotzelte Olaf. „Die paar Schritte wirst du schon schaffen, und wenn du willst, bediene ich dich heute Abend.“

„Mal sehen.“

Als Anne den Tagungsraum sah, staunte Anne über die vielen Menschen und noch mehr über die langen Büfett-Tische.

„Wow. Wo habt ihr denn das alles her?“

„Party-Service.“

„Ich dachte die ESA muss sparen. Wegen jedem Bleistift muss man einen Antrag stellen.“

„Alles aus unserer Handy-Kasse.“

„Das glaub ich jetzt nicht.“ Anne wusste, dass es eine Handy-Kasse gab. Jeder, bei dem während eines Meetings das Handy klingelte, musste 10 Euro in die Handy-Kasse zahlen. Diese Regel hatte man eingeführt, als das dauernde Geklingel zu viel wurde und man in den Meetings kaum noch ungestört arbeiten konnte. Zweimal hatte es sie auch erwischt.

„Wenn das so ist, dann werde ich heute zusehen, dass ich meine zwanzig Euro wieder herauskriege."

„Ob da so viel reingeht?"

Olaf sah von der Seite auf ihren Bauch und den engen Bund der Jeans.

„Du kannst es wohl nicht lassen mit deinen Bemerkungen. Warte ab, wie oft ich dich schicke, um mir etwas zu holen. Aber jetzt will ich mir erst einen Überblick verschaffen."

Langsam schritt Anne das Büfett ab und machte innerlich eine Liste, was sie probieren wollte. Olaf folgte ihr in geringem Abstand, wobei er sie nicht aus den Augen ließ.

„Wenn man vom Sehen satt werden könnte, würdest du gleich platzen", meinte sie auf der Hälfte des Weges.

8. Houston, Texas

Gordon wollte die Tür in den Regieraum öffnen, als das Handy in seiner Tasche vibrierte. Er ließ den Türgriff los, fuhr mit seiner Hand in seine Hosentasche und erfühlte die Taste, um das Gespräch anzunehmen. Ein leises Knacken in den Lautsprechern signalisierte ihm, dass das Gespräch jetzt auf dem Headset lag.

„Gordon Forell."

„Hallo Gordon."

Er zuckte zusammen. Amanda. Zum Teufel, warum hatte er das Handy nicht aus der Tasche genommen? Dann hätte er auf dem Display gesehen, dass sie es wieder war.

„Was ist los?", tönte es in seinen Ohren. „Warum redest du nicht mehr mit mir? Jedes Mal, wenn ich anrufe, drückst du das Gespräch weg."

Gordon überlegte. Sollte er sie auch jetzt einfach wegdrücken, ohne zu antworten?

„Seit Tagen kommst du nicht mehr nach Hause. Ich vermisse dich. Es gibt so viel zu tun hier. Der Rasen ist schon viel zu hoch und die Klimaanlage ist kaputt. Ich schwitze fürchterlich."

Wie ihm dieses Genörgel auf die Nerven ging! Die gute Laune hatte gerade die fünfzig Schritte und eine Fahrstuhlfahrt lang angehalten, die der Waschraum vom Regieraum entfernt war. Jetzt verließ sie ihn so schnell wie die Luft aus einem aufgeschlitzten Autoreifen.

„Dann ruf einen Elektriker", grunzte Gordon unwillig ins Mikrofon.

„Ich dachte, dass du das machst. Du kannst das viel besser."

„Ich habe anderes zu tun, das weißt du doch."

„Du hast immer anderes zu tun als das, was mir wichtig ist."

„Wir schießen hier eine Rakete zum Mond und du willst, dass ich den Rasen mähe und einen Elektriker für die Klimaanlage rufe." Gordon war schon wieder sehr laut geworden. Wie gut, dass die Tür zum Regieraum sehr gut schallisoliert war.

„Gordon! Wann kommst du wieder nach Hause?"

Jetzt reichte es ihm. „Steck dir einen Eiswürfel in die Bluse, dann ist es auch kalt."

Wütend schaltete er das Handy aus. „Mir ist auch nichts Gutes gegönnt." Grimmig betrat Gordon den Regieraum.

Sechs Leute saßen im Raum verteilt an den verschiedenen Steuerpulten. Mit schnellen Bewegungen huschten ihre Hände über unzählige Schalter, Drehknöpfe und Schieberegler. Das Ergebnis war an der Stirnwand zu sehen. Die ganze Wand bestand aus einem einzigen LED-Bildschirm, den man je nach Bedarf aufteilen konnte. Für gewöhnlich war in der Mitte ein riesengroßes Rechteck mit dem zu übertragenden Bild. Darum gruppiert gab es bis zu 18 kleinere Rechtecke mit den Bildern, die zur Auswahl standen. Per Tastendruck konnte der leitende Regisseur aus den 18 das Beste auswählen und zur Übertragung freigeben. Sofort erschien diese Aufnahme dann auf dem großen Schirm.

Heute war der Mittelteil in vier gleich große Rechtecke aufgeteilt. Man übertrug nicht nur ein Bild an die Fernsehgesellschaften, sondern bot ihnen vier zur Auswahl an. Das war zwar ein enormer Aufwand, aber es erhöhte den Preis.

Das Team probierte alle Einstellungen aus. In rascher Folge wechselten die großen Bilder in den vier mittleren Rechtecken. Nur drei kleine Bildausschnitte am rechten Rand der Wand blieben leer.

„Was ist damit?", wollte Gordon wissen. „Warum zeigen die nichts?"

Geoffrey, der leitende Regisseur, sah von seinem Schaltpult auf. Seine Augen blickten müde und er war sehr blass. Er hatte die letzte Nacht durchgearbeitet und die Nächte davor auch nicht viel geschlafen.

„Die oberen beiden sind die Kameras in den Kampfjets. Die starten erst in 15 Minuten. Und das untere wird eine Übertragung eines Spionagesatelliten zeigen."

„Das ist aber nichts fürs Fernsehen."

„Natürlich nicht, aber wir bekommen so die Aufnahmen von der späten Flugphase und der Absprengung der letzten Stufe. Die brauchen wir für unsere Auswertungen. Seit dem Unfall mit dem Spaceshuttle nutzen wir alle Möglichkeiten zur Überwachung. Auflage der Sicherheitsabteilung."

„Ich dachte, das gilt nur für bemannte Starts."

„Richtig. Aber unsere Mission bereitet eine bemannte vor. Sie wollen dabei neue Materialien einsetzen und die werden bei uns getestet."

Gordon fand nichts zu kritisieren. Hier lief alles wie geplant. Eigenartigerweise munterte ihn das nicht auf. Seine Stimmung blieb unverändert auf ihrem schlechten Niveau. Dass alles in Ordnung war, war für ihn eine Selbstverständlichkeit.

Die Kamera mit dem Blick auf die große Digitalanzeige mit der Count-down-Zeit zeigte 00:35:48. Er hatte noch knapp eine halbe Stunde Zeit, um das Internet-Team zu überprüfen.

„Macht weiter so. Und denkt daran, jede Minute, die wir Leute vor den Bildschirmen halten, bringt uns bares Geld!"

Der Raum zur Koordination der Internet-Übertragung befand sich auf dem gleichen Flur nur durch den Aufzugsschacht vom Fernseh-Raum getrennt. Auch dort gab es mehrere Bildschirme, aber nur einen in der Mitte. Er zeigte die startbereite Rakete mit der Digital-Anzeige für den Count-down im Vordergrund.

Ob Mirjam schon wieder hier ist? Wenn sie sich beeilt hat, kann sie es geschafft haben.

Im Prinzip war Laufschritt die normale Gangart seines Teams während der letzten beiden Wochen. Nur Mallone sah man nie laufen. Gordon entdeckte Mirjam sofort, als er den Raum betrat. Sie stand mit dem Rücken zu ihm und diskutierte mit Balton. Gordons Puls beschleunigte sich.

Was hat Balton mit Mirjam zu tun?

„Balton! Was gibt es zu diskutieren? Stimmt etwas nicht?"

Baltons Kopf ruckte zur Seite. Sein müder Gesichtsausdruck ähnelte dem von Geoffrey. „Bei uns ist alles in Ordnung, Gordon. Mirjam hat mir mitgeteilt, dass das Justizministerium auch sein 'go' für die Server gegeben hat."

„Das Justizministerium? Was haben wir mit dem Justizministerium am Hut?"

„Wir haben es geschafft, dass uns einige Bundesbehörden für eine Übergangszeit Kapazität auf ihren Servern zur Verfügung stellen. Dort wird alles gespiegelt, was wir von uns aus übertragen wollen."

„Und was bringt das?"

„Wir haben einen unserer Server so eingerichtet, dass er die Internet-Anfragen auf alle gespiegelten Server verteilt. Die Leute merken nichts davon. Sie sehen das, was wir zeigen, und sie denken, sie sind bei uns. So konnten wir unsere Kapazitäten kurzfristig sogar verfünffachen. Nach dem Start haben wir Zeit, bei uns selbst mehr aufzubauen, wenn es nötig ist."

Das war eine geniale Lösung. Und wer Bundesbehörden kannte, für den war die Reaktionszeit von einer Stunde ein echtes Wunder. „Und dabei hat euch Mirjam geholfen?"

„Ja. Sie hat das Justizministerium aufgetan."

„Dann muss man sie ja direkt loben dafür. Ausgezeichnet, Mirjam."

Gordon fiel nicht auf, dass er die Arbeit der anderen mit keinem Wort erwähnte.

„Und nun will ich die Add-Ons sehen, die wir im Internet anbieten."

Gordon wanderte von Computer zu Computer und ließ sich erklären, was jeweils geplant war: Links zu Hintergrund-informationen, Animation des Mond-Rovers, Gewinnspiele, Bildschirmschoner für PC und Handy, Chat, Apps für iPhone und iPad. Es war eine ganze Menge, was Baltons Team auf die Beine gestellt hatte. Sogar das Startgeräusch der Rakete konnte man sich als Klingelton für sein Handy herunter laden.

Wie grässlich, dachte Gordon. *Das werde ich Amanda schenken und sie dann jede Stunde anrufen.*

Die Zeit verging wie im Flug. Als Gordon mit der Runde fertig war, zeigte die Digitalanzeige 00:02:25. Gordon entschied sich, den Start hier zu erleben. Was im Fernsehen übertragen wurde, konnte er auf drei Monitoren verfolgen, die unter der Decke angebracht waren. Auf dem linken lief ununterbrochen CNN und auf den anderen beiden wechselten sich populäre Fernsehsender ab.

9. Darmstadt 00:02:25

Die Party-Gesellschaft wechselte in das Kontrollzentrum und verteilte sich zwischen den Pulten, die in weiten Bögen so angeordnet waren, dass man von jedem Platz aus einen guten Blick auf die Bildschirmgalerie an der Frontseite hatte. Der Großbildschirm in der Mitte zeigte das Bild von CNN: Die Rampe mit der startbereiten Rakete und dem eingeblendeten Count-Down: 00:02:25. Während in Darmstadt dunkle Nacht war, beleuchtete die tief stehende Abendsonne die Szenerie in Florida.

„Das muss man den Amerikanern lassen", raunte Anne in Olafs Ohr. „Sie haben einen ausgeprägten Sinn für Show."

Eine normale Unterhaltung war im Kontrollzentrum jetzt nicht möglich. Der Ton von CNN war abgestellt und eine passende Musik lief über die Lautsprecher. Dazu hatte jemand die Ausgabe eines Mediaplayers auf die anderen Bildschirme gelegt. Alle Lichter waren gelöscht, so dass bunte Farbspiele den gesamten Raum erleuchteten.

„Ich finde unsere Show aber auch nicht schlecht", gab Olaf zurück.

„Da hast du Recht. Deshalb: danke für die Einladung."

Anne war im Lauf des Abends zusehends lockerer geworden. Sie hatte sich einen Spaß daraus gemacht Olaf dauernd zum Büfett zu schicken, um dies oder das zu holen. Er erwies sich als humorvolles Gegenüber, mit dem man über alles Mögliche plaudern konnte. Sie ließ sich sogar überreden die Cocktails zu trinken, die er ihr dauernd anbrachte. Da Anne sonst kaum Alkohol trank, saß sie jetzt leicht beschwipst neben Olaf.

00:00:30. Die Musik wurde gedämpft. Alle sahen auf den Zentralbildschirm und zählten mit: „29, 28, 27, ... 3, 2, 1."

Die ganze Rakete war in Dampf und Rauch gehüllt. Zunächst bewegte sie sich nur millimeterweise. Langsam schob sich die Spitze aus der Wolke der Start-Dämpfe heraus. Tausende PS schoben den Koloss Meter um Meter in die Luft, schneller und schneller. Das Bild wechselte in den Kontrollraum nach Houston zu den applaudierenden Mitarbeitern. Auch in Darmstadt spendeten alle Beifall.

„Warum applaudierst du eigentlich?“, wollte Anne wissen. „Wir sind doch überhaupt nicht an dieser Mission beteiligt.“

„Weil ich Raumfahrt großartig finde und den Start eine hervorragende technische Leistung. Und du?“, fragte Olaf zurück.

„Weil das der Weg zum Mond ist.“

Das Bild zeigte die Aufnahmen einer Kamera, die an einem der Kampfjets angebracht war. Zuerst war die Rakete nur als kleiner Punkt weit unten zu sehen. Er kam rasch näher und man konnte nun die Konturen der Rakete erkennen und hinten den mächtigen, feurigen Schweif. Grazil zog sie ihre Bahn durch die Lüfte. Höher und höher, bis die Jets ihr nicht mehr folgen konnten. Olaf erwartete, dass der Sender nach Houston umschalten würde zu irgendwelchen langweiligen Kommentaren. Er war vollkommen überrascht, als ein neues Bild der Rakete kam. Der Hintergrund war nicht mehr blau, sondern dunkler und wurde dann schwarz mit ersten Sternen.

„Wow!“, staunte er. „Das müssen Bilder von einem Spionagesatelliten sein. Super. Ich hätte nicht gedacht, dass die Amerikaner so etwas zeigen.“

Alle im Raum waren still geworden und sahen ergriffen auf den Bildschirm. Dann gab es ein kurzes Flackern, der Bildschirm blieb eine Sekunde lang dunkel und es wurde das Kontrollzentrum in Houston eingeblendet. Eine unbekannte Person erging sich in nichts sagenden Kommentaren. Ganz offensichtlich die Einspielung einer Konserve.

„Komm!“ Anne stand auf und zog Olaf mit. „Lass uns nach draußen gehen. Ich möchte den Mond sehen.“

Mit einem Cocktail in der Hand gingen sie durch die einsamen Flure. Die Geräusche der Party verblassten mit jedem Schritt. Nach den zahlreichen Cocktails fiel Anne das Laufen auf den ungewohnten Absätzen noch schwerer als am Anfang. Dieses Mal nahm sie Olafs Angebot an und ließ sich willig stützen. Der genoss diese Hilfestellung und legte seinen Arm um ihre Taille, damit Anne bestimmt nicht aus dem Gleichgewicht kam. Endlich waren sie draußen. Anne steuerte auf den kleinen Park zu, der etwas abseits neben den Gebäuden lag. Am Anfang der Rasenfläche zog sie ihre Sandaletten aus. Wie gut es tat, das kühle Gras an den angestrengten Fußsohlen zu spüren. Olaf tat es ihr nach. In der Nähe einer Gruppe von Büschen legten sie sich ins Gras und sahen in den sternenübersäten Himmel.

„Da ist er, der Mond."

„Dein Traumziel."

„Ja, das ist mein Traum. Irgendwann werde ich dort oben stehen."

„Wie kommt es, dass du so fasziniert vom Mond bist?"

„Das ist so, seit ich denken kann. Als Kind hatte ich ein kleines Zimmer unter dem Dach mit einem Dachfenster. Immer, wenn ich nicht schlafen konnte, kam er, der Mond. Ganz leise tauchte er auf. Er hing majestätisch am Himmel und sein Licht war so mild, als ob er mich streicheln würde. Dann verschwand er wieder - und ich habe gewartet, bis zum nächsten Mal. So ist er zu meinem Freund geworden, ein großer, geheimnisvoller Freund. Und habe mir vorgestellt, dass er genauso auf mich wartet, wie ich auf ihn gewartet habe."

Anne machte eine kurze Pause und sagte dann: „Das glaube ich noch immer, dass er auf mich wartet."

Olaf sagte nichts. Er wollte die schöne Stimmung nicht zerstören.

10. Houston 00:00:01

Alle Mitarbeiter verfolgten gebannt, wie sich die Rakete mit i h r e m Rover in den Himmel hob. Ihr Applaus war ein Zeichen der Erleichterung, dass die kritische Startphase erfolgreich überstanden war. Gordon applaudierte auch, schon um nicht aufzufallen, aber es wirkte so steif, wie von einem Roboter. Während von allen die Anspannung abfiel, schien sie an Gordon zu kleben wie sein erneut verschwitztes Hemd.

Aus den Augenwinkeln nahm Gordon wahr, wie der Monitor von CNN auf ein neues Bild umschaltete. Es zeigte die Rakete vor einem dunklen Himmel. Es dauerte einen Moment, bis Gordon realisierte, was er sah, aber dann wurde ihm glühend heiß. Er riss die Tür auf und stürmte den Flur entlang hin zum Fernseh-Kontrollraum.

„Ausschalten! Ausschalten!"

Geoffrey sah verstört von seinem Monitor hoch.

„Schalte endlich dieses Signal ab!", fuhr Gordon ihn an.

Geoffreys Gehirn hatte schon zu lange am Stück gearbeitet, um noch schnell reagieren zu können. Erst jetzt verstand er, warum Gordon so aufgebracht war, und unterbrach den Kanal mit der Satellitenübertragung. Der Bildschirm wurde übergangslos dunkel. Die Leute bei CNN waren davon überrascht und brauchten eine Sekunde, um zu anderen Bildern zu wechseln.

„Was fällt dir, ein dieses Bild zu senden?" Gordon war in Rage.

„Es tut mir leid, Gordon. Ich wollte so lange wie möglich gute Bilder senden. Ich habe nicht mehr daran gedacht, dass dieser Kanal tabu ist. Es war so viel in der letzten Zeit ..."

„Scheiße!", brüllte Gordon dazwischen. „Du hast großen Scheiß gebaut. Sonst nichts!"

„Ja, aber was haben wir denn verraten, was ..."

Gordon ließ ihn nicht ausreden. „Das ist mir egal. Das hätte nie passieren dürfen. Du bist gefeuert."

Geoffrey startete einen letzten Versuch seinen Job zu retten: „So vieles hat reibungslos funktioniert. Wir ...

„Pack deine Sachen! In einer Minute bist du hier draußen. Ich will dich nie wieder sehen."

In Darmstadt hörte Olaf die ruhigen Atemzüge von Anne. Sie war auf dem Rasen eingeschlafen. Ihre friedlichen Gesichtszüge wurden von dem milden Licht des Mondes beleuchtet.

11. San Diego, Kalifornien 00:02:25

Auf einem kleinen Bildschirm war zu sehen, wie die Rakete in Cape Canaveral abhob. Der Vorgang wurde ebenso aufmerksam verfolgt wie in Darmstadt oder in Houston, mit dem Unterschied, dass es nur einen einzigen Zuschauer gab.

Michael Forell hatte die Vorhänge zugezogen, denn in San Diego schien die Nachmittagssonne in sein kleines Appartement und direkt auf den Fernseher. Nur mit geschlossenen Vorhängen bot sein Flachbildschirm ein klares Bild. Jetzt saß er angespannt auf seiner Bettcouch und verfolgte den Count-Down. In seinem Inneren waberte ein schwer zu definierendes Gemisch von Empfindungen.

Eine dieser Empfindungen war Stolz. Er war Michael Forell und er war stolz auf seinen Vater, der eine bedeutende Persönlichkeit bei dieser Weltraummission war. Aber immer, wenn er an seinen Vater dachte, mischte sich das starke Gefühl der Trauer in den Stolz. Trauer, dass er so weit von seinem Vater entfernt war. Das bezog sich nicht auf die 1500 Kilometer von San Diego bis nach Hause. Diese Entfernung ließ sich in wenigen Stunden überbrücken, was Michael häufiger tat. Das letzte Mal vor zwei Wochen. Viel schwerer wog die innere Entfernung zwischen seinem Vater und ihm, die man nur in Lichtjahren messen konnte. Michael fragte sich, ob sie in einer Ewigkeit zu überbrücken wäre.

Die weiteren Gefühle waren Ratlosigkeit und Erschrecken. Er war 16 Jahre alt und jetzt seit 15 Monaten in diesem Internat. In der Schule in Houston hatte er zuletzt nur noch um die nächste Versetzung gekämpft. Die Leistungen, die sein Vater erwartete, waren unerreichbar für ihn. „Um zu retten, was zu retten ist“, wie sein Vater sich ausdrückte, hatte der ihn in dieses fürchterlich teure Internat nach San Diego geschickt. Es lag in einer traumhaften Gegend. Wenn Michael die Vorhänge aufzog, hatte er einen direkten Blick auf den Pazifik. Davor lag ein wunderschöner, palmengesäumter Strand, der zum Internat gehörte. Die Lehrer mochten die besten im Umkreis von 1000

Meilen sein, aber was sie ihm vermitteln wollten, prallte an seinem Gehirn ab, wie an einer unsichtbaren Mauer.

Es ergab sich fast automatisch, dass Michael auf der Beliebtheitsskala der Schüler einen der hinteren Plätze fest gebucht hatte. Die anderen hatten ihre Freunde und, was noch wichtiger war, ihre Freundinnen. Was die anderen nicht mit Aussehen oder Intelligenz erreichen konnten, schafften sie mit Geld. Aber nicht einmal das gelang ihm. Michael hatte sich den Titel „oberster aller Versager" verliehen.

Sein bester und einziger Freund stand auf dem Schreibtisch. Ein leistungsstarker Laptop auf dem neuesten Stand der Technik und mit High-Speed-Internet. Das war seine Verbindung zu einer Welt, in der er sich eine Persönlichkeit nach seinem Geschmack aufbauen und ein zweites Leben führen konnte. Hier hatte er Erfolg, hier war er stark, beliebt und wurde von den schönsten Mädchen begehrt. Leider nur virtuell, aber immerhin. Und wenn er Rat brauchte, gab es unzählige Orte, wo er alles fragen konnte, ohne seinen Namen preisgeben zu müssen. Vor allem fragte niemand danach, ob er diesen Rat befolgte oder nicht. Druck, etwas zu tun, gab es keinen.

Während die Rakete abhob, schweiften seine Gedanken zwei Monate zurück, als auch im Internet das Unglück für ihn begann. Er war - mal wieder - auf der Suche nach Ratschlägen gewesen, wie er ein Mädchen kennen lernen könnte. Das war sein drängendstes Problem. Alle einschlägigen Diskussions-Foren, Chat- und Flirtseiten hatte er bereits durchforstet. Das einzige, was sich vermehrte, waren seine schlechten Erfahrungen und seine Frustration. Die geistlichen Ratgeberseiten diverser Kirchen mied er von vorneherein. Sie erinnerten ihn zu sehr an seine Mutter, was sofort neue Blockaden hervorrief.

Seine Suche führte ihn zu einer anderen Art von Ratgeberseiten. Diese Seiten beschäftigten sich auch mit den Sternen, die das Leben seines Vaters prägten. Allerdings leiteten die Berater daraus Lebenshilfe ab. Sein Vater und seine Mutter hätten das weit von sich gewiesen und bis vor Kurzem hatte er selbst nur abwertend darüber gedacht. Aber die vielen Leute, die auf diesen Seiten von Erfolgen berichteten, konnten doch nicht alle lügen.

Nach einem erneuten Fehlschlag als er versuchte, ein Cheerleader-Mädchen der Basketball-Mannschaft anzusprechen und abgewiesen wurde, hatte er eine dieser Lebenshilfeseiten ausgewählt und eine E-Mail an die Kontaktadresse geschickt. Es kam eine verständnisvolle Antwort zurück mit der Aufforderung mehr von sich zu erzählen. Nach anfänglicher Skepsis wurde Michael immer offener. Endlich hörte ihm jemand zu und interessierte sich für ihn. Das allein tat schon gut.

Michael entwickelte Vertrauen zu seinem unsichtbaren Gegenüber. Er begann, sich auf die Antworten zu freuen. So lief es eine ganze Zeit, bis zu diesem einen Morgen. Da war wieder so eine Nachricht in seinem Postfach. Michael erschrak über den besorgten Ton. Er erinnerte sich genau an den Text und würde ihn sein Leben lang nicht mehr vergessen.

„Lieber Michael, ich danke dir ganz herzlich, dass du mir bisher so viel Vertrauen entgegengebracht hast. Ich möchte dir ehrlich helfen und habe deshalb mit einem Bekannten gesprochen. Er ist ein Spezialist für Lebenshilfe und Partnerschaftsberatung. Er hat nach langen Studien eine Möglichkeit gefunden mit Hilfe der Sterne die Zukunft voraus zu sagen. Bei allen, die ich kenne, haben sich seine Ankündigungen bestätigt. Ich glaube, wir können ihm vertrauen. Deshalb habe ich ihm von dir erzählt. Ich muss leider sagen: Er war sehr bestürzt.“

Michael war alarmiert und wollte unbedingt mehr wissen. Das wollte der Bekannte aber nicht sagen. „Mein Freund lebt davon und deshalb muss er Geld nehmen.“

Michael zögerte. Er glaubte nicht an eine Vorhersage der Zukunft. Trotzdem gelang es ihm nicht, die nagenden Zweifel beiseitezuschieben.

Und wenn doch?, zirkulierte es unablässig in seinem Kopf. *Wenn die anderen alle Recht haben?*

Schließlich war Michael so verunsichert, dass er den Scheck losschickte. Die Summe tat ihm nicht weh, aber die Antwort umso mehr.

„Ich bin selbst sehr entsetzt und weiß nicht, wie ich es sagen soll, aber als dein Freund muss ich es tun. Mein Bekannter meint, dass du bald sterben musst.“

Michael war vollkommen verstört. Er musste sich übergeben und ging zwei Tage nicht zum Unterricht. Seine Angst wuchs ebenso schnell wie vorher seine Verunsicherung. Verzweifelt versuchte er, mehr von seinem Internet-Berater zu erfahren.

„Um Genaues zu sagen, muss mein Partner sehr viel Aufwand betreiben. Speziell, wenn du das Datum wissen willst, muss er eine Menge Arbeit und Material dahinein investieren. Normalerweise nimmt er dafür mehr, aber weil du mein Freund bist, ist mit zehntausend Dollar zufrieden. Aber die braucht er mindestens.

Das war heftig. Natürlich hatte Michael schon viele Warnungen gehört und genauso natürlich wollte er nicht auf einen Scharlatan hereinfallen, aber die Ungewissheit wurde unerträglich. Als der innere Druck zu groß wurde, beschloss Michael zu seinen Eltern zu fahren.

Zwei Tage lang zögerte Michael ein Gespräch hinaus. Jedes Mal, wenn er anfangen wollte, über sein Problem zu reden, verknoteten sich seine Stimmbänder auf unerklärliche Weise. Endlich fand er den Mut, seiner Mutter von seinen Sorgen zu erzählen - und bereute es schon zwei Minuten später. In ihren Augen stand das helle Entsetzen, sie murmelte etwas von Dämonen, redete wirres Zeug und stürzte zum Telefon. Michael bekam mit, dass sie versuchte, ihren Pastor zu erreichen, erst im Büro, dann zu Hause, dann auf dem Handy. Wenn man in seinem Zustand überhaupt von Erleichterung reden konnte, dann war er erleichtert, dass der Pastor unerreichbar auf einer Tagung war.

Den nächsten Versuch startete Michael bei seinem Vater. Bisher war der nicht zu Hause erschienen, aber am nächsten Tag traf er ihn beim Frühstück. Die Mutter schlief noch. Anscheinend hatten sie nicht miteinander gesprochen, denn sein

Vater wusste von nichts. Michael versuchte, sein Problem so sachlich wie möglich in Worte zu fassen. Er wusste, dass sein Vater mit Emotionen nicht gut umgehen konnte.

Zwischen Toast und Kaffee sah sein Vater immer wieder verständnisvoll zu ihm herüber. Michael war fertig und wartete gespannt auf eine Antwort.

„Und? Wie sind die Lehrer?“

Michael war so verblüfft, dass er nicht wusste, was er sagen sollte. Seinen Vater schien das nicht im Geringsten zu stören, denn er stand auf, legte ihm die Hand väterlich auf die Schulter und verabschiedete sich: „Du schaffst das schon. Du bist doch mein Sohn. Und wenn es nötig ist, geben wir der Schule noch eine kleine Spende.“

Er war zur Tür heraus, bevor Michael „Good-bye“ sagen konnte, wenn er es denn hätte sagen wollen. Michael starrte auf seine halb leere Schale mit den Cornflakes und wusste nicht, wie ihm geschah.

Es gibt Menschen, die geben auf oder brechen hilflos zusammen, wenn eine Situation aussichtslos erscheint. Andere wachsen über sich hinaus und wagen etwas, was sie sonst nie tun würden. An diesem Morgen entdeckte Michael, dass er zur letzten Gruppe gehörte. Er wagte etwas, was für ihn früher auch nur zu denken tabu gewesen war.

Sein Vater war der absolute Herr des Hauses, speziell, was die Finanzen betraf. Damit nichts außerhalb seiner Kontrolle geschah, hatte Gordon seiner Frau nur eine einzige Kreditkarte zugestanden, der zudem noch enge Grenzen gesetzt waren. Michael hatte nie erlebt, dass seine Mutter dagegen aufbegehrte. Wahrscheinlich hatte sein Vater sie ganz früh schon so eingeschüchtert, dass sie es nie mehr wagte, aber das konnte Michael nur vermuten. Sie redete auch nie darüber. Wenn ihr etwas zu viel wurde, flüchtete sie sich in ihre Frauengruppe in der naheliegenden Kirche.

Gordons Vater war oft unterwegs und kam manchmal auch für längere Zeit nicht zu Hause. Deshalb hatte er an einer versteckten Stelle einen Blankoscheck für absolute Notfälle deponiert. Michael hatte ihn einmal zufällig entdeckt, als er im Keller nach einem bestimmten Werkzeug gesucht hatte.

Ob der Scheck noch da ist?

Michael stieg die Stufen hinunter. Alles war unverändert seit seinem letzten Besuch. Er bahnte sich einen Weg zu der Werkbank an der gegenüberliegenden Wand. Der Schlüssel für den metallenen Werkzeugschrank lag immer noch in dem schwarz gefärbten Marmeladenglas. Michael nahm ihn heraus. Der Schlüssel drehte sich schwer in dem Schloss. Es war klar, dass er nicht oft benutzt wurde. Leise quietschend ließ sich die Tür öffnen. In dem Schrank lag auf dem oberen Boden der Stapel mit Gebrauchsanleitungen. Sie lagen genau so, wie er sie hingelegt hatte, nachdem sie ihm bei seiner Suche heruntergefallen waren. Darunter lag der Scheck in einem unscheinbaren Umschlag.

Michael steckte den Scheck ein und verschloss den Schrank wieder sorgfältig. Er packte seine Reisetasche und verschwand, bevor seine Mutter aufwachte. Auf eine wortreiche Verabschiedung konnte er gut verzichten. Ein Taxi brachte ihn zum Flughafen. Er nahm den nächsten Flieger nach San Diego.

Noch am gleichen Tag verschickte Michael den Zehntausend-Dollar Scheck.

Die Zeit verstrich quälend langsam. Vor zwei Tagen war dann die E-Mail gekommen. Sie enthielt nichts außer einem Datum in großer, roter Schrift. Das Datum von übermorgen.

So schnell??

Michael hatte sich schon vorher hundeelend gefühlt und nicht für möglich gehalten, dass es ihm noch schlechter gehen konnte. Aber es gibt immer eine Steigerung, bloß - wie elend ist die Steigerung von hundeelend? Trotzdem hatte Michael nicht das Gefühl, wirklich krank zu sein. Millimeter für Millimeter untersuchte er sich vor dem Spiegel. Blass? Ja. Ringe unter den Augen auch, aber die hatte er schon länger. Fieber? Nein. Schmerzen? Nein. Etwas Ungewöhnliches an seinem Körper? Nein.

Wieder am PC fand Michael eine neue, einfühlsame E-Mail von seinem Internet-Freund. Das Schreiben schloss mit einer Andeutung, man könnte vielleicht etwas an diesem Schicksal ändern. Das wäre aber wieder ein ziemlicher Aufwand ...

Michael verzichtete auf eine Antwort. Erstens hatte er keinen Scheck mehr, was aber wesentlicher war: Ihn beschlich das Gefühl, dass man ihn letzten Endes doch nur ausnehmen wollte wie eine Weihnachtsgans. Jetzt war er bereit, es zu riskieren.

Die beiden letzten Nächte hatten ihn Alpträume gequält. Gestern hatte Michael einige Vorräte gekauft, hauptsächlich Cola und Chips, damit er an 'seinem Termin' nicht nach draußen musste. So konnte er eine Menge Unfallszenarien vermeiden. Heute morgen führte ihn der erste Gang wieder zum Spiegel. Die Ränder um die Augen waren dunkler, Kopfschmerzen pochten. Aber das war schon alles.

Michael verbrachte den Tag auf seinem Bett, sah Fernsehen oder spielte Computer, bis die Übertragung des Raketenstarts begann. Die wollte er sich trotz allem anschauen, denn Raketen fand er toll. Die Kopfschmerzen wurden heftiger, so dass er gleich zwei Aspirin nahm. Während der Fernseh-Übertragung schluckte er weitere Tabletten. Dann konnte er sich an nichts mehr erinnern.

Als Michael aufwachte, war alles schwarz vor seinen Augen. Nur bunte Farben leuchteten auf der Wand hinter seinem Bett.

Ist das die Hölle? Nein.

Es war aber auch nicht der Himmel. Michael drehte sich um. Dort lief der Fernseher, nur ohne Ton. Langsam setzte das Denken wieder ein. Er musste bei den langweiligen Kommentaren eingeschlafen sein. Kein Wunder, so übermüdet wie er war. Irgendwie hatte er es geschafft, den Ton auszuschalten. Michael sah auf die Uhr: 03:39 zeigte die rote Digitalanzeige. Der nächste Tag! Und er lebte.

Man hat mich wieder hereingelegt. Was bin ich für ein Idiot.

Michael hatte schon so viel von Betrug im Internet gehört und gelesen, aber dass es ihn tatsächlich treffen könnte, war ihm im Traum nicht eingefallen. Die Leute waren raffinierter, als er es für möglich gehalten hatte. Sie hatten seine Situation eiskalt ausgenutzt, sein Vertrauen gewonnen, ihn weichgekocht und am Ende abgezockt. Im Nachhinein so simpel und für Unbeteiligte sofort zu durchschauen.

Michael war zu müde, um sich aufzuregen.

Ich bin zu blöde zum Leben. Mein Vater, der schafft etwas Wichtiges. Und ich? Ich werde niemals irgendetwas machen, was für die Welt von Bedeutung ist.

Michael schlief wieder ein. Niemand sagte ihm, dass er sich noch nie so getäuscht hatte wie gerade. Und wenn es ihm jemand gesagt hätte, hätte er es nicht geglaubt.

12. Darmstadt, zwei Wochen später

Olaf fand Anne in einem abgelegenen Raum der ESA. Das gesamte Mobiliar war weggeschafft und der komplette Fußboden mit weißen Tapetenbahnen bedeckt. Anne kroch auf allen Vieren darüber und verlängerte eine schwarze Linie, die sich in einer unregelmäßigen Spirale vom Mittelpunkt in den Raum ausdehnte. Die Spirale konnte man nur erahnen, da der größte Teil mit Fotos überklebt war.

„Hier bist du. Ich habe die ganze Zeit nach dir gesucht."

Anne schreckte hoch. Sie war so vertieft in ihre Aufgabe, dass sie nicht gehört hatte, wie Olaf zur Tür hereinkam.

„Ach, Olaf. Schön dich zu sehen", sagte sie abwesend.

„Das klingt nicht begeistert. Du hast dich rar gemacht seit unserer Party."

„Ich musste erst wieder zu mir selber finden. Übrigens, vielen Dank, dass du mich in den Sani-Raum gebracht hast, nachdem ich eingeschlafen bin."

„Keine Ursache. Ich hätte mir aber gewünscht, danach etwas von dir zu hören."

„Kann ich verstehen. Tut mir auch leid, dass ich mich nicht gerührt habe. Der Abend war schön mit dir, aber ich möchte noch keine Beziehung. Dafür ist in meinem Leben zurzeit kein Platz."

„Schade!" Die Enttäuschung war Olaf anzusehen, aber so schnell wollte er nicht aufgeben. „Und was beschäftigt dich so sehr?"

Anne zeigte auf die verteilten Fotos. „Das hier."

„Das denke ich mir, aber was soll das Ganze?"

„Willst du das wirklich wissen?"

„Über die Abfuhr bin ich zwar nicht begeistert, aber neugierig auf das, was du machst, bin ich trotzdem. Das ist eine angeborene Schwäche von mir." Olaf gelang schon wieder ein kleines Lächeln.

„Okay. Das Kreuz in der Mitte ist der Landepunkt des Mond-Rovers und diese Linie ist die ungefähre Fahrtroute. Die Fotos zeigen die Bilder, die der Rover an der jeweiligen Stelle macht."

Olaf schüttelte zweifelnd den Kopf.

„Woher willst du das wissen? Die Amerikaner geben uns doch kaum Informationen."

„Ja, leider. Sie wollen immer alles für sich behalten. Dabei würde ihnen niemand diesen Landeplatz streitig machen. Egal. Immerhin machen sie die Live-Übertragung im Internet."

Olaf hatte sich anfangs auch in den Raum gesetzt, in dem bei der ESA diese Übertragung lief. Es waren viele da gewesen, aber das war vorbei. „Ja und? Wie willst du aus diesen Bildern etwas herausholen? Ohne Hintergrundinformationen sind sie für wissenschaftliche Arbeit viel zu schwach."

„Das behauptest DU. Man muss eben kreativ sein."

Olaf sah sich die Fotos genauer an. Auf jedem stand in der unteren rechten Ecke ein Copyright-Vermerk: NASA (Team Gordon Forell).

„Hier macht jemand ordentlich Werbung für sich. 'Gordon Forell' - kennst du den?"

„Nein. Du bist doch der Spezialist für die Kontaktpflege."

„Ich weiß nur, dass er Leiter des Rover-Teams ist, mehr nicht."

„Ist auch nicht wichtig."

In einem Wandregal begann ein Drucker zu laufen. Er stand neben Annes Laptop, auf dem die aktuelle Übertragung des Mond-Rovers lief. Olaf ahnte, dass es ein neues Bild für den Fußboden war.

„Ich habe ihn so programmiert, dass er mir alle fünf Minuten ein Bild ausdruckt. Wenn ich sie miteinander vergleiche, weiß ich, welchen Kurs der Rover nimmt."

„Das ist doch viel zu ungenau."

„Nicht, wenn man den Schattenwurf als Basis nimmt. Vom Sonnenstand ausgehend kann ich die genaue Lage berechnen."

„Das ist unglaublich kompliziert."

„Ich weiß, dass du Frauen lieber magst als Zahlen. Bei mir ist es eben anders."

„Danke für die Anspielung."

„Jetzt sei nicht eingeschnappt." Anne hatte das Gefühl, etwas wieder gut machen zu müssen. „Wir sind einfach anders. Es muss ja nicht jeder in Zahlen verliebt sein."

„Ja, so ist das wohl", seufzte Olaf.

Anne ging nicht auf den Seufzer ein. Sie war bei ihrem Thema und wollte mehr erzählen.

„Mit der Zeit habe ich herausgefunden, dass der Rover in einer Spirale fährt. Von Zeit zu Zeit bleibt er stehen. Wahrscheinlich untersucht er den Boden und bringt irgendwelche Markierungen an."

„Markierungen?"

„Klar. Sie müssen doch eine Stelle haben, die sie möglichst exakt treffen. Was nützt der Mondstation ein Versorgungsflug, wenn die Ladung zehn Kilometer weit weg in einem Krater landet."

„Logisch. Und dann wird aus dieser Spirale so etwas wie eine Zielscheibe. Aber sie ziehen doch keine Linie auf dem Mond."

„Gute Idee. Hätte glatt von mir kommen können. Eine schwarze Zielscheibe auf dem Mond würde witzig aussehen." Anne führte ihn zu einem Foto. „Siehst du das hier?"

„Sieht aus wie ein Hering, um ein Zelt festzumachen."

„Das hat der Rover in die Mondoberfläche geschossen. Ich vermute, dass oben in dem Kopf so etwas Ähnliches wie ein RFID-Chip eingebaut ist."

„Wie die neuen Funketiketten im Supermarkt?"

„Genau. Sie brauchen keine Energie. Aber in einem elektrischen Feld geben sie ihre Informationen frei. Diese RFID-Heringe können jahrelang im Boden bleiben, aber ein landendes Raumschiff kann sich daran orientieren."

„Oder automatische Fahrzeuge auf dem Mond", ergänzte Olaf.

„Richtig."

„Das ist interessanter als ich dachte." Olaf war ehrlich erstaunt über Anne. „Aber ich könnte mich nicht die ganze freie Zeit damit beschäftigen."

Anne wusste, worauf Olaf hinaus wollte. „Ich muss es einfach tun. Ich kann nicht anders."

„Dann wünsche ich dir noch viel Erfolg."

Der Drucker sprang wieder an. Anne nahm das neue Bild aus dem Auswurfschacht. Als sie aufsah, war Olaf gegangen.

13. Houston, Texas

Die Zeit zwischen dem Start der Rakete und der Landung des Rovers nutzte Gordon, um sein Team entsprechend den neuen Anforderungen umzubauen. Die Kameraleute waren von einer externen Firma und schon weg. Dafür kamen die Techniker in sein Team, die bereits bei der Herstellung des Rovers mitgearbeitet hatten.

Der Rover lief einwandfrei. Er drehte seine Runden auf dem Mond, erkundete den Landeplatz und brachte die Markierungen zur späteren Orientierung an. Es war alles wenig spektakulär, was die Techniker und Wissenschaftler sehr zufrieden sein ließ. Der Landeplatz sollte langweilig sein, keine Schluchten, keine Felsen, kein dicker Mondstaub.

Im Gegensatz zu den Technikern hatte Gordon keine Freude an der Langeweile auf dem Mond. Ihn trieb es immer wieder zu Balton. Es war schon Abend und Gordon stand vor Baltons Schreibtisch.

„Wie sieht es aus?“

Mehr brauchte Gordon nicht zu sagen. Balton wusste, was Gordon meinte. Mindestens zweimal pro Tag stand Gordon hier und nervte ihn mit den Fragen nach den Benutzerzahlen. Und jedes Mal hatte Balton schlechte Nachrichten für Gordon.

„Die Nutzerzahlen sind weiter eingebrochen.“

Gordon wusste es. Trotzdem regte er sich auf. „Was heißt ‘eingebrochen’? Ich dachte, sie wären nach der Landung schon eingebrochen.“

„Richtig. Die Landung war ein kleiner Höhepunkt zwischendurch und dann ging die Quote runter auf fünf Prozent. Jetzt sind wir noch tiefer gerutscht.“

„Mallone hat mir eben gesagt, dass AOL, T-Online und die Japaner gekündigt haben. ALLE! Wissen Sie, was das für uns bedeutet?“

„Wir verdienen nichts mehr“, stellte Balton trocken fest.

Er war erstaunlich gelassen, wie jemand, der schon lange ahnt, was kommen wird, und den es deshalb nicht mehr erschreckt.

„Wir verdienen nichts mehr. Genau das ist es. Und was tun Sie?“ Gordon war aufgebracht und sein Kopf leuchtete rot.

„Was ich tue? Ich habe die Server abgeschaltet. Die wenigen Klicks schafft eine unserer Maschinen allein.“

„Das habe ich nicht gemeint“, schrie Gordon und das Rot wurde eine Spur dunkler. „Ich will wissen, was Sie tun, damit es besser wird.“

„Nichts!“

Gordons Augen quollen hervor, aber Balton machte ungerührt weiter. Gordons Reaktion schien ihn sogar zufriedenzustellen.

„Ich kann nichts tun. Sie liefern langweilige Bilder. Alles grau in grau. Der Rover kriecht wie eine Schnecke ...“

Lassen Sie sich gefälligst etwas einfallen, damit die Quote wieder hoch geht!“

„Erst brauche ich mehr Action da oben. Lassen Sie es spannend werden. Geben Sie mehr Gas!“

„Sie sind wohl übergeschnappt. Das ist doch kein Autorennen.“

„Dann kriegen Sie auch nicht so viele Zuschauer wie bei einem Autorennen.“

Balton hatte Lust am Provozieren bekommen. Er hatte sowieso keine Chance, also … „Wenn Sie es besser können, dann machen Sie es doch.“

„So können Sie nicht mit mir reden ...“

„Kann ich doch! Weil Sie mich sowieso gleich rausschmeißen werden.“ Baltons Zufriedenheit wuchs mit jedem Satz. Er hatte ein Gefühl der Leichtigkeit in seinem Kopf, während Gordons Kopf alles Blut seines Körpers aufzusaugen schien.

„Sie sind gefeuert! Sofort! Verschwinden Sie so schnell wie möglich.“

„Gerne. Ich habe sogar schon gepackt.“ Balton bückte sich, zog eine Kiste unter seinem Schreibtisch hervor und spazierte an dem verdutzten Gordon vorbei.

„Was Sie noch wissen sollten: Meine Schicht hat vor dreißig Minuten begonnen. Ach, ja ... und mein Team ist schon gegangen. Da ist niemand mehr erreichbar. Auf meinem Schreibtisch liegt eine Anleitung, was zu tun ist. Ich wünsche Ihnen viel Spaß an meinem Arbeitsplatz."

Ohne eine Reaktion abzuwarten, trug Balton seine Kiste durch die Tür und verschwand im Flur.

Gordon stand wie versteinert vor Baltons Schreibtisch. Sein Gehirn fühlte sich an, als ob es in einen Mixer geraten wäre. Im Zeitlupentempo verteilte sich sein Blut von seinem Kopf wieder im restlichen Körper. Langsam setzte Gordon sich in Bewegung und ging um den Schreibtisch herum. Er musste sich dringend setzen und ließ sich in Baltons Bürosessel fallen. Die Schreibtischplatte war fast leer, bis auf die Monitore und ein dünnes Heft mit der Aufschrift „Dienstanweisung". Gordon nahm es in die Hand und sah sich die Tabelle an, die unter der Überschrift zu sehen war: Datum, Uhrzeit, Name. Hinter dem heutigen Datum stand 20:00 - 8:00, Timothy Balton. Gordon sah auf die Uhr: 20:30. Baltons Schicht hatte tatsächlich gerade angefangen.

Gordon ging seine Optionen durch. Es gab nicht viele. Die Leute aus Baltons Team waren nicht erreichbar. Bei seinem Team war es ähnlich. Nur Teresa war eben noch da gewesen, aber sie hatte von diesem Bereich keine Ahnung. So sehr er nachdachte, es fiel ihm niemand ein, den er her beordern konnte. Ihm dämmerte, dass er für heute verloren hatte. Er hätte Balton erst morgen feuern sollen. Jetzt musste er wohl oder übel in den sauren Apfel beißen und Baltons Schicht übernehmen. Bei aller Automatisierung ließ sich menschliche Überwachung nicht ersetzen. Das würde eine lange Nacht werden nach dem langen Tag, den er schon hinter sich hatte.

„Mal sehen, was es zu tun gibt."

Nach einer viertelstündigen Beschäftigung mit der Dienstanweisung stand fest: Es gab nichts zu tun.

Steuern musste den Rover niemand, er folgte einem halbintelligenten Programm. Normalen Hindernissen wich er selbständig aus und fand danach ohne menschliche Hilfe auf den ursprünglich geplanten Weg zurück.

Gordon sah auf das Bild des linken Monitors. Hier war die Übertragung des Rovers zu sehen: Trockene, öde Landschaft.

Nichts war in Sicht, das zu Problemen führen könnte. Der rechte Monitor zeigte die Internetaktivität, dargestellt in der Art eines Fieberthermometers. Je größer die Nachfrage, desto höher stieg der Pegel. Erreichte er eine rote Markierung, kam das Kapitel 'Lastverteilung' aus der Dienstanweisung ins Spiel. Nur - der Pegel war ganz unten, fast bei null.

„Der hat aber einen gemütlichen Job gehabt", murmelte Gordon. „Dasitzen und fernsehen."

Gordon lehnte sich zurück und beobachtete, wie der Rover langsam durch die Landschaft rumpelte. In Zeitlupe zogen die herumliegenden Steine vorbei. Er war überzeugt eine ganze Stunde zugesehen zu haben, als er auf die Uhr blickte. „Verdammt - erst zehn Minuten." Die Zeit kroch ja noch langsamer als der Rover. Konnte man ihn wirklich nicht beschleunigen? Konnte man nicht!

Gordons Augenlider sanken in immer kürzeren Abständen nach unten. Er mühte sich mit Atemübungen und versuchte alle Bürogymnastik, an die er sich erinnern konnte. Jede weitere Stunde war anstrengender als die, die gerade vorbei war.

Welcher Idiot hat so lange Schichten angeordnet?

Gordon wusste es genau. Er selbst war dieser Idiot gewesen. „Wir müssen sparen. Wir können uns kein zusätzliches Personal leisten", hatte er gesagt. „Rumsitzen und einen Monitor beobachten ist doch keine Arbeit." Jetzt sehnte er nichts mehr herbei als die Ablösung.

Gordons Blicke zum Monitor wurden seltener. Immer nur Steine und der Kram, der da herumlag.

Kram?, kroch es in seinen Verstand. *Wieso 'Kram'?*

Da lag etwas, das kein Stein war. Irgendetwas Regelmäßiges. Der Rover rollte auf seinem Weg näher heran. Jetzt konnte Gordon es erkennen. Es war eine Schraube. Eindeutig. Was hatte die hier zu suchen? Sie kam ihm irgendwie fremdartig vor, anders als die Schrauben, die er kannte.

Die Gedanken kamen wie Reflexe: *Hier stimmt etwas nicht! Das darf nicht jeder sehen.*

„Abschalten! Abschalten", brüllte er ...

Endlich. Die Übertragung ins Internet war unterbrochen und Gordon konnte sich das Bild in Ruhe ansehen. Nur er alleine.

Es war eine Schraube, keine Frage. Und sie war fremdartig. Auch keine Frage. An dem Gewinde gab es eine Bruchstelle. Aber wo war sie abgebrochen? Er schwenkte die Kamera so weit wie möglich und manövrierte den Rover nach rechts und links. Kein Ergebnis.

„Schade", murmelte er.

Egal. Jetzt galt es, den Fundort zu sichern. Er schoss gleich drei Markierungssonden um die Schraube herum in den Boden. Es waren die letzten, aber das war die Sache wert.

Jegliche Müdigkeit war vergessen. Mit jeder Minute wurde ihm mehr bewusst, welche Bedeutung diese Entdeckung hatte. Er musste handeln.

14. Darmstadt, Deutschland

„Fertig“, stellte Anne erleichtert fest. Sie speicherte die Daten ihrer Analyse zur Sicherheit noch einmal ab und sandte sie anschließend als E-Mail-Anhang an ihren Praktikumsvater. Jetzt hatte sie frei und konnte sich wieder ihrem Lieblingsthema widmen. Auf dem Flur kam ihr Olaf entgegen.

„Na? Wieder auf dem Weg zu deiner Mondlandschaft?“

Anne war ihm nicht böse, dass er ihren Raum so nannte. Er sah inzwischen tatsächlich so aus wie ein Ausschnitt der Mondoberfläche.

„Klar doch.“

„Wird dir das nicht langweilig?“

„Nein.“

„Weißt du, dass du die Einzige bist, die sich das noch ansieht? Die Übertragung im Seminarraum hat man gestern eingestellt. Es läuft nur noch die automatische Aufzeichnung.“

„Ach ja?“ Anne hatte keine Lust auf ein Gespräch. „Ich muss weiter. Bis später.“

„Falls du wieder auf der Erde landest, hast du ja meine Handy-Nummer“, rief Olaf ihr nach.

Anne ging zuerst zum Drucker. Dort hatten sich eine Menge Fotos angesammelt. 12 pro Stunde, das hieß über 200 seit gestern Abend. Das bedeutete eine Menge Arbeit, aber das störte sie nicht. Bevor sie loslegte, wollte sie sich einen Augenblick bei der Übertragung entspannen. Sie fand es beruhigend, wie der Rover so unaufgeregt über die Mondoberfläche fuhr. Sie stellte sich vor, der Rover hätte einen Fahrersitz und sie würde am Steuer sitzen.

Anne stutzte. Etwas irritierte sie auf dem Bild. Sie rutschte näher. Da lag etwas Fremdartiges. Es war zu undeutlich, aber der Rover fuhr direkt darauf zu und die Kamera war glücklicherweise auf den Boden gerichtet. Jetzt konnte sie es klar sehen: eine Schraube.

„Eine Schraube auf dem Mond!“, flüsterte Anne.

Aber nicht nur der Ort war seltsam, auch die Schraube selbst war es. Solch eine Schraube hatte sie noch nie gesehen. Was machte die hier? Am Gewinde konnte sie eine Bruchstelle erkennen.

Hoffentlich zoomt die Kamera näher. Die bei der NASA müssen doch merken, dass hier etwas nicht stimmt.

Anne selbst konnte nicht näher an den Monitor, sie fiel schon fast hinein. Ohne Übergang verschwand das Bild.

„Verbindung zum Server unterbrochen", stand es unmittelbar vor ihren Augen.

„Scheiße!"

Der Drucker begann zu arbeiten.

Der automatische Screenshot!

Voller Hoffnung wartete Anne auf den Ausdruck. Mit rasendem Puls riss sie das Blatt aus dem Schacht.

„Verbindung zum Server unterbrochen", stand darauf.

Wütend warf Anne das Blatt auf den Boden. Sekunden zu spät! Jetzt hatte er nur die Fehlermeldung ausgedruckt.

Die automatische Aufzeichnung!

Anne rannte los, den Flur entlang und die Treppe hinunter in den Keller. Dort musste irgendwo die Technik sein. Am ersten Tag des Praktikums war sie durch die Gebäude geführt worden. Sie konnte sich leider nur schwach erinnern. Es waren so viele Eindrücke gewesen. Damals waren ihr die Flure nicht so lang vorgekommen. Alle Türen waren verschlossen. Sie war falsch und rannte zurück in die andere Richtung. Endlich. 'Server-Raum' stand an der Tür und sie war nicht verschlossen.

Der Administrator war nicht zu sehen. Anne ging die Schränke entlang. Glücklicherweise war alles perfekt beschriftet. Das musste er sein. Mit Entsetzen sah Anne die rote Anzeige auf dem Monitor blinken: „Festplatte voll. Bitte Dateien löschen oder Platte wechseln."

Das konnte nicht wahr sein! Das durfte nicht wahr sein! Wo war der Administrator? Er hätte das schon lange bemerken müssen. Mit Sicherheit gab es genügend Vorwarnzeit. Aus dem Nebenzimmer drangen Geräusche. Anne stürzte in den Raum und konnte nicht glauben, was sie sah. Der Administrator mit einem Mädchen vom Kantinenpersonal! Da lagen sie halb ausgezogen auf einer Decke und sahen erschrocken in Annes Richtung.

Anne sackte in sich zusammen. Sie war fertig. Fix und fertig. Sie schimpfte nicht und sie fragte nicht nach der Aufzeichnung. Sie wusste, es würde keine geben. Die Sache hatte keine Priorität gehabt. Deshalb wurde auch nicht doppelt gesichert.

Ratlos machte Anne sich auf den Weg zurück. Sie hatte keine Energie mehr, die Fotos zu berechnen und auf dem Boden zu verteilen. Unentwegt dachte sie daran, was sie gesehen hatte und was man noch tun konnte. Sie musste an die Aufzeichnung kommen! Unbedingt. Aber sie wusste nicht wie.

15. Houston, Texas

Gordon konnte es kaum abwarten, bis Richard Wincent in seinem Büro war. Gordon hatte sogar einen Zwanzig-Dollar-Schein geopfert, damit ihm der Mann an der Pforte Bescheid gab. Zum Glück kam Wincent immer früh.

Gordon wählte die direkte Nummer von Richard Wincent. Sie war nur wenigen Entscheidungsträgern bekannt und durfte ausschließlich bei wichtigen und vertraulichen Angelegenheiten benutzt werden. Seine Angelegenheit war wichtig, fand Gordon, und er hatte auch keine Lust mit Wincents Sekretärin zu diskutieren.

„Ja, bitte? Ich bin auf dem Weg zu einem Meeting." Wincent klang schon gehetzt, obwohl der Tag gerade erst begonnen hatte. „Worum geht es?"

„Es handelt sich um eine vertrauliche Angelegenheit. Kann jemand mithören?" Gordon fand es förderlich, seine Sache spannend zu machen.

„Nein. Sie können sprechen."

„Wir haben auf dem Mond etwas Erstaunliches entdeckt. Ein Stück Technik, das nicht von der Erde stammt."

Stille am anderen Ende der Leitung. Dann: „Was ist es?"

„Das möchte ich Ihnen zeigen. Ich habe Fotos."

„Kommen Sie sofort in mein Büro!"

„Ich bin schon unterwegs."

Gordon raffte seine Unterlagen zusammen und ging auf dem kürzesten Weg zur obersten Etage. Wincent hatte seine Sekretärin schon angewiesen, Gordon sofort durchzuwinken. Der klopfte und trat ein.

„Da bin ich aber gespannt", wurde er empfangen. „Ich hoffe, dass Sie mich nicht ohne wichtige Beweise von meinem Meeting abhalten. Zeigen Sie her!"

„Das würde ich niemals wagen."

Gordon verteilte großformatige Ausdrucke auf dem Konferenztisch. Wincent sah ihm neugierig zu.

„Hmm. Ich sehe nur ein Stück von einer Schraube. Das ist nicht viel. Und Sie meinen, dass es keine Schraube von der Erde ist?"

„Zu hundert Prozent."

„Wie können Sie so sicher sein? Sie könnte vom Absturz einer Sonde stammen."

„Es gab keinen Absturz einer Sonde in dieser Region am Südpol."

„Von uns sicher nicht, aber was ist mit Chinesen, Japaner, Inder?"

„Sonden zum Mond kann man nicht verheimlichen. Wir kennen alle Sonden, die zum Mond geschossen wurden."

„Möglicherweise anderer Weltraumschrott. Es fliegen tausende kleine und große Bruchstücke da oben herum."

„Das weiß ich, aber sehen Sie sich das Umfeld der Schraube genau an. Es gibt nicht die geringsten Spuren eines Einschlags. Wenn sie in den letzten Jahrzehnten vom Himmel gefallen wäre, müsste es mindestens einen winzigen Krater geben."

„Das ist einleuchtend."

„Es gibt noch weitere Hinweise. Nahezu alle Schrauben auf der Erde haben ein Rechtsgewinde. Das heißt, man zieht sie im Uhrzeigersinn herum fest. Diese Schraube hat ein Linksgewinde. Dann achten Sie auf den Kopf! Kennen Sie einen Schraubenzieher, der zu dieser Schraube passt?"

Gordon deutete auf ein neues Bild, auf dem der Kopf der Schraube stark vergrößert war.

„Sie haben Recht. Unsere Schrauben haben einen Schlitz oder einen Kreuzschlitz. Hier braucht man einen dreieckigen Schraubenzieher."

„Und als Letztes: Wenn Sie die Oberfläche ansehen, werden Sie feststellen, dass sie mit vielen winzigen Kratern und kleinen Flecken übersät ist. Das rührt eindeutig von Mikrometeoriten her. Das heißt, dass diese Schraube schon sehr, sehr lange auf dem Mond liegt."

„Unglaublich!" Wincent holte tief Luft. „Und wo *eine* Schraube ist, könnte sehr gut mehr liegen."

„Vollkommen richtig“, stimmte Gordon zu. „Und dieses ‘mehr’ dürfte mehr als nur interessant sein.“

Wincent ging langsam um den Tisch mit den Bildern herum.

„Dieser Fund hat enorme Bedeutung. Wer weiß davon?“

„Nur ich. Aber ein erstes Bild war ca. 20 Sekunden im Internet. Ich habe natürlich nicht mit so einem Fund gerechnet, deshalb hat das Abschalten etwas gedauert.“

„Das ist schlecht, aber ich will Ihnen keinen Vorwurf machen. Wir werden das in den Griff kriegen.“

Gordon nickte. „Und was machen wir jetzt?“

„Wir können nicht verhindern, dass es Nachfragen und Gerüchte geben wird. SIE werden vor die Kameras treten. Leugnen Sie! Machen Sie die Frager lächerlich. Schieben Sie sie in eine Schublade mit Phantasten. Was immer Ihnen einfällt. ICH werde heute noch mit dem Präsidenten sprechen und Weiteres veranlassen. Diese Angelegenheit ist TOP SECRET! Niemand darf davon erfahren. Und wenn ich ‘niemand’ sage, dann meine ich niemand.“

„Jawohl, Sir!“

Gordon verabschiedete sich. Er hatte mehr erreicht als erhofft. Richard Wincent war tatsächlich ein Mann der Tat. Wenn er von einer Sache überzeugt war, dann backte er keine kleinen Brötchen mehr.

Eine halbe Stunde später startete ein Learjet Richtung Washington.

Am nächsten Morgen wurde Gordon von Teresa direkt in Richard Wincents Büro umgeleitet. Dieses Mal war auch Malloy, Wincents Stellvertreter, anwesend.

„Gut, dass Sie so schnell gekommen sind“, begann Wincent ohne weitere Begrüßung. „Ich möchte Ihnen mitteilen, was mein Besuch beim Präsidenten ergeben hat. Sie sollen informiert werden, weil Sie das Problem schon kennen. Darüber hinaus wollen wir den Kreis der Eingeweihten so klein wie möglich halten.“

Gordon sagte nichts. Er nickte nur und bemühte sich, seinen Stolz hinter einer abgeklärt wirkenden Fassade zu verbergen.

„Wir werden die Angelegenheit mit aller Energie vorantreiben. Sie ist vom Präsidenten und seinen Beratern mit höchster Priorität eingestuft worden. Da wir technisch noch nicht so weit sind, in den nächsten zwei Jahren eine bemannte Mission zum Mond zu schicken, werden wir eine weitere Robot-Mission starten. Dieses Mal mit drei Robotern. Einer soll die Schraube bergen und zur Erde bringen, zwei weitere werden die Gegend absuchen. Der Rover, der jetzt oben ist, soll suchen solange er kann, aber wenn ich richtig informiert bin, sind die Reserven bald erschöpft.“

„Leider ja. Er hatte Energie für seine begrenzte Aufgabenstellung. Bis auf einen kleinen Puffer zur Reserve ist nicht mehr viel übrig.“

„Wir machen das Beste aus der Situation. So können wir die zweite Robot-Mission nutzen, um unsere Fähigkeit zu punktgenauer Landung zu testen. Unter diesem Stichwort werden wir diese Mission der Öffentlichkeit verkaufen. Parallel dazu werden wir die Vorbereitungen für eine bemannte Mission erheblich verstärken. Wenn die Schraube auf der Erde untersucht worden ist und sich unsere Vermutung bestätigt, darf nicht zu viel Zeit vergehen, bis wir starten können.“

Gordon war beeindruckt. „Und die Finanzierung?“

„Ist gesichert. Für die gesamte Aktion werden wir vorläufig einen Etat von 50 Milliarden Dollar zusätzlich bekommen.“

Gordon hatte mit viel Geld gerechnet aber nicht mit so viel. Wincent sah es ihm an.

„Denken Sie, das ist viel?“

„Allerdings!“

„Es ist kein Zehntel von dem, was uns der Irak-Krieg gekostet hat, und das hier könnte wichtiger sein. Also?“

Das war logisch - für ihn, der eingeweiht war, aber was war mit der ahnungslosen Öffentlichkeit?

„Ich kann zwar Nachfragen abbiegen, aber wenn bekannt wird, dass wir 50 Milliarden extra bekommen, wo der Staatshaushalt dermaßen verschuldet ist, werden die Leute misstrauisch werden, irgendwas Ungewöhnliches vermuten und umso härter nachbohren.“

„Das ist richtig. Aber 50 Milliarden können selbst wir nicht lange geheim halten. Wir können nur unser Bestes geben, um die Gerüchte zu entschärfen. Dabei werden uns das FBI und die NSA unterstützen. Malloy, erklären Sie, was zu tun ist!“

Malloy, der sich bisher unauffällig im Hintergrund gehalten hatte, trat einen Schritt nach vorne.

„Sie werden dem FBI alle IP-Adressen der Rechner zukommen lassen, die in den bewussten zwanzig Sekunden mit uns verbunden waren. Das FBI wird die entsprechenden Rechner infiltrieren und die relevanten Daten löschen, wenn nötig auch die ganze Festplatte.“

Gordon konnte sich das zwar gut vorstellen und hatte schon einiges gehört, aber das waren immer nur Gerüchte. Jetzt bot sich eine Chance, mehr zu erfahren. Man konnte nie genug wissen. „Und das können die einfach so machen?“

„Meinen Sie, unser Geheimdienst investiert Millionen in die Zusammenarbeit mit Microsoft, weil wir Langeweile haben? Schon seit Jahren entwickelt die NSA gemeinsam mit Microsoft die Betriebssysteme und den Internet-Explorer. Das öffnet uns viele Türen“, schmunzelte Malloy vieldeutig. „Wenn die Informationen eliminiert sind, bleiben nur Gerüchte ohne Fakten. Die werden sich totlaufen. Und das Geld zu rechtfertigen, ist nicht unser Problem. Dafür werden die Jungs in Washington bezahlt.“

16. Darmstadt

Lustlos schob Anne einige Fotos auf dem Boden hin und her. Neue waren nicht mehr hinzugekommen, weil die NASA die Übertragung endgültig abgeschaltet hatte. Die ganzen Berechnungen machten Anne keinen Spaß mehr. Plötzlich schien ihr alles so sinnlos. Sie packte den Rest der Fotos zusammen und fuhr deprimiert nach Hause.

Lisa war eine Freundin der besonderen Art. Sie schien einen siebten Sinn zu haben, wenn Anne an ihrer Tür vorbeikam und es ihr nicht gut ging.

„Hi, Anne. Du bist heute aber früh."

„Hi, Lisa", klang es müde zurück.

„Was ist denn mit dir los? Du siehst aus wie ein Luftballon, aus dem man die Luft rausgelassen hat."

„So fühle ich mich auch."

„Dann komm rein!"

Lisa fackelte nicht lange, griff Anne am Arm und zog sie in ihr Appartement. Anne leistete keinen Widerstand.

„Jetzt mache ich uns einen Tee und du erzählst mir alles."

Lisa werkelte an der Küchenzeile, während Anne sich in den Sessel fallen ließ und in die Luft sah.

„Dich hat es aber wirklich erwischt", stellte Lisa fest, als sie mit der Teekanne und zwei Tassen zu Anne kam. „Hat dich ein toller Typ versetzt?"

„Schlimmer!"

„Hast du die Liebe deines Lebens gefunden und heute gemerkt, dass er verheiratet ist?"

„Noch viel schlimmer."

„Dann ist es ernst. Erzähl!"

Anne schüttete ihr Herz aus und Lisa hörte geduldig zu. Das meiste verstand Lisa nicht. Auch die Fotos sagten ihr nichts.

„Also, ich habe keine Ahnung, worum es geht", sagte Lisa, „aber eins weiß ich: Du brauchst nicht nur Tee. Du brauchst Tee mit Rum. Mit viel Rum."

Die Rum-Flasche stand in Griffweite im Regal. Anscheinend brauchte Lisa selbst des Öfteren Tee mit Rum. Lisa war nicht geizig und Anne trank ohne Widerspruch. Es tat gut, alle Gedanken herauszusprudeln, ohne sie vor Lisa sortieren zu müssen. Der Rum ging schneller zu Ende als der Tee, aber das störte niemanden.

Anne wachte vor Lisa auf. In der Nacht hatte sie es nur bis zu Lisas Bett geschafft. Jetzt war es schon Mittag. Eigentlich musste sie an ihrem Arbeitsplatz sein. Man würde ihr diesen Ausrutscher verzeihen, denn normalerweise war sie sehr zuverlässig. Vorsichtig kletterte sie über Lisa und schlich in ihr Appartement.

Das warme Wasser der Dusche verscheuchte Annes Brummschädel. Schrittweise kehrte ihr Denkvermögen zurück. Was hatte Lisa gesagt? „Frag doch einfach den Typen, der unten auf den Fotos steht. Der müsste doch alle Aufnahmen haben."

Das war's! Warum war sie nicht selbst auf diese Idee gekommen? Anne war vor lauter Frust total blockiert gewesen, aber jetzt kam die Hoffnung zurück und sie hatte es plötzlich eilig. Notdürftig abgetrocknet und in ihr Duschtuch gewickelt ging sie zu ihrem Laptop, der wie immer auf dem Schreibtisch stand. Dieses Mal war keine Schraube in ihrem Teppich versteckt.

Die NASA-Seiten waren schnell im Internet gefunden. Die Mond-Rover-Mission hatte ihre eigene Rubrik. Überall war der Name 'Gordon Forell' zu lesen und es dauerte nicht lange, bis sie die E-Mail-Adresse entdeckte. Sie formulierte eine freundliche Bitte mit ihrem Anliegen. Er würde sicher viel Post bekommen, deshalb stellte sie sich als Wissenschaftlerin mit dem Schwerpunkt 'Mond-Erforschung' vor. Als Kollege würde er ihr bestimmt helfen. Zuversichtlich klickte Anne auf Senden.

17. Houston, Texas

Endlich Ferien! In dieser Beziehung dachte Michael wie alle anderen Schüler auf dieser Welt. Selbst wenn für die Ferien nichts Interessantes geplant war, konnte man sie kaum erwarten. Für Michael war es die erste Gelegenheit, nach seiner Pleite mit seinem Internet-'Berater' wieder nach Hause zu kommen. Der Flug von San Diego nach Houston verlief ruhig. Der Empfang am Flughafen durch seine Mutter leider auch.

„Schön, dass du da bist, Michael. Guten Flug gehabt?"

„Hat alles bestens geklappt."

„Na prima."

Sie nahm ihm die Reisetasche ab und marschierte Richtung Parkhaus. Michael konnte seiner Mutter ansehen, dass ihr ihre Reaktion bei seinem letzten Besuch äußerst unangenehm war. Wie es typisch für sie war, sprach sie es aber nicht an. Statt dessen plapperte sie über dies und das aus der Nachbarschaft. Michael war die Angelegenheit ebenfalls peinlich und so ergab sich ein stillschweigendes Übereinkommen, das Thema zu vermeiden.

Mehr als das Geschwätz aus der Nachbarschaft interessierte Michael das neue Auto. Eine teure europäische Luxus-Limousine. Der Motor hörte sich anders an als die üblichen amerikanischen Sechszylinder.

„Tolles Auto habt ihr. Muss schweineteuer gewesen sein. Ist das ein Bluetec oder Hybrid?"

Amanda zuckte mit den Achseln. „Ich weiß nicht. Dein Vater hat es vor Kurzem gekauft. Es hat eine Stange Geld gekostet, aber er verdient mehr in der letzten Zeit."

„Dann hat er immer noch so viel zu tun?"

„Noch mehr als früher. Er leitet irgend so ein Geheimprojekt. Er spricht nicht darüber, aber es soll sehr wichtig sein. Er kommt selten nach Hause ..."

Michael hatte genug erfahren. Seine Mutter redete weiter, aber das rauschte an ihm vorbei wie die Autos auf dem Highway. Seinen Vater würde er also nicht zu Gesicht bekommen. Es würde sein wie immer in den letzten Jahren.

Sie bogen vom Highway ab und fuhren in ein exklusives Wohngebiet. Je weiter man fuhr, desto aufwändiger wurden die Häuser - und sie hatten noch ein gutes Stück zu fahren. Ein gepflegter Vorgarten nach dem nächsten zog an der Scheibe vorbei. Michael wusste, dass die Garagentore nicht zufällig offen standen. Die Besitzer wollten, dass man sah, was sie alles in ihren Garagen stehen hatten, die Symbole ihres Erfolges. So war es auch bei ihnen zu Hause. In den vorletzten Ferien hatte sein Vater seine Mutter heftig zurechtgewiesen, als sie das Garagentor zu früh geschlossen hatte.

Ob diese Familien hier genauso unglücklich sind wie meine eigene?

Bevor Michael eine Antwort fand, bog seine Mutter in die Auffahrt zur Garage ein. Immerhin erwartete Michael hier eine stürmische Begrüßung. Jerry, ihr Golden Retriever, kam laut bellend auf ihn zugestürmt. Niemand konnte es ihm austreiben, an einem hochzuspringen. Ohne ausgiebige Begrüßung gab Jerry niemals Ruhe. Seine Freude konnte man an dem heftig wedelnden Schwanz ablesen.

„Hey, Jerry“, rief Michael ihm zu, während Jerry wilde Kreise um ihn zog. „Dir geht es gut, was?“

„Wau. Wau!“

Die Woche verlief ereignislos. Seinen Vater sah Michael erst am Samstagabend. Ob sein Vater ihn sah, zog Michael ernsthaft in Zweifel. Der hatte nur Augen für seinen Laptop. Er sah sich ständig ein Video an, aber als sich Michael neugierig zu ihm gesellen wollte, klappte er den Laptop zu.

„Das ist nichts für dich“, kanzelte der ihn ab.

„Wenn du meinst.“

Michael drehte wieder ab, aber so leicht würde er sich nicht ausbooten lassen. Sein Vater hatte wohl übersehen, dass er kein kleines Kind mehr war. In sicherer Entfernung lehnte Michael sich lässig an eine Wand und begann mit seinem Handy zu spielen. Wie erwartet klappte sein Vater den Laptop wieder auf, gab das Passwort ein und setzte seine Arbeit fort.

Michael beglückwünschte sich, auf dem neuesten Stand der Technik zu sein. Was die Handys mit Videofunktion alles hergaben - sein Vater würde staunen. Mit entsprechender Vergrößerung hatte Michael das Passwort schnell rekonstruiert: Mirjam-6.

Mirjam? Wer ist das?

Michael hatte keine Idee. Egal. Wichtiger und schwieriger war, unbeobachtet an den Laptop zu kommen.

Die Gelegenheit kam schneller als erwartet. Michael war leidenschaftlicher Langschläfer - und hätte die Gelegenheit fast sogar verpasst. Als er am nächsten Morgen aufwachte, waren seine Eltern im Gottesdienst. Michael sah auf die Uhr: 12:45.

Verdammt, sie sind bald schon wieder zurück.

Jetzt musste es schnell gehen: Laptop gestartet, Passwort eingegeben, letzte benutzte Dokumente aufgerufen - Volltreffer! Hier war das Video. Zum Anschauen blieb keine Zeit. Die Motorengeräusche des neuen Autos hatte Michael verinnerlicht. Durch das geöffnete Fenster hörte er, wie der Wagen die Einfahrt hoch fuhr. Das wurde eng.

Mit fliegenden Handgriffen verband er den Laptop mit seinem Handy. Wegen der Videofunktion hatte es zum Glück einen großen Speicher. 'Datei kopieren!' Verbleibende Zeit: zwei Minuten.

Zu lange.

Michael hastete zur Tür und ließ Jerry hinaus. Der stürzte sich mit freudigem Gebell auf die Ankömmlinge und wollte begrüßt werden. Das brachte eine zusätzliche Minute und die reichte gerade.

Im gleichen Moment, als die Haustüre aufging, wurde der Laptop vom Handy getrennt und zugeklappt. Michael hechtete in einen Sessel. Das Handy noch in der Hand tat er so, als würde er gelangweilt von seinem Spiel aufsehen, als seine Eltern ins Wohnzimmer kamen. Sein Herz pochte rasend schnell, aber das konnten seine Eltern nicht sehen.

„Hi, Michael. Auch schon wach?“

„Sicher.“

„Dir fällt wohl nichts Besseres ein, als mit deinem Handy zu spielen?“, wollte sein Vater wissen.

„Was ist so schlimm daran? Ich habe Ferien.“ Es war Zeit, die Fragerei umzukehren. „Und? Wie war es bei euch in der Kirche?“

„Gute Predigt.“

Michael fragte nicht mehr, weil es ihn nicht interessierte, und sein Vater sagte nichts mehr, weil er nicht mehr wusste.

„Mach dich fertig. Wir wollen essen gehen.“

Gordon hielt es nicht lange aus bei seiner Familie. Am Spätnachmittag kündigte er an: „Ich muss wieder ins Büro. Die Arbeit ruft.“

Amanda war wenig begeistert.

„Schon? Du bist so selten hier und jetzt ist doch Michael zu Besuch.“

„Ich weiß. Es tut mir auch leid. Ich kann aber nichts machen. Das ganze Programm hängt an mir. Es ist ungeheuer wichtig. Das müsst ihr verstehen.“

Michael war es inzwischen egal. Selbst die ohnehin geringe Erwartung an irgendein gemeinsames Erlebnis mit seinem Vater war verdampft.

„Ist schon gut, Dad. Geh nur, wenn es so wichtig ist.“

„Schön, dass du mich verstehst, Michael. Damit du dir in den Ferien noch etwas leisten kannst, habe ich das Limit für deine Kreditkarte erhöht. Kauf dir was Schönes oder mache eine Woche Urlaub am Meer.“

„Danke, Dad.“

Dass Michael direkt am Meer wohnte, hatte sein Vater wohl vergessen.

Gordon verschwand und kam kurze Zeit später mit einem gepackten Rollkoffer zurück. Ein kurzer Kuss für Amanda, ein Schulterklopfen für Michael, das war’s. Mit dem Laptop unter dem Arm und dem Rollkoffer in der Hand verschwand er nach draußen. Michael hatte keine Lust ihm zu folgen. Er beobachtete durch das Fenster, wie Gordon mit dem neuen Wagen verschwand.

Ich werde auch bald verschwinden. Das ist hier ja noch öder als im Internat.

Gordon war froh, das Wochenende hinter sich zu haben. Die familiären Pflichtübungen waren fast genauso anstrengend wie seine Arbeit.

Das Auto roch noch neu und es fuhr sich ruhig und elegant über den Highway, wobei es gleichzeitig Kraft und Stärke ausstrahlte. Zu Gordons Leidwesen konnte er die reichlich vorhandenen PS nicht ausnutzen. Gezwungenermaßen schwamm er im Verkehr der anderen Autos mit. Die Ausfahrt zur NASA näherte sich. Mit einem Lächeln auf dem Gesicht ignorierte er sie.

Gordons Fahrt führte in die Innenstadt. Dort gab es einen Treffpunkt, für den er das eingebaute Navigationsgerät schon gar nicht mehr benötigte. zehn Minuten noch. Gordons Spannung stieg mit jedem Kilometer. Wie würde sie heute sein? Sie schaffte es jedes Mal, ihn zu überraschen. Mirjam war ein richtiger Jackpot.

Da stand sie an der Ecke. Gordon schnalzte mit der Zunge. Mirjam hatte mal wieder erstaunliches Gespür bewiesen, die Grenze zwischen ‘noch elegant’ und ‘noch nicht ordinär’ exakt zu treffen. Sie trug ein Kostüm, bei dem der Rock natürlich kürzer sein durfte als in der Firma. Auch die Absätze ihrer Schuhe waren zwei Zentimeter höher. Ihre Lippen waren intensiv geschminkt. Am liebsten würde Gordon das geplante Essen ausfallen lassen und sofort zur Sache kommen. Aber der Abend war ja noch lang.

Mirjam stieg ein und hauchte ihm einen Kuss auf die Wange, um ihren Lippenstift nicht zu verschmieren. „Schön, dass du Zeit hast.“

„Du weißt doch: alles nur eine Sache guter Planung.“

Gordon stellte zufrieden fest, dass Mirjams Rock weitere Zentimeter nach oben rutschte, als sie sich neben ihn setzte.

„Ich freue mich auf den Abend.“

Sie legte ihre Hand auf die Innenseite seines Oberschenkels, während Gordon beschleunigte. „Wo soll‘s denn hingehen?“

„Ins Golden Eye. Das ist ein edles Lokal im Westend."

„Klingt spannend. Nach James Bond."

„Soll ja auch ein spannender Abend werden."

Der Kellner führte Gordon und Mirjam zu einem Tisch in einer kleinen Nische. Das Licht spiegelte sich in den Weingläsern und dem Silberbesteck. Die Stühle waren dick gepolstert. Duftende Kerzen sorgten für ein dezentes Aroma in der Luft.

„Gute Wahl." Mirjam lächelte Gordon anerkennend zu. „Du hast Geschmack."

„Das Kompliment gebe ich gern zurück. Du siehst heute wieder umwerfend aus."

„Danke."

Gordon ließ sich drei Flaschen Wein bringen und wählte den teuersten aus. Zum Essen nahmen sie die Menüs, die ihnen der Kellner empfahl.

„Darf ich es mir etwas bequemer machen?", fragte Mirjam, obwohl sie die Antwort natürlich kannte.

„Selbstverständlich. Tu dir keinen Zwang an."

Gordon benahm sich wie ein echter Gentleman, half Mirjam aus ihrer Jacke, genoss den Anblick, der sich dabei bot, und schwieg.

Mirjam blieb nicht verborgen, wie Gordon ihr in den Ausschnitt sah. „Wenn man anständig ist, ist das Leben oft so langweilig, nicht wahr?"

„Da hast du Recht. Manchmal muss man einfach unanständig sein, um das Leben zu genießen."

Mirjam lächelte Gordon herausfordernd an und sah ihm in die Augen, während ihre Hand zu ihrer Bluse wanderte und einen weiteren Knopf öffnete.

„Dann wollen wir noch ein bisschen unanständiger werden. Einverstanden?"

„Da habe ich wirklich nichts gegen."

Gordon faszinierte Mirjams Art, die Dinge unverblümt auszusprechen. Sie war fast so faszinierend wie die Aussicht, die sich Gordon beim Essen bot. Bei dem Anblick, den Mirjam ihm bot, hätte Gordon auch einen Hamburger mit Pommes essen können, und er wäre genau so zufrieden gewesen.

Der Abend endete so heiß, wie er begonnen hatte.

Am nächsten Morgen verließ Gordon das Hotel, während Mirjam noch schlief. Gordon musste ins Büro, wie immer. Mirjam war Praktikantin, ihr konnte man den freien Tag nicht ohne triftigen Grund verwehren. Gordon dachte auch gar nicht daran, denn er wollte Mirjam auf keinen Fall verärgern.

18. Gordon im Büro

Hochzufrieden steuerte Gordon seinen Wagen auf einen der Parkplätze für das leitende Personal. Er machte einen kleinen Umweg und ging an der historischen Rakete vorbei, die dort zur Dekoration lag. Es war ein Original und wirklich beeindruckend. Gordon war stolz auf das, was sein Land erbaut hatte und immer wieder neu schaffte. Heute hatte er auch einen Blick für das 2 Meter hohe Modell der Saturn-V-Rakete, die als Blickfang in seinem Büro stand. Der Abend mit Mirjam war wirklich entspannend gewesen.

Gordon machte sich an den Berg der E-Mails, die sich über das Wochenende angehäuft hatten und nicht vom automatischen Filter aussortiert worden waren. Die meisten interessierten ihn nicht und wurden sofort in den Papierkorb geschoben. Er ging dabei nach den Absendern vor: Wen er nicht kannte, war für gewöhnlich nicht wichtig.

Anne Winkler? Kenne ich nicht.

Gordons Finger lag schon auf der Taste zum Löschen, als er 'ESA' las. Das war doch die europäische Raumfahrtagentur. Gordon überflog den Text. Bei dem Stichwort 'Schraube auf dem Mond' wurde er hellwach und gleichzeitig ärgerlich. Ließen sie ihn immer noch nicht in Ruhe? Er hatte die Existenz einer Schraube in einer ganzen Reihe Interviews dementiert, mal sachlich als optische Täuschung, mal polemisch als Phantasie von UFO-Freaks.

Aber diese E-Mail kam von der ESA. Das war zwar nur eine Mini-NASA, aber auf keinen Fall ein Haufen Freaks. Die Sache musste er ernster nehmen.

Gordon wählte eine Nummer bei der NSA. Die beim Geheimdienst würden sicher wissen, wer diese Anne Winkler war. Die ESA wurde aufmerksam beobachtet. Viele wissenschaftliche Erkenntnisse wurden offen ausgetauscht, trotzdem wusste man nie, was man noch abstauben konnte.

„Hi, Paul."

Seit Gordon bei der NASA die Verantwortung für die Verschleierung des Schraubenfundes hatte, kannte er die entsprechenden Leute bei der NSA und die kannten ihn.

„Hi, Gordon. Liegt wieder was an?"

„Ja. Es hört leider nicht auf. Heute ist es jemand von der ESA, der sich gemeldet hat. Ich habe eine E-Mail bekommen. Kannst du für mich herausfinden, wer der Absender ist?"

„Sicher. Wir kennen alle Mitarbeiter der ESA. Wie heißt er denn?"

„Es ist eine Frau. Anne Winkler heißt sie."

„Okay. Ich rufe zurück."

Für gewöhnlich dauerte so eine Nachfrage nur fünf Minuten. Bei Mitarbeitern der ESA tippte Paul den Namen in ihre interne Suchmaschine ein und sofort kamen die Ergebnisse auf den Monitor. Gordon musste eine Viertelstunde warten, bis der Rückruf kam.

„Das hat aber gedauert. Probleme?"

„Nicht wirklich. Nur, dass es auf der Mitarbeiterliste der ESA keine Anne Winkler gibt."

„Also nur ein Fake?"

„Nicht so ungeduldig. Wir haben weiter gesucht. Anne Winkler ist tatsächlich bei der ESA - als Praktikantin."

Gordon konnte es sich kaum verkneifen, laut loszulachen.

„Danke, Paul. Gute Arbeit. Bis zum nächsten Mal."

Praktikantin, dachte Gordon amüsiert, *das ist gut.*

Ob diese Anne auch ...?

Eins war klar: Die Anfrage war nicht allzu ernst zu nehmen. Eine Standard-Antwort würde genügen. Er nahm eine E-Mail, mit der er gestern eine andere Frage beantwortet hatte, änderte Namen und Anrede und schickte sie an diese Praktikantin. Mehr Aufwand wäre Zeitverschwendung.

Ein großes Budget zur Verfügung zu haben, war eine wunderbare Sache, aber die Arbeit wurde dadurch nicht weniger. Im Gegenteil: Es konnten mehr Aufträge angestoßen werden, die in kürzerer Zeit abgewickelt werden mussten. Dafür wurde zusätzliches Personal benötigt.

Gordon nahm sich einen Stapel Bewerbungen vor, die ihm die Personalabteilung auf den Schreibtisch gelegt hatte. Trotz der rigiden Vorauswahl blieben ihm etwa 100. Die NASA war ein beliebter Arbeitgeber. Es würde Stunden dauern sie durchzusehen.

Das Telefon klingelte. „Hier ist eine Frau Winkler für Sie", klang Teresas Stimme im Hörer.

Gordon schwieg verblüfft.

Teresa nahm das als Okay. „Ich stelle durch."

„Anne Winkler hier. Danke Mr. Forell, dass Sie Zeit für mich haben."

„Ich habe keine Zeit", sagte Gordon unfreundlich. „Was ist? Ich habe Ihnen doch eben eine E-Mail geschrieben."

„Ich weiß. Daraus habe ich geschlossen, dass Sie im Büro sind. Aber es war eine Standard-Antwort. Ich bin nicht irgendein Fragesteller. Ich beschäftige mich wissenschaftlich mit dem Mond. Ich weiß mit Sicherheit, dass ich auf keine optische Täuschung hereingefallen bin. Ich habe die Schraube genau gesehen."

„Und warum rufen Sie dann an?"

„Die Übertragung ist abgebrochen. Ich wollte Sie um eine Kopie der Aufnahmen für meine Forschung bitten."

Gordon war erleichtert.

Sie hat keine Aufnahme, also auch keine Beweise. Gut!

„Es gibt keine Schraube. Wie oft soll ich Ihnen das noch sagen?"

„Und warum geben Sie mir dann keine Kopie der Übertragung?"

„Die Übertragung ist zusammengebrochen, weil die Funkverbindung zwischen Rover und Übertragungsstation gestört war. Es waren einige große Felsen dazwischen. Es gibt keine Kopie der weiteren Übertragung, weil es keine weitere Übertragung gegeben hat. Habe ich mich deutlich genug ausgedrückt?"

Gordon wurde lauter. Er wollte das Gespräch beenden. Diese Anne war fürchterlich hartnäckig.

„Ich glaube nicht, dass die Übertragung gestört war. Ich glaube, dass Sie etwas verschweigen wollen. Sie haben eine wichtige Entdeckung gemacht, die ..."

Gordon reichte es. Er war keinen Widerspruch gewohnt. So etwas Respektloses ließ er sich nicht bieten.

„Machen Sie erst mal ihre eigenen Entdeckungen! Wer sind Sie eigentlich, dass Sie meine Aussagen anzweifeln? Meine Zeit ist zu wertvoll, um sie mit einer Praktikantin zu vertrödeln."

Ärgerlich unterbrach Gordon das Gespräch und wählte die Nummer von Teresa.

„Wie kommen Sie dazu, diese Frau zu mir durchzustellen?"

„Bitte entschuldigen Sie, Mr. Forell. Sie hat behauptet, Sie persönlich zu kennen. Sie sagte, Sie hätten ihr eine E-Mail geschrieben und sie sollte antworten. Und bei persönlichen Angelegenheiten wollte ich nicht näher nachfragen."

„Okay." Das mit der Antwort war gelogen, aber das konnte Teresa nicht wissen. „In Zukunft Frau Winkler nicht mehr durchstellen. Egal, was sie erzählt."

Am nächsten Tag hatte Gordon Anne schon vergessen. Der Alltag forderte ihn zu hundert Prozent.

„Mr. Forell, Mirjam ist da. Sie möchte mit Ihnen sprechen. Soll ich sie durchlassen?"

„Natürlich. Schicken Sie sie rein."

Dieser Tag fing ja gut an. Bedauerlicherweise war Mirjam entsprechend dem Dresscode der NASA angezogen.

„Hi, Mirjam. Schön, dass du mich noch nicht vergessen hast. Gut erholt?"

„Fit wie ein Turnschuh. Und zu neuen Untaten bereit." Mirjam sah ihn schelmisch an. „Wie steht es mit dir? Auch wieder erholt?"

„Auf jeden Fall. Wenn nicht so viel Arbeit anliegen würde ..." Gordon ließ den Rest vieldeutig offen. „Du hast ein Anliegen?"

„Habe ich. Mein Praktikum geht zu Ende. Ich möchte mit dir darüber reden."

Daran hatte Gordon noch nicht gedacht. Für ihn war es selbstverständlich, dass Mirjam da war. Sie hatten sich zwar einige Male getroffen, aber nach seinem Geschmack könnte es so weitergehen.

„Und? Du willst doch nicht die Koffer packen?"

„Nicht unbedingt. Die Arbeit macht mir Spaß - und es macht mir Spaß, unartig zu sein."

„Dann bleib doch! Ich hab nichts dagegen."

„Ich will nicht ewige Praktikantin sein."

„Verstehe ich. Du hast dir sicher schon etwas überlegt, so wie ich dich kenne. Schieß los!"

„Du kennst mich gut. Ich möchte einen richtigen Job. Mit Verantwortung; lukrativ sollte er sein; und das Beste wäre, mit viel Möglichkeit zu Unanständigkeiten. Du weißt sicher, was ich meine." Mirjam lächelte Gordon vielsagend an.

Gordon wusste nur zu gut, was Mirjam meinte. Er sah auf den Stapel Bewerbungsschreiben.

„Ich werde mir etwas Gutes einfallen lassen. Verlass dich drauf."

„So gefällst du mir", sagte Mirjam lächelnd. „Ganz der souveräne Chef. Wenn du nichts dagegen hast, lasse ich dir eine kleine Erinnerung da. Die macht dich bestimmt kreativ."

„Warum sollte ich etwas dagegen haben. Was ist es denn?"

„Moment!"

Mirjam packte ihren Rock am Saum und zog ihn hoch. Verblüfft sah Gordon zu, wie Mirjam ihren Slip nach unten zog.

„Das gefällt dir doch, oder?" Mirjam wartete keine Antwort ab. Sie hielt das Teil in Gordons Augenhöhe. Es war rot und schwarz und verflixt klein. Frech ging sie zur Rakete und zog den Slip über die Spitze. „Viel Spaß beim Denken. Ich bin gespannt auf deine Einfälle."

Ehe Gordon sich versah, war Mirjam durch die Tür verschwunden. Er benötigte einen Moment, um zu begreifen, was geschehen war - und welche Gefahr drohte: *Teresa!*

Teresa konnte jeden Moment zur Tür hereinkommen. Dieses Teil auf der Rakete durfte sie auf keinen Fall sehen. Eilig holte Gordon es herunter. Der Slip fühlte sich noch warm an. Wohin damit? Gordon stopfte ihn in die oberste Schreibtischschublade.

Puh! Ihm war ganz heiß geworden. Diese Mirjam war zu immer neuen Überraschungen fähig.

Teresa kam tatsächlich herein.

„Hier sind die Unterlagen für das nächste Meeting. Es ist in einer halben Stunde."

„Danke. Legen Sie sie auf den Schreibtisch."

Gordon musste seine Gedanken sortieren. Als Teresa gegangen war, griff er sich die erste Akte. Es fiel ihm schwer, sich beim Durcharbeiten der Bewerbungen zu konzentrieren. Wie ein Magnet zog der Slip in seinem Schreibtisch seine Gedanken an.

Verflixt! Das ist ja wie eine Gehirnwäsche.

Tatsächlich musste Gordon den ganzen Tag daran denken, wie er Mirjam am besten in seiner Nähe behalten konnte. Es ging gar nicht anders. Das Ding in seiner Schublade ließ es nicht zu. Einen Job würde er Mirjam anbieten. Das war klar. Aber welchen? Mirjam hatte sich in der heißen Phase des Raketenstarts gut geschlagen. Sie besaß unzweifelhaft zahlreiche Qualitäten. Und lukrativ durfte der Job ruhig sein, schließlich war es nicht sein Geld. Er musste es nur einigermaßen plausibel begründen, aber so etwas fiel ihm nicht schwer.

Ich werde sie als persönliche Assistentin für Kommunikations- und Koordinationsaufgaben einstellen.

Das war gut mit seinem erweiterten Aufgabenbereich zu begründen. Dann wäre sie häufig in seiner Nähe und die Vertrauensstellung würde ein gutes Gehalt rechtfertigen. Teresa hatte immer noch genügend zu tun. Sie konnte wie bisher die üblichen Aufgaben als Chefsekretärin erledigen. Aber er musste sie im Auge behalten. Teresa war die einzige, die ihm gefährlich werden konnte. Ihr entging nichts, was in seiner Umgebung geschah. Sie wusste, wann er kam und ging. Jeder, der zu ihm wollte, musste an ihr vorbei. Außerdem kannte sie die Bewerbungsunterlagen und wusste, was Mirjam verdienen würde. Durch ihre lange Betriebszugehörigkeit kannte sie auch viel zu viele, als dass man sie einfach entlassen konnte, zumal sie einen tadellosen Ruf hatte. Andere aus dem Team waren harmlos. Sollten sie sich ruhig ihre Gedanken machen und reden. Es würden Gerüchte bleiben. Die gab es immer wieder, Bürogeschwätz eben.

Was Teresa anging, hatte er in weiser Voraussicht vorgesorgt. Seit Monaten lief ein Überwachungsprogramm, das alles aufzeichnete, was an Teresas Computer geschah. Jeder Tastendruck wurde registriert. Irgendetwas würde er finden.

Gordon startete das Programm, gab einige Stichworte ein und startete die Auswertung. Die Ergebnisse konnte er sich nachher ansehen. Zufrieden mit sich rief er Mirjam an und bat sie in sein Büro. In den fünf Minuten, bis sie kam, beschäftigte er sich mit dem Inhalt seines Schreibtischs. Dieses Ding darin hatte sich in seinen Gehirnwindungen festgefressen wie selten etwas zuvor.

„Oh ich sehe, es hat dir gefallen."

Gordon zuckte zusammen und steckte den Slip reflexartig zurück in die Schublade. Er hatte Mirjam nicht kommen gehört. Sie lachte ihn offen an.

„Da hast du mir etwas Heißes hinterlassen. Du kannst einem ordentlich den Kopf verdrehen."

„Reine Absicht, aber das willst du doch."

Mirjam setzte sich auf den Stuhl, der seinem Schreibtisch gegenüberstand, und schlug die Beine übereinander. Es sah alles so unschuldig und normal aus.

„Hast du etwa die ganze Zeit ohne verbracht?"

„Du kannst ja nachsehen", entgegnete Mirjam schnippisch. „Auf jeden Fall hast du viel über mich nachgedacht. Das sehe ich dir an."

„Ich hatte keine andere Chance. Natürlich möchte ich, dass du bleibst. Ich werde dich als meine zusätzliche Assistentin einstellen. Du wirst mir die Kommunikation mit der Presse abnehmen und mich bei der Organisation des vergrößerten Teams unterstützen. In dieser Position hast du jederzeit Zugang zu mir."

Er nannte eine Summe und wartete gespannt auf Mirjams Reaktion.

Die nickte anerkennend. „Das klingt gut. Einverstanden."

Gordon lehnte sich zufrieden zurück. Die nächste Zeit würde Spaß machen.

„Und jetzt möchtest du sicher wissen, wie ich den Tag verbracht habe?“ Sie wechselte die Position ihrer Beine, sodass für Gordon unmissverständlich war, was sie meinte.

„Liebend gerne. Zuerst muss ich mich aber um Teresa kümmern.“

„Dann lasse ich dir mein Andenken noch etwas da.“ Mirjam stand auf und hauchte einem Kuss. „Sag mir Bescheid, sobald du Zeit hast.“

„Mach ich. Es wird nicht lange dauern. Wenn du bei Teresa vorbeikommst, schick sie zu mir.“

Teresa stand kurz darauf vor Gordons Schreibtisch.

Gordon schlug von Anfang an einen strengen Ton an: „Als Erstes: Diese zehn Bewerber will ich zu Vorstellungsgesprächen sehen. Organisieren Sie das für die nächste Woche.“ Gordon gab Teresa die Unterlagen. „Die anderen Bewerbungen behalte ich hier, falls unter den ersten zehn nicht genügend brauchbare sind. Als Zweites: Für einen Bewerber habe ich mich bereits entschieden. Mirjam wird bei uns eine feste Stelle antreten. Sie hat sich schon im Team bewährt. Sie wird als zusätzliche Assistentin für mich arbeiten. Die Aufgabenbeschreibung und die Konditionen für sie sind hier.“

Gordon hatte alles vorbereitet. Während Teresa die Mappe nahm und die erste Seite überflog, beobachtete Gordon sie. Sie reagierte, wie er es vorausgesehen hatte. Stocksteif stand sie da und zuckte mit keiner Wimper. Aber an ihren Augen konnte er ablesen, was sie dachte.

„Bevor Sie weiterdenken, ist da noch etwas Drittes: Ich habe ihre Tätigkeiten der letzten Monate ausgewertet, speziell die Nutzung des Internet und der E-Mail.“

Gordons aufmerksamem Blick entging nicht, dass Teresa kaum merklich zusammenzuckte.

Sie bekommt Angst. Gut so.

Gordon zögerte den nächsten Satz hinaus, um Teresa weiter zu verunsichern. Schweigen ist oft wirkungsvoller als Reden „Leider muss ich feststellen, dass Sie sich während Ihrer Arbeitszeit mit Privatangelegenheiten beschäftigen.“ Genau dosiert steigerte Gordon die Lautstärke. „Sie schreiben private E-Mails!“ Er zog einen Ausdruck hervor und knallte ihn auf den Schreibtisch. „Sie kaufen ein!“

Ein weiterer Ausdruck wurde auf den ersten geknallt.

„Und wer weiß, was Sie noch alles im Internet treiben. Ich habe mir weitere Auswertungen erspart. Womöglich wäre das zu peinlich.“

Teresas Gesicht hatte jegliche Farbe verloren. Ihre Miene war starr wie ein Gipsabdruck, aber Gordon hatte nicht vor locker zu lassen.

„Sie tun so, als ob Sie arbeiten, statt dessen vergeuden Sie die Zeit der Firma. Ich könnte Sie auf der Stelle entlassen. Ist Ihnen das klar?“

Teresas blutleere Lippen entließen ein leises „Ja, Sir.“

„Ich habe nicht verstanden.“ Gordon sah sie herausfordernd an.

„Ja, Sir“, kam es nur geringfügig lauter.

„Ich habe mich lange gefragt, was ich tun soll.“

Wieder machte Gordon eine Pause und lies die Angst wirken.

„Ich habe mich entschlossen, dieses Mal darüber hinweg zu sehen. Wir alle machen gelegentlich einen Fehler. Sie dürfen Ihre Position behalten und ich werde es nicht weiter melden. Aber vergessen Sie nie: Sie haben eine Vertrauensposition inne. Und da erwarte ich absolute Loyalität und Diskretion. Kann ich mich bei Ihnen darauf verlassen?“

„Jawohl, Sir.“

Gordon wartete eine Minute mit seiner Antwort, während er Teresa mit strengem Blick taxierte. „Nehmen Sie Ihre Unterlagen und machen sich wieder an Ihre Arbeit.“

Die bleiche Gestalt presste den Stapel Mappen vor ihre Brust und verschwand durch die Tür.

Gordon gratulierte sich dazu, wie er es geschafft hatte, diese beiden Kleinigkeiten aufzubauschen. Trotz intensiver Suche hatte er nichts weiteres gefunden. Bei jedem anderen wäre es das Zehnfache gewesen. Aber es hatte ausgereicht. Teresas Gedanken an sein Verhalten gegenüber Mirjam hatte er hinweggeschwemmt mit einer Welle ihrer eigenen Fehlbarkeit. Die

Situation war dermaßen peinlich für dieses überkorrekte Wesen, dass er sich sicher war: Teresa würde sehen und schweigen. Die wichtigste Fehlerquelle hatte er eliminiert.

Gordon wählte die Nummer von Mirjam.

19. Darmstadt

Teresa war nicht die Einzige, für die dieser Tag frustrierend zu Ende ging. Anne machte die Abfuhr von Gordon schwer zu schaffen. Es war nicht nur die Hoffnung auf Unterstützung, die sich in nichts aufgelöst hatte. Sie fühlte sich persönlich angegriffen und herabgewürdigt. Sie begann sich selbst zu hinterfragen. Sollte sie sich wirklich so getäuscht haben? Auch alle anderen, die sie kannte, waren keine Hilfe. Den Anfang der Übertragung hatten einige gesehen, aber das Ende niemand außer ihr. Zu uninteressant - außer man war so vernarrt in den Mond wie Anne.

Energisch wischte Anne die Selbstzweifel beiseite. Sie wusste, was sie gesehen hatte. Sie besaß keinen Hang zu Phantastereien. Ihr scharfer und nüchterner Verstand war ihr Markenzeichen. Annes letzte Hoffnung war Olaf. Sie verabredete sich mit ihm für den nächsten Nachmittag in einem Café in der Innenstadt. Anne wollte vermeiden, dass irgendjemand von der ESA zufällig mithörte.

Olaf war offen und freundlich wie immer. Er saß lässig zurückgelehnt auf seinem Stuhl und genoss den Cappuccino. Probleme schienen ihn zu meiden, während Anne sie wie ein Magnet anzog. Anne berichtete ausführlich von ihrer Entdeckung. Olaf hörte aufmerksam zu, ohne Anne zu unterbrechen.

„Und du willst jetzt meine Meinung hören?“, fragte er, als Anne fertig war.

„Deshalb sind wir hier.“

Olaf holte tief Luft und stellte seine Tasse ab. Es war offensichtlich, dass er nach den richtigen Worten suchte.„Anne, du weißt, dass ich dich schätze. Ich möchte dich nicht verletzen. Aber ich glaube, dass du dich da in etwas verrennst.“

Anne war konsterniert. „Du glaubst mir auch nicht?“

„Es ist tatsächlich nicht einfach zu glauben. Das musst du zugeben. Eigentlich ist das Ganze absolut unglaublich. Eine fremde Schraube auf dem Mond ist nicht möglich. Das gibt es in Science Fiction Romanen aber nicht in der Wirklichkeit.“

„Ich bin kein Phantast. Soweit solltest du mich kennen."

„Richtig. Aber du hast dich in den Mond verbissen und kannst an nichts anderes mehr denken. Nach der Arbeit starrst du stundenlang auf einen Monitor und siehst nur graue Steine und Staub. Es ist ganz normal, dass einem der Verstand gelegentlich einen Streich spielt. Du musst dich deshalb nicht schämen."

„Ich schäme mich nicht." Anne wurde ärgerlich. „Und die Reaktion von diesem Forell? Ist die nicht verdächtig?"

„Nach dem, was du erzählst, ist er ein Scheißkerl, ja. Aber warum sollte er lügen?"

„Er hat gelogen. Ich habe es kontrolliert. Es gibt definitiv keinen Felsen, der eine Übertragung hätte stören können. Das kann ich beweisen."

„Solche Berechnungen sind äußerst schwierig. Eine kleine Unschärfe und man hat einen Fehler."

„Ich habe keinen Fehler gemacht!"

„Vielleicht sind die Fotos nicht vollständig. Auf so einer großen Fläche kann viel herumliegen."

„Es lag nichts herum", entgegnete Anne fest, „außer dieser Schraube."

„Aber du hast kein Foto. Es gibt keine Aufzeichnung. Und es gibt niemanden, der deine Entdeckung bestätigt. Nicht einmal die Wissenschaftler, die den Rover steuern."

„Du willst mir nicht glauben!"

„Ich würde dir zu gerne glauben, aber ich bin überzeugt, dass du dich in etwas hinein steigerst. Mach dich nicht unglücklich. Entspann dich. Es gibt so vieles Interessante zu erleben und zu entdecken, ich ..."

„Ach, lass' mich mit deinen Weisheiten in Ruhe. Die kannst du dir sparen", fiel ihm Anne ins Wort. Sie stand abrupt auf und ging eilig aus dem Café. Dabei stieß sie an einige Stühle, aber das war ihr egal.

20. NSA Hauptquartier, Langley

„Bringst du mir eine Pizza mit, Will?. Schinken, Salami, Oliven, Peperoni und doppelt Käse?"

„Sonst noch Wünsche?" Will war wenig erfreut.

„Ja. Zwei große Dosen Cola light. Ich danke dir."

Will verzog das Gesicht, aber er stand auf und ging.

„Was bin ich für ein Idiot, dass ich das mit mir machen lasse. Ich bin doch kein Pizzabote", murmelte er. Das hörten aber nur die Kollegen auf dem Flur und wunderten sich.

Scott McKinsley lehnte sich gemütlich zurück. Er kramte eine Zeitung aus der Tasche und begann zu lesen. Als er die Seite sechs in Angriff nehmen wollte, landete ein Karton auf seinem Schreibtisch.

„Hier ist deine Pizza."

„Nicht so hastig. Dann fallen die Oliven von der Pizza", beschwerte sich Scott.

„Ja und? Dann leg sie halt wieder drauf! Oder bist du auch dafür zu faul?"

„Du weißt doch, dass ich ein fauler Sack bin. Sonst wäre ich nicht in deiner Abteilung."

„Wenn du glaubst, dass hier alle faul sind, dann bin ich etwa auch ein fauler Sack?"

„Nein, bei dir ist das was anderes. Du bist nur nicht clever genug für andere Arbeit."

Will verzog das Gesicht.

„Vielen Dank! Du bist heute wieder richtig nett zu mir."

Scott stopfte sich ein Stück Pizza in den Mund, was ihn nicht daran hinderte weiterzureden.

„Sag, hättest du Lust bei den Arabern zu arbeiten?"

'Araber' war Scotts Bezeichnung für die Abteilung, die für die Überwachung arabischsprachiger Internetseiten zuständig war. Will wusste das, denn sie arbeiteten schon seit Jahren zusammen.

„Gott bewahre! Bei denen ist heute mächtig was los. Die rennen umher wie ein aufgescheuchter Haufen Ameisen. Eben sind mir auf dem Flur ein paar begegnet."

„Das ist doch normal bei denen. Die laufen immer so hektisch herum.“

Scott schaute zu ihren Monitoren hinüber, die in viele kleine Felder aufgeteilt waren. Jedes stand für einen Überwachungsbereich. Im Hintergrund liefen Spionprogramme, die das gesamte englischsprachige Internet der Vereinigten Staaten überwachten. Die Programme durchforsteten die Internetseiten auf verdächtige Stichworte. Wurde ein Stichwort gefunden, blinkte das zugeordnete Feld auf dem Monitor rot und sie mussten die Seite untersuchen. Das geschah gelegentlich, erwies sich aber meistens als harmlos. Zur Zeit war alles grün. Scott schob sich das zweite Stück Pizza herein.

„Vor einem Jahr haben sie mir einen Job bei den Arabern angeboten. Ich hätte 400 Dollar mehr verdient pro Monat.“

„Und das hast du ausgeschlagen?“

„Säße ich sonst hier?“

„Es ist eine Menge Geld.“

„Und eine Menge Stress. Ich hätte einen Kurs für Arabisch besuchen müssen und dann säße ich jetzt vor einem Monitor, der blinken würde wie eine Diskokugel.“

„Kann ich mir vorstellen, dass dir sowas nicht gefällt.“

„Was hätte ich denn davon gehabt? Ich würde in einem teureren Auto im Stau stehen. Mein Haus wäre größer, aber ich würde es kaum sehen. Und meine Zeitung müsste ich beim Frühstück zu Hause lesen.“

„Klingt echt nicht toll. Da ist es sogar noch besser, mit mir zusammenzuarbeiten. Hast du eine Cola übrig?“

„Bedien dich!“

21. San Diego

Der erste Tag nach den Ferien begann für Michael mit einer Überraschung. Neben ihm saß eine Neue. Das geschah nicht oft. Man sah ihr an, dass sie öfter einen Hamburger zu viel aß und als Nachtisch dann mehrere Donuts. Aber Michael war so fasziniert von ihren klaren, blauen Augen, mit denen sie ihn anstrahlte, dass er das andere gar nicht bemerkte.

„Jennifer!“, sagte sie. Sie sah ihn erwartungsvoll an.

Michael stutzte. Sie musste vorher schon etwas gesagt haben, das er total verpasst hatte.

„Michael“, brachte er endlich heraus.

„Schön, Michael. Auf gute Zusammenarbeit!“

„Auf gute Zusammenarbeit.“ Er war total überfahren. Glücklicherweise kam der Lehrer herein und ergriff das Wort. So konnte Michael seine Gedanken sortieren. Vom Unterricht bekam er nicht viel mit, was allerdings nicht ungewöhnlich war. Nur - dieses Mal lag es an Jennifer. Immer wieder blickte Michael verstohlen zur Seite und musterte seine neue Nachbarin. Gut, sie würde niemals Cheerleader werden, aber sie strahlte eine Lebendigkeit aus, die Michael so nicht kannte. Sie war das krasse Gegenteil seiner Mutter. Nach den Ferien zu Hause war das eine Wohltat.

Wenn sie erst mitbekommt, wie die anderen über mich denken, wird sich alles schnell ändern, dachte Michael und bereitete sich so auf eine kommende Enttäuschung vor.

In der fünften Stunde begann ein neues Fach: Internet-Technologie. Schon nach wenigen Minuten spürte Michael einen Unterschied. Er wusste, dass er in diesem Fach mehr punkten konnte als in Mathe, Chemie oder dem anderen Zeug. Aus Versehen meldete er sich sogar. Es kam noch besser. Zum ersten Mal in seinem Leben gefiel Michael eine Hausaufgabe. Der Lehrer verteilte eine CD mit einem Programm zur Gestaltung einer eigenen Homepage. Sie sollten sich mit den Grundzügen vertraut machen.

„Ist das easy“, murmelte Michael leise, aber Jennifer hatte ihn gehört.

„Du kannst das?"

„Nichts leichter als das. Ich habe sogar schon eine fertig."

„Super! Ich habe nämlich keinen blassen Schimmer davon. Dann kannst du mir helfen."

Es war keine Bitte, es war eine Feststellung. Für Jennifer schien das selbstverständlich zu sein. Michael war angesichts dieses Tempos überfordert. Bevor er irgendwelche Bedenken vorbringen konnte, nickte sein Kopf.

„Prima! Wo wohnst du?"

„Haus fünf, Zimmer 310", antwortete Michael mechanisch.

Das schien Jennifer nicht zu stören.

„Wow, mit Blick aufs Meer. Ich wohne nicht so schön, aber das macht nichts. Ich komme dann um fünf bei dir vorbei, okay?"

„Okay." Hastig packte Michael seine Sachen zusammen und beeilte sich aus dem Klassenraum zu kommen.

„Bis später dann", trällerte Jennifer ihm hinterher.

In seinem Appartement angekommen, traf Michael fast der Schlag. Ein Mädchen würde kommen. In sein Appartement! Wie schrecklich! Er sah sich um: Die Sachen aus der Reisetasche lagen auf dem Bett verteilt. Der ganze Fußboden war bedeckt mit Computerzeitschriften. Leere Flaschen im Bücherregal. Der Spiegel im Bad voller Zahnpastaspritzer. Die Wände mit Postern tapeziert, die ein Mädchen nicht unbedingt sehen musste.

Ich muss Jennifer absagen. Unbedingt!

Michaels Handy war eines der wenigen Teile, die er stets griffbereit hatte. Als er wählen wollte, stutzte er. Er kannte Jennifers Nummer nicht. Nichtmals ihren Nachnamen wusste er.

Ich kann nicht absagen.

Der Gedanke trieb Schweißperlen auf Michaels Stirn. Die kurzfristige Idee, einfach nicht die Tür aufzumachen, verwarf Michael sofort wieder. Jennifer würde Morgen wieder neben ihm sitzen und er hatte schließlich zugesagt.

Also machte Michael sich an die Arbeit. Die Zeitschriften unter dem Bett zusammen zu schieben, ging nicht. Da war es schon voll. Im Schrank fand er Platz. Die Kleider, die dort hingehörten, lagen noch auf dem Bett. Die mussten wieder zurück in die Reisetasche. Eine Stunde konnte in der Schule unglaublich lang sein. Jetzt flog die Zeit nur so dahin. Die Poster nahm Michael vorsichtig ab. Vielleicht würde Jennifer nicht noch einmal kommen. Dann könnte er sie wieder aufhängen.

Das letzte Poster ging doch kaputt. Michael erschrak sich zu sehr, als es klingelte.

Schon fünf Uhr?

Michael konnte es nicht fassen. Er hatte immer gehört, dass Mädchen zu spät zu Verabredungen kamen. Jennifer passte wohl nicht in diese Schublade. Es klingelte schon wieder. Michael stürzte zur Tür.

„Hi, ..."

Jennifer stutzte, dann prustete sie los: „Wie siehst du denn aus?"

Michael drehte sich zu dem kleinen Spiegel neben der Eingangstüre. Seine Haare standen wirr ab. Sein Gesicht war von der Anstrengung knallrot. Sein Hemd stand offen und er war total verschwitzt. So sollte man kein Mädchen empfangen. Das wusste sogar er. Verlegen trat Michael zur Seite und ließ Jennifer ein.

„Mach dir nichts draus. Ist doch originell."

Jennifer passte tatsächlich nicht in das übliche Schema. Michael bot ihr einen Platz an und verkroch sich ins Bad. Ein Schuss kaltes Wasser ins Gesicht, mit den Händen die Haare sortiert und mit dem Waschlappen über den Spiegel, den er vergessen hatte. Jetzt ging es so einigermaßen.

Michael holte dreimal tief Luft, dann wagte er sich zurück in sein Zimmer. Jennifer sah ihn erwartungsvoll an. Um so schnell wie möglich auf bekanntes Terrain zu kommen, setzte Michael sich sofort an seinen Computer.

Jennifer ließ sich willig durch seine Homepage führen und alles erklären. Sie war beeindruckt.

„Und das hast du alles selbst gemacht?"

Das hatte Michael. Ein ungewohntes Gefühl breitete sich in ihm aus. Zum ersten Mal in seinem Leben war er stolz auf etwas, das er geschaffen hatte. Und es war schön es jemandem zu zeigen, der sich ehrlich dafür interessierte. Diese Erfahrung war neu für ihn. Sein Eispanzer, den er um seine Empfindungen errichtet hatte, bekam erste Risse.

„Ich habe sogar ein Video eingebaut."

„Das will ich sehen. Zeig her!"

Michael startete das Video. Es zeigte Bilder, die der Mond-Rover übertragen hatte. Jennifer schaute ratlos auf den Bildschirm.

„Alles grau und öde. Eigenartige Landschaft. Was soll das sein?"

„Rate mal!"

„Keine Ahnung. Wüste Gobi?"

Michael musste herzhaft lachen. Das erste Mal seit sehr langer Zeit. Wie gut das tat. Er wollte gar nicht mehr aufhören.

Jennifer stieß ihn in die Seite. „Hey, was ist los mit dir? War das so blöde?"

„Ach was. Es ist nur so schön zu lachen."

„Jetzt sag schon. Was ist es?", drängte sie.

„Der Mond!"

„Der Mond? Du machst Witze."

„Echt. Im Ernst. Es sind Bilder vom Mond."

„Ist ja irre. Und wie kommst du daran? Du wirst mir wohl nicht erzählen, dass du dort Urlaub gemacht hast."

Michael erzählte ihr von seinem Vater, von der Mond-Mission und wie er an das Video gekommen war.

„Mensch, du bist ja richtig cool. Wie James Bond."

Unter Jennifers Bewunderung taute das Eis schneller als Schnee in der Sahara. Was das Video zeigte, war unwichtig geworden. Wichtig war nur eins: Dass Jennifer ihn toll fand.

„Es sind sicher viele, die deine Seite ansehen."

„Leider nicht. So eine private Homepage fällt unter den Millionen Seiten im Internet gar nicht auf."

„Das muss sich ändern", entschied Jennifer, „und ich habe auch schon eine Idee."

Natürlich wollte Michael die Idee hören.

„Wir stellen dein Mond-Video auf Youtube ein. Dein Video ist etwas Besonderes, das bekommt sicher viele Klicks. Und dann machen wir noch einen Link zu deiner Homepage. Was hältst du davon?"

„Gute Idee!"

Michael hatte schon früher mal daran gedacht, sein Video dort einzustellen, aber weil sein Vater mit dem Video so geheimnisvoll und wichtig getan hatte, hatte er Skrupel gehabt und sich nicht getraut. Aber wer war sein Vater? Ein Mensch, der sich nicht für ihn interessierte. Jetzt war nur Jennifer wichtig. Und wenn sie gut fand, sein Video auf Youtube einzustellen, würde er es tun.

„Ist es schwierig?", wollte Jennifer wissen.

„Überhaupt nicht. Wenn du willst, können wir es gleich machen."

Natürlich wollte Jennifer.

Voller Stolz machte sich Michael an die Arbeit. Zu spüren, wie Jennifer jeden seiner Handgriffe beobachtete, ließ Michael alles vergessen, was ihm in den letzten Monaten schief gegangen war. Es dauerte nicht lange, dann war das Ergebnis perfekt.

„Geschafft." Zufrieden lehnte Michael sich zurück.

„Ja, geschafft", stimmte Jennifer ihm zu. „Das müssen wir feiern. Ich habe eine gute Eisdiele zehn Minuten von hier gesehen. Hast du Lust?"

Michael hatte Lust. Und wie!

22. Hofheim

Die Enttäuschungen der letzten Zeit setzten Anne mehr zu, als sie jemals zugeben würde. Ihre Mondlandschaft aus Tapetenbahnen und Fotos hatte sie auseinander geschnitten, zusammengerollt und in mehreren Umzugskartons verstaut. Jeden Tag nach Feierabend fuhr sie so schnell wie möglich nach Hause. Sie wollte keinen Menschen sehen und Olaf erst recht nicht. Seine Anrufe nahm sie nicht an und seine SMS beantwortete sie nicht.

Um sich abzulenken, vertiefte Anne sich in ein Computerprogramm zur Berechnung von Kometenflugbahnen. Der Erfolg war mäßig. Immer wieder ertappte sie sich dabei, wie sie im Internet herumklickte. So auch heute. Irgendwann landete sie bei Google.

Das leere Feld für die Suchstichworte starrte Anne an und wartete auf eine Eingabe. Aber was soll man eingeben, wenn nichts sucht? Aus Routine tippte sie 'Mond' und klickte auf suchen. Die Such-Ergebnisse kamen ihr vertraut vor. Diese Suche war nicht ihre erste und es änderte sich wenig von einem Tag auf den anderen. Lustlos ging Anne die Ergebnisse durch. Auf der dritten Seite erschien ein Treffer, den sie vorher nicht gesehen hatte, ein Beitrag auf Youtube. Auf ein albernes Filmchen hatte Anne keine Lust, aber der Hinweis 'neue Bilder vom Mond-Rover' elektrisierte sie. Dieser Beitrag konnte erst seit kurzer Zeit im Netz sein, sonst hätte sie ihn schon zu der Zeit gefunden, als sie gezielt nach dem Video gesucht hatte. Wo kam der her? Gleichgültig. Das musste sie sehen. Sie startete das Video und wartete begierig auf die ersten Bilder. Das war's!! Sie erkannte es genau. Es war die Sequenz, kurz bevor die Schraube ins Bild kam. Sie hätte jeden Stein mit geschlossenen Augen aufzeichnen können.

Annes Herz schlug mit jeder Sekunde schneller. Als sich der Augenblick näherte, in dem man die Schraube sehen musste, hatte sie einen Puls wie am Ende eines 10.000-Meter-Laufs. Anne ballte die Hände zu Fäusten und murmelte unablässig: „Nicht aufhören! Nicht aufhören!" Dann kam das Bild. Da lag sie!

„Ich habe Recht gehabt“, sagte sie triumphierend und sprang auf.

Und dann ... Das Video lief weiter!

Die haben mich angelogen! Die Übertragung war nie unterbrochen gewesen. Ich hab‘s gewusst!

Die Amerikaner wussten genau, was dort oben lag. Sie hatten die Schraube so nahe herangezoomt wie möglich. Es waren Details zu erkennen, die Anne vorher nicht gesehen hatte. Dann war das Video zu Ende. Es folgte ein Hinweis auf die Homepage von Michael Forell.

Michael? Ich dachte der hieß Gordon. Und warum hat er mir die Übertragung nicht gegeben, wenn er sie später sogar im Internet veröffentlichte?

Da waren viele Fragen, die ihr aber nur am Rande kamen. Wichtig war nur, das Video zu haben.

Jetzt bloß keinen Fehler machen!

Anne speicherte das Video gleich zweimal auf ihrem Laptop. Damit dabei auf keinen Fall etwas schief gegangen war, rief sie beide Dateien auf und startete sie probehalber. Jede funktionierte einwandfrei.

Fix und fertig sank Anne in ihren Sessel.

Was jetzt?

Annes Kopf war leer.

Eine heiße Dusche! Das ist jetzt das Richtige.

Die Dusche dauerte gerade so lange, bis die erste Erregung abgespült war. Kurz darauf saß Anne mit nassen Haaren und nur in ein Handtuch gewickelt schon wieder vor dem Bildschirm. Sie konnte sich an dem Video nicht sattsehen.

Morgen würde sie es zur ESA mitnehmen. Das war klar. Aber wem sollte sie es zeigen? Irgendwelchen Wissenschaftlern? Es durfte auf keinen Fall im Alltagsbetrieb untergehen, dafür war es zu bedeutend. Außerdem war es ihre Entdeckung, für die sie weiß Gott genug gelitten hatte. Die wollte sie nicht aus der Hand geben und auf dem Dienstweg nach oben gereicht wissen.

Anne wusste, dass diese Woche der Generaldirektor der ESA, Dr. Bardouin, in Darmstadt war. Gewöhnlich hatte er seinen Sitz in Paris. Morgen nahm er an einer Planungskonferenz teil und war normalerweise unerreichbar für eine Praktikantin. Dauernd wurde er von Wissenschaftlern umlagert, die alle glaubten, ihr Anliegen sei das wichtigste der Welt. Aber was sie zu zeigen hatte, war wichtiger als alles andere, was in dieser Woche geschah.

Annes Entschluss stand fest. Bevor sie ins Bett ging, kontrollierte sie nochmals das Video. Es war immer noch da. Kein Traum. An Schlaf war nicht zu denken. Stundenlang grübelte Anne, wie sie den Generaldirektor in einem ruhigen Moment erwischen konnte und wie sich das Thema am besten darstellen ließ. Neben ihr summte leise der Lüfter des Laptops, den sie wie so oft über Nacht ihre langwierigen Berechnungen ausführen ließ.

23. Langley

„Hey, Scott! Vergiss deine Zeitung, auf deinem Bildschirm blinkt was rot.“

„Danke, Will!“ Scott klickte das rot leuchtende Feld an.

„Hm, komisches Zeug. Hier hat es noch nie eine Meldung gegeben.“

„Welche Stichworte verursachen den Alarm?“

„’Mond’ plus ‘Schraube’. Es ist ein Überwachungsauftrag von der NASA.“

„Was soll das denn sein? Die haben wohl eine Schraube locker. Wir sind hier für die nationale Sicherheit da und nicht für technische Probleme.“

Normalerweise war ihre Stichwortliste bestückt mit Worten wie: Bombe, Anschlag, Rache und Ähnlichem in den verschiedensten Kombinationen.

„Was soll’s? Das ist nicht mein Problem“, entschied Scott. „Ich sehe mir die Sache an und dann schaffen wir sie aus der Welt.“ Scott rief die Datei im Internet auf. „Es ist ein Film vom Mond-Rover auf Youtube. Und dann ist da noch ein Link auf eine private Homepage.“

„Was ist das für eine Homepage?“, wollte Will wissen.

„Von einem Michael Forell.“ Scott stockte. „Das ist ja interessant. „Der Überwachungsauftrag kommt von einem Gordon Forell.“

„Was ist denn das für ein Scheiß? Sind wir jetzt für Familienkrach in der NASA zuständig?“

„Darum kümmern wir uns später. Will, mache eine Liste von allen, die sich das Video heruntergeladen haben. Ich kümmere mich um die Homepage.“

Will schimpfte leise vor sich hin, aber er wusste, dass der Job erledigt werden musste.

Scott startete das Programm, das ihnen den Zugang zu dem Server mit der Homepage verschaffte. Dort fand Scott die Adresse von Michaels Rechner. Die Videos auf dem Server und auf Youtube wurden gelöscht und ebenso alle Links, die auf das Video verwiesen.

„Ich habe die Liste“, meldete Will. „Es sind nur sechs Adressen. Fünf in den Staaten und eine in Europa.“

„Na prächtig, das ist schnell erledigt. Für den Mond scheint sich keiner zu interessieren.“

Bei Stichworten, die in irgendeinem Zusammenhang mit Sex standen, hätten sie mit der Liste die Wände tapezieren können.

„Es kommt noch besser. Es sind alles Rechner mit Windows-Betriebssystem.“

Will und Scott waren zufrieden. Was jetzt kam, war reine Routine. Zuerst öffneten sie mit einem speziellen Programm eine Tür zu jedem Rechner. Danach hatten sie Zugriff darauf, als ob es ihre eigenen wären und sie in diesem Moment davor sitzen würden. Die Dateien mit dem Mond-Video waren schnell gefunden und gelöscht, genauso wie alle weiteren Hinweise auf diesen Eingriff.

„So, und jetzt schicken wir noch unseren Bello los.“ Scott gab allem einen Namen. ‘Bello’ war ein Programm, das sich unbemerkt auf dem Rechner festsetzte. Wie ein Wachhund beobachtete es alle Aktionen und griff ein, falls das Mond-Video wieder auf den Rechner geladen wurde. Man konnte nie wissen, ob nicht jemand eine Sicherheitskopie auf einer externen Festplatte gemacht hatte. Solange Bello aktiv war, konnte niemand mit diesem Computer das Video ansehen. Bello würde das Video verfolgen und überall löschen, wo es auftauchte.

Scotts Bildschirm leuchtet wieder in beruhigendem Grün und er konnte sich endlich dem Sport-Teil seiner Zeitung widmen.

24. Hofheim

„Mist! Fast verschlafen."

Anne schreckte hoch. Sie war nochmals weggetreten, nachdem sie ihren Wecker ausgeschaltet hatte. Kein Wunder, denn sie war erst gegen vier Uhr in der Nacht eingeschlafen wegen der endlosen Grübelei.

Bloß nicht zu spät kommen!

Wenn es irgendeine Chance gab, Dr. Bardouin zu sprechen, dann vor den Vorträgen.

Anne duschte in Rekordzeit, sprang in die nächstbesten Klamotten, klappte den Laptop zusammen und hetzte Minuten später ihren Toyota über die Straße. Zu blöd, dass sie nicht nach Darmstadt gezogen war, aber für die Zeit des Praktikums hatte sich ein Umzug nicht gelohnt.

Wegen der Konferenz war der Parkplatz der ESA überfüllt. Anne ließ ihren Wagen einfach hinter zwei geparkten Autos stehen. Es störte sie nicht, dass die beiden nicht mehr wegfahren konnten. Es gab Wichtigeres. Im Laufschritt eilte Anne zum Aufzug. Dr. Bardouin hatte als Leiter der ESA auch in Darmstadt ein eigenes Büro. Anne war einige Male daran vorbei gelaufen. Vor den Konferenzräumen war alles laut und geschäftig, aber hier im Bürotrakt gingen kaum Menschen über die Flure, deshalb kam sie gut voran. Anne klopfte kurz, wartete aber keine Antwort ab, sondern riss sofort die Tür auf. Dr. Bardouin sah sie erstaunt von seinem Schreibtisch aus an. Solche Art von Auftritten war er nicht gewohnt. Überrascht stellte Anne fest, dass auch Olaf im Zimmer war. Er stand am Fenster und hatte sich bis mit Dr. Bardouin unterhalten. Sie hatte keine Zeit sich darüber Gedanken zu machen.

„Darf ich fragen, was Sie hier wollen?"

Dr. Bardouin wirkte ungehalten, aber Anne hatte nicht mit einem freundlichen Empfang gerechnet. Das würde sich von selbst regeln.

Anne wollte aus Höflichkeit Französisch sprechen, weil Dr. Bardouin Franzose war, aber in der Aufregung fielen ihr die richtigen Worte nicht mehr ein. Darum legte sie auf Deutsch los, was Dr. Bardouin auch fließend sprach.

„Bitte entschuldigen Sie meinen Auftritt. Ich weiß, dass Sie sehr beschäftigt sind. Aber - was ich Ihnen zeigen möchte, ist so wichtig, dass es nicht warten kann."

„Das hoffe ich doch sehr", antwortete Dr. Bardouin gedehnt. „Fassen Sie sich kurz. Meine Zeit ist begrenzt."

Anne holte tief Luft. Am liebsten würde sie die ganze Geschichte erzählen, aber sie wusste, dass sie sich auf das Wesentliche beschränken musste.

„... Die Amerikaner haben also auf dem Mond eine Schraube entdeckt. Sie sind offensichtlich der Überzeugung, dass der Fund sehr bedeutend ist, weshalb sie ihn mit allen Mitteln vertuschen wollen, aber ich habe den Beweis", fasste Anne ihre Erklärung zusammen.

Während Annes Erklärung versteinerte sich Dr. Bardouins Gesicht. Mit verschränkten Armen hörte er zu und wartete ungeduldig auf das Ende. „Und so eine Geschichte wollen Sie mir verkaufen? Ich hoffe für Sie, dass Ihr Beweis stichhaltig ist."

„Ich werde es Ihnen zeigen." Anne platzierte ihren Laptop vor Dr. Bardouin auf den Schreibtisch und startete ihn. Olaf hatte sich in eine Ecke des Raums begeben und sah dem ganzen schweigend zu. Er beobachtete, wie Anne irritiert auf ihren Bildschirm sah.

„Wo ist denn der Link?", hörte er sie murmeln.

Anne wirkte verstört. Mit zunehmender Hektik fuhr ihr Finger auf dem Touchpad hin und her. Für Dr. Bardouin war die Grenze erreicht.

„Nun? Ich warte. Wo ist der Beweis?"

Anne hämmerte auf ihre Tastatur. „Ich ... Ich kann die Datei nicht finden", stammelte Anne mit tonloser Stimme. „Das Video ist weg."

„So? Das Video ist weg? Einfach verschwunden?"

Die Worte standen im Raum wie eiskalter Nebel. Dr. Bardouin stand auf und ging neben seinen Schreibtisch. Anne stand vor ihrem Laptop wie kurz vor ihrer Hinrichtung.

„Frau Winkler", begann Dr. Bardouin, „ich habe von Ihnen als eine intelligente und sehr engagierte Wissenschaftlerin gehört. Aber wie ich jetzt feststellen muss, ist Ihre Phantasie weitaus größer als Ihr Verstand. Und dazu legen Sie ein Benehmen an den Tag, das Sie als rational arbeitende Wissenschaftlerin disqualifiziert. Sie platzen unangemeldet in mein Büro, tischen mir eine haarsträubende Geschichte auf und liefern mir als Beweis einen leeren Bildschirm. Ich möchte mir jegliche weitere Erklärung von Ihnen ersparen. Wegen Ihnen komme ich ohnehin zu spät zu meinem Vortrag. Bitte nehmen Sie Ihren Laptop und verlassen Sie mein Büro!"

Bleich wie eine getünchte Wand klappte Anne ihren Laptop zu und ging zur Tür heraus. Im Flur begann sie zu laufen. Immer schneller lief sie. Nur weg von hier. Weg von diesem Büro. Weg von der ESA. Am liebsten weg von diesem Planeten. Wie in Trance fuhr Anne nach Hause, knallte die Tür hinter sich zu und warf sich auf ihr Bett. Nun begannen die Tränen zu fließen. Anne weinte hemmungslos in ihr Kissen hinein. Nicht nur ihre Träume, ihr ganzes Leben war zerstört. Alles, was sie sich erhofft und wofür sie gearbeitet hatte.

Anne hörte nicht, wie es erst an ihre Tür klopfte und später hämmerte. Für sie existierte um sie herum nichts mehr. Olaf rief Annes Namen. Es drang nicht zu ihr durch.

Von dem Krach wurde Lisa in den Flur gelockt und wollte wissen, was los ist. Olaf erzählte es ihr so gut, wie es in der Kürze möglich war. Lisa verstand nicht alles, aber eines doch: Anne brauchte dringend Hilfe. Lisa lief die Treppe herunter. Fatalerweise war die Hauswirtin im Lauf der Jahre nicht nur schwerhörig geworden sondern auch langsam im Denken und Gehen. Es dauerte, bis sie zur Tür kam. Es dauerte, bis sie endlich verstand. Und es dauerte noch länger, als sie losging, vorsichtig Schritt für Schritt, um den Zweitschlüssel zu suchen.

Olaf bemühte sich in der Zwischenzeit weiter, durch die verschlossene Tür Kontakt zu Anne aufzunehmen. Es war still geworden in Annes Zimmer. Olaf war nahe daran, die Tür einzutreten, als Lisa endlich mit dem Zweitschlüssel ankam.

Erleichtert stellten sie fest, dass Anne immer noch auf ihrem Bett lag. Sie hatten nichts mehr gehört, weil das Weinen in leises Schluchzen übergegangen war.

Lisa und Olaf brauchten eine ganze Weile, bis Anne überhaupt Notiz von ihnen nahm. Lisa sprach leise mit Anne, während Olaf eine Kanne starken Kaffee kochte. Mit zittrigen Händen nahm Anne eine dicke Bürotasse entgegen und schlürfte daran.

Olaf hatte keine Idee, wie er das Schweigen am besten brechen sollte, deshalb sagte er geradeheraus: „Anne, ich glaube dir!"

„Was soll das?", entgegnete sie leise. „Ich brauche keine Lügen als Trost."

„Ich meine es ernst. Ich glaube dir."

Anne sah ihn verständnislos an. „Ihr haltet mich doch alle für eine Idiotin. Vor Kurzem hast du selbst gesagt: Du bist überreizt und brauchst Urlaub."

„Das ist richtig. Das habe ich gesagt und es tut mir ehrlich leid. Ich möchte mich dafür entschuldigen. Ich habe eingesehen, dass ich Unrecht habe."

„Und das soll ich dir abnehmen? Woher soll denn dieser plötzliche Meinungsumschwung kommen?"

„Weil ich weiß, dass du keine Spinnerin bist. Weil ich weiß, dass du niemals so zu Dr. Bardouin gekommen wärst, wenn du nicht eindeutige Beweise gehabt hättest."

„Es gibt keinen Beweis. Das hast du selbst mitbekommen. Es existiert kein Video auf meinem Rechner."

„Das möchte ich mir gerne selber ansehen. Darf ich?" Olaf deutete auf den Laptop.

„Mach was du willst. Es ist eh alles zu spät."

Olaf setzte sich an den Laptop und startete diverse Programme. Lisa verschwand in der Küche und kam bald mit einigen Scheiben Toast wieder zurück. Anne hatte heute noch nichts gegessen.

„Wie ich es mir gedacht habe", unterbrach Olaf das Gespräch zwischen den Frauen. „Dein Computer wurde manipuliert!"

Anne brauchte einen Moment, um zu erfassen, worauf Olaf hinaus wollte.

„Manipuliert? Wie soll das gehen? Der Laptop stand die ganze Zeit neben meinem Bett. Niemand außer mir war hier."

„Anscheinend doch", schmunzelte Olaf. „Aber anders, als du denkst. Dein Laptop war die ganze Nacht an?"

„Ja. Er hat für mich Berechnungen durchgeführt."

„Und er war mit dem Internet verbunden?"

„Das ist automatisch so eingestellt, wenn ich zu Hause bin."

„Dann ist alles klar."

„Mir ist gar nichts klar. Kannst du dich nicht endlich genauer ausdrücken?"

„Sicher. Wenn du mit dem Internet verbunden bist, kannst du dir alle möglichen Sachen ansehen - aber andere können genauso an deinen Rechner anklopfen."

„Ja, und? Ich habe keine Berechtigungen vergeben und zusätzlich eine Firewall zur Sicherheit."

„Das ändert wenig. Stelle es dir so vor, wie ein Sicherheitsschloss an deiner Haustüre. Für Normalbürger reicht das vollkommen aus. Aber wenn jemand Spezialwerkzeug hat oder einen Zweitschlüssel, ist er schnell bei dir drin. Und wenn er einmal da ist, kann er sich alles ansehen und machen, was er will."

„Du meinst also, jemand hat sich in der Nacht in meinen Laptop eingeloggt und das Video gelöscht?"

„Genau das!"

„Aber wer kann so etwas und warum sollte er das tun?"

„Können tun das viele, aber Hacker haben bestimmt kein Interesse an deinem Video. Außerdem, woher sollten sie wissen, dass du es hast. Das ganze spielt in einer anderen Liga. Da hat jemand großes Interesse an dem Video und gleichzeitig jede Menge Möglichkeiten."

„Und wer sollte das sein?"

„Interesse könnte die NASA haben. Wenn es diese Schraube da oben gibt, kann ich mir sehr gut vorstellen, dass sie diesen Fund alleine ausschlachten wollen. Von der NASA ist es nicht weit bis zum amerikanischen Geheimdienst. Die NSA hat alle

Möglichkeiten der weltweiten Kontrolle. Deinen Rechner zu manipulieren ist eine Kleinigkeit für sie."

„Ach! Und das weißt du einfach so?" Anne hatte von Reinfällen und Enttäuschungen die Nase voll. Zu oft war ihre Hoffnung gestorben in den letzten Wochen. Und jedes Mal wurde der Schmerz am Ende schlimmer.

„Vieles ist allgemein bekannt und anderes muss man sich zusammenreimen. Du hast von dem Projekt Echelon gehört?"

Anne nickte. „Das war vor vielen Jahren in der Presse. Es ging um das Abhören von E-Mails."

„Richtig. Hauptsächlich die Amerikaner unterhalten weltweit Stationen, die den E-Mail-Verkehr abhören und auswerten. Hast du eine Idee, wie viel sie jeden Tag auswerten?"

Anne hatte keine Idee und Lisa erst recht nicht.

„Man kann von zehn Terabyte ausgehen - jeden Tag."

„Kannst du das auch für Normalsterbliche erklären", beschwerte sich Lisa."

„Kein Problem. Du kennst die Bibel?"

„Wer kennt die nicht? Ein ziemlich dickes Buch."

Olaf nickte. „Die Bibel hat vier Megabyte an Text. Um auf zehn Terabyte Text zu kommen, brauchst du 2.500.000 Bibeln. So viel Text schicken sie jeden Tag durch ihre Computer und filtern alles heraus, was sie interessiert."

„Unglaublich!"

„Aber wahr! Wenn du deine E-Mails nicht extrem verschlüsselst, gibt es immer jemand, der mitliest. Und mit allem, was im Internet veröffentlicht wird, ist es ähnlich."

„Dann haben sie also mitbekommen, wie ich mir das Video angesehen und heruntergeladen habe?"

„So ungefähr. Vielleicht nicht im gleichen Moment aber kurze Zeit später."

„Und wie kommen die in meinen Rechner?"

„Wusstest du, dass Microsoft seine Betriebssysteme in Zusammenarbeit mit der NSA entwickelt? Angeblich nur, um die Sicherheit zu erhöhen."

Anne schüttelte den Kopf. „Nie gehört."

„Das ist auch allgemein bekannt. Jetzt stell dir vor: Beide Firmen bauen zusammen das Schloss, das deinen Computer absichern soll. Am Ende behaupten sie, sie wüssten nicht, wie man die Tür aufmacht. Glaubst du das?"

Anne schüttelte wieder den Kopf. „Da fällt mir etwas ein. Als ich diesem Gordon Forell eine E-Mail geschrieben und ihn dann angerufen habe, hat er gesagt 'Meine Zeit ist zu wertvoll, als dass ich mit einer Praktikantin diskutieren müsste'. Woher wusste er, dass ich Praktikantin bin? Ich habe es ihm nicht gesagt und in der E-Mail stand es auch nicht."

„Die Zeit zwischen deiner E-Mail und deinem Anruf hat ausgereicht. Er hat Erkundigungen über dich eingezogen und wusste Bescheid. Da siehst du: Das sind Profis - und die Sache ist ihnen wichtig."

„Aber was können wir tun? Sie sind in meinen Rechner eingedrungen, sie haben mein Video gelöscht und bestimmt auch alles, was sonst darüber im Internet zu sehen war. Gegen die NASA und den amerikanischen Geheimdienst haben wir keine Chance."

Olaf lachte Anne an: „Ich kannte eine Anne Winkler, für die es das Wort 'unmöglich' nicht gab. Sollte ich mich da getäuscht haben?"

Anne entgegnete nichts. Sie sah keinen Weg.

„So still? Dann ist es wohl mein Part, kreativ zu werden. Jetzt, wo wir Bescheid wissen, werden wir den Spieß umdrehen. Sie haben garantiert ihre Schwachstellen und die werden wir finden. Kommt, wir gehen zu Lisa hinüber."

Die beiden Frauen sahen ihn verständnislos an.

„Was hast du vor?"

„Ich will endlich das verdammte Video sehen. Mann! Ich bin zum Platzen neugierig."

Anne wusste nicht mehr, was sie denken sollte. „Aber warum zu Lisa?"

Wir brauchen einen sauberen Rechner. Deinen kannst du vergessen. Ich bin sicher, dass die NSA ein Überwachungsprogramm eingeschleust hat. Zusätzlich haben sie deine Internetadresse, womit du unter spezieller Beobachtung stehst. Geh davon aus, wenn du deinen Rechner anschaltest, bist du nicht mehr allein."

Anne lief eine Gänsehaut über den Rücken. Sie warf einen misstrauischen Blick zu ihrem Laptop hinüber.

Olaf sah es und konnte sich eine Bemerkung nicht verkneifen: „Keine Angst! Wenn er zu ist, dann beißt er nicht."

Anne sah ihn giftig an: „Ha! Ha!", wurde aber sofort wieder freundlicher. „Kannst du das tatsächlich wieder hinkriegen?"

„Ich nicht. Aber ich kenne jemand, der es kann. Darum kümmern wir uns später. Zuerst will ich etwas ausprobieren. Wenn das klappt, kommen wir auf einem kleinen Umweg an das Video. Das geht aber nur an Lisas Computer."

Auf dem Weg zu Lisa bohrte Anne weiter. Für sie war Olafs Vorhaben nicht logisch. „Du willst also im Internet nach dem Video suchen, richtig?"

„Richtig!"

„Aber gerade bist du davon ausgegangen, dass die NSA es gelöscht hat, richtig?"

„Auch richtig."

„Dann kapier ich etwas nicht. Wo willst du suchen?"

„Falsche Frage. Nicht *wo* will ich suchen, sondern *wann* will ich suchen. In der Nacht haben sie es gelöscht, aber vorher war es da. Also suchen wir vorher. Wir machen eine kleine Zeitreise."

Olaf wollte durch Lisas Tür gehen, aber Anne zog ihn am Arm zurück.

„Moment mal! Ich dachte immer, ich bin die, die spinnt. Jetzt spinnst eindeutig DU! Zeitreise! Ich fasse es nicht."

„Warte einfach ab. Du hast schon von der Bibliothek in Alexandria gehört? Altes Ägypten?"

„Ist schon länger her, im Geschichtsunterricht. Sie haben das gesamte Wissen der Welt sammeln wollen. Später ist sie abgebrannt. Was hat das mit uns zu tun?"

„Es gibt auch heute Organisationen, die den Ehrgeiz haben, das gesamte Wissen der Welt zu sammeln. Das findet man heute nicht allein in Büchern. Viel Wissen ist im Internet verteilt. Deshalb sammeln sie alles, was im Internet erscheint. Kleine Programme sind Tag und Nacht und rund um den Globus unterwegs und durchsuchen das Internet nach Neuem. Sie scannen 100 Milliarden Seiten. Die meisten Leute glauben, gelöscht ist gelöscht. Sie täuschen sich. Das Internet vergisst nie."

„Ich glaube, ich habe eine Menge verpasst", staunte Anne. „Und du meinst, das Video ist dabei?"

„Ich hoffe es."

Olaf hatte inzwischen vor Lisas Computer Platz genommen. Anne und Lisa standen hinter ihm und verfolgten aufmerksam, was er tat.

Olaf erklärte weiter: „Auf Youtube war es zu kurz. Die Zeit hat nicht gereicht, um von dem Archivprogramm gefunden zu werden, aber es gab einen Link zu einer Homepage. Wenn es da länger war, haben wir eine Chance."

„Und wenn nicht?"

„Dann stellen wir deinen Rechner so lange auf den Kopf, bis wir das Video haben. Auch hier denken die meisten, gelöscht ist gelöscht. Und sie liegen genauso falsch. Es ist nahezu unmöglich, etwas so zu löschen, dass man es nicht wieder rekonstruieren kann. Das wissen die meisten nur nicht. Wie hieß die Homepage?"

„Den genauen Namen habe ich mir nicht gemerkt, aber es war die Homepage von Michael Forell. Den Namen Forell werde ich niemals vergessen."

„Okay, das reicht."

In wenigen Sekunden hatte Olaf die Adresse der Homepage und klickte sie an. Wie erwartet, war nichts zu sehen vom Video.

„Sogar die Links haben sie weggeputzt", murmelte Olaf. „Aber jetzt werden wir sehen, wie gut sie wirklich sind."

Er tippte „www.archive.org" in die Adresszeile. Ein Bildschirm öffnete sich, auf dem in deutlich lesbaren Buchstaben 'Waybackmachine' stand.

„Seht ihr? Unsere Zeitmaschine. Er gab die Adresse der Homepage ein und klickte auf 'Take me back'. Ein neuer Bildschirm erschien mit einer langen Liste von Datumsangaben.

„Und in welche Zeit wollen wir reisen?"

Olaf sah sich nach den Frauen um. Denen hatte es die Sprache verschlagen. Olaf wartete nicht länger auf eine Antwort, sondern wählte das Datum, das dem jetzigen Tag am nächsten kam. Die Homepage von Michael Forell erschien.

„Und das ist die Homepage, wie sie VOR dem Löschen war“, verkündete Olaf.

„Ich glaube, ich träume“, stöhnte Anne. „Da ist der Link auf das Video.“

„Jetzt bin ich aber neugierig“, meinte Olaf. „Dieses Mal wollen wir keine Fehler machen. Lisa, hast du eine DVD, auf die ich etwas brennen kann?“

Lisa reichte ihm eine.

Olaf lud das Video herunter und brannte es gleich auf die DVD. Anschließend kappte er die Verbindung zum Internet.

„Das war’s. Das hier löscht uns niemand mehr weg und sabotieren kann auch keiner. Jetzt können wir uns das Video in Ruhe ansehen.“

Lisa schaute Olaf neugierig über die Schulter. Sie wollte endlich wissen, worum es bei der ganzen Aufregung eigentlich ging. Anne zitterte innerlich darum, ob auch wirklich alles auf dem Video war.

Olaf war relativ gelassen. Er war sich seiner Sache sicher und wollte endlich die Fakten sehen.

„Tatsächlich, da ist die Schraube“, stellte Olaf fest.

Immer wieder hielt er das Video an und druckte das jeweilige Bild aus, entweder komplett oder einen vergrößerten Ausschnitt.

„Für die spätere Bewertung ist das einfacher, als ständig vor einem Rechner sitzen zu müssen und ein Video vor- und zurück spulen.“

Jetzt, wo der Beweis gesichert war, fiel die Anspannung bei Anne merklich ab. Ihre Gedanken kreisten nicht mehr ausschließlich um die Existenz der Schraube. „Was glaubst du, warum sie das Video im Archiv übersehen haben?“

„Auch ein Geheimdienst muss Prioritäten setzen, selbst wenn er so perfekt ausgestattet ist wie die NSA. Das Internet ist unüberschaubar groß und vielseitig. Homepages, für die sich niemand interessiert, stellen keine Gefahr dar. Deshalb stehen sie für die NSA auf ihrer Liste ganz hinten. Und Seiten, die sich selten verändern - wie die meisten privaten - muss man auch nicht oft beobachten. Das kann man in größeren Abständigen erledigen. Deshalb haben sie die Homepage von Michael Forell erst spät entdeckt. Das Archiv wird nicht kontrolliert, weil sie keine Historiker sind. Für die NSA zählt die Gegenwart und was für die Zukunft geplant wird, Anschläge und so ähnlich."

„Fertig!"

Olaf nahm den Stapel Ausdrucke und verteilte sie auf dem Boden. Dort konnten sie sie ungestört begutachten. Sie kamen übereinstimmend zu der Meinung, dass es keine bekannte Art von Schraube war und dass sie schon länger dort liegen musste.

„Was glaubt Ihr, wie groß sie ist?"

„Ich würde sagen, dass der Kopf 2-3 cm im Durchmesser misst", schätzte Anne. „Ziemlich groß für eine Schraube."

Olaf und Lisa stimmten zu.

„Trotzdem, wenn die Kamera nicht genau an dieser Stelle auf den Boden geschwenkt hätte, um ihn näher zu untersuchen, wäre sie nie entdeckt worden. Was für ein Zufall."

„Nicht unbedingt. Denkt nach: So spannend der Fund einer Schraube auf dem Mond ist, - eine einzelne Schraube macht wenig Sinn. Wozu sind Schrauben da?"

„Um etwas zusammen zu halten oder zu befestigen."

„Genau. 'Etwas'! Was ist dieses Etwas, das von der Schraube zusammengehalten wurde? Was wissen wir darüber?"

„Es muss einigermaßen groß sein. Eine Schraube in der Größe nimmt man nicht für ein kleines Teil."

Lisa war froh, auch einen Gedanken beitragen zu können.

„Wir wissen noch mehr", fuhr Olaf fort. „Es muss eine Art Unfall gegeben haben. Niemand von uns könnte eine Schraube von dieser Dicke abbrechen. Dazu gehört eine erhebliche Portion roher Gewalt. Wo so viel Gewalt mit etwas Großem zusammenstößt, kann man davon ausgehen, dass noch mehr herumliegt. Es gibt keinen heftigen Unfall, bei dem nur ein einziges Trümmerteil übrig bleibt."

„Das ist eine ganze Menge, was man aus einer abgebrochenen Schraube schließen kann“, stellte Anne fest. „Nur, wozu die Schraube gehört hat, wissen wir nicht.“

„Das ist die eigentlich spannende Frage. Kein Wunder, dass die NASA alles daran setzt, den Fund geheim zu halten.“

„Glaubst du an ein abgestürztes UFO?“ Aus Lisas Mund hörte sich das seltsam an.

Olaf lachte wieder: „Es hat garantiert mit einem UFO zu tun, auch wenn sich das unwissenschaftlich anhört. Was bedeutet denn UFO: unbekanntes fliegendes Objekt. Unbekannt ist es jedenfalls, geflogen muss es auch sein, wie sollte es sonst auf den Mond kommen, und ein Objekt ist es auch. Da hast du dein UFO.“

So sachlich hatte sich Lisa die Antwort nicht vorgestellt. Auch Anne konnte sich nicht damit anfreunden, wenn auch aus einem anderen Grund.

„Das klingt so Science-Fiction-mäßig. Unterhaltsam, aber doch nur Phantasie. Ich sehe schon die Pressemeldungen vor mir: Wrackes Raumschiff auf dem Mond entdeckt. Gelingt der Kontakt mit den Aliens? Und so weiter. Das gefällt mir ganz und gar nicht.“

„Wissenschaft bedeutet nicht, immer nur das zu entdecken, was einem gefällt. Ein Wissenschaftler sollte für alles offen sein.“

„Aber sich nicht an wilden Spekulationen ergötzen“, ergänzte Anne schnell.

„Ich weiß, was du meinst. Trotzdem haben sich schon oft Spekulationen und phantastische Berichte im Nachhinein als Realität erwiesen.“

„Zum Beispiel?“

„Monsterwellen. Die hat man jahrelang als Seemannsgarn abgetan, bis man sie wissenschaftlich bewiesen hat. Oder Riesenkraken. Oder Kugelblitze. Oder ...“

Anne hob abwehrend die Hände.

„Schon gut, schon gut, eine abgebrochene Schraube genügt mir fürs erste. Du glaubst also an ein abgestürztes Raumschiff?“

„Ehrlich gesagt, würde mir ein abgestürztes Raumschiff sehr gefallen. Das fände ich ungemein spannend.“

„Das würde unsere ganze Physik auf den Kopf stellen. Es ist nicht möglich, dass etwas schneller fliegt als das Licht. Nur - wo sollte ein Raumschiff herkommen?"

„Das Wort ‚unmöglich' halte ich in der Wissenschaft für sehr bedenklich. Ich könnte dir ..."

„Du könntest mir zehn Tatsachen aufzählen, die mal für unmöglich gehalten wurden", fiel Anne Olaf ins Wort.

„Mehr als zehn", lächelte Olaf. „Deshalb bin ich nicht festgelegt, und ich denke, jeder seriöse Wissenschaftler sollte immer wieder offen für etwas ganz Neues sein. Vielleicht gibt es noch andere Möglichkeiten, an die niemand denkt. Oft ist die Wirklichkeit phantastischer als alle Phantasie. Aber egal was herauskommt, eines ist klar: Irgend ein Teil unseres Weltbilds wird auf den Kopf gestellt. Wir wissen nur noch nicht welcher Teil. Auf jeden Fall wird unsere Welt in Zukunft nie mehr so sein, wie sie war."

Gedankenverloren hockten sie da und sahen sich die Bilder an. Es war nicht einfach, die Konsequenzen aus der Entdeckung als Realität anzuerkennen. Olafs Worte klangen noch in Annes Ohr: 'Oft ist die Wirklichkeit phantastischer als alle Phantasie.' Was würde auf sie zukommen? Was war ihr Teil an dieser Zukunft?

„Was sollen wir jetzt tun?", unterbrach Anne das Schweigen.

Olaf hätte sofort antworten können. Er wusste, was jetzt sein musste, aber er wollte es bewusst nicht sagen. Anne musste diese Entscheidung treffen - aus freien Stücken.

„Wir haben zwei Optionen. Welche wir wählen, ist deine Entscheidung. Es ist schließlich deine Entdeckung."

„Und die Optionen wären?"

„Wir riskieren etwas und gehen offensiv voran oder du rahmst dir die Bilder ein und hängst sie über dein Bett."

Im Raum wurde es still. Lisa und Olaf sahen Anne an. Die spürte plötzlich, welche Last eine Entscheidung bedeuten konnte. Sie hatte sich die Finger gehörig verbrannt. Sie hatte gekämpft bis zum Ende ihrer Kräfte - aber aufgeben und die Sache auf sich beruhen lassen? Das widersprach ihr zutiefst.

Olaf hatte zwei Optionen genannt, doch allen war klar, dass es nur eine geben konnte.

„Du weißt ganz genau, dass ich jetzt nicht aufgeben kann."

Olaf sagte nichts. Hier musste Anne durch.

Die wusste, was sie eigentlich wollte. Sie wusste aber auch, dass diese Entscheidung ihr ganzes Leben verändern würde. Anne sah erst Lisa und dann Olaf an.

„Ich will weitermachen, aber nur unter einer Bedingung."

„Ich höre."

„Wir machen es zusammen. Alleine schaffe ich das nicht."

Das war ganz in Olafs Sinn, aber da war etwas, das er geklärt haben wollte: „Ist das jetzt meine Aufwertung zu einem 'richtigen' Wissenschaftler? Oder bleibe ich Hilfsassistent?"

„Was meinst du denn damit?", fragte Anne, obwohl sie mehr als nur eine Ahnung hatte, was Olaf meinte.

Sie erhielt umgehend die unangenehme Bestätigung.

„Es stand dir vom ersten Augenblick an im Gesicht geschrieben, dass du mich nicht für voll nimmst."

„Das war nicht so gemeint. Das ..."

Anne geriet ins Stocken, holte tief Luft und fuhr dann fort: „Ach, was soll's! Ja du hast Recht. So war es. Aber ich habe eingesehen, dass es nicht nur darauf ankommt, wie gut jemand wissenschaftlich rechnen kann. Ich brauche dich. Ohne dich schaffe ich es nicht. Machst du mit?"

„Hm, wenn so eine schöne Frau so etwas Nettes sagt, wie könnte ich da 'nein' sagen? Klar. Ich mache mit!"

Anne atmete befreit auf. Sie war immer eine Einzelkämpferin gewesen, aber irgendwann kam jeder an die Grenzen seiner Möglichkeiten. „Okay, das haben wir geklärt. Was sollten wir als Erstes tun?"

„Ganz einfach. Wir gehen zur ESA. Was sonst?"

Anne hatte geahnt, dass Olaf genau das sagen würde. Es war das, was sie am wenigsten wollte. Dahin zurück, wo sie die größte Niederlage ihres Lebens erlitten hatte?

Olaf wusste, dass auch diese Hürde genommen werden musste. Der Stachel, sich dermaßen blamiert zu haben, saß tief. Solange er nicht beseitigt war, würde Anne nie zu ihrem alten

Mut zurück finden - und den brauchten sie mehr denn je. „Eins müssen wir für unsere Zusammenarbeit festlegen: Das Wort 'unmöglich' kennen wir nicht mehr. Sonst haben wir bei dieser Sache keine Chance."

Anne schloss die Augen. Die Szene in Dr. Bardouins Büro passierte Revue.

Ich bin in die Flucht geschlagen worden, aber ich lebe noch. Und dieses Mal habe ich die Beweise.

„Einverstanden."

„Sehr schön. Dann lasse ich euch beide einen Augenblick alleine. Ich muss etwas in Ruhe regeln."

Olaf stand auf und ging hinaus, um ungestört telefonieren zu können. Nach zehn Minuten kam er wieder zurück. „Wir haben heute noch einen Termin bei Dr. Bardouin."

Anne staunte. „Das ist unglaublich. Wie hast du das gemacht?"

„Das verrate ich nicht", neckte Olaf. „Du erzählst mir ja auch nicht, wie du deine Formeln knackst."

„Ich glaube, du bist in manchen Dingen ein richtiges Genie. Gut dich im Team zu haben."

Anne gab Olaf einen spontanen Kuss auf die Wange. „Was denkst du, Lisa? Für alles, was er heute getan hat, hat er sich eine Belohnung verdient. Olaf, was wünschst du dir?"

Der musste nur kurz überlegen: „Dass du heute noch richtig schön mit mir essen gehst."

„Akzeptiert!"

„Moment. Ich war noch nicht fertig. Eben hast du eine Bedingung gestellt - jetzt habe ich auch eine."

„Und die wäre?"

„Lisa wird dich für den Abend ausstatten."

Lisa verstand sofort. Dieses Thema war eindeutig ihr Spezialgebiet. „Du wirst zufrieden sein", sagte sie augenzwinkernd zu Olaf.

Anne verstand erst, als sie Olafs erwartungsvollen Gesichtsausdruck sah. „Ausnahmsweise akzeptiert", sagte Anne. „Olaf, du bist unverbesserlich."

„Ich weiß."

25. Darmstadt

Dieses Mal fuhren Anne und Olaf gemeinsam zur ESA. Anne saß mit wachsender Anspannung neben Olaf und hielt die DVD mit dem Video fest. Sie hatte darauf bestanden, eine weitere Kopie zu machen, die sie bei Lisa deponierten.

„Entspann dich! Es wird funktionieren", sagte Olaf zuversichtlich.

„Wenn ich an heute früh denke, wird mir jetzt noch übel. Ohne dich würde ich nie wieder einen Fuß in dieses Gebäude setzen."

Als sie durch die Flure gingen, hatte Anne bei jedem, den sie sah, das Gefühl, er müsste über ihre morgendliche Pleite Bescheid wissen. Olaf holte seinen eigenen Laptop aus seinem Büro und dann kam der spannende Moment, an dem Anne wieder die Schwelle von Dr. Bardouins Büro überschreiten musste. Sie ließ Olaf gerne den Vortritt, aber Dr. Bardouin entdeckte Anne sofort.

„Oh! Sie schon wieder?" Dr. Bardouin klang überrascht und wenig begeistert, was Anne gut verstehen konnte.

„Dr. Bürki hat mir zwar angekündigt, dass er eine Kollegin mitbringt, aber an Sie habe ich dabei nicht gedacht."

Anne kam nur soweit, um Luft für eine Entschuldigung zu holen, als Olaf das Wort ergriff: „Dr. Bardouin, erlauben Sie mir, dass ich jetzt nichts erkläre oder entschuldige. Frau Winkler wird uns nicht stören und ganz im Hintergrund bleiben. Wir hatten vereinbart, dass Sie sich fünf Minuten nehmen und dann entscheiden, ob es interessant für Sie ist. Danach werden sie alles ohne viele Worte verstehen."

„Hmm." So ganz behagte Dr. Bardouin das nicht, aber er willigte ein: „Nun gut. Was ich gesagt habe, habe ich gesagt. Fünf Minuten. Fangen Sie an!"

Olaf platzierte seinen Laptop direkt vor Dr. Bardouin auf dem großen Schreibtisch und startete kommentarlos das Video. Dr. Bardouin erkannte sofort, dass es sich um Bilder des Mond-Rovers handelte. Anne konnte nicht auf den Bildschirm sehen, weil sie auf der anderen Seite des Schreibtischs stand, aber sie kannte das Video so gut, dass sie wusste, wann die Schraube ins Bild kam.

Dr. Bardouin beugte sich angespannt nach vorne. Während des gesamten Videos sagte er kein Wort. Auch als es fertig war, blieb er stumm und sah nachdenklich auf den Laptop.

Endlich stand Dr. Bardouin auf, ging zu Anne und reichte ihr die Hand.

„Es ist also doch wahr. Frau Winkler, ich möchte mich für heute Morgen entschuldigen. Ich hätte nicht so vorschnell urteilen sollen."

Anne war baff. Sie hatte sich viele Gedanken über ihre Entschuldigung gemacht und entschuldigte sich Dr. Bardouin bei ihr. Anne brachte nur die ersten Worte ihrer geplanten Rede heraus, als Dr. Bardouin abwinkte.

„Schon akzeptiert. Offen gesagt, mag ich Menschen, die eine Überzeugung haben und dafür etwas riskieren. Sie sind also nicht nur eine intelligente und sehr engagierte Wissenschaftlerin, sondern obendrein eine mutige. Das ist eine ganze Menge. An Einzelheiten Ihres Auftretens kann man sicherlich noch etwas feilen, aber Sie haben sich ja schon kompetente Unterstützung geholt." Dr. Bardouin sah lächelnd zu Olaf.

Das Telefon klingelte. Anne konnte aus den wenigen verständlichen Bruchstücken entnehmen, wie nach Dr. Bardouin gefragt wurde, der eigentlich wieder in einer Konferenz sein sollte.

„Verschieben Sie die Konferenz um eine halbe Stunde."

Dr. Bardouin legte auf. „Diese Schraube ist wirklich ein extrem bedeutender Fund, aber das wissen Sie bereits. Ich danke Ihnen, dass Sie mich ins Vertrauen gezogen haben. Sie hatten mehr Zeit zum Nachdenken als ich. Was schlagen Sie vor, das wir tun sollen?"

Anne war wieder froh, Olaf dabei zu haben. Hier war tatsächlich wesentlich mehr gefragt als wissenschaftliche Expertise.

Olaf hatte mit dieser Frage gerechnet und sich entsprechend vorbereitet. „Darauf gibt es keine einfache Antwort. Es ist richtig, dass die NASA den Fund gemacht hat, aber er gehört ihr nicht. Er gehört allen Menschen. Das wird die NASA aber nicht einsehen."

„Wie kommen Sie darauf?"

Olaf erzählte die ganze Vorgeschichte bis zu dem Punkt, als sie das Video endlich hatten.

Dr. Bardouin nickte Anne und Olaf anerkennend zu.

„Das ist ja ein richtiger Krimi. Aber glänzend, wie Sie das Video erbeutet haben. Es bestätigt, wie brisant der Fund ist - und wie schwierig es sein wird, dieses Thema anzupacken. Das haben Sie korrekt festgestellt."

Dr. Bardouin schwieg einen Augenblick und überlegte. „Ich glaube kaum, dass ich mehr Erfolg haben würde, wenn ich mit der NASA telefoniere. Selbst mit politischem Druck auf höherer Ebene werden wir nichts bewegen. Die Amerikaner haben sich immer als äußerst resistent gegenüber Druck oder Ratschlägen erwiesen, wenn es um Fragen von nationaler Bedeutung ging."

„Aber die ESA kann alleine nichts tun. Dafür fehlen uns die Mittel."

Dr. Bardouin seufzte. „Da haben Sie leider nur zu sehr Recht."

„Und an die Öffentlichkeit zu gehen ist ebenfalls problematisch. Es werden sich alle möglichen Verrückte und selbsternannte Experten über das Video hermachen. Sie werden die wildesten Theorien entwickeln und Menschen in Panik versetzen. Jeder wird es für seine Interessen ausschlachten."

„Und genau so viele würden behaupten, dass das Video eine Fälschung sei", ergänzte Anne. „Vielleicht würde die NASA diese Leute sogar unterstützen."

„Ihre Schlüsse sind logisch. Ich kann Ihnen in allem nur zustimmen. Deshalb müssen wir aus Verantwortung andere Wege suchen. Die Öffentlichkeit müssen wir vorerst vermeiden. Ich möchte Sie bitten, über die ganze Angelegenheit absolutes Stillschweigen zu bewahren. Außer Ihnen beiden und Ihrer Freundin sollte zunächst niemand etwas erfahren."

„Aber wir können nicht einfach nur schweigen und nichts tun", protestierte Anne.

„Oh, wir werden jede Menge tun. Ich habe gestern einen Anruf von unseren Partnern aus Russland erhalten. Sie haben mich gebeten, in einer dringenden Angelegenheit zu ihnen zu kommen - sobald wie möglich. Vielleicht haben Sie schon von Alexander Kowalev gehört, dem Direktor von Roskosmos, der Russischen Raumfahrt-Agentur. Ich kenne ihn sehr gut, weil wir bereits seit vielen Jahren zusammenarbeiten, wo immer es möglich ist. In dieser Zeit habe ich ihn nie 'dringend' sagen hören. Meistens haben die Sachen dort viel Zeit. Wenn er ‚dringend' sagt, muss es wirklich ernst sein. Am Telefon wollte er nichts Konkretes sagen, er hat auf einem persönlichen Treffen bestanden. Nachdem, was ich heute von Ihnen erfahren habe, kann ich mir aber vorstellen, worum es geht. Vielleicht waren Sie nicht die Einzigen, die aufmerksam waren. Ich möchte Ihnen einen Vorschlag machen: Begleiten Sie mich auf diese Reise!"

Olaf und Anne sahen sich an. Die Überraschungen schienen heute kein Ende zu nehmen. „Gerne, aber warum?"

„Erstens: Es ist Ihre Entdeckung. Meine Überzeugung ist, dass Sie dadurch auch die Verantwortung für das haben, was daraus wird. Und zweitens: Ich brauche intelligente, engagierte und mutige Begleiter. Wir hatten eben festgestellt, dass Sie das sind. Also? Kommen Sie mit?"

Anne und Olaf sagten gleichzeitig „Ja".

Anne spürte neues Feuer in sich brennen. Wie hatte sich alles gegenüber heute Vormittag verändert!

Dr. Bardouin musste sich beeilen, wenn er mit nur einer halben Stunde Verspätung zu seiner Konferenz kommen wollte. Olaf überließ ihm die DVD mit dem Hinweis, das Video auf keinem Computer zu speichern und es auch nicht anzusehen, wenn eine Verbindung zum Internet bestand. Die Einzelheiten über die Reise und das weitere Vorgehen würden sie später besprechen.

„Was für ein Tag!", staunte Anne. „Wenn man mir das heute Morgen erzählt hätte ..." Anne ging es gut. So gut, wie noch nie.

„Ich freue mich auf Russland. Da wollte ich schon immer hin."

„Ich auch“, stimmte ihr Olaf zu. „Auf Russland musst du noch einige Tage warten, ich freue mich schon auf heute Abend. Das wollte ich schon immer erleben“, ahmte er Annes Tonfall nach.

Anne boxte ihn lachend in die Seite. „Du wirst schon nicht zu kurz kommen.“

TEIL 2

DER UNSICHTBARE KRIEG

26. Swjosdny Gorodok, Russland

Positionsbestimmung auf planetaren Oberflächen - für die meisten Menschen ein staubtrockenes Thema, für Anne die Verwirklichung eines Traums. Auf Betreiben von Dr. Bardouin hatte Anne dieses Thema als Forschungsgebiet und Promotionsthema bekommen.

Es war gleichzeitig die ideale Tarnung für die Arbeit, die Anne tatsächlich erledigen sollte, und weswegen sie jetzt mit ihrem Chef und ihrem Kollegen, Olaf Bürki, in einem Flugzeug nach Moskau saß.

Was Anne vor zehn Tagen für unmöglich gehalten hätte, war jetzt Realität. Für noch viel unmöglicher würde Anne halten, dass dieses Thema einmal ihr Leben retten würde.

Positionsbestimmung auf planetaren Oberflächen war ein interessantes aber rein akademisches Thema. Dachte Anne. Jetzt noch.

Das Flugzeug setzte pünktlich zur Landung in Moskau an. Dr. Bardouin saß auf dem dritten Platz neben Olaf und unterhielt sich angeregt mit ihm.

Anne ließ ihre Gedanken laufen. Seit ihrem gemeinsamen Abend vor den bewussten zehn Tagen hatte sich einiges geändert. Lisa, ihre Freundin, hatte sich extrem viel Mühe gegeben, Anne besonders sexy auszustatten, was sonst gar nicht Annes Art war. Aber Anne pflegte ihre Versprechen zu halten, selbst wenn der Preis aus einem engen Shirt, einem kurzen Rock und hohen Absätzen bestand. Anne hatte diesen Abend Olaf versprochen, schließlich hatte er ihr mächtig geholfen - und Olaf war mit dem Ergebnis zufrieden gewesen. Zuletzt hatte es selbst Anne Spaß gemacht, als Olaf sie mit Komplimenten überschüttete. Sie hatte verstanden, dass das Leben noch andere Seiten bereithielt als nur ihre wissenschaftliche Mondlandschaft. Hatte sie sich früher über Unterbrechungen bei ihrer Arbeit geärgert, wartete sie jetzt manchmal sogar darauf, vor allem, wenn sie von Olaf kamen.

Anne schaute aus dem kleinen Fenster und beobachtete, wie die Häuser der Stadt größer wurden. Moskau war riesig.

Am Flughafen wartete ein Fahrer, der sie in die Zentrale der russischen Raumfahrtagentur, Roskosmos, bringen sollte. Die hatte ihren Sitz in der kleinen Stadt Swjosdny Gorodok nordöstlich von Moskau. 'Sternenstädtchen' hieß der Ort, wenn man die russische Bezeichnung ins Deutsche übersetzte. Anne gefiel dieser Name.

Schon die Autofahrt entwickelte sich für Anne zu einem unerwarteten Abenteuer. Selbstverständlich gab es in Russland Geschwindigkeitsbeschränkungen wie in Deutschland. Der Unterschied war allerdings, dass sich in Moskau nur die Fahrer daran hielten, deren Autos sowieso nicht schneller fahren konnten. Für alle anderen, inklusive ihren Fahrer, schienen die Zahlen auf den Schildern keine Bedeutung zu haben. Genauso verhielt es sich mit den Fahrbahnmarkierungen, die von den meisten nur als nette Dekoration betrachtet wurden. In der Praxis fuhren einfach so viele Wagen nebeneinander, wie es passte. Anne hätte mehrfach den Mitfahrern im Auto neben ihnen die Hand reichen können.

Dieser enge und schnelle Verkehr hielt ihren Fahrer nicht davon ab, unablässig sein Handy am Ohr zu haben und mit seiner Frau über die Einkäufe zu diskutieren, die er nach Feierabend erledigen sollte. Er beherrschte es virtuos, ins Handy zu brüllen, zu hupen und gleichzeitig zu lenken. Bei alledem war es offensichtlich Ehrensache, nicht angeschnallt zu sein. Anne hatte in dieser Hinsicht keinerlei Ehrgefühl. Sie vergewisserte sich mehrfach, dass ihr eigener Gurt festsaß.

Anne war erleichtert, als der Verkehr ruhiger wurde und sie sich dem Sternenstädtchen näherten. Zu früheren Zeiten war es strengstens von der Außenwelt abgeschirmt gewesen, hatte Anne sich informiert. Nach dem Zerfall der Sowjetunion hatte sich vieles geändert, aber auch heute noch ist es von einer Mauer umzogen und von einem dichten Wald begrenzt. Der Fahrer hatte Passierscheine für sie alle, die er an mehreren Militärkontrollen vorzeigte.

Sie fuhren an Hochhäusern vorbei, denen man ihr langes Leben an der Fassade ansah.

„Hier wohnen viele der russischen Kosmonauten mit ihren Familien“, erklärte Dr. Bardouin während der Fahrt. „Auch Sigmund Jähn hat lange hier gewohnt.“

Anne wusste, dass Sigmund Jähn der erste Deutsche im Weltraum war, 1978 mitgeflogen mit den Russen und der Stolz der damaligen DDR. Im Westen dauerte es in der Zusammenarbeit mit Amerika wesentlich länger, bis sie einen Deutschen mitnahmen.

Anne beobachtete die Menschen auf den Balkonen und am Straßenrand und konnte sich kaum vorstellen, dass einige der Alten möglicherweise im Weltraum gewesen waren.

Ob man sich danach irgendwie anders fühlt?

Vor der Zentrale wartete eine stattliche Erscheinung mit kurzgeschorenen Haaren, Alexander Kowalev. Sogar ohne Uniform glaubte Anne sofort, dass er ein General war. Man sah ihm aber auch die Leitung einer zivilen Einrichtung an. Er hatte ein freundliches, offenes Gesicht.

„Hallo Louis!“, empfing er Dr. Bardouin. „Schön, dich wieder zu sehen. Du bringst Gäste mit?“

„Meine engagiertesten Mitarbeiter.“

Dr. Bardouin stellte Anne und Olaf vor.

„Privet“, begrüßte Anne General Kowalev.

„Oh, Sie sprechen Russisch?“

„Nur ein bisschen: Pagoda plocha no vodka choroscho.“

General Kowalev brach in schallendes Gelächter aus.

„Das gefällt mir. Louis, du hast die Richtigen mitgebracht. Kommt, wir gehen ins Haus.“

„Ich wusste gar nicht, dass du Russisch kannst“, flüsterte Olaf zu Anne. „Was hast du gesagt?“

„Das Wetter ist schlecht, aber der Wodka ist gut“, flüsterte Anne zurück.

„Sehr sinnig. Auf jeden Fall hast du deinen ersten Pluspunkt gesammelt.“

„Deine Gelegenheit wird bald kommen.“

Drinnen führte Kowalev sie in die Kantine. Abseits stand ein großer, gedeckter Tisch, auf den Kowalev zusteuerte.

„Ihr habt sicher Hunger nach der langen Reise."

Damit lag er nicht verkehrt. Im Flugzeug hatte es zwar etwas zu essen gegeben, aber die Mahlzeit war sehr übersichtlich gewesen. „Eine halbe Portion für einen Zwerg", hatte Olaf gesagt. Selbst Anne knurrte der Magen.

Bevor es ans Essen ging, sollte Olaf noch eine russische Tradition kennenlernen. Jeder bekam einen Begrüßungswodka - in einem Wasserglas.

Olaf sah es mit großen Augen an. Anne trat ihm unauffällig gegen sein Bein.

„Wusstest du nicht, dass man Wodka in Russland 100-Gramm-weise trinkt? Wenigstens die Männer?"

„Nein. Woher weißt du das?"

„Aus meinem Russisch-Kurs. Jetzt blamier uns nicht. Du darfst auf keinen Fall nur am Glas nippen. Augen zu und runter damit. So gehört sich das."

Kowalev hatte sich erhoben und brachte als Gastgeber einen Toast aus, wie es in Russland Sitte war. Er lobte die Schönheit der Frauen (wobei er Anne zunickte) und verglich sie mit der Weite des Weltraums. Olaf fand das etwas übertrieben, aber Anne gefiel es. Als Kowalev fertig war, setzte er das Glas an und leerte es tatsächlich in einem Zug. Dr. Bardouin kannte diese Sitte von früher und tat es ihm nach. Olaf zögerte - aber er wollte sich nicht von Anfang an als Weichei outen. Er holte tief Luft und kippte den Inhalt seines Glases ebenfalls hinunter. Der Effekt war allerdings anders als bei den anderen. Olafs Augen quollen hervor und sein Mund klappte auf und zu, ohne dass ein Ton herauskam. Er hatte das dringende Bedürfnis tief Luft zu holen, aber aus irgendeinem Grund ging nichts mehr durch seine Luftröhre, weder hinein noch heraus. Kowalev lachte wieder und schlug Olaf krachend auf den Rücken. Olaf fing an zu husten.

„Das müssen wir nachher üben", dröhnte laut der General.

Anne verfolgte amüsiert die Szene. Als Frau wurde ihr nicht so viel abverlangt.

Das Essen verlief in angenehmer Atmosphäre. General Kowalev erwies sich als humorvoller Gesprächspartner, der fließend Deutsch sprach. Er war mehrere Jahre in verschiedenen Städten der DDR stationiert gewesen und hatte es dort gelernt. Ihn interessierte alles, was in Deutschland lief. Anne gab ihr bestes alle seine Fragen zu beantworten und kam kaum zum Essen. Sonst war Konversation eher Olafs Part, aber der war an diesem Abend auffallend ruhig.

Als sie mit dem Essen fertig waren, blickte Kowalev Dr. Bardouin fragend an. Der wusste, was gemeint war.

„Frau Winkler und Dr. Bürki sollten bei unserem Gespräch anwesend sein. Ich habe keine Geheimnisse vor ihnen."

„Die Angelegenheit ist heikel", sagte Kowalev ernst.

„Das denke ich mir. Ich habe eine Ahnung, worum es geht. Deshalb habe ich sie mitgebracht."

„Ich muss mich auf absolute Diskretion und Verschwiegenheit verlassen können."

„Frau Winkler und Herr Bürki sind bereits Geheimnisträger."

„Du musst wissen, was du tust. Ich vertraue dir. Dann lasst uns gehen!"

Kowalev führte sie durch endlos erscheinende, verwinkelte Gänge in einen kleinen Besprechungsraum. Schwere Eichentüren schlossen sich hinter ihnen. Die Wände waren rundherum mit Holz vertäfelt. Fenster gab es keine. Hier konnte niemand mithören, war sich Olaf sicher. Sie ließen sich in die Ledersessel fallen, die um den Konferenztisch verteilt waren. Der ganze Raum strahlte eine Atmosphäre aus, wie ein Ort, an dem weitreichende Entscheidungen gefällt werden.

Kowalev ergriff das Wort: „Unser Geheimdienst hat in Erfahrung gebracht, dass die Amerikaner bei ihrer letzten Mission auf dem Mond eine wichtige Entdeckung gemacht haben. Was es konkret ist, konnten wir bedauerlicherweise nicht herausfinden. Bei der NASA scheint niemand etwas zu wissen, bis auf die obersten Verantwortungsträger. Das ist verdächtig. Was wir herausfinden konnten, ist, dass sie ihr Budget um 50 Milliarden Dollar aufgestockt haben. Das ist auch für Amerikaner keine Kleinigkeit und angesichts der immensen Schulden, die sie ohnehin haben, ist dieser Betrag eine Sensation. Eine extrem verdächtige Sensation."

„Du meine Güte", entfuhr es Dr. Bardouin. „Das gesamte Jahres-Budget der ESA erreicht nicht ein Zehntel dieses Betrags und hier handelte es sich „nur" um eine Aufstockung."

„Das ist noch nicht alles", setzte Kowalev seine Erklärung fort. „Wir interessieren uns natürlich auch für die Chinesen. Kurz bevor ich dich angerufen habe, gab es in Zhongnanhai ein Treffen der wichtigsten Polit- und Militärführer. Der Direktor der chinesischen Raumfahrtagentur CNSA war ebenfalls dort. Leider ist es sogar für uns unmöglich, aus diesem Kreis an detaillierte Informationen zu kommen. Immerhin kennen wir das Ergebnis - und das sagt mehr als genug."

Kowalev machte eine Pause und sah in die kleine Runde. „Die Beratung hat nur eine Viertelstunde gedauert. Die CNSA hat den Auftrag bekommen, auf jeden Fall vor den Amerikanern auf dem Mond zu sein. Zur Verfügung steht ihr ein unbegrenztes Budget. Und wenn die Chinesen unbegrenzt sagen, dann meinen sie unbegrenzt."

Stille breitete sich aus. Kowalev ließ ihnen Zeit, diese Informationen in ihrer Bedeutung zu begreifen. Dann fuhr er fort: „Es ist nicht viel, was wir wissen, aber genug, um sagen zu können, dass es um eine Angelegenheit von größter Bedeutung gehen muss. Fest steht, dass wir uns nicht mit einem Zuschauerplatz auf der Tribüne begnügen werden. Wir werden handeln!" Jetzt war er eindeutig der General, der kompromisslose Autorität ausstrahlte. „Die Frage ist nur: Was werden wir tun? und: Werden wir es gemeinsam tun?"

Kowalev machte wieder eine Pause und fixierte Dr. Bardouin mit seinem Blick. „Das war mein Teil. Jetzt bist du an der Reihe, Louis."

Dr. Bardouin erhob sich. „Danke, Alexander, für deine Einführung und deine Offenheit. Ich glaube, wir können Wesentliches beisteuern, um den Zusammenhang zu erhellen. Und das haben wir meinen beiden Mitarbeitern zu verdanken. Dr. Bürki, darf ich Sie um die DVD bitten?"

Olaf zog eine DVD aus dem Aktenkoffer und reichte sie Kowalev, während Dr. Bardouin erklärte: „Es ist eine lange Geschichte, wie wir daran gekommen sind. Auf der DVD ist ein Video mit dem Fund, um den es geht.“

Kowalev drehte die DVD in seinen Händen. „Das ist allerdings eine Überraschung. Ich habe mit vielem gerechnet aber nicht damit.“

Kowalev drückte einen verborgenen Knopf. Vor ihm versank ein Ausschnitt der Tischplatte und wurde durch einen Laptop ersetzt, den Kowalev unverzüglich startete. Gleichzeitig schob sich die Holzvertäfelung an der Stirnwand beiseite und gab einen großen Bildschirm frei. Das Video lief an. Hier machte es einen wesentlich imposanteren Eindruck als auf den kleinen Monitoren, auf dem sie es bisher gesehen hatten. Anne hatte das Gefühl, dass die Atmosphäre des Raumes dem Video noch mehr Gewicht gab. Gebannt verfolgte sie Aufnahmen, die sie eigentlich schon auswendig kannte.

Kowalev ließ das Video kommentarlos bis zum Ende laufen. „Das ist es also!“, stellte er schließlich fest. „Hochinteressant! Dass es sich hierbei nicht um ein Stück billigen Weltraumschrott handelt, brauchen wir nicht mehr zu diskutieren. Das ist in Amerika und China geschehen und sie haben entschieden, dass dieses Teil Milliarden wert ist.“

Er wandte sich an Olaf und Anne. „Sie haben dieses Video besorgt?“

Beide nickten.

„Dann kann ich Ihnen nur gratulieren. Sie haben mehr herausgefunden als unser Geheimdienst - obwohl wir nicht wenig investiert haben. Dieses Video ist Gold wert. Wenn Sie es an einen Fernsehsender verkaufen, brauchen Sie Ihr Leben lang nicht mehr zu arbeiten.“

Daran hatten Anne und Olaf noch gar nicht gedacht.

„Geld interessiert mich nicht“, erklärte Anne. „Ich möchte dieses Geheimnis lösen - und ich will dorthin.“ Sie zeigte auf das Video und Olaf nickte zustimmend.

„Große Worte - große Pläne“, stellte Kowalev fest. „Ich sagte Ihnen schon, dass Sie mir gefallen.“ Er lehnte sich in seinen Sessel zurück.

„Jetzt wissen wir alle Bescheid. Da Sie mich darüber informiert haben, gehe ich davon aus, dass Sie mit uns zusammenarbeiten wollen. Das würde ich sehr begrüßen. Deutsche und Russen sind beide Pioniere. Die Deutschen haben die Rakete erfunden und wir waren zuerst im Weltraum. Jetzt macht es Europa gemeinsam - und wenn wir uns ergänzen, dann werden wir sehr viel bewegen.“

„Ich habe eine Bedingung“, meldete sich Olaf zu Wort. „Ich werde das Video nur hergeben, wenn es zum Frieden und für die ganze Menschheit eingesetzt wird.“

„Und das sagen Sie einem General?“

Olaf ließ sich nicht beirren. „In meinen Augen hat ein General den Auftrag den Frieden zu sichern.“

Kowalev brach wieder in Gelächter aus. Lachen war anscheinend sein Hobby, das er bei jeder Gelegenheit praktizierte.

„Diese Schweizer. Ihr seid einfach unverbesserlich. Für den Frieden! Stellen Sie sich vor, obwohl es manche einem russischen General kaum glauben können, liebe ich den Frieden mehr als den Krieg. Ich bin zwar als Soldat ausgebildet, aber ich bin kein Cowboy, der mit dem Revolver in der Hand durch die Gegend reitet und Streit anzettelt.“ Er wurde übergangslos ernst. „Ja! Wir wollen es für den Frieden tun - aber es wird schwer.“

„Wieso das?“

„Die meisten Kriege auf dieser Welt sind wegen Geringerem geführt worden als diesem hier.“ Kowalev deutete auf die Schraube, die als Standbild auf der Stirnwand zu sehen war. „Und wenn ich alle Zeichen richtig deute, werden wir einen Krieg nicht verhindern können.“

„Das darf nicht passieren! Auf keinen Fall!“

„Es ehrt Sie, Herr Bürki, dass Sie so denken. Aber glauben Sie mir, in diesem Bereich bin ich der Experte am Tisch. Es liegt nicht in unserer Hand, gleichgültig, wie wir entscheiden werden. Ob Sie das Video zeigen oder verschwinden lassen - Sie ändern nichts daran, dass es mindestens zwei Parteien gibt, die diese Schraube um jeden Preis haben wollen. Und auch Sie als friedliebender, schweizer Wissenschaftler wissen, dass keiner von beiden zum Teilen bereit ist. Daran ändert das Video nichts. Es hilft uns nur, das Ganze zu verstehen."

„Aber wir sind zu Ihnen gekommen, um gemeinsam etwas zu tun. Sie haben selbst gesagt, dass Sie nicht als Zuschauer auf der Tribüne sitzen wollen."

„Und was erwarten Sie von mir? Was sollte ich Ihrer Meinung nach tun?"

Es war keine Frage, deren Antwort Kowalev für seine Entscheidung brauchte. Die hatte er längst gefällt. Olaf spürte, dass Kowalev ihm damit nur den Ball zuwerfen wollte, um ihn aus der Reserve zu locken.

„Dass Sie den Auftrag annehmen, als General den Frieden zu sichern."

„Gut aus der Affäre gezogen, friedliebender Schweizer. Ich bin einverstanden!" Kowalev sah Olaf herausfordernd an. „Aber ich entlasse Sie damit nicht aus Ihrer Verantwortung. Sie haben nicht gesagt, was ich tun soll. Das ist nämlich nie so einfach, wie es von außen ausschaut. Das Schicksal hat Ihnen diese Verantwortung eher auferlegt als mir. Wir werden zusammenarbeiten und Sie werden mit entscheiden, was zu tun ist - und die Konsequenzen mittragen. Die Ausrede, dass Sie nur Wissenschaftler sind und wenig tun können, werde ich nicht gelten lassen. Sie haben schon bewiesen, dass Sie zu Vielem in der Lage sind. Genauso Ihre Kollegin."

Anne hörte gebannt zu. Die klare Analyse, die logischen Schlussfolgerungen und die Autorität, mit der sie vorgebracht wurden, beeindruckte sie. Sie verstand, warum Kowalev General war. Bei aller humorvollen Konversation und bei allem Gelächter durfte man diesen Mann nicht unterschätzen. Gleichzeitig beschlich sie ein unbehagliches Gefühl wegen der Größe der Verantwortung. Sie hatte sich den Verlauf anders vorgestellt, aber sie wusste auch, dass Kowalev ein Ausweichen nicht zulassen würde.

„Wir nehmen die Verantwortung an", sagte Anne fest. Ihr fiel nicht auf, dass sie Olaf mit einschloss, ohne ihn gefragt zu haben. Aber es war für sie klar, dass er es genauso sah.

„Ja, das werden wir", bestätigte er ihre Aussage.

Dr. Bardouin hatte sich still verhalten und beobachtet. Ein Lächeln flog über sein Gesicht. „Ich habe es nicht anders erwartet. Aber Alexander, was ist mit mir? Fragst du mich gar nicht?"

Das war nicht ganz ernst gemeint und so war auch die Antwort. „Louis. Ich weiß doch, dass du mitmachst. Du könntest es niemals aushalten, deinen Mitarbeitern nur zuzusehen."

Es tat gut, die Spannung mit einem gemeinsamen Lachen abzubauen.

„Und was werden wir jetzt tun?", wollte Olaf nach einiger Zeit wissen.

„Was wir jetzt tun werden?", wiederholte Kowalev. „Jetzt werden wir unsere Zusammenarbeit feiern. Außerdem müssen wir noch etwas üben."

Olaf verstand nicht aber Anne um so besser. „Du bist gemeint", flüsterte sie Olaf ins Ohr.

„Oh, nein." Jetzt begriff er.

„Das gehört hier zu einer Zusammenarbeit dazu."

„Sie sollen einige meiner Mitarbeiter kennen lernen. Ich mache das nämlich nicht alleine hier." Kowalev tat, als hätte er Olafs Bemerkung nicht gehört. „Morgen Vormittag muss ich einige Anrufe erledigen und morgen Nachmittag planen wir das weitere Vorgehen."

„Muss das wirklich sein?", fragte Olaf leise beim Hinausgehen.

„Sicher. Sei froh, dass du nicht auf hohen Absätzen hier bist", neckte sie ihn. „Wenn du möchtest, werde ich dich trotzdem stützen."

Trotz der ausgiebigen Feier am Abend wachte Anne relativ früh auf. Sie fühlte sich putzmunter. Die Weltraumatmosphäre im Sternenstädtchen wirkte wie ein Aufputschmittel auf sie. Gestern hatte sie Elena kennengelernt, eine junge Wissenschaftlerin, die sich hier im Ausbildungszentrum auf ihre Zukunft als Kosmonautin vorbereitete. Sie waren sich auf Anhieb sympathisch. Vom Alter und der Figur hätte Elena Annes Zwillingsschwester sein können, aber ihr Stil war gegensätzlich. Elena kleidete und schminkte sich eher wie Lisa, aber das war in Russland bei modernen, jungen Frauen so üblich, wie Anne wusste. Besonders ihre gemeinsame Leidenschaft hatte sie sofort miteinander verbunden. Sie wollten sich beim Frühstück treffen und dann würde Elena ihr das Sternenstädtchen zeigen. Anne brannte darauf, alles zu sehen.

Auf dem Weg zur Kantine klopfte Anne an Olafs Tür, um ihn zu fragen, ob er sie begleiten wolle. Als sie ein schwaches „Herein" hörte ging sie ins Zimmer und fand Olaf im Bett. Er sah fürchterlich aus. Anne wusste nicht, ob sie lachen oder Mitleid haben sollte.

„Was willst du?", krächzte Olaf heiser.

„Eigentlich wollte ich dich zum Sightseeing einladen, aber wenn ich dich sehe, bin ich im falschen Zimmer gelandet. Hier ist wohl die Geisterbahn."

„Sehr witzig", stöhnte Olaf. „Du hast keine Ahnung, was ich durchmache. Du solltest mich pflegen."

„Gestern Abend fandest du alles ganz lustig, jedenfalls nach dem dritten Glas Wodka. Aber ich kann ja mal sehen, ob ich bei meiner Tour eine Kiste schweizer Kräuterbonbons finde. Die putschen dich sicher auf."

„Du bist ein Biest. Warte, bis es mir wieder gut geht. Ich werde mich entsetzlich rächen."

„Das macht mir jetzt richtig Angst. Bis später. Ich lasse dich besser schlafen - damit du Kräfte für deine Rache sammeln kannst."

Mit einem Seufzer sank Olafs Kopf auf sein Kissen zurück.

„Mach die Tür bitte ganz leise zu."

Anne verbrachte einen wunderbaren Vormittag mit Elena, die sich als perfekte Reiseführerin entpuppte. Anne staunte, was es alles zu sehen gab. Andächtig stand sie vor dem Juri-Gagarin Denkmal. 1961 hatte er als erster Mensch mit seinem Raumschiff

Wostok die Erde umkreist. Sie sah die Nachbildungen der Internationalen Raumstation ISS und der russischen Raumstation MIR. Dann folgte die Sojus-Kapsel, die Start- und Landekapsel der russischen Kosmonauten. Insgesamt war der Ort sehr schön mit künstlichen Seen angelegt, um die sie spazierten.

Zuletzt besuchten sie die riesige Zentrifuge, in der die erhöhte Schwerkraft beim Raketenstart simuliert wurde.

„Es ist die größte der Welt“, erklärte Elena. „Ich habe während meiner Ausbildung einige Male darin gesessen. Wow, die geht ab, das kann ich dir sagen.“

Anne kam sich klein vor gegenüber dieser großen Technik. Sich diesem Gerät anvertrauen und damit wie wild im Kreis herumgeschleudert werden? Dagegen war die heißeste Achterbahn ein Bummelzug.

Nachmittags gab es wieder ein Meeting im Besprechungsraum. Olaf hatte bis kurz davor geschlafen, um sich einigermaßen zu erholen. Er kaute noch an den letzten Brotresten, die er sich unterwegs in den Mund gestopft hatte.

General Kowalev brachte zwei Begleiter mit, die er über alles informiert hatte. Einer war sein persönlicher Assistent, der andere stellte sich als Iwan Pawlov, Oberst des FSB, vor. Anne wusste, dass das der Nachfolger des berüchtigten KGB war. Sie fand diesen Gedanken nicht besonders angenehm.

Pawlov spürte Annes Vorbehalte und bemühte sich um besondere Freundlichkeit: „Sie sind also die junge Wissenschaftlerin, die uns das Video besorgt hat. General Kowalev hat mir von Ihnen erzählt. Sie haben uns sehr geholfen und ich freue mich, mit Ihnen zusammenzuarbeiten.“

„Danke“, erwiderte Anne. Trotz der freundlichen Begrüßung wollte ihr Unwohlsein nicht weichen.

General Kowalev fasste den aktuellen Stand zusammen und leitete zu dem eigentlichen Thema über: „Wir werden jetzt definieren, auf welche Art wir zusammenarbeiten und wie die ersten Schritte aussehen sollen.“

Man merkte Kowalev an, dass auch er sich auf die neue Situation einstellen musste. Für gewöhnlich traf er Entscheidungen und gab Anordnungen, aber er kannte die wissenschaftlichen Institutionen des Westens gut genug, um zu wissen, dass es so dort nicht ging. Genauso mussten Anne und Olaf ihre Vorstellungen korrigieren. Als Wissenschaftler hätten sie mit einem freien Brainstorming begonnen. Das wiederum konnten sich ein General und ein Oberst beim besten Willen nicht vorstellen. Hier prallten Welten aufeinander, wie sie unterschiedlicher kaum sein konnten, aber alle waren von dem Ehrgeiz getrieben, ein gutes Ziel zu erreichen, und jeder wollte auf seine Art dazu beitragen. Niemand hatte es nötig sich zu profilieren und so kamen sie gut voran. Kowalev präsentierte eine Liste mit Vorschlägen, die sie offen diskutierten und zu einem gemeinsamen Ergebnis brachten. Zum einen beschlossen sie, alles zu tun, um eine Eskalation zu vermeiden oder zumindest zu begrenzen. Zum anderen wollten sie die auf dem Mond befindlichen Erkenntnisse allen zugänglich machen. Der Kreis der eingeweihten Personen musste fürs Erste aber so klein wie möglich gehalten werden.

Vor allem der russischen Seite war es schwergefallen, nicht auch in den Wettlauf einzutreten. Aber bald war klar geworden, dass man die riesigen finanziellen Mittel, um mit den USA und China zu konkurrieren, schwerlich auftreiben konnte. Außerdem würde es die Auseinandersetzungen auf der Erde nur ausweiten. Gerade das wollten sie vermeiden.

Trotzdem sollte jede Seite die eigenen Anstrengungen erhöhen, um die gemeinsamen Programme zu beschleunigen. Eine Zusammenarbeit zwischen Russland und Europa für eine gemeinsame Raumfähre und einen Flug zum Mond gab es schon seit Jahren, wenn auch alles sehr schleppend verlief und in Abständen sogar ganz einschlief. Diese Aktivitäten konnten belebt und forciert werden, ohne dass es von den anderen als Konkurrenz aufgefasst würde. Besonders General Kowalev war überzeugt, dass sich diese Anstrengungen auszahlen würden.

Anne und Olaf hatten von strategischem Denken in großem Maßstab keine Ahnung und lernten begierig dazu. Die Zeit verging wie im Flug und sie waren überrascht, als Dr. Bardouin zum baldigen Aufbruch mahnte. Wenn sie die Abendmaschine noch erreichen wollten, mussten sie sich beeilen. Für einen langen Abschied blieb keine Zeit, aber sie würden sich mit Sicherheit noch öfter sehen.

„Ich habe ein kleines Bonbon für euch", kündigte General Kowalev an. „Ich lasse euch mit meinem Dienstwagen bringen, dann spart ihr eine Stunde."

Anne rätselte, wie das gehen sollte. Ihr Taxifahrer war auf der Hinfahrt schon wie der Teufel gefahren. Mit mehr PS wäre es auch nicht schneller gegangen.

„Lassen Sie sich überraschen", wiegelte Kowalev eine entsprechende Frage ab.

Natürlich verloren sie keine Zeit bei den Militärkontrollen. Die Soldaten kannten Kowalevs Wagen und den Fahrer, salutierten zum Gruß und winkten sie einfach durch, aber das brachte erst die Hälfte der versprochenen Stunde. Die zweite Hälfte mussten sie in Moskau herausholen. Dort herrschte auch am Abend dichter Verkehr und die großen Straßen waren hoffnungslos verstopft. Das hätte normalerweise eine Stunde länger bedeutet als eine halbe Stunde kürzer, aber als offizielle Limousine kamen sie in den Genuss, eine besondere Spur benutzen zu dürfen. Ohne mit der Wimper zu zucken, raste der Fahrer an den Kolonnen der 'gewöhnlichen' Autos entlang, die nur im Schneckentempo vorankrochen.

„Wow! Daran könnte ich mich gewöhnen", kommentierte Olaf. „Es gibt doch eine Menge gute Seiten in Russland."

„Aha. Gestern hast du über den Verkehr gemeckert", erinnerte Anne.

„Es kommt halt auf die Spur drauf an."

Auch am Flughafen wurden sie zuvorkommend behandelt. Mit einer Bescheinigung von Oberst Pawlov passierten sie alle zeitaufwändigen Kontrollen ohne Aufenthalt.

Obwohl der Tag anstrengend war, konnten sie im Flugzeug kein Auge schließen. Zu viel war in den letzten 48 Stunden auf sie eingestürmt.

„Ich hätte nicht gedacht jemals mit dem russischen Geheimdienst zusammenzuarbeiten."

„Das hört sich vielleicht an, als ob du dich demnächst so vorstellen willst: Winkler - Anne Winkler. Agentin des FSB“, frotzelte Olaf. „Den Wodka gerührt und nicht geschüttelt.“

„Du hast deinen Wodka anscheinend immer noch nicht abgebaut.“

„Sehen Sie das so“, schaltete sich Dr. Bardouin ein. „Wir arbeiten nicht direkt mit dem Geheimdienst zusammen, wir intensivieren nur die Zusammenarbeit mit der russischen Raumfahrtagentur. Die Unterstützung durch den FSB ist sicher nicht alltäglich, aber Ihre Entdeckung ist auch nicht nur für die Wissenschaft interessant. Sie hat eine ziemlich bedeutende politische Seite. Wenn ich General Kowalev folge, dann werden die kommenden Monate und Jahre alles andere als normal sein. Was könnten wir ohne deren Unterstützung tun? Im Grunde nur vor dem Fernseher sitzen und zusehen, was passiert.“

„Glauben Sie, Sie können tatsächlich mehr Mittel bekommen? Kowalev hat es leicht, weil die Russen durch die sprudelnden Öleinnahmen volle Kassen haben und der Kreml nur sein Okay geben muss.“

„Von den Franzosen bekommen wir mit Sicherheit einiges. Die haben schon viele Jahre überproportional mehr in die Raumfahrt investiert als die anderen. Außerdem möchten wir uns bei wichtigen Entwicklungen nicht in die zweite Reihe drängen lassen.“

„Das ist bei den Deutschen leider anders“, gab Anne zu. „Für strategische Investitionen fehlt es oft an Mut. Manchmal habe ich den Eindruck, bei uns gibt es wenige Verantwortungsträger und viele Bedenkenträger.“

„Zum Glück sind nicht alle so, aber es ist nicht einfach, sie zu mobilisieren. Es würde sehr viel helfen, wenn Deutschland mehr investieren würde. Vielleicht kann ich etwas erreichen, wenn ich aus den USA zurück bin.“

„Meinen Sie, dass Ihre Chancen dann besser stehen?“

„Auf jeden Fall. Sonst wird sofort gesagt: ‘Sollen wir nicht zuerst eine Zusammenarbeit mit den Amerikanern versuchen?’ Wenn ich darauf bereits eine Antwort habe, sind wir einen Schritt weiter.“

„Was versprechen Sie sich davon? Wir hatten doch festgestellt, dass sie bestimmt nicht teilen werden - zumal sie einen Vorsprung haben."

„Ich will nichts unversucht lassen. Die Konsequenzen, die auf uns zukommen könnten, sind einfach zu gravierend."

„Ich kann nicht glauben, dass es einen Krieg geben wird."

„Die Argumente von General Kowalev sind sehr überzeugend. Deshalb müssen wir alles unternehmen, um es zu verhindern. Und Sie, Dr. Bürki, möchte ich bitten, mich zu begleiten."

Der war überrascht. „Gerne. Aber warum ich?"

„Ich brauche Zeugen. Sie haben keine Ahnung, wie einem das Wort herumgedreht werden kann, um einen unglaubwürdig zu machen. Deshalb möchte ich auch nicht Fr. Winkler mitnehmen. Das könnte man mir böswillig als Lustreise mit einer Praktikantin auslegen."

Auf so eine Idee wäre Anne niemals gekommen, aber sie wusste, dass Dr. Bardouin Recht hatte. Es war nicht entscheidend, ob etwas zwischen ihr und ihm passierte oder nicht - sie war felsenfest von Letzterem überzeugt - aber irgendjemand könnte Gerüchte streuen, um die Glaubwürdigkeit zu unterminieren. Man würde sich dagegen wehren müssen usw. Das eigentliche Anliegen würde im Hintergrund verschwinden. So hatte man schon manchen Politiker kaltgestellt, der eigentlich ein berechtigtes Anliegen hatte.

„Frau Winkler, Sie sollten in der nächsten Zeit verstärkt an Ihrem Projekt weiterarbeiten. Ich habe so eine Ahnung, dass Ihre Ergebnisse sehr wichtig werden."

„Das werde ich auf jeden Fall tun. Jetzt erst recht, wo ich langsam begreife, in was wir hineingeraten sind."

„Es ist schon eigenartig", sinnierte Dr. Bardouin. „Da macht man ganz harmlos seine alltägliche Arbeit - und dann greift das Schicksal zu. Plötzlich steckt man in Dingen drin, von denen man vorher nicht einmal geträumt hat. Man fragt sich: 'Warum gerade ich?', aber das ist einfach so."

Anne stellte ihre Rückenlehne schräg und legte sich, so gut es ging, hin, um etwas Schlaf zu finden. Sie hatte wieder einen

Fensterplatz. Es war dunkle Nacht. Nur die Sterne leuchteten und der Mond, den sie trotz des kleinen Fensters gut sehen konnte. Anne hatte das Gefühl, ihm näher zu sein als sonst. Ob das nur daran lag, dass das Flugzeug in zehntausend Metern Höhe seine Bahn zog?

27. Beijing, China

Der Impuls raste durch die verwirrende Kabelfülle im Untergrund von Beijing. Die verstopften Straßen an der Oberfläche der chinesischen Hauptstadt betrafen ihn nicht. Mit Lichtgeschwindigkeit flog er durch die Glasfasern nach Moskau. Von dort ging es weiter über Berlin nach New York. In New York wechselte er die Richtung und schwenkte nach Süden. Karibik, Rio de Janeiro, Kapstadt. Ohne Kontrolle passierte er die Grenze nach Dubai, dann ging es weiter nach Indien. Philippinen und Japan waren die nächsten Stationen. Von dort setzte er an zu dem großen Sprung über den Pazifischen Ozean. Er passierte Hawaii, ohne auf die Naturschönheiten zu achten. Endlich näherte er sich seinem Ziel. Die ganze Reise dauerte nur den Bruchteil einer Sekunde. Nie war der Impuls allein. Unauffällig schwamm er mit im Strom der Millionen Bytes, die auf den Datenautobahnen der Welt unterwegs waren.

Hu Xiang sah den Weg seines Impulses vor sich. Jeden Tag, den er sich mit seiner Aufgabe beschäftigte. Ja, es war sein Impuls. Er würde ihn auslösen. In einer Stunde. Noch musste er Geduld haben und sich durch den nervtötend langsamen Verkehr zu seinem Arbeitsplatz quälen. Endlich kam der Millennium-Tower in Sicht. Dort war die Zentrale von Microsoft in China. Jahrelang hatte er geschuftet, um eine Aussicht auf einen Platz als Software-Entwicklern dort zu haben. Nur die Besten aus jedem Studienjahrgang hatten eine Chance. Diese Plätze waren äußerst begehrt und der Konkurrenzkampf hart. Aber sein Name war nicht umsonst Hu, was Tiger bedeutete.

Heute konnte Hu den Tower einigermaßen gut sehen. Manchmal sah er vor lauter Smog nur die untersten Etagen. Jetzt wehte ein leichter Wind, der den Blick auf das ganze Gebäude frei gab. Richtig klar war es nie. Inzwischen starben täglich mehr Menschen an der Luftverschmutzung als am überbordenden Verkehr. Trotzdem würde Hu seinen BMW niemals zu Hause stehen lassen, das für alle sichtbare Symbol, dass er auf dem Weg nach oben war.

Wie immer schoben sich die Autos im Schneckentempo die Xiaoyun Road entlang. Zufrieden verfolgte Hu, wie das Eingangsportal zum Millenium-Tower an der rechten Beifahrerseite vorbei wanderte. Auf der East Forth Ring Road ging es schneller voran. Die Microsoft-Zentrale verschwand im Rückspiegel und Hu näherte sich seinem Ziel. Vor ihm lag ein unscheinbarer, kleiner Büroturm, wie es ihn zu hunderten in Beijing gab. Kein Vergleich zu dem repräsentativen Haus von Microsoft. Die Zufahrt zur Tiefgarage führte Hu in die Welt unterhalb des Gebäudes. Die Autos, die dort zahlreich zu sehen waren, standen in starkem Kontrast zu der billigen Fassade des Hauses.

Hu erinnerte sich genau an den Tag in der Universität, an dem nach der Vorlesung ein Mann auf ihn wartete. Der schien ihn gut zu kennen. Als einem der drei Besten seines Jahrgangs unterbreitete ihm dieser Mann ein Angebot: „Arbeite zur Ehre deines Landes - und verdiene doppelt so viel wie bei Microsoft."

Hu gefiel sowohl das eine als auch das andere. Er hatte nicht eine Sekunde gezögert.

Der Fahrstuhl trug Hu in die mittleren Etagen hinauf. Bis hierher hatte er es geschafft, obwohl er erst vor zwei Jahren seinen Abschluss gemacht hatte. In den unteren Etagen befand sich das, was in seiner Ebene herablassend „die Spielgruppen" genannt wurden.

Zu den Spielgruppen gehörten die Informatik-Absolventen, die gerade erst von der Hochschule gekommen waren. Nach dem Vormittagsprogramm, das aus intensiver Ausbildung in Spezialthemen bestand, hatten sie am Nachmittag Zeit, sich in kleinen Gruppen mit eigenen Plänen zu beschäftigen. Die Aufgabenstellung war sehr allgemein gehalten: Auf irgendeine Art und Weise bei anderen Firmen, vorzugsweise aus den USA, die Sicherheitssysteme zu durchbrechen, Informationen abzugreifen, Daten zu manipulieren und ähnliches. Jede Gruppe durfte sich eigene Ziele aussuchen. Den ausgearbeiteten Plan mussten sie ihrem Lehrer präsentieren, der ihn dann entsprechend freigab. Es existierte nur ein Tabu: das waren sensible Bereiche, in denen man möglicherweise Misstrauen erwecken würde. Die Arbeit dort war den erfahrenen Mitarbeitern vorbehalten, zu denen Hu jetzt gehörte.

Ein bevorzugtes Ziel in der Spielgruppe war das Knacken der Verschlüsselung von Hollywood-Filmen gewesen. Der größte Reiz bestand darin, sie sich gemeinsam anzusehen, bevor die offizielle Vorstellung für die Öffentlichkeit begann. Gelegentlich stellten sie die Filme auch ins Internet. Der wirtschaftliche Schaden war zwar nicht all zu groß, aber auch kleine Schäden summierten sich.

Andere beschäftigten sich mit dem Beschaffen von Schnittmustern für Designerkleidung oder einfach nur mit dem Knacken der Telefonlisten von prominenten Handybenutzern. Wann immer möglich, gab man die Ergebnisse zur Verwertung an befreundete Unternehmen weiter, die wiederum Hu‘s Institution unterstützten. Einer half dem anderen und in Hu‘s Umgebung fehlte es an nichts.

Es gab keine festgelegte Dauer, wie lange jemand in einer Spielgruppe bleiben musste. Das lag ausschließlich am jeweiligen Erfolg. Sobald sich die Summe der erwirtschafteten Schäden auf 100 Millionen Dollar belief, wurde die gesamte Gruppe befördert und durfte in die mittleren Etagen umziehen.

Er, der Tiger, hatte seine Gruppe in Rekordzeit durch die Spielgruppe geführt. Seinem Geschick war es zu verdanken, dass das neue Office-Paket von Microsoft nur drei Tage nach der Veröffentlichung bereits als Kopie auf den chinesischen Märkten zu kaufen war - für ganze fünf Dollar. Das hatte ihm ein besonderes Lob seines Lehrers und die umgehende Beförderung eingebracht.

Hu ging sofort zum zentralen Einsatzraum durch. Bedeutende Einsätze mit größeren Gruppen wurden immer von hier aus durchgeführt. Im Raum verteilt waren mehrere doppelt besetzte PC-Arbeitsplätze mit ihrer jeweiligen speziellen Aufgabenstellung. Hu’s Platz war vorne am Leitstand. Er war für die Steuerung aller Einzelaufgaben zuständig.

Kurz nach ihm betrat Meister Feng den Raum. Alle Anwesenden erhoben sich und verneigten sich zur Begrüßung in

Richtung des Meisters. Was anderen gegenüber nur eine Form war - gegenüber Meister Feng war es ehrliche Hochachtung. Er war sehr erfahren und würde alles überwachen, denn heute durfte kein Fehler passieren. Die vergangenen Monate waren Übung und Vorbereitung gewesen. Jetzt war es ernst.

In Begleitung von Meister Feng betrat Professor Cheng den Raum. Professor Cheng war Fachmann für Materialwirtschaft. Er hatte jahrelang in den USA studiert und war mit den dortigen Gegebenheiten bestens vertraut

Alle Informationen, die die Scout-Gruppe besorgte, wurden an ihn geleitet und ausgewertet. Gemeinsam mit Meister Feng hatte er einen Plan entworfen, der heute umgesetzt werden sollte.

Ein Gong läutete die Aktion ein. So war es Tradition.

Hu war es, als ob der Klang alle Zellen seines Körpers in Schwingung versetzte und eine Woge zusätzliches Adrenalin aussandte.

Als der letzte Schall verklungen war, setzte Hu den Startimpuls in Gang. Jetzt geschah, wovon er seit Wochen Tag und Nacht träumte und für das Viele hart gearbeitet hatten: Der Impuls raste um die Welt. Auf verschlungenen Wegen, die so ausgewählt waren, dass niemand ihn zurückverfolgen konnte.

Das Sicherheits-Team hatte gute Arbeit geleistet. Die Firewall in dem kleinen, spezialisierten Stahlwerk an der Westküste der Vereinigten Staaten öffnete sich, als würden alte Bekannte an die Tür klopfen. Es war schon hilfreich, dass viele Unternehmen Hardware von Firmen einsetzten, die mit Hu‘s Institution zusammenarbeiteten. Globalisierung und Outsourcing brachten eine Menge Vorteile mit sich, fand Hu.

Nun lag das Intranet des Unternehmens vor Hu‘s Gruppe wie ein offenes Buch. Zuerst loggte Hu sich in die Wissensdatenbank des Unternehmens ein. Die Passwörter und ihr Änderungsrhythmus waren schon vor einiger Zeit ausgespäht worden. Routiniert arbeitete Hu sich zu den wertvollsten Firmeninformationen vor: Den Rezepturen für die Legierungen, die in dem Werk hergestellt wurden. Hu wählte das Rezept für die Speziallegierung, die man für die Herstellung von Treibstofftanks für Raketen benötigte. Diese Treibstofftanks mussten hohen Anforderungen gerecht werden. Sie mussten bei extrem tiefen Temperaturen resistent gegen heftige Erschütterungen und Vibrationen sein, wie sie bei Raketenstarts auftraten. Entsprechend wichtig war die Legierung, für die die Firma ein wertvolles Patent besaß.

Professor Cheng reichte Hu einen USB-Stick mit einer Formel, die er ausgearbeitet hatte. Die Kunst bestand darin, mit einer möglichst geringen Abweichung von der Original-Rezeptur die Eigenschaften der Legierung zu verändern. Professor Cheng war ein Meister dieser Kunst. Die neue Formel unterschied sich kaum vom Original. Die Zutaten waren gleich, nur die Verhältnisse zueinander hatten sich geändert. Außerdem war bei der Zubereitung im Schmelzofen die Temperatur geringfügig niedriger. Kleine Änderungen mit großer Wirkung: Im Endergebnis verhielt sich die neue Legierung zunächst so wie das Original. Erst bei der Befüllung mit dem ultratiefgekühlten Treibstoff wurde die Legierung spröde. Vibrationen würden haarfeine Risse auftreten lassen, durch die dann Treibstoff austreten konnte. Nur wenig - aber mit verheerenden Folgen. Der Vorsprung der Amerikaner würde schmelzen, sodass sein eigenes Land den ehrenvollen Spitzenplatz einnehmen konnte.

Hu überspielte die neue Rezeptur in die Wissensdatenbank des Stahlwerks. Damit war der erste Teil der Aufgabe erledigt, aber das war nur die Rückversicherung. Hu wechselte zur Steuerung der Schmelzöfen. Sie waren hochmodern, wurden vollautomatisch per Computer gesteuert und erforderten kaum qualifiziertes Überwachungspersonal. Vor einer halben Stunde hatte die Schicht von Bill Cleary und Wesley Fox begonnen. Hu kannte die Schichtpläne des Stahlwerks wie seinen eigenen. Er lächelte. Aus Effizienzgründen setzte der Westen mehr und mehr auf Computersteuerung, wobei gleichzeitig die Arbeitsplätze so billig wie möglich sein sollten. Bill und Wesley waren gut eingewiesen, mehr aber auch nicht. Beste Voraussetzungen, um den Schmelzofen von außen unbemerkt zu manipulieren. Hu nahm die gleichen Veränderungen wie in der Wissensdatenbank vor. Nun mussten sie abwarten.

Routinemäßig überprüfte Bill die Vorgaben und Abläufe der Schmelzöfen. Er hatte mehrere Monitore vor sich, die ihm die jeweiligen Zustände anzeigten: Die aktuelle Mischung des Schmelzguts, die Temperatur, den Druck usw. Die Skalen der Kontrollanzeigen standen auf grün. Es war alles okay. Er hätte sich bequem zurücklehnen können. Trotzdem hatte er ein eigenartiges Gefühl. Diese Legierung kannte er. Er meinte sich erinnern zu können, dass die Temperatur für diese Legierung für gewöhnlich erhöht wurde statt abgesenkt. Sein Gedächtnis betrog ihn für gewöhnlich nicht. Er diskutierte mit Wesley darüber. Die Anzeigen teilten ihnen mit, dass der Schmelzofen genau das tat, was er sollte. Aber war das richtig? Bill zweifelte.

Wesley war dagegen, die Werksleitung einzuschalten.

„Das bringt nur unnötig Ärger."

Es gab für alle Fälle Handlungsanweisungen und für diesen Fall hieß es darin, die Wissensdatenbank heranzuziehen und mit den Werten der Produktion zu vergleichen. In dieser Datenbank war alles gespeichert, was die Wissenschaftler und Ingenieure erarbeitet hatten - das gesamte Know-how der Firma. Bill ging die Wissensdatenbank durch und verglich akribisch alle Daten mit den aktuellen Anzeigen des Schmelzofens. Wesley kontrollierte nach dem Vier-Augen-Prinzip. Sie fanden nicht den geringsten Unterschied.

„Alles in Ordnung", entschied Bill.

Hu konnte diese Bemerkung nicht hören. Trotzdem wusste er Bescheid. Er ließ die Kommunikation genauestens überwachen und hätte sofort bemerkt, wenn jemand einen Fehler meldete. Die amerikanische Firma hatte ein modernes, ausgeklügeltes System der Fehlerbearbeitung - selbstverständlich computergestützt.

Aber auch ohne Zugriff auf das Fehlermanagementsystem wusste Hu, dass es keine Meldung gab. Nicht umsonst hatten sie in den letzten Wochen in Abständen kleine Fehler unterschiedlichster Art provoziert und das Verhalten der Mitarbeiter studiert. Es lief alles so, wie er es vorausberechnet hatte.

Geduldig wartete Hu's Gruppe, bis das Stahlwerk genügend von der Speziallegierung hergestellt hatte. Sie machten immer einen ausreichenden Vorrat, denn es war kostspielig und aufwendig zwischen verschiedenen Legierungen zu wechseln. Kleine Mengen lohnten sich nicht. Nachdem Bill und Wesley den Vorgang beendet hatten, richteten sie die Öfen für einen neuen Auftrag ein. Das war der Zeitpunkt, an dem Hu mit den Aufräumarbeiten beginnen konnte. Er setzte die Wissensdatenbank wieder auf ihren alten Stand und passte die Protokolldatei für die Schmelzvorgänge entsprechend an. Bei einer späteren Kontrolle würden alle Daten und Protokolle zeigen, dass dieser Auftrag korrekt ausgeführt worden war.

In den USA wurden die Rollen mit der Legierung in einen speziellen Teil des Lagers gebracht, der besonders sensiblem Material vorbehalten war. Dort ruhten sie unter starken Sicherheitsvorkehrungen bis zur Auslieferung an das verarbeitende Werk.

In Beijing hörte Hu voller Genugtuung das zweimalige Anschlagen des Gongs. Das war das Zeichen für eine erfolgreich abgeschlossene Projektphase.

Hu wusste, dass weitere Phasen kommen würden, bis der Erfolg endgültig war. Heute war nur der erste Schritt erfolgt. Die Legierung musste bis zum Endprodukt begleitet werden. Es gab eine ganze Reihe von Qualitätskontrollen, bis aus dem Rohmaterial ein Behälter für Raketentreibstoff entstanden war. Hu kannte die Terminierung und die Produktionsschritte genau.

Wie jeder Anfänger hatte sich Hu gefragt, warum man sich die Mühe machte in einem so frühen Stadium einzugreifen und den weiteren Prozess langwierig zu begleiten. Wäre es später nicht viel einfacher? Er erinnerte sich gut an die anschauliche Erklärung von Meister Feng.

„Wenn eine Autofirma ein Auspuffrohr falsch montiert - was geschieht dann?“

„Die Firma ruft die Autos zurück und montiert neue“, hatte Hu geantwortet.

„So ist es. Das ist vor allem teuer, aber lange dauert es nicht. Was ist, wenn das Auspuffrohr die falsche Größe hat?“

„Man bestellt neue bei der Firma, die die Auspuffrohre herstellt und montiert diese.“

„So ist es. Das ist teurer und dauert länger. Was aber ist, wenn das Material der Auspuffrohre falsch ist und die Firma kein anderes Material hat?“

„Dann muss man erst das richtige Material herstellen, damit die Firma die richtigen Auspuffrohre machen kann, die dann später montiert werden.“

„So ist es. Das ist sehr teuer und dauert sehr lange. Je früher in der Kette ein Fehler passiert, desto länger dauert es, bis er behoben ist. Also sorgen wir für frühe Fehler. Denke daran: Wenn du auf der ersten Meile eines Weges falsch abbiegst und lange fährst, bist du viel weiter vom Ziel entfernst, als wenn du lange fährst und kurz vor dem Ende falsch abbiegst.“

Hu bewunderte seinen Meister. Er war begierig, mehr von ihm zu lernen.

28. Houston, Texas

„Dr. Bardouin und Dr. Bürki?", fragte die Dame am Empfang der NASA-Zentrale.

Beide bejahten.

„Mr. Wincent befindet sich in einem Meeting. Bitte nehmen Sie dort Platz." Sie zeigte auf eine Sitzgruppe an der Fensterfront.

„Wir kommen aus Europa und haben eine Verabredung."

„Das ist mir bekannt. Sie stehen als Gäste für heute auf meiner Liste. Ich werde Ihnen sofort Bescheid geben, wenn Mr. Wincent fertig ist."

Die Dame war freundlich aber unerbittlich. Jeglicher Protest glitt an ihr ab wie Wasser an einem Kieselstein. Eine halbe Stunde verfolgten Dr. Bardouin und Olaf das Kommen und Gehen der anderen Gäste und Angestellten. Sie hatten immer weniger den Eindruck, dass sie zufällig warten mussten. Wenigsten einen Kaffee hätte man ihnen bringen können.

Endlich kam eine junge Dame, um sie abzuholen und zu Richard Wincent zu bringen. Der empfing sie mit routinierter Freundlichkeit und entschuldigte sich für die Verzögerung. Sie hätten wegen des Mond-Programms sehr viel zu tun. Ein weiterer Mitarbeiter war in dem kleinen Besprechungsraum anwesend, in den Wincent sie führte. Er stellte sich als Gordon Forell vor. Olaf erinnerte sich sofort an die Bilder des Mond-Rovers und genauso an die Kontaktversuche von Anne. Das war also der Mann, der Anne so kalt hatte abblitzen lassen. Olaf ließ sich nichts anmerken, sondern beschränkte sich aufs Beobachten.

Zunächst versuchte Dr. Bardouin die Chancen für eine erweiterte Zusammenarbeit auszuloten. In einigen Bereich funktionierte das seit Jahren, ob man das nicht auf die Mond-Planungen ausweiten könnte?

„Es hat sich nichts geändert, seitdem Michael Griffin eine Zusammenarbeit in diesem Bereich abgelehnt hat", blockte Wincent alle Argumente von Dr. Bardouin ab. „Es soll ein

Projekt sein, das unsere Nation vereint und gemeinsam voranbringt“, schloss Wincent.

So kamen sie nicht weiter. Wenn Dr. Bardouin noch etwas erreichen wollte, musste er die Karten auf den Tisch legen. „Dieses nationale Projekt könnte zu einer großen, internationalen Krise führen.“

„Wieso das?“

„Wir wissen, dass Sie auf dem Mond eine Entdeckung gemacht haben und dass Sie alle Anstrengungen unternehmen, um sie alleine auszubeuten.“

Wincents Augen verengten sich. „So. Sie glauben etwas zu wissen? Was wissen Sie denn?“

„Sie haben auf dem Mond eine Schraube gefunden, die zu einer fremdartigen Technologie gehört.“

„Ach, Sie glauben also auch diesen Gerüchten?“ Wincent winkte ab. „Ich habe Sie für einen seriösen Wissenschaftler gehalten.“

„Hoch gepokert“, sagte Dr. Bardouin, „aber leider verloren.“ Er zog ein Foto aus seiner Aktentasche und hielt es Wincent vor die Nase. „Wir haben Fotos von dem, was Sie Gerücht nennen.“

Richard Wincent beherrschte sich mustergültig, aber Olaf entging nicht, dass er hinter seiner geschäftsmäßigen Fassade mit deutlicher Verunsicherung zu kämpfen hatte. Bei der NASA hatten sie nicht damit gerechnet, dass es handfeste Beweise gab. Gordon Forell erntete einen bitterbösen Blick von seinem Chef. Er versuchte ihm beizuspringen: „Gut. Sie haben ein Foto von einer fremdartigen Schraube. Was wollen Sie damit anfangen?“

„Wir wissen, dass Sie Ihren Etat um 50 Milliarden Dollar aufgestockt haben. Sie nehmen die Sache also sehr ernst.“

„Sie sind erstaunlich gut informiert. Ja, Sie liegen richtig. Wir haben etwas entdeckt - und wir sind der Überzeugung, dass wir damit das Recht haben, es zu bergen. Wir investieren - also dürfen wir auch die Früchte einstecken.“

Wincent hatte nichts dagegen, dass Gordon Forell das Wort führte. Er redete in seinem Sinn.

„Sie riskieren eine internationale Auseinandersetzung, wenn nicht sogar einen Krieg. Es werden sich auch andere für diese

Entdeckung interessieren. Können wir nicht einen gemeinsamen Weg finden und die Ergebnisse allen zugutekommen lassen? Sicher wird es einen Weg geben, die Kosten zu teilen."

Gordon ließ sich nicht beirren.

„Geld interessiert uns nicht. Amerika ist reich genug, um diese Mission alleine zu finanzieren, und Technologie benötigen wir auch nicht. Also: Wir brauchen die anderen nicht. Und das Gerede von 'Krise'! Europäer sehen immer und überall Krisen. Selbst wenn es eine gäbe - was ich nicht glaube - fürchten wir uns nicht. Wir wissen uns zu schützen. Welche Hilfe wollen Sie uns anbieten? Die Europäer sind es doch, die immer ängstlich sind. Deshalb reden sie dauernd von Dialog. Dialog wollen immer nur die Schwachen."

Jetzt ergriff Richard Wincent wieder das Wort. „Mr. Forell hat sich nicht unbedingt diplomatisch ausgedrückt, aber wir sind unter uns. Umso deutlicher ist unser Standpunkt geklärt: Wir werden diese Mission alleine durchführen. Es tut mir leid, dass Sie sich vergeblich hierher bemüht haben."

Dr. Bardouin und Olaf war klar, dass sie hier nichts mehr ausrichten konnten. Mit dem nächsten Flieger starteten sie nach Hause.

Gordon musste sich noch einiges anhören. Wincent liebte solche Überraschungen wie das Foto ganz und gar nicht. Und Gordon liebte es nicht, wenn Wincent ihn so anging. Er tat sein Bestes, anderen die Schuld in die Schuhe zu schieben. Schließlich war die NSA für die Verschleierung zuständig und nicht er.

Er wechselte das Thema. „Wir haben ganz andere Probleme. Die behindern uns wesentlich mehr."

„Und welche sind das?"

„In dem Werk, von dem wir die Treibstofftanks beziehen, hat es gebrannt. Die beiden letzten fertigen Tanks sind so schwer beschädigt, dass wir sie nicht mehr verwenden können."

„Haben die keine Feuerwehr?"

„Die Feuermelder haben den Alarm nicht weitergegeben. Die Verbindung war gestört. Bis jemand das gemerkt und die

Feuerwehr per Telefon benachrichtigt hat, war es für das Lager schon zu spät."

„Und was bedeutet das für uns?"

„Sie können nicht pünktlich liefern. Bis neue fertig sind, dauert es vier Wochen. Solange kommen wir nicht weiter."

„Treten Sie denen in den Hintern. Die sollen zusätzliche Schichten fahren."

„Ist schon passiert. Das ist nicht alles."

„Spucken Sie es aus!" Wincent war immer noch gereizt und die Nachricht von der Verzögerung hatte seine Laune nicht verbessert.

„Die Spezialpumpen für die Treibstoffzufuhr bekommen wir auch nicht rechtzeitig. Dadurch verlieren wir an anderen Stellen Zeit, sodass wir dort keinen Puffer herausarbeiten können."

„Hat es da auch gebrannt?", fragte Wincent sarkastisch.

„Nein. Dem Werk fehlen ein paar simple Teile, um die Pumpen komplett zusammenzusetzen."

„Dann sollen sie welche kaufen, verdammt noch mal."

„Sie kommen aus China."

„Ja und? Vieles kommt aus China."

„Die Chinesen sagen, sie können nicht liefern, weil ihnen die Steuerung einer Maschine kaputt gegangen ist. Das Ersatzteil brauchen sie von einer Firma aus den USA, aber wegen der Beschränkungen bei der Ausfuhr von Hightech haben sie Probleme es zu bekommen."

„Verstehe ich das richtig? Weil wir kein Ersatzteil nach China liefern, können wir von denen die Bauteile nicht kriegen, die wir brauchen?" Wincent stand nahe vor einem Tobsuchtsanfall. „Scheiß Globalisierung! Besorgen Sie das verdammte Ersatzteil und stecken es in einen Flieger nach China. Aber schicken Sie zwei Spezialisten von uns mit. Die sollen zusehen, dass die Chinesen uns nicht verarschen und das Teil sofort einbauen."

„Wird sofort erledigt." Gordon beeilte sich, aus dem Büro von Wincent zu kommen.

29. China

Drei Tage später trafen die beiden Spezialisten, Frank und Josh, in dem Werk in China ein. Es lag nicht im Perlflussdelta wie viele exportorientierte Firmen, sondern weit außerhalb in der chinesischen Provinz. Sie hatten 24 Stunden gebraucht, um vom Flughafen in Beijing bis dorthin vorzudringen. Long Fu, der Direktor des Werks, empfing sie höchstpersönlich. Mit einem Lächeln im Gesicht hieß er sie willkommen.

„Ich bin sehr erfreut über die Hilfsbereitschaft der Amerikaner in dieser unglücklichen Situation. Es ist außerordentlich zuvorkommend, dass Sie uns dieses wichtige Ersatzteil persönlich bringen."

„Wieso liegt Ihr Werk eigentlich soweit außerhalb?", wollte Frank wissen. Frank war der Wortführer der beiden und kein Techniker. Er kam vom CIA, um den Chinesen auf den Zahn zu fühlen. Josh war der Einzige, der sich mit Maschinen auskannte. Er sollte die Reparatur durchführen.

„Das bitte ich zu entschuldigen", erklärte Long. „Aus Kostengründen haben wir viele Produktionsstätten ins Landesinnere verlegt. An der Küste sind die Arbeitskräfte zu teuer geworden. Hier in der Provinz sind die Ansprüche nicht so hoch."

„Dafür sind die Wege um so weiter. Egal. Zeigen Sie uns bitte die defekte Maschine. Dann können wir Ihnen das Ersatzteil direkt einbauen."

Frank nahm Josh ein kleines Paket aus der Hand, auf dem in großen, schwarzen Buchstaben zu lesen stand: MU-358. Das war exakt das fehlende Teil, das ihnen die Chinesen per Fax genannt hatten. Der Einbau würde nur zwei Stunden beanspruchen, für Josh eine Routineangelegenheit.

Direktor Long lächelte. „Ich weiß es sehr zu schätzen, dass Sie uns anbieten das Ersatzteil persönlich einzubauen. Leider ist das nicht möglich."

Josh nahm es gelassen hin. Als Servicetechniker war er von eigenwilligen Kunden allerhand gewohnt. Frank fiel es wesentlich schwerer. Er hatte sich trotz der Strapazen um ein freundliches Auftreten bemüht. Jetzt brach sein Gesichtsausdruck zusammen.

Er hatte mit Dankbarkeit gerechnet und nicht mit Ablehnung. „Warum nicht?"

„Oh, Sie werden es nicht glauben, aber wir haben große Sorge, dass jemand unsere Produkte kopiert. Deshalb ist Fremden der Zutritt zu den Produktionsstätten streng verboten. Ich bin sicher, dass gerade Sie als Amerikaner diese Sorge sehr gut verstehen können."

Bei Frank schwollen die Halsschlagadern sichtlich an. Da waren sie um die halbe Erde geflogen und bis in die chinesische Provinz gekrochen. Jetzt sollte er sich von einem ewig lächelnden Provinz-Firmen-Direktor abweisen lassen? Er wollte lospoltern, wie er es in einem amerikanischen Unternehmen getan hätte, als ihm Josh zuvor kam.

„Herr Direktor Long", begann Josh mit größter Freundlichkeit. „Wir versichern Ihnen, dass wir keines Ihrer Produkte ausspionieren werden. Wir sind nur hier, um Sie zu unterstützen. Wir werden ausschließlich die Maschine reparieren und uns sonst nichts ansehen."

Long Fu's Lächeln wurde noch breiter. „Sehen Sie! Ich wusste, dass Sie mich verstehen werden."

Das Angebot zur Reparatur der Maschine schien er nicht gehört zu haben.

„Wir nehmen Ihre Unterstützung dankbar an. Wenn Sie mir das Ersatzteil übergeben, werden wir es umgehend einbauen."

Frank hatte sich wieder in der Gewalt und sah ein, dass er keine Chance hatte. Das schlimmste Ergebnis würde sein, wenn Direktor Long verärgert wäre und sie unverrichteter Dinge wieder zurück mussten. Dann hätte Frank sich zu Hause einen neuen Job suchen können. Also gab er ihm das Teil.

„Wenn es möglich ist, möchten wir das beschädigte Teil gerne mitnehmen - damit wir es zu Hause untersuchen können und es dann verbessern", beeilte er sich hinzuzufügen."

„Aber selbstverständlich", gab Direktor Long zurück. „Wir sind immer für Verbesserungen. Und wenn wir Ihnen dabei helfen können, werden wir das gerne tun."

Lächelnd wandte sich Long um und verschwand mit dem Paket. Frank hatte keine Zeit sich zu fragen, wieso er sie stehen ließ, während sie das Teil auswechselten. Da kam Long auch schon wieder zurück. In der Hand hatte er ein anderes Paket, in dem eine sichtlich gebrauchte MU-358 lag.

„Damit Sie keine Zeit verlieren, haben wir es gestern für Sie ausgebaut. Sie möchten sicher so schnell wie möglich wieder aus unserer Provinz in die schönen Vereinigten Staaten." Direktor Long strahlte sie mit einem Lächeln an, das um seinen halben Kopf herumführte.

Frank schluckte eine deftige Erwiderung hinunter und verabschiedete sich mit einem kurzen „Danke! Und viel Erfolg mit der Reparatur."

„Wir werden uns selbstverständlich beeilen, um Ihr Land schon bald wieder beliefern zu können. Wenn Sie wieder in der Nähe sind, würden wir uns über einen Besuch von Ihnen sehr freuen."

Das würde mit Sicherheit niemals geschehen. Frank würde eher einem Einsatz in der Antarktis zustimmen. Sobald sie genügend Abstand von der Firma gewonnen hatten, fluchte er aus allen Rohren, so dass selbst Josh beeindruckt war - und der hatte schon viel gehört. Eine halbe Stunde später rief Frank bei Gordon Forell an, weil der sofort über das Ergebnis informiert werden wollte.

„Wir sind gegen eine freundlich lächelnde, chinesische Mauer gerannt", bellte Frank ins Telefon, „aber sie haben das Teil. Alles Weitere später." Frank hatte die Nase gestrichen voll. Und jetzt noch die ätzende Tour aus diesem gottverlassenen Winkel.

Direktor Long ging zurück in das Lager und betrachtete die MU-358. Mit zufriedenem Lächeln legte er sie zu den beiden anderen, die sie zur Sicherheit vorrätig hatten.

30. Darmstadt

Anne kroch wieder mit einem großen Lineal über den Fußboden und vermaß ihre Fotos, als es an der Tür klopfte. Eine junge Kollegin trat ein, die sie flüchtig kannte, begleitet von einem mittelgroßen Mann, der etwas älter war als Anne. Er machte einen scheuen, zurückhaltenden Eindruck.

„Das ist ein neuer Mitarbeiter der ESA", stellte die Kollegin den Mann vor. „Ich habe eine Tour gemacht, um ihm alles zu zeigen. Unser jüngstes Forschungsprojekt 'Mondlandschaft' wollte ich ihm natürlich nicht vorenthalten. Stören wir?"

„Nein. Kommen Sie nur herein." Anne stand auf und reichte ihm die Hand. „Anne Winkler", stellte sie sich vor.

„Timothy Balton."

Er hatte eine angenehme Stimme, wie Anne sofort bemerkte. „Ich freue mich, Sie kennen zu lernen."

„Herzlich willkommen bei der ESA. Wo kommen Sie her?"

In einer internationalen Organisation kam einem diese Frage fast automatisch über die Lippen.

„Vor kurzem war ich noch bei der NASA. Vor drei Wochen bin ich nach Europa gezogen."

Als Anne NASA hörte, zog sich ihr Magen um das Frühstücksbrötchen zusammen, das sie gerade gegessen hatte. Olaf hatte ihr alles von seinem Aufenthalt in Houston erzählt, dass die Reise noch kürzer war als vorher angenommen, aber leider so ergebnislos wie befürchtet. Ihre eigenen Erfahrungen waren ebenfalls unvergessen.

In der kurzen Pause, die entstand, sah Timothy nach unten und war plötzlich genauso angespannt wie Anne. „Was ist das?" Balton hockte sich hin und sah sich die Fotos genauer an. „Das kommt mir sehr bekannt vor. Sind das nicht die Fotos, die der Mond-Rover geschossen hat?"

Anne bejahte.

„Ich war in diesem Projekt." Baltons Augen fanden die rechte untere Ecke und erkannten den Schriftzug 'Team Gordon Forell'. Abrupt stand er auf. Von einem Moment auf den anderen wurden seine Augen düster. Seine Lippen bildeten zwei schmale Striche. „Sie werden mir sicher später mehr darüber erzählen. Jetzt möchte ich Sie nicht weiter stören."

Balton wandte sich ab und ging mit schnellen Schritten hinaus. Seine junge Begleiterin blickte Anne fragend an und folgte ihm.

Anne war die plötzliche Veränderung nicht entgangen. Ihr Magen hielt das Brötchen noch etwas fester umklammert. Früher wäre sie vielleicht einfach darüber hinweggegangen. Jeder hatte seine Marotten. Seit ihren eigenartigen Erlebnissen war ihr das nicht mehr möglich. Sie war vorsichtig geworden. Jedes Mal, wenn Sie sich vor ihren Laptop setzte, beschlich sie das eigenartige Gefühl beobachtet zu werden. Als ob jemand darin säße und alle ihre Worte mitlesen würde, was im übertragenen Sinn auch stimmte.

Olaf muss den Rechner dringend bereinigen.

Anne konnte zwar damit arbeiten, aber wohl fühlte sie sich nicht dabei.

Dann war da noch die Begegnung mit dem russischen Geheimdienst. Anne staunte über die Auswirkungen. Früher existierten in ihrem Weltbild nur zwei Sorten von Menschen. Mit manchen kam man gut aus, andere waren einem eher gleichgültig. Sie hatte sich nie viel dabei gedacht. Jetzt gab es eine dritte Sorte: Spione! Ein Mensch war möglicherweise gar nicht, was er schien. Hinter einer harmlosen Fassade konnte etwas ganz anderes verborgen sein. Sie hätte niemals für möglich gehalten, dass dieses Gefühl solch einen Unterschied machte.

Was ist mit diesem Timothy Balton? Wieso kommt der von NASA hierher? Ausgerechnet jetzt? Und ausgerechnet aus dem Mond-Projekt?

Anne war den Amerikanern aufgefallen, der NASA und dem Geheimdienst. Dass deren Vorsichtsmaßnahmen nichts gebracht hatten, wussten die Amerikaner spätestens seit dem Moment, als Dr. Bardouin das Foto von der Schraube gezeigt hatte.

Haben sie jetzt jemand auf mich angesetzt? Um mich auszuschalten?

Tausend Fragen schossen Anne durch den Kopf. Wer konnte ihr Antworten geben? Olaf? Dr. Bardouin? Woher sollten die etwas wissen? Sie konnte mit Balton reden, aber wie sollte sie erkennen, dass er ihr nicht eine erfundene Geschichte auftischte? Das war keine Lösung.

Ihr analytischer Verstand führte Anne zielsicher zu der einzigen Möglichkeit, die es gab, die ihr aber überhaupt nicht gefiel: der russische Geheimdienst. Der FSB war als einziger in der Lage, etwas über Timothy Balton heraus zu finden. Bei diesem Gedanken stellten sich Annes Nackenhaare auf, aber sie fand keine Alternative. Wenn sie nichts unternahm, bliebe sie ewig misstrauisch - und schadete möglicherweise den Plänen, die sie mit den anderen beschlossen hatte.

Schweren Herzens griff Anne zu ihrem zweiten Handy. Auch das war neu in ihrem Leben. Olaf hatte es von seinem Bruder in der Schweiz besorgt, der sich mit Sicherheitsfragen bestens auskannte. Anne sollte es für vertrauliche Gespräche benutzen. Zuerst hatte sie sich dagegen gewehrt, aber nur solange, bis Olaf ihr erklärt hatte, was alles mit ihrem alten Handy möglich war. Sie hatte immer gedacht, 'Handy aus' ist Handy aus.

Olaf hatte gelacht: „Und woher weißt du das?"

„Ist doch klar. Ich drücke auf den Aus-Schalter und dann wird das Display dunkel."

„Und woher weißt du, dass das Mikrofon auch ausgeschaltet ist?"

„Es steht so in der Bedienungsanleitung."

„Sehr nett. Leider kann man das jederzeit ändern."

„Natürlich ohne dass jemand mein Handy in die Hand bekommt, meinst du doch? Ähnlich wie mit meinem Laptop."

„Richtig. Fast jeder Hersteller hat eine automatische Update-Funktion, damit er Softwarefehler unauffällig beheben oder neue Funktionen aufspielen kann. Du merkst nichts davon. Wer weiß, wie es geht, kann das nutzen und zum Beispiel eine neue Funktion aufspielen, die ungefähr so lautet: Wird das Handy ausgeschaltet, mache nur das Display aus aber nicht das Mikrofon."

„Das heißt, man kann mein Handy in eine Wanze verwandeln und alles mithören? Sogar, wenn ich es ausgeschaltet habe?"

„Genau. So ist der Polizei schon mancher Verbrecher ins Netz gegangen. Der Nachteil ist nur, dass der Akku schneller leer geht. Das ist ein untrügliches Zeichen. Deshalb macht man es häufig anders. Jedes Mal, wenn du eine Nummer wählst, wählt das Handy noch eine zweite. Wie in einer Konferenzschaltung, nur dass du nichts davon erfährst. An der anderen Stelle kann man dann bequem jedes Wort aufzeichnen."

Dieses Gespräch hatte ihr die Lust an ihrem normalen Handy gründlich verdorben. Am liebsten würde sie nur noch mit ihrem manipulationssicheren Handy telefonieren. Aber sie sah ein, dass sie sich damit erst recht verdächtig machte. Also nahm sie es nur bei wirklich sensiblen Telefonaten.

Das jetzt war solch ein wirklich sensibles Telefonat. Sie wählte die Nummer von Oberst Pawlow. In seinem Büro wusste man sie sofort richtig einzuordnen. Ihre Bitte, eine Auskunft über einen ehemaligen NASA-Mitarbeiter namens Timothy Balton einzuholen, wurde ohne Widerspruch akzeptiert. Man würde sich selbstverständlich darum kümmern.

Der russische Geheimdienst besaß eine lange Liste mit Institutionen, die er systematisch beobachtete. Die NASA stand darauf weit oben. In einer Stunde sollte Anne eine verschlüsselte E-Mail in einem besonderen Postfach vorfinden, das Olaf ihr ebenfalls eingerichtet hatte.

Als Anne bewusst wurde, was sie getan hatte, wollte sich ihr Brötchen wieder auf den Weg aus dem Magen zurück machen. Sie, die friedliebende Wissenschaftlerin, die nur für ihre Forschung lebte, wandte sich an den FSB, um Erkundigungen über einen Kollegen einzuziehen. Und die dort in Russland taten das tatsächlich - ohne auch nur eine Frage zu stellen. Was war eigentlich passiert mit ihrem Leben? Plötzlich musste sie gesicherte Handys benutzen und bekam verschlüsselte E-Mails vom russischen Geheimdienst. Dieses kleine Teil auf dem Mond hatte ihr Leben gründlich durcheinander geworfen und manchmal wünschte sich Anne, sie hätte die Schraube nie entdeckt. Jetzt gab es kein Zurück mehr.

Wenig später hielt Anne einen Ausdruck der E-Mail in ihren Händen:

Timothy Balton, geboren am 3. April 1975 in Colorado Springs. Eltern Edward John und Mary Elisabeth Balton, gestorben 1989 bei einem Verkehrsunfall. Ehefrau Cathlyn, geboren 1977 in Witchita Falls, Tochter Linda, 2 Jahre.

Studium der Astrophysik an der Universität von Colorado in Boulder. Bis vor Kurzem Angestellter der NASA, Mitarbeit im Projekt Mond-Rover im Team von Gordon Forell. Wegen Differenzen im Team entlassen. Kurz darauf Fehlgeburt eines zweiten Kindes. Umzug nach Mannheim und Anstellung bei der ESA. Vorstrafen: keine. Alkohol- und Drogenprobleme: Keine. Gesamtbewertung: unauffällig. Keine verdeckte Identität zu erwarten.

Anne faltete das Blatt zusammen. Mit einem bohrenden schlechten Gewissen fragte sie sich, ob es richtig gewesen war, so im Privatleben eines Kollegen herumzuschnüffeln. Sie wusste mehr über ihn als er wahrscheinlich zu erzählen bereit wäre. Konnte sie ihm jetzt noch unvoreingenommen begegnen?

Doch. Es war richtig! Ohne diese Auskunft könnte ich niemals offen mit ihm reden. Die Umstände, in die ich unfreiwillig hineingestürzt bin, sind nicht normal. Jetzt muss ich nur aufpassen, mich in einer neuen Begegnung nicht zu verraten.

Wie hätte Anne ihm ihr Wissen erklären sollen? Dass sie den FSB um Nachforschungen gebeten hatte, konnte sie unmöglich zugeben.

Fängt bei mir jetzt auch eine Art von Doppelleben an? Mit Geheimnistuerei und Schauspielerei?

Anne war fest entschlossen, solch ein zwiespältiges Leben zu vermeiden.

31. Alabama, USA

5:30 Uhr. Unbarmherzig quengelte der Wecker auf dem Nachttisch. Chris Maple wälzte sich müde zur Seite, um das Licht anzuschalten.

„Bleib noch ein bisschen“, bettelte Sally verschlafen. „Musst du wirklich schon wieder weg?“

Chris und Sally waren erst seit 4 Monaten verheiratet und die Sehnsucht hatte noch nicht abgenommen.

„Einmal noch. Zum Abschied für heute.“

„Du weißt, dass das nicht geht. Ich muss mich beeilen.“

Chris wand sich aus Sallys Umarmung und setzte sich auf die Bettkante. Natürlich wusste Sally, dass Chris los musste. Schon als sie sich kennengelernt hatten, war klar, dass sie zukünftig wenig Zeit füreinander haben würden. Chris hatte einen hervorragenden Universitätsabschluss gemacht und eine gute Stelle bei einem bedeutenden Industrieunternehmen erhalten, das Raketenbauteile für die NASA herstellte. Die Anforderungen waren hoch und unbezahlte Mehrarbeit selbstverständlich. Chris arbeitete in der Qualitätssicherung. Dort herrschte ein besonderer Druck, weil die Standards für die NASA extrem hoch waren.

Sally hatte sich vorgenommen, eine gute Ehefrau zu sein. Natürlich wollte sie die Karriere ihres Mannes unterstützen. Nur war es etwas anderes, in der Theorie zu wissen, dass er viel arbeiten musste und wenig zu Hause war, oder es jeden Tag schmerzlich zu erfahren. Nicht selten schlief Chris noch während des Fernsehprogramms ein, ohne die Spitzenunterwäsche zu bemerken, die Sally extra für ihn angezogen hatte. Sally fühlte sich oft einsam.

Anfangs verkrafteten sie die Situation noch ganz gut. Dann kam das überraschende Angebot der Firma. Roger Miller, der Abteilungsleiter von Chris, war von einem Tag auf den anderen entlassen worden. Kolleginnen hatten sich über anzügliche E-Mails von ihm beschwert, in seinen Berichten wurden Fehler entdeckt, er versäumte mehrmals wichtige Meetings - alles Dinge, die einem Leiter der Abteilung für Qualitätssicherung nicht gut anstanden. Chris und seine Kollegen waren geschockt gewesen. Das passte so gar nicht zu Roger. Sie kannten ihn als überaus korrekt. Chris hatte ihm vertraut und konnte kaum glauben, sich so in einem Menschen getäuscht zu haben.

Roger stritt alles vehement ab. Die E-Mails und die Fehler konnte er nicht erklären und von den Meetings hätte er nichts gewusst. Aber die Rechner der Firma zeichneten alles bis ins Kleinste auf. Roger leugnete sogar noch, als man ihm die Beweise auf den Tisch legte. Es nützte nichts. Die Firma hatte kein Vertrauen mehr in ihn und er musste gehen.

Daraufhin boten sie Chris die Stelle an. Eigentlich war er zu jung dafür, aber der Firma war das lieber, als die älteren Kollegen, die nach der Meinung des Managements zu unflexibel waren. Jemand Neues von außen war noch weniger ideal, da man die internen Abläufe einigermaßen kennen musste. Chris hatte sich in seinem ersten Jahr hervorragend entwickelt und so waren sie auf ihn gekommen. Das Angebot war äußerst lukrativ.

Für Chris war das die Chance seines Lebens, so jung und schon in einer verantwortlichen Position. Es war eine enorme Herausforderung, aber das hatte ihn noch nie abgeschreckt.

„Herausforderungen sind dazu da, um bewältigt zu werden“, erklärte er Sally.

Die Belastung war dann doch höher als angenommen. Selbst sein erfahrener Vorgänger konnte das tägliche Geschäft nur mit Überstunden bewältigen. Das Management betrachtete Qualitätssicherung nicht als Produktivposten, sondern als notwendiges Übel. Deshalb ‘optimierte’ man an allen Stellen, was vor allem hieß: man sparte am Personal. Zusätzlich musste Chris sich in viele neue Themen einarbeiten. Sally war stolz auf seinen Karrieresprung und freute sich über mehr Geld, das sie für die Rückzahlung der Hypothek gut gebrauchen konnten. Der Preis war, dass sie ihren Mann noch weniger sah, und wenn, dann in gereiztem Zustand.

Zum Frühstücken hatte Chris keine Zeit. Seit seiner Beförderung fuhr er jeden Morgen an dem kleinen Imbiss in der Nähe ihrer Wohnung vorbei. Den üblichen Bagel und einen

Becher Kaffee nahm er während der Fahrt zur Firma zu sich. Normalerweise war es ruhig, wenn er im Büro eintraf. In der Stunde vor seinem offiziellen Dienstbeginn konnte er sich am besten auf die anstehenden Aufgaben vorbereiten. Während des Tages ging es nur noch hektisch zu. Da hatte man zum Nachdenken keine Zeit, geschweige denn zum Nachschlagen irgendwelcher Informationen, die man sich noch aneignen musste.

Heute war es anders. Chris‘ Rechner startete nicht ordnungsgemäß und er kam an seine Informationen nicht heran. Der zuständige Administrator war sofort zur Stelle, aber er brauchte eine geschlagene Stunde, bis die Systeme liefen. Diese Zeit war für heute verloren. Und das, obwohl Chris an diesem Tag besonders darauf angewiesen war. Es sollte neues Material kommen, das dringend für die Treibstofftanks benötigt wurde. Der Totalschaden an den vorhandenen Tanks hatte die NASA zeitlich unter Druck gesetzt - und die NASA setzte wiederum seine Firma unter Druck. Die Produktion war dringend auf das Rohmaterial angewiesen, aber bevor sie loslegen konnten, musste es von seiner Abteilung geprüft und freigegeben werden.

Chris‘ Computer lief gerade erst, da klingelte auch schon das Telefon. Harvey, der Key-Account-Manager für die NASA, war dran, ein unangenehmer Typ, der sich ungemein wichtig vorkam. Er hatte nur seinen Kunden im Blick und nörgelte bei jeder Gelegenheit, dass er schließlich die Aufträge hereinbrachte und man ihn gefälligst bevorzugt bedienen sollte.

„Wie lange dauert es, bis ihr mit der Qualitätssicherung fertig seid?“

„Drei Tage, wenn alles klappt“, gab Chris zurück. „Das weißt du doch.“

„Drei Tage sind zu lang. Die NASA setzt uns die Pistole auf die Brust.“

„Schneller geht es nicht. Solange dauern alle Tests.“

„Wenn das Material nicht in einem Tag in der Produktion ist, kriegen wir Probleme mit der Lieferung.“

„Das ist nicht möglich.“

„Stell dich nicht so an. Auch die Produktion muss schneller arbeiten. Der Brand hat uns viel Zeit gekostet. Wenn wir wegen dir zwei Tage verlieren, machst du dich mächtig unbeliebt."

Das wollte Chris auf keinen Fall. Er hatte noch keine Lobby im Management, die für ihn eintreten würde. Im Zweifelsfall würden sie ihn für inkompetent halten und als ungeeignet für den Job erklären. Damit wäre seine Karriere schneller zu Ende, als sie begonnen hatte.

„Ich werde sehen, was ich tun kann."

„Das ist mir zu wenig."

Harvey blieb penetrant. Er forderte Unmögliches, aber da er schon lange in der Firma war, das Management bestens kannte und den prominentesten Kunden betreute, legte man sich am besten nicht mit ihm an.

„In einem Tag ist die Lieferung in der Produktion", hörte Chris sich sagen.

„Das wollte ich hören."

Klick. Harvey hatte aufgelegt. Chris sank in seinem Stuhl zusammen.

Was habe ich gerade zugesagt? Das ist nicht zu schaffen.

Soviel war ihm auch als Neuling klar. Er saß in einer Sackgasse. Würde er alles so abwickeln, wie die Vorgaben es erforderten, könnte er gleich einpacken. Harvey würde ihm keine Chance mehr lassen - und mit dem Management war nicht zu spaßen. Stand Ärger mit Kunden an, kannten sie keine Nachsicht.

Erfahrung, wie man etwas abkürzen konnte, hatte Chris nicht. Fragen konnte er auch niemand. Das würde man ihm als Unsicherheit auslegen. Die älteren Kollegen waren sauer, dass sie bei der Beförderung übergangen worden waren. Sie würden ihm genüsslich bei seinem Scheitern zusehen, in der Hoffnung doch noch den begehrten Platz einnehmen zu können. Chris musste so auftreten, als hätte er alles im Griff. Eine andere Chance gab es nicht.

Chris machte eine Bilanz auf: Welche Mitarbeiter hatte er? An welchen Arbeiten waren sie dran? Er würde alle verfügbaren Kräfte auf diese eine Aufgabe bündeln. Wenn er dann noch

Überstunden anordnete, kämen sie zumindest so weit, dass die Prüfung wenigstens oberflächlich abgeschlossen war. Viele Feinheiten blieben dann außen vor, aber das ging nicht anders.

Chris griff zum Hörer, um die Ersten anzurufen und die neuen Aufgaben zu verteilen. Niemand hob ab. Caspar müsste längst im Büro sein. Wenn er nicht am Platz war, sollte Luisa abheben. Nichts. Manfred, Tobias und Maggi waren auch nicht da. Schweißperlen traten auf seine Stirn. War sein Telefon kaputt? Harvey hatte ihn erreicht. Das ging also. Er rief sich selbst auf dem Handy an. Es klingelte sofort.

Was wird hier gespielt?

Chris stürzte aus seinem Büro. Die anderen hatten große Glasscheiben an den Seiten zum Flur, so dass er in kürzester Zeit einen Überblick hatte. Die Hälfte fehlte.

Da saß Monica.

„Monica! Was ist hier los? Warum ist niemand da?“

Chris vergaß vollkommen zu grüßen. Er wollte endlich eine Antwort haben.

Monica sah Chris verständnislos an. „Guten Morgen, Chris. Ich verstehe nicht: ‘Warum ist niemand da?’ Das müsstest du doch am besten wissen.“

„Ist die Frage so schwierig?“ Chris Ton war nicht gerade höflich. „Ich will wissen, wo die ganzen Leute sind. Meine halbe Abteilung ist weg. Warum sind sie nicht gekommen?“

„Du selbst hast geschrieben, dass sie heute nicht kommen müssen. Deshalb sind die meisten nicht da.“

„Was ist das für ein Blödsinn? Sowas würde ich niemals schreiben. Erst recht nicht, wo wir heute die Lieferung für die Raketentanks bekommen. Wir haben bis über beide Ohren zu tun.“ Chris schrie fast.

„Einen Moment, Chris.“ Monica tippte etwas an ihrem Computer, worauf der Drucker anlief. „Lies das!“

Chris nahm das Blatt und konnte nicht glauben, was er sah. Es war eine E-Mail von ihm an die Abteilung. Wegen der vielen Überstunden der letzten Wochen und weil sich die Materiallieferung für die Raketentanks um zwei Tage verzögern würde, stellte er es seinen Leuten frei heute zu Hause zu bleiben. Sobald die Lieferung einträfe, würde wieder zusätzlich Arbeit gefordert, um die verlorene Zeit aufzuholen.

Christ starrte das Blatt an. Das hatte er niemals geschrieben, aber sein Name stand als Absender da. Es gab keinen Zweifel. Trotzdem konnte es nicht sein. „Warum weiß ich nichts davon?“

Monica zuckte die Schultern. „Wir haben uns auch gewundert. Wir haben versucht dich zu erreichen, aber du warst in einem Meeting mit den Bereichsleitern.“

Da war er gestern tatsächlich gewesen. Es hatte begonnen, kurz bevor die normale Belegschaft Feierabend hatte, und bis neun Uhr abends gedauert. Die E-Mail war fünf Minuten vor Beginn des Meetings abgeschickt worden.

„Hier muss sich jemand einen üblen Scherz erlaubt haben. Aber das ist kein Spaß mehr.“

Inzwischen tat er Monica leid. „Ich kann mir nicht vorstellen, wer so etwas tun sollte. Wir wissen doch alle, wie wichtig die Lieferung ist. Da hängen auch unsere Jobs dran. Auch wenn einige nicht begeistert sind, dass du der Boss bist, würde niemals jemand diesen Auftrag sabotieren. Und wie sollte er an deinen PC kommen?“

Chris rannte zur Tür heraus und war Sekunden später an seinem Arbeitsplatz. Er rief das Outlook-Programm auf und klickte auf ‘Gesendete Nachrichten’. Tatsächlich! Da stand die E-Mail. Genauso, wie sie auf Monicas Blatt war. Wie versteinert starrte Chris auf den Monitor. Es änderte sich nichts. Die verhexten Buchstaben reihten sich zu der Nachricht, die es nicht geben durfte. Aber es gab sie!!! Jedes Wort. Absender Chris Maple. Getippt auf seinem Computer.

Unterschiedlichste Gedanken rasten wirr durch seinen Kopf: *Das kann nicht sein. Es ist unmöglich. Welcher Kollege würde so etwas tun? So etwas macht doch keiner. Niemand kennt mein Passwort. Was soll ich machen? Schweigen? Zum Management laufen? Von einer Verschwörung reden? Wie soll die Lieferung fertig werden? ...*

Chris wurde schwindelig und er musste sich setzen. Die Augen schließen. Bewusst ein- und ausatmen - so lange, bis sich der Puls wieder normalisiert und die Gedanken beruhigt hatten.

Als Chris die Augen wieder öffnete, stand die Nachricht immer noch auf seinem Monitor, aber jetzt war er in der Lage die Situation zu analysieren. Er wäre niemals in so kurzer Zeit so weit gekommen, wenn er sich in Krisensituationen von Emotionen hätte mitreißen lassen.

Die Faktenlage war klar: Die Nachricht existierte, die Kollegen waren größtenteils abwesend und die Arbeit würde niemals zu erledigen sein. So weit, so schlecht.

Er ging seine Optionen durch: Sollte er zum Management laufen und von einer geisterhaft erschienen E-Mail reden? Sie würden ihn für verrückt erklären und einfach nur denken, er hätte einen kapitalen Fehler gemacht. Eine Verschwörungstheorie würde ihm niemand abkaufen. Wenn das Management von dieser E-Mail erfuhr, wäre dieser Tag sein letzter im Unternehmen. Sollte er nach Hause kommen und Sally verkünden, dass sie ihr neues Auto verkaufen müssten und in eine bescheidene Wohnung ziehen? Das wäre die Konsequenz, denn einen gleichwertigen Job würde ihm so schnell niemand mehr anbieten. Wenn er auch nur eine kleine Chance haben wollte, musste er das Unerklärliche akzeptieren und alleine damit klarkommen.

Sollte er die Kollegen zu Hause anrufen und sie bitten in die Firma zu kommen? Die meisten hatten eine Anfahrt zwischen ein und zwei Stunden und würden erst spät eintreffen. Was sie dann von ihm hielten, wagte er nicht sich auszumalen. Die Arbeit war ohnehin nicht mehr zu schaffen. Selbst mit Schmalspuranforderungen nicht.

Sollte er Harvey Bescheid geben, dass die Lieferung erst mit einem Tag Verspätung in die Produktion käme? Harvey würde umgehend zum Management rennen mit den bekannten Folgen.

Die Lieferung ungeprüft freigeben? Das widerstrebte ihm zutiefst. Aber konnte er etwas anderes tun? Wenn die NASA Mängel entdeckte, hätte die Firma Probleme. Sie würden ihn entlassen - aber das drohte ihm sowieso. Und wenn sie keine

Mängel hätte? Dann wäre alles gut. Die Kollegen würden zwar rätseln, was gelaufen war, aber im hektischen Alltagsgeschäft standen die Chancen nicht schlecht, dass die Angelegenheit versickerte.

Wie hoch ist eigentlich die Wahrscheinlichkeit einer fehlerhaften Lieferung?, fragte er sich.

Chris rief die Daten der letzten Jahre aus der Datenbank ab, speziell die Daten der Lieferungen zur Herstellung der Raketentanks. In den vergangenen zehn Jahren hatte es nie ernsthafte Probleme mit der Qualität gegeben. Die Zulieferfirma arbeitete gut. Sie hatte eine der besten Lieferantenbewertungen. Warum sollte es dieses eine Mal anders sein? Chris wollte sichergehen und rief den zuständigen Vertreter der Firma an. Der versicherte ihm, dass mit der Lieferung alles korrekt sei.

Chris Entschluss stand fest. Die Wahrscheinlichkeit eines Fehlers war minimal. Sollte er deshalb seine ganze Karriere aufs Spiel setzen? Das war den Preis nicht wert. Den Rest des Tages führte er die Untersuchungen durch, die ihm in der kurzen Zeit möglich waren. Er entdeckte keine Ungereimtheiten.

Am Abend erhielt die Lieferung den Stempel „geprüft - für die Produktion freigegeben".

Niemals hätte Chris sich träumen lassen, so etwas zu tun. Er fühlte sich elend und wusste: Dieses Gefühl würde ihn noch lange begleiten. Er war nicht sicher, wie die Geschichte ausging, aber er war überzeugt, die einzig gangbare Alternative gewählt zu haben.

Tausende Kilometer entfernt hörte Hu voller Zufriedenheit den zweimaligen Gong. Er schloss die Augen und genoss die nachhallenden Vibrationen.

32. Houston, Texas

Gordon begann, seinen Job zu hassen. Seit der Pleite mit den Treibstofftanks waren zehn Wochen vergangen. Zehn elendige Wochen, in denen es an jedem Tag irgendeine neue schlechte Nachricht gab. Es ging und ging nicht voran. Ständig fehlten Teile oder waren defekt. Es war wie verhext.

Die Mitarbeiter aus seinem Team entwickelten erstaunliche Kreativität, wie sie Gordon ausweichen konnten. Niemand hatte Lust sich seinen Launen auszusetzen.

Nur Teresa hatte keine Chance. Sie saß zwangsläufig in Gordons Reichweite und musste es sich inzwischen mehrmals täglich gefallen lassen, heftig angegangen zu werden. Dementsprechend reserviert begrüßte sie Gordon heute.

Gordon ging grußlos und mit finsterem Blick an Teresa vorbei in sein Büro. Er verfluchte die E-Mails, die er sich gleich ansehen musste. Mit Sicherheit war eine neue Katastrophen-Nachricht dabei. Bei ihm liefen alle Fäden zusammen und er musste seinen Kopf dafür hinhalten, dass alles in-time fertig wurde. Pünktlich fertig zu werden, war allerdings eine Illusion, die selbst bei bestem Verlauf nicht mehr Realität werden konnte. Die ursprünglichen Projektpläne waren Makulatur. Einzelne Tage konnte man aufholen, mehrere Wochen nicht.

Die zweifellos wichtigste E-Mail an diesem Morgen kam von der Firma, die die Raketentanks herstellte. Er hatte ihnen mächtig Druck gemacht, möglichst bald Ersatz für die Tanks zu liefern, die bei dem Brand zerstört worden waren. Wenn die Tanks fertig waren, könnten sie wenigstens an dieser Baustelle weiterarbeiten.

Schon die ersten Zeilen ließen Gordon das Blut in den Adern gefrieren. Die Firma konnte nicht liefern! Kein einziger Tank hatte die Abschlusstests bestanden. Bei jedem Tank, bei dem probeweise der gekühlte Raketentreibstoff eingefüllt worden war, waren Risse entstanden. Das Material wurde beim Erreichen der Solltemperatur spröde. Man hatte es nicht gewagt, den Druck über die Hälfte des Normalen hinaus zu erhöhen, weil man eine

Explosion befürchten musste. An einen Einsatz unter Startbedingungen war auf keinen Fall zu denken. Die Vibrationen würden zu einer Zerstörung der gesamten Rakete und der kompletten Startrampe führen.

Eine Reparaturmöglichkeit gab es nicht. Die Ursache war nicht ein Fehler in einem Detail, das man hätte reparieren können. Das Grundmaterial war unbrauchbar. Das bedeutete zwangsläufig, dass nicht nur die fertigen Tanks Schrott waren, sondern alle, die sich noch in der Produktion befanden.

Gordon griff sofort zum Hörer und rief in der Firma an. Das mussten sie ihm erklären. So ein Fehler war unmöglich. Harvey, den für die NASA zuständigen Key-Account-Manager, ließ Gordon gar nicht erst zu Wort kommen. Gordon brüllte seinen gesammelten Frust durch die Leitung.

Harvey blieb nichts anderes übrig, als dieses Gewitter über sich ergehen zu lassen. Als Vertriebsmann war er einiges von Kunden gewohnt. Um Erfolg zu haben, musste man viele Kröten schlucken, aber das hier tat echt weh. Die NASA hatte mit allem Recht, was sie ihm vorwarf. Seine Firma hatte einen unverzeihlichen Fehler begangen und es gab nicht die geringste Möglichkeit zu einer Entschuldigung. Das Schlimmste war: Harvey konnte keine Erklärung liefern.

Sicher, sie hatten Druck gemacht in der Produktion. In drei Schichten hatten sie rund um die Uhr gearbeitet, um die verlorene Zeit aufzuholen. Da konnten Fehler passieren, aber nichts, was man nicht hätte ausbügeln können. An so einem grundlegenden Fehler hatte die Produktion keine Schuld. Bestenfalls die Qualitätssicherung bei Materialeingang. „Chris“ stand rot mit drei Ausrufezeichen an Harveys Wandtafel. Den würde er sich vorknöpfen, aber nicht zu knapp. Chris konnte seine Koffer packen. Da gab es nichts. Aber das half ihm nicht im Gespräch mit Gordon. Hier musste er, Harvey, den Kopf hinhalten. Und er wusste, die schlimmste Nachricht kam noch.

Harvey hielt den Hörer mit etwas Sicherheitsabstand von seinem Ohr, damit sein Trommelfell keinen Schaden nahm. Während er Gordon seinen Frust herausbrüllen ließ, verfolgte er den Sekundenzeiger der gegenüberliegenden Wanduhr. Es dauerte ganze sechs Minuten und vierzig Sekunden, bis Gordon sein Pulver verschossen hatte. Nun wollte er wissen, wie es weitergehen sollte, denn den Lieferanten zu wechseln war nicht möglich. Raketentanks standen nicht einfach so in den Angebotskatalogen irgendwelcher Firmen.

Harvey entschloss sich, vom üblichen Verhaltensmuster eines Vertriebsmanns abzuweichen. Normalerweise waren negative Aussagen tabu. Man musste immer die nächste Möglichkeit aufzeigen. Nur - diese nächste Möglichkeit existierte nicht. Es gab nichts, was sich positiv verpacken ließ.

„Ich kann diesen Fehler nicht entschuldigen“, sprach Harvey es offen aus. „Ich kann den Fehler nicht erklären und es wird auch kein schneller Ersatz möglich sein.“

Nun war das Entscheidende gesagt.

Gordon schwieg. Also fuhr Harvey fort: „Solch einen Fehler kann es eigentlich nicht geben. In der Lieferkette gibt es an allen Punkten mehrfache Qualitätssicherung, die ...“

„Dann haben die *alle* gepennt“, platzte Gordon dazwischen.

„Sie haben Recht.“ Harvey wusste, dass es besser war, nicht zu widersprechen. „Es ist trotzdem äußerst ungewöhnlich, dass ein so früher Mangel unentdeckt bleibt.“

„Dafür kann ich mir nichts kaufen. Wann gibt es Ersatz?“

Harvey zögerte: „Das wissen wir nicht.“

„Das wissen Sie nicht?“, wiederholte Gordon ungläubig. „So einen Satz habe ich noch nie gehört.“

„Den habe ich auch noch nie gesagt“, gab Harvey zu.

„Warum wissen Sie es nicht?“, bohrte Gordon.

„Wir können nicht einfach beginnen neue Raketentanks zu bauen, weil der Fehler in dem Rohmaterial liegt, das wir bekommen. Wir wissen, wie lange wir selbst brauchen - aber nur, wenn wir das Material dazu haben.“

„Und? Dann kaufen Sie neues!“

„Das gibt es nicht einfach so. Es ist eine Sonderlegierung für die speziellen Anforderungen Ihrer Raketen. Diese Legierung stellt nur eine Firma her. Die Firma, die den Fehler gemacht hat.“ Harvey hoffte sehr, auf diese Weise nebenbei von seiner Firma ablenken zu können.

„Dann sollen die Ihnen neues Material liefern. Aber dieses Mal das richtige, und zwar schnell.“

„Selbstverständlich. Ich habe schon persönlich mit ihnen gesprochen. Leider habe ich auch von dort schlechte Nachrichten.“

„Was für Nachrichten?“

„Sie haben auf meinen Hinweis hin Schnelltests gemacht. Das Ergebnis ist: Alles, was sie von unserer Legierung auf Lager haben, hat den gleichen Fehler. Sie haben nicht ein einziges Gramm der richtigen Legierung.“

Gordon wollte es nicht glauben. „Dann sollen sie eine neue Charge machen, zum Teufel. Das ist doch ihr Job. Oder gibt es da auch ein Problem?“

„Allerdings. Sie haben keine Idee, wie der Fehler überhaupt entstanden ist. Es ist alles gelaufen wie immer. Wenn sie jetzt ihre Produktion anwerfen, kann niemand garantieren, dass das Ergebnis besser ist, als das, was wir haben.“

„Bin ich denn nur noch von Idioten umgeben?“ Gordon warf den Hörer auf das Telefon. Eine weitere Diskussion machte keinen Sinn. Sie steckten in einer Sackgasse und niemand wusste, warum. Und wie es weitergehen sollte, wusste erst recht keiner.

Gordon starrte in die Luft und ließ seine Gedanken treiben. Das, was er hier erlebte, ging weit über die normalen Schwierigkeiten hinaus, die es in jedem Projekt gab. Je länger Gordon über diese Häufung von Pannen und Problemen nachdachte, desto sicherer wurde er, dass mehr dahinter steckte. Aber das musste er Richard Wincent beibringen, und zwar so, dass es nicht wie ein Ablenkungsmanöver aussah, um eigene Unzulänglichkeiten zu übertünchen.

Wincent saß in seinem Büro und wartete auf den wöchentlichen Statusbericht.

Missmutig machte Gordon sich auf den Weg nach oben. Als Erstes würde Wincent sich an ihm austoben, wenn er die Meldung überbrachte. Das konnte Gordon auf den Tod nicht ausstehen, aber da musste er durch. Und dann würde er Wincent hoffentlich überzeugen können, dass die Schuld nicht bei ihm, Gordon, lag.

Auf dem Weg in die obere Etage legte Gordon sich eine Gesprächsstrategie zurecht. Wesentlich war, dass er Wincent dazu brachte, das entscheidende Wort selbst auszusprechen.

Allein, wie Wincent hinter seinem Schreibtisch saß, erweckte den Eindruck eines leicht reizbaren Raubtiers. Die Souveränität, die er für gewöhnlich ausstrahlte, hatte merklich gelitten. Die Fehlschläge der letzten Monate waren auch an ihm nicht spurlos vorübergegangen. Es hätte mehr als eine gute Nachricht gebraucht, um Wincent zurück in eine positive Grundstimmung zu versetzen, aber gerade das hatte Gordon nicht zu bieten.

„Und? Wie sieht es aus? Neue Katastrophen?"

Wincent überging eine Begrüßung. Er konnte an Gordons Mienenspiel ablesen, wie es stand. Bereits beim ersten Satz von Gordon stand er auf und begann im Zimmer auf und ab zu laufen wie ein Löwe im Käfig.

„Was Sie mir erzählen, ist schlechter als schlecht. Wissen Sie das?"

Natürlich wusste Gordon das. Er vermied es tunlichst, irgendeine Meinung zu äußern oder eine Bewertung abzugeben. Damit bot er nur Angriffsfläche. So beschränkte er sich auf die reinen Fakten. Wincent war intelligent genug, um zu erkennen, dass Gordon keine Schuld traf.

„Wir werden die Termine nicht einhalten können", stellte Wincent fest.

„Das ist richtig, Sir."

„Wir sind nichtmals in der Lage, einen Termin zu nennen, wie ich das sehe."

„Das sehen Sie richtig."

„Haben Sie eine Erklärung für diese unerträgliche Häufung von Fehlschlägen?"

„Mit normalen Erklärungen kommen wir in diesem Fall nicht weiter", versuchte Gordon, das Gespräch in die gewünschte

Richtung zu lenken. „Das Maß an Fehlern geht weit über das hinaus, was wir aus vergangenen Projekten kennen. Sehr weit."

„Sie meinen also, dass das keine zufällige Anhäufung ist?"

„Auf keinen Fall, Sir."

„Dann glauben Sie an bewusste Manipulation, an Sabotage?"

Das war das Wort, das Gordon hören wollte. „Es gibt keine andere Erklärung."

Wincent rannte einige Male hin und her, ohne ein Wort zu sagen. „Haben Sie Beweise dafür?"

„Nein, Sir. Dafür sind meine Möglichkeiten zu beschränkt. Wenn ich mir das Ganze ansehe, bin ich mir sicher, dass es sich um mehr als eine Gruppe von Hackern handelt, die uns ärgern will. Das hatten wir öfter. Hier arbeitet jemand hochprofessionell und mit einer detaillierten, weitreichenden Planung."

„Das muss wohl so sein. Haben Sie eine Ahnung, wer dahinter stecken könnte?"

„Islamisten oder Terroristen halte ich für unwahrscheinlich. Die agieren anders, direkter und mit Propagandaeffekt. Wenn das Ziel ist, unser Mondprojekt zu sabotieren, kann es nur jemand sein, der selbst dorthin will."

„Dann bleiben nur die Chinesen, die Russen und die Europäer, wobei ich den Europäern so etwas nicht zutraue. Also Russen oder Chinesen."

Beim Stichwort 'Chinesen' fiel ihm die Sache ein, für die sie zwei Leute mit einem Ersatzteil nach China geschickt hatten. „Was ist mit den fehlenden Teilen aus China. Sind die inzwischen da?"

„Das hier ist da." Gordon reichte Wincent ein Fax:

Sehr verehrter Herr Frank Darbone,

wir möchten uns nochmals für Ihr großes Entgegenkommen bedanken, dass Sie uns das benötigte Ersatzteil persönlich nach China gebracht haben. Wir haben es selbstverständlich sofort eingebaut. Wir beginnen nun mit ausführlichen Tests, denn wir haben den Ehrgeiz, Ihnen nur beste Qualität zu liefern. Sobald die Testreihen erfolgreich abgeschlossen sind, werden Sie selbstverständlich sofort die bestellten Teile erhalten. Wir freuen uns über Ihr Interesse an unseren Produkten und sind zuversichtlich, dass Sie damit Ihre Projekte erfolgreich weiterführen können. Falls Sie weitere Bestellungen tätigen wollen, werden wir Sie zuvorkommend bedienen. Mit freundlichen Grüßen, Direktor Long, Integrated Suppliers Company, Xuangdong.

„Und? Haben sie geliefert?“

„Bis jetzt nicht.“

„Scheißkerle!“ Wincent zerknüllte das Fax und warf es zornig in den Mülleimer. „Ich tippe auf die Chinesen. Sie sind es, die uns sabotieren. Wir werden ihnen die Hölle heiß machen.“

„Aber wir haben keine Beweise.“

„Die werden wir bekommen. Verlassen Sie sich darauf. Solange werden wir aber nicht warten. Morgen fliege ich nach Washington und Sie versuchen eine Rakete zusammenzubekommen, mit der wir starten können. Egal wie.“

Für Wincent war das Gespräch beendet und Gordon war froh mit heiler Haut aus dem Büro zu kommen. Noch im Fahrstuhl rief er Mirjam an. Sie musste ihn aufmuntern. Sie könnten die Mittagspause in dem Appartement verbringen, das er in der Nähe angemietet hatte. Es ermöglichte ihm häufigere Treffen mit Mirjam und ersparte ihm die lästigen Heimfahrten. Auf seine quengelige Frau konnte er gut verzichten. Immer häufiger dachte er an Scheidung. Amanda war eigentlich unnütz. Sie verbrauchte nur sein Geld.

„Termin mit Anwalt machen“, notierte Gordon sich auf seiner to-do-Liste.

33. Darmstadt

Bereits bevor die Besucher anklopften, wusste Anne, wer vor der Tür stand. Dieses dröhnende Lachen konnte nur einem gehören: General Kowalev.

So war es dann auch. In Begleitung von Dr. Bardouin betrat er den Raum. Zu Annes Überraschung war auch Elena dabei.

„Guten Morgen, schöne Frau. Ich freue mich sehr Sie wiederzusehen", tönte Kowalev laut. Er hatte unzweifelhaft seine eigene Art.

Die Tür war offen und alle im Gang und den benachbarten Räumen hatten gehört, wie Kowalev Anne begrüßte. Anne mochte ihn trotzdem - oder vielleicht sogar, weil er so unkonventionell war. Sie erwiderte seinen kräftigen Händedruck.

„Ich nehme an, es stört Sie nicht, dass ich Elena mitgebracht habe?" Kowalev Schmunzeln verriet, dass er diese Frage nicht ernst meinte.

„Im Gegenteil. Ich freue mich sehr." Anne nahm Elena kurz in den Arm.

„Natürlich wollte ich mir auch Ihre Forschungsarbeit ansehen. Erklären Sie mir, was Sie tun?"

Ohne auf Annes Aufforderung zu warten, ging Kowalev langsam entlang der Spirale, immer darauf bedacht nicht auf die unzähligen Fotos zu treten. Anne erklärte alles ausführlich und Kowalev entpuppte sich als aufmerksamer und intelligenter Zuhörer. Seine Zwischenfragen zeugten von hohem wissenschaftlichem Sachverstand.

„Ich bin beeindruckt, was Sie aus diesem spärlichen Material herausgeholt haben."

Sie waren am Endpunkt angelangt. Jetzt sollten eigentlich die Bilder der Schraube kommen, die natürlich fehlten, weil jederzeit uneingeweihte Besucher in den Raum kommen konnten.

Dr. Bardouin schloss die Tür und Kowalev bewies, dass er auch leise sprechen konnte.

„Ich habe etwas für Sie, das sie bestimmt interessieren wird." Kowalev reichte Anne eine große Papprolle, wie man sie als

Verpackung für wertvolle Poster verwendete. Elena trug noch drei weitere unter ihrem Arm.

Neugierig nahm Anne die Rolle entgegen und öffnete den Deckel. Sie zog den Inhalt heraus, ein Foto, groß wie ein Poster.

„Nein! Das gibt es doch nicht. Unglaublich!", staunte Anne. Hastig entrollte sie das Bild auf dem Boden und beschwerte die Ecken. Jetzt konnte sie es in Ruhe ansehen. Da lag die Schraube - in einer Größe von fast einem Meter und in erstaunlicher Schärfe und Detaillierung.

„Wie haben Sie das gemacht? Es gibt doch nur dieses Video in besserer Internetqualität."

„Wir haben so unsere Möglichkeiten", tat Kowalev geheimnisvoll. „Erklären Sie es, Elena."

„Wir haben die kurze Videosequenz in über hundert Einzelbilder aufgeteilt. Aus jedem können wir Details herausfiltern. Wenn wir die zusammensetzen oder aus mehreren Teilen hochrechnen, ergibt sich ein Gesamtbild."

Anne war immer noch fassungslos.

„Mit der besten Bildbearbeitungssoftware und fast hundertjähriger Erfahrung in der Auswertung von Spionagefotos lässt sich einiges anstellen", ergänzte Kowalev. „Wir haben einige Künstler auf diesem Gebiet."

„Dann richten Sie diesen Künstlern aus, dass ich sie ehrlich bewundere."

„Wird gemacht. Natürlich ist dieses Bild nicht nur dazu da, um Sie zu begeistern. Ich habe eine Aufgabe für Sie, die Sie mit Ihrer Kunst lösen sollen."

„Und die wäre?" Anne war neugierig.

„Finden Sie heraus, wo der Ursprung der Schraube ist. Sie ist von irgendwo her an diese Stelle geflogen. Berechnen Sie den Ausgangspunkt. Elena wird sie dabei nach Kräften unterstützen. Sie ist ebenfalls eine hervorragende Mathematikerin."

Kowalev fragte nicht, ob Anne sich das zutraute. Das war für ihn selbstverständlich.

Anne bekam feuchte Hände. Sie spürte, wie sich eine innere Erregung in ihr ausbreitete. Am liebsten würde sie sofort anfangen. Das war eine Aufgabe ganz nach ihrem Geschmack.

Kowalev merkte, dass Anne nur noch Augen für das riesige Foto hatte.

„So habe ich mir Ihre Reaktion vorgestellt.“ Jetzt dröhnte er wieder. „Aber zuerst nehmen wir uns ein bisschen Zeit zum Erzählen. Es hat sich viel getan und Sie sollten es auch wissen.“

Anne rollte das Foto wieder ein und verstaute es sorgfältig in der Röhre. Zusammen mit den anderen verschlossen sie die Rollen in Dr. Bardouins Büro. Dann machten Sie sich auf den Weg, um Olaf abzuholen. Kowalev schlug vor, in ein abgelegenes Restaurant zu gehen.

„Ich vermute, dass Sie hier keine abhörsicheren Räume haben.“

„Das ist das Letzte, worauf wir eingerichtet sind“, gab Dr. Bardouin zu.

„Wir müssen immer davon ausgehen, dass die Wände Ohren haben.“

„Und unsere Handys mithören“, ergänzte Anne.

Kowalev lachte wieder. „Ich sehe, Sie haben schnell gelernt.“

Außerhalb von Darmstadt gab es zahlreiche Ausflugslokale, die um diese Zeit sie so gut wie nicht frequentiert waren. Sie entschieden sich für das „Einsiedel“ und setzten sich in eine Nische um einen runden Tisch. Außer dem Wirt und einer Kellnerin waren sie allein. Die Handys lagen in ihren Autos. Einen Moment lang überkam Anne ein eigenartiges Gefühl. Es war ungewohnt, für einen Anrufer nicht erreichbar zu sein, aber die vielen Fragen von Elena brachten sie schnell auf andere Gedanken. Die erste halbe Stunde verging mit einem belanglosen Austausch über die Arbeit, den Flug und den Alltag. Olaf war dankbar, dass es heute keinen Begrüßungswodka gab. Endlich forderte Dr. Bardouin General Kowalev auf zu erzählen.

„Es ist eine Menge geschehen“, begann Kowalev, „aber wahrscheinlich haben Sie nichts davon bemerkt.“

Hatten sie nicht. Die Welt war eigentlich so wie immer.

„Ich vermute, dass sich das bald ändern wird - aber der Reihe nach: Die Amerikaner haben enorme Problem mit ihrem

Raketenprogramm. So wie wir das sehen, haben die Chinesen sehr erfolgreich strategische Stellen sabotiert. Intern haben sie jegliche Termine für den Start einer neuen Mond-Mission gestrichen. Die Öffentlichkeit weiß davon nichts, weil sie ihre Schlappe geheim halten wollen.

Vor drei Wochen ist der Direktor der NASA, Richard Wincent, nach Washington geflogen, um die Regierung einzuschalten. Damit ist die nächste Stufe der Eskalation erreicht. Bis jetzt hat sich alles im Rahmen der NASA und der Raketenproduktion abgespielt. Nun werden die Kreise weiter gesteckt. Man hat begonnen, gegen die Chinesen vorzugehen."

„Davon merken wir nichts", warf Olaf ein.

„Das ist einerseits beabsichtigt, andererseits liegt es daran, dass die USA weit weg sind. Die Regierung hat noch keine Beweise. Deshalb können sie nicht an die Öffentlichkeit gehen. Aber sie haben angefangen den Chinesen das Leben schwer zu machen. In den Talkshows kommt immer öfter zur Sprache, dass die Chinesen den Amerikanern die Arbeitsplätze wegnehmen. Senatoren rufen dazu, auf keine chinesischen Produkte zu kaufen. Die Zölle für Einfuhren aus China sind erhöht worden, usw. In Europa bekommt man nur wenig davon mit, aber in den USA hat sich das Klima gegenüber allem, was mit China zu tun hat, merklich verschlechtert."

„Eigentlich ist das schon die Vorstufe von Propaganda."

„Genau. Und aus der Geschichte wissen wir, dass es selten dabei geblieben ist."

„Und wie reagieren die Chinesen darauf?"

„Sie protestieren dagegen und verzögern die Lieferung wichtiger Produkte."

„Klingt noch nicht wirklich alarmierend."

„Das ist nur der öffentliche Teil. Hinter den Kulissen geschieht wesentlich mehr. Die Amerikaner sind mit ihrem Raketenprogramm zurzeit in einer Sackgasse, aber das schlimmste ist: Sie wissen nicht, wie weit die Chinesen sind."

„Das wundert mich", meinte Olaf. „Ihr Geheimdienst hat so viel über die Amerikaner herausgefunden. Warum sollte der amerikanische Geheimdienst nicht ebenso viel über die Chinesen herausfinden? Ein Raketenprogramm entwickelt man schließlich nicht unbeobachtet in einer Garage."

„Da haben Sie Recht, aber Sie dürfen die Möglichkeiten der Chinesen nicht unterschätzen und erst recht nicht deren Radikalität. China ist riesig. Es hat fast zehn Millionen Quadratkilometer. Wenn man davon ein paar hundert absperrt, fällt das kaum ins Gewicht. Sie haben um Jiuquan, ihr Zentrum für die bemannte Raumfahrt, eine Sperrzone mit einem Radius von zweihundert Kilometern eingerichtet. Dort kommt keine Maus mehr unbeobachtet hinein oder heraus. Die gesamte Gansu-Provinz ist für Ausländer tabu. Es dringt nichts nach außen, was da drinnen vorgeht."

„Internet, Handy, Satellitentelefon. Ein Geheimdienst müsste doch Möglichkeiten haben, Informationen herauszubringen", sagte Olaf.

„In Deutschland wäre so eine Abschottung tatsächlich nicht möglich, aber in China ticken die Uhren anders. Die Regierung hat das Internet schneller abgeklemmt, wie Sie hier einen neuen Anschluss von der Telekom erhalten. Und wo keine Empfangsstationen sind, nützt ihnen kein Handy etwas. Satellitentelefone sind empfindlich Geräte, die man mit geringem Aufwand durch einen Störsender nutzlos machen kann. Wenn man es klug anstellt - und die Chinesen sind klug - kann man dafür sorgen, dass kein Blatt Papier die Sperrzone verlässt. Warentransport findet nur in die eine Richtung statt. Alles, was drin ist, bleibt drin. Fällt Ihnen sonst noch etwas ein?"

Kowalev sah Olaf herausfordernd an.

„Sicher", sagte Olaf. „Was ist mit Spionagesatelliten? Darin sind die Amerikaner doch ganz groß. Allein die Aufnahmen, die man als Normalbürger zu sehen bekommt, sind unfassbar. Man erkennt die Autos auf den Straßen."

Kowalev schmunzelte. „Ich wäre schwer enttäuscht gewesen, wenn Sie das jetzt nicht erwähnt hätten. Schon vor Jahren haben die Chinesen die Technologie entwickelt, diese Satelliten mit Laserstrahlen zu blenden. Es gab Protestnoten der Amerikaner, sonst nichts. Nach diesem Test hatten die Chinesen genug Zeit, ihre Laser zu verstärken. In der letzten Woche haben sie den ersten Spionagesatelliten der Amerikaner so geblendet, dass er im Grunde nur noch Schrott ist."

„Davon haben wir nichts mitbekommen."

„Das hängen die Amis auch nicht an die große Glocke. Für sie ist das eine schwere Niederlage und sie haben Angst, dass ihre Autorität in der Welt noch mehr Schaden nimmt, wenn das bekannt wird. Aber sie werden es sicher nicht auf sich beruhen lassen."

„Es zieht tatsächlich immer weitere Kreise", stellte Anne fest. „Wie Sie vorausgesagt haben. Und was wird als Nächstes kommen?"

„Ich bin kein Prophet."

„Aber sie haben eine Vermutung."

„Ja. Die Amerikaner werden einerseits versuchen, die Chinesen wirtschaftlich zu treffen und andererseits werden sie das Raumfahrtprogramm der Chinesen stören wollen. Und sie werden unter der Hand versuchen, Verbündete zu finden. Das wird aber nicht einfach, weil es sich keiner mit den Chinesen verderben will."

Dr. Bardouin hatte bis jetzt still zugehört. „Und was können wir tun?"

„Das, lieber Louis, werden wir gleich besprechen. Jetzt brauche ich doch einen Wodka, um die Stimme zu ölen."

Kowalev genoss seine 100-Gramm-Portion, während die anderen an ihren Softgetränken nippten und die neuen Informationen verdauten.

Mit einem herzhaften „Das tat gut", zeigte Kowalev an, dass es weitergehen konnte. „Also - wir müssen weiter beobachten und uns andererseits selbst auf alle Eventualitäten vorbereiten."

Anne und Olaf konnten sich nicht vorstellen, was sie dabei für eine Rolle spielen sollten, aber das sollte sich gleich ändern.

„Wir beobachten weiter wie bisher und Sie", Kowalev sah Olaf an, „könnten Ihren Bruder in Genf besuchen."

Olafs Mundwinkel sackten nach unten. „Was soll ich in Genf? Und was wissen Sie über meinen Bruder?"

„Jede Menge. Aber das Wichtigste ist, dass er bei CERN arbeitet, der Geburtsstätte des Internet - wenigstens des Teils, den die meisten als Internet bezeichnen."

„Sie haben uns ausgeforscht?", fuhr Anne erregt dazwischen. „So habe ich mir das nicht vorgestellt. Ich dachte, wir sind Partner."

Anne war in ihrem Ärger so laut geworden, dass man sie im ganzen Raum hören konnte. Der Wirt zog sich unauffällig in die Küche zurück und die Kellnerin polierte fleißig Gläser, die schon blank waren.

Dr. Bardouin versuchte Anne zu beschwichtigen, aber die wollte sich nicht beruhigen. Sie fand Kowalevs Vorgehen unerhört und wollte das auch zeigen.

„Lassen Sie sie", meinte Kowalev. „Sie darf sich gerne aufregen - aber eine Frage muss Sie mir gestatten."

Anne sah ihn böse an: „Welche?"

„Was habe ich anders gemacht als Sie selbst?"

„Ich verstehe nicht, was Sie meinen", sagte Anne, aber plötzlich verstand sie doch.

„Ich meine die Erkundigungen, die Sie über Timothy Balton eingeholt haben. Das haben Sie doch getan - warum?"

Anne suchte nach Worten. Kowalev, der Fuchs, hatte sie auf dem falschen Fuß erwischt und machte sich daran, sie mit ihren eigenen Waffen zu schlagen.

Bevor Anne antworten konnte, machte Kowalev weiter: „Lassen Sie mich die Antwort geben: Sie wollten wissen, ob Sie ihm trauen können. Sie fanden es nicht ausreichend, ihn selbst zu fragen. Liege ich da richtig?"

Alle sahen Anne fragend an. Davon hatten sie nichts gewusst. Jetzt war sie plötzlich in der Ecke, in der sie eigentlich Kowalev haben wollte. Hätte sie doch niemals diese Anfrage gestartet. Jetzt war alles Leugnen zwecklos. „Richtig!", gab Anne zu.

„Sie brauchen sich deshalb nicht zu schämen, aber verurteilen Sie mich nicht für etwas, das Sie selbst für richtig gehalten haben. Eines würde ich noch gerne wissen: Ich vermute, Sie wollen es ihm nicht sagen, oder?"

Anne staunte, wie sehr Kowalev sie durchschaute. „Nein, ich wollte es ihm nicht sagen."

„Sehen Sie. Und ich sage Ihnen offen, dass ich mich erkundigt habe. Ist das kein Zeichen von Vertrauen? Ich hätte es nicht sagen müssen."

Anne fühlte sich immer noch nicht wohl bei dem Gedanken ausgekundschaftet worden zu sein, aber widersprechen konnte sie Kowalev nicht. „Warum haben Sie das gemacht? Wir sind doch harmlos?"

Die Atmosphäre hatte sich merklich entspannt, sodass Kowalev ihr schmunzelnd antworten konnte: „Sie sind keinesfalls so harmlos, wie Sie glauben, aber das werden Sie später selbst sehen." Kowalev wurde sofort wieder ernst. „Ich gebe in dieser Runde Informationen weiter, die der Geheimhaltung unterliegen. Da ist es meine Pflicht genau zu wissen, wer das hört. Außerdem - wenn wir ein Team sind, muss klar sein, was jeder beitragen kann. Wir werden nur Erfolg haben, wenn jeder das Optimale einbringt. Das dürfte Ihnen aus anderen Bereichen bekannt sein. In unserem Fall ist es um so wichtiger, denn die anderen Parteien in dieser Auseinandersetzung sind uns personell und finanziell weit überlegen."

Olaf konnte schneller wieder auf die sachliche Seite wechseln, da er nicht so betroffen war wie Anne. Außerdem war er neugierig, was sein Bruder für eine Rolle spielen sollte. „Also gut. Was soll ich in Genf tun?"

„Sie haben schon bemerkt, dass diese Auseinandersetzung - man könnte fast schon sagen, dieser Krieg - bisher ausschließlich verdeckt geführt wurde, das heißt: über das Internet. Das wird sich noch verstärken. Eine gut ausgerüstete Truppe von Programmierern kann größeren Schaden anrichten als eine kleine Armee. Bei Ihrem Bruder haben Sie die Möglichkeiten diese Entwicklung zu beobachten. Weihen Sie ihn ein. Mit ein paar Stichworten wird er schnell wissen, wonach er zu suchen hat."

„In Ordnung. Wird gemacht."

„Frau Winkler hat ihre Aufgabe schon. Mit der Unterstützung von Elena werden sie die Grundlagen herausarbeiten, damit wir auf dem Mond Erfolg haben."

„Auf dem Mond Erfolg haben?“, echote Anne. „Ich denke, mit unseren Mitteln sind wir meilenweit davon entfernt.“

„Noch, aber das wird sich ändern. Wir werden uns nicht auf das Zuschauen beschränken.“

„Unsere Zusammenarbeit entwickelt sich sehr positiv“, schaltete sich Dr. Bardouin ein. „Auf der Basis des Sojus-Raumschiffs werden wir das Crew Space Transportation System entwickeln. Das CSTS wird uns Operationen bis hin zum Mond ermöglichen. Ob wir damit hinter den anderen hinterherhinken, muss sich erst noch herausstellen.“

„Dazu haben Sie sicher auch schon einen Plan?“, wandte Olaf sich fragend an Kowalev.

Der lächelte vielsagend zurück. „Wir haben in Russland einen Nationalsport: Schach. Dort lernen schon die Kinder, dass man viele Züge vorausberechnen muss. Wer das beherrscht, kann auch mit schlechteren Figuren gewinnen.“

„Und Sie waren sicher gut.“

„Die eine oder andere Meisterschaft konnte ich für mich entscheiden. Wenn Sie mich das nächste Mal besuchen, kann ich Ihnen eine Auswahl meiner Pokale zeigen.“

Anne war immer wieder erstaunt, mit welcher Leichtigkeit Kowalev zwischen strategischen Überlegungen, lautstarkem Lachen, psychologischen Schachzügen und netter Unterhaltung wechseln konnte. Und sie war überzeugt, noch längst nicht alles entdeckt zu haben.

34. Genf, Schweiz

Eine Woche später fuhren Anne und Elena mit Olaf Richtung Süden. Olaf wählte streckenweise die Route am Rhein entlang, um Elena einen Eindruck von Deutschland zu geben. Elena hatte noch keine Gelegenheit zu Auslandsreisen gehabt und war begeistert. Morgens noch in der Rhein-Main-Ebene, nachmittags im Rheintal und abends das Alpenpanorama. Die weißen Gipfel des Mont-Blanc-Massivs glühten in der Abendsonne und zauberten eine Postkartenlandschaft herbei. Selbst Anne konnte für einen Moment die Gründe für ihren Besuch bei Olafs Bruder vergessen.

Der Frieden, den die Landschaft ausstrahlte, tat gut - aber er stand in krassem Gegensatz zu der Realität, die sich im Verborgenen anbahnte. Unbemerkt von den meisten Menschen war die Keimzelle für einen Krieg gelegt. Noch beschränkte er sich auf wenige Bereiche des Internet, aber die Keimzelle wuchs und würde sich weiter ausbreiten. Deshalb waren sie hier, wo das Internet in seiner bekannten Form des www seinen Anfang genommen hatte, in den Laboren von CERN.

Unter der Postkartenidylle, eingegraben in die Erde, befand sich das größte wissenschaftliche Experiment der Menschheit und gleichzeitig die größte technische Installation, die Menschen bisher gebaut hatten. Der Teilchenbeschleuniger LHC sollte mit seinem 27 Kilometer umfassenden Ring und seinen riesigen Energien der Materie die letzten Geheimnisse entreißen. Die beteiligten Nationen investierten Milliarden von Euro in diese Forschung und hatten naturgemäß wenig Interesse, dass sich jemand kostenlos an den Ergebnissen bediente. In diesem Umfeld musste man mit hochqualifizierten Computerattacken rechnen. Das zu verhindern, war die Aufgabe von Tobias Bürki, Olafs Bruder. Er war Spezialist für Netzwerksicherheit und kannte die Eingeweide des Internet, von denen andere nichtmals etwas ahnten.

Tobias saß auf der Terrasse seines Chalets in einem Vorort von Genf, genoss die letzten Strahlen der Sonne und wartete auf Olaf und seine Begleiterinnen.

„Dein Bruder sieht aber gut aus", stellte Elena fest, als Tobias ihnen zur Begrüßung entgegenkam.

Nur wenig jünger als Olaf, dachte Anne. *Tobias strahlt Ruhe und Gelassenheit aus.*

Mit wenigen Sätzen, um sie willkommen zu heißen, erwies Tobias sich als äußerst sympathisch. Die erste Stunde verbrachten sie auf der Terrasse, tranken Wein und plauderten.

Nach einiger Zeit schwenkte das Gespräch ganz von allein zu dem Thema, weshalb sie hier waren. Abwechselnd erzählten Anne und Olaf von ihren Erlebnissen.

Tobias gab nicht wenige Kommentare zu dem ab, was der russische Geheimdienst über die Software-Angriffe der Chinesen auf die amerikanische Raketenproduktion herausgefunden hatte. „Ich habe geahnt, dass es einmal so weit kommen wird. Es wäre zu schön gewesen, wenn das Internet frei und friedlich geblieben wäre, aber das ist eine Illusion. Jetzt ist es also so weit, die ersten Anzeichen eines Cyberkriegs ziehen herauf."

„Du wunderst dich nicht?", fragte Anne.

„Nur über den Anlass. Die Schraube auf dem Mond ist schon etwas Außergewöhnliches, aber auch ohne Schraube würde es zu diesem Krieg kommen. Früher oder später gäbe es einen anderen Anlass. Sobald etwas entsteht, das Macht und Einfluss bedeutet, wird es Menschen geben, die es ohne Skrupel für ihre Interessen einsetzen - und das Internet ist mächtiger als viele glauben. Kommt mit, ich zeige euch etwas!"

Eine Treppe führte in den Keller und gleichzeitig in eine andere Welt. Oben war alles geprägt von warmem Holz und wohnlicher Atmosphäre. Unten hatte man den Eindruck als würde man die Steuerzentrale eines Raumschiffs betreten. Alles war vollgestopft mit Rechnern und Monitoren. Unzählige Kabel waren mühsam zu Bündeln zusammengefasst und durchzogen den Raum. Am auffälligsten war der große Bildschirm an der Stirnseite. Natürlich war er nicht so groß wie die Wandbildschirme der ESA, aber in diesem begrenzten Raum wirkte er imposant.

„Meine persönliche Steuerzentrale", erklärte Tobias. „Das Internet ist meine Leidenschaft. Deshalb habe ich auch den Job bei CERN angenommen, wo es geboren wurde."

Tobias tippte etwas auf die Tastatur und es erschien eine Weltkarte, auf der alle Länder in ihren Umrissen zu erkennen waren. Nach weiteren Eingaben erschienen Linien, die sich kreuz und quer über die Karte zogen. Einige waren dick und durchzogen vor allem die Ozeane. In den USA, Europa und Japan gab es unzählbar viele dünne. Es waren so viele, dass man die Lücken dazwischen kaum noch erkennen konnte.

„Das sind die wesentlichen Kabel, über die der Internetverkehr abgewickelt wird", sagte Tobias. „Die unterschiedliche Dicke entspricht der Kapazität der jeweiligen Leitungen."

„Und die Satelliten?", wollte Anne wissen.

„Die kann man auch einblenden." Tobias tippte etwas und auf dem Bildschirm erschienen gestrichelte Linien. „Aber darüber läuft weniger, als man gewöhnlich meint. Deshalb blende ich sie meistens aus." Tobias ließ sie wieder verschwinden.

„Sehr beeindruckend. Aber wozu ist das jetzt gut? Die Leitungen selbst sagen nichts über das, was darauf passiert. Außerdem ist es doch wohl so, dass Nachrichten in viele Teile aufgeteilt werden und jedes Stück über andere Kanäle ans Ziel geraten kann."

Zwischenzeitlich hatte sich Anne einiges Basis-Wissen über Internet-Technologie angeeignet, um nicht irgendwann als Depp dazustehen, wenn die Sprache darauf kam.

„Vollkommen richtig. Die Leitungen anzusehen bringt gar nichts. Täglich laufen Billionen Informationspakete über alle Kanäle. Aber wenn man weiß, wonach man sucht, kann man eine Menge herausfinden."

„Zum Beispiel?"

„Als Olaf mir am Telefon angedeutet hat, was zwischen China und USA läuft, habe ich angefangen zu suchen. Anfangs ist es wie die Stecknadel im Heuhaufen. Aber ich wusste, was das Ziel war und wo ich nach dem Ausgangspunkt suchen musste."

Tobias drückte eine Taste und zwei Kreise umgaben jeweils einen Ort in den USA und in China. Mit der Maus markierte er den chinesischen Kreis, der daraufhin zu wachsen begann. Anne kannte diesen Effekt aus Google-Earth. Dort konnte man aus der Weltraumperspektive einen Ort markieren und immer näher heranzoomen. Die Länder auf dem Bildschirm wichen beiseite, um dem stetig größer werdenden Kreis Platz zu machen. Jetzt war deutlich zu erkennen, dass der Kreis Beijing umschloss, die Hauptstadt Chinas.

Tobias zoomte weiter und legte einen Stadtplan auf den Bildschirm. Viele Stellen darauf waren dunkel. Hier wurde nur wenig Internetverkehr erzeugt. Einige strahlten um so heller. Da war eine Menge los.

„Wenn man jetzt die Adressen der bekannten Software-Firmen herausfiltert, bei denen das Internet zum Geschäft gehört, wird es schon wesentlich übersichtlicher." Nach einem Befehl von Tobias blieben nur wenige Punkte übrig. Einer strahlte besonders hell.

„Ich habe auf dem Stadtplan nachgesehen. Hier gibt es weder eine Firma, noch eine Universität oder ein großes Internetcafé. Es ist eine unscheinbare Adresse, aber wie ihr selbst seht: Sie ist nur äußerlich unscheinbar. Im Verborgenen geht hier die Post ab, wie man so schön sagt."

Anne und Elena waren ehrlich beeindruckt.

„Es wird noch interessanter. Was ich euch gezeigt habe, ist nicht der aktuelle Stand. Jetzt sieht es so aus."

In China wurde es merklich dunkler. Einige Verbindungen mit hoher Kapazität waren sogar ganz verschwunden.

„Nicht zu fassen", stellte Olaf fest. „Das sieht so aus, als ob jemand den Saft abgedreht hätte."

„So ungefähr."

„Und wie geht so etwas?"

„Hier sind zwei Dinge passiert: Die Amerikaner haben großen Einfluss auf die Organisation, die die Internetadressen verwaltet. Das sind die Server, auf denen die Länderadressen hinterlegt sind. Man kann hier chinesische Adressen löschen oder die Anfragen von chinesischen Rechnern blockieren."

„Aber so kann man das Internet nicht ausschalten."

„Natürlich nicht. Aber wenn man statt der richtigen Informationen falsche verteilt, kommt eine Menge durcheinander. Vieles wird einfach im Nirwana verschwinden - und wenn nicht die kompletten Nachrichten verloren gehen, so doch viel Zeit. Das ist ja nicht alles. Gleichzeitig sind wichtige Leitungen ausgefallen - auf Grund technischer Probleme, wie es offiziell heißt."

„Zusammen mit dem Adressenproblem läuft jetzt kaum noch etwas. Wie hoch schätzt du den wirtschaftlichen Schaden ein?"

„Heute wird vieles über Internet abgewickelt, speziell im Outsourcing-Geschäft. Da können schnell ein paar Milliarden Dollar zusammenkommen."

„Das tut richtig weh. Ich glaube kaum, dass sich die Chinesen das gefallen lassen."

„Mit Sicherheit nicht. Wir werden in den nächsten Tagen einiges zu sehen bekommen. Und das wird nicht mehr im Verborgenen bleiben."

Inzwischen war es weit nach Mitternacht. Neues gab es nicht mehr zu sehen, also wollte Tobias Schluss machen. Er erklärte Anne und Elena, wie sie sein Equipment für ihre Berechnungen nutzen konnten, ohne Schaden in seinen Programmen anzurichten. Er war morgen im CERN unabkömmlich und Olaf wollte unterwegs sein, um Kontakte zu pflegen.

35. Detroit, USA

Wildes Hupen auf dem Hof riss Brandon aus seinem Lieblingstraum. Gerade erst war er eingenickt und hatte sich auf einem Palmenstrand in Florida wiedergefunden. Eigentlich träumte er immer von diesem Strand, egal ob er schlief oder wach war. Dort hatte er einmal mit seiner Frau Joanne seinen Ruhestand im Rentnerparadies verbringen wollen. Jetzt holte ihn der Krach in die armselige Realität ihres Hinterhofs zurück.

Früher, dachte er bitter, *da hätte mein Traum Realität werden können.*

Brandon hatte einen guten Job bei General Motors gehabt. Mit dem Niedergang der amerikanischen Automarken war auch sein Job bei GM wegrationalisiert worden. Man musste sparen. Zu einer anderen Autofirma konnte er nicht gehen. Ford oder Chrysler ging es wie GM. Die Konkurrenz der Japaner, Koreaner und Deutschen war einfach zu hart. Wo immer möglich, verlagerten auch die amerikanischen Firmen die Produktion von Vorprodukten ins billige Asien.

Ein wunderschönes Häuschen hatten sie gehabt, bis die Immobilienblase geplatzt und die Hypotheken unbezahlbar geworden waren. Er hatte Jobs gefunden, weil er bereit gewesen war, alles zu machen, aber selbst in der Zeit, als er zwei Jobs gleichzeitig hatte, war nur Geld für das Nötigste da. Viele Alternativen gab es nicht. Seine Familie war seit Generationen eine „Auto-Familie“. Schon sein Großvater hatte bei GM gearbeitet. Etwas anderes kannte Brandon nicht. Und seine Kollegen, mit denen er abends in der Kneipe saß, konnten ihm auch nicht helfen. Ihnen ging es genauso.

Am häufigsten traf er Josh. Sie hatten viele Jahre zusammen an der gleichen Produktionslinie gearbeitet. Josh war immer der kreativere gewesen. Ihm war auch die Idee gekommen, zuerst nur als Phantasie zwischen dem fünften oder sechsten Bier. Sie hatten sich die Köpfe heiß geredet, bis Josh schließlich gefragt hatte: „Warum nicht?“

Brandon waren viele Gründe eingefallen: kein Kapital, keine Räume, keine Kunden. Aber Josh hatte nur geantwortet: „Hey,

Mann. Wir leben im Land der Pioniere. Lass es uns versuchen! Oder willst du den Rest deines Lebens Burger braten?"

Das wollte Brandon nicht. Also hatten sie es versucht. Jeder von ihnen besaß einen Berg Werkzeug. Brachliegende Hinterhöfe mit Garagen gab es ohne Ende in Detroit. Josh, der besser reden konnte, besorgte sogar einen Hof, den sie allein gegen das Versprechen einer zukünftigen Gewinnbeteiligung nutzen durften. Während sich Josh um den Hinterhof kümmerte, besorgte Brandon von einem Kumpel einen schrottreifen Pritschenwagen. Selbst für Brandon war es eine Herausforderung, ihn wieder flottzukriegen, aber in dieser Beziehung war er das Genie. Nach zwei Wochen harter Arbeit war es geschafft. Stolz fuhr er das Gefährt in den Hof und gemeinsam malten sie es an: „Josh & Brandon - Auto-restauration" stand in roten Lettern auf gelbem Grund.

Jetzt konnten sie anfangen. Tagelang klapperten Josh und Brandon alle bekannten Schrottplätze und Autohöfe ab, um etwas Verwertbares zu finden, das man restaurieren und wieder verkaufen konnte. Nach fünfzehn Tagen Suche war ihre Euphorie mächtig geschrumpft. Brandon würde nie den Tag vergessen, als sie in die Einfahrt eines verheißungsvollen Hofs einbiegen wollten - und ihnen ein dunkelgrüner Pritschenwagen entgegenkam.

„Hey, ihr Penner", hatte der Fahrer gejohlt. „Wenn ihr was werden wollt, müsst ihr früher aufstehen." Er hatte sie frech angegrinst und war mit einem quäkenden Hupen verschwunden.

Im Laufe der Zeit trieben sie das eine oder andere Stück auf, aber Brandon hatte den Eindruck, dass es immer nur der schäbige Rest war, den andere nicht wollten. Diese Schrottkisten wieder zum Fahren zu bringen, bedeutete endlose Arbeit. Und gekauft wurden sie nur von Leuten, die selbst zu wenig hatten, um sich ein vernünftiges Auto kaufen zu können. Entsprechend waren die Preise, die sie erzielten. Joanne fing immer öfter davon an, dass er wieder etwas anderes machen sollte. Sie hatte die Nase voll von den Leuten, die mit Autos vorfuhren, auf denen in greller Schrift „Inkasso" stand.

Brandon wischte seine trüben Gedanken beiseite. Josh hupte immer noch. Dann musste es wirklich wichtig sein. Eilig ging er zur Tür, die direkt auf den Hof führte. Was er sah, verschlug ihm den Atem. Auf seiner Pritsche hatte Josh einen 1952er Cadillac Convertible! Das war eine echte Rarität. Trotzdem wusste er nicht, ob er vor Freude jubeln oder vor Schreck einen Herzanfall bekommen sollte. Es war ein 1952er Cadillac - aber das erkannten nur Experten wie er. Die Räder waren auf der Rückbank aufgestapelt, die Stoßstangen lagen auf den Vordersitzen und ragten aus den Seitenfenstern. Vorne am rechten Kotflügel war eindeutig ein Hufabdruck zu erkennen.

Hoffentlich hat nicht noch eine Kuh auf den Fahrersitz geschissen, durchfuhr es Brandon.

„Wo hast du denn den aufgegabelt?“, rief er zu Josh herüber, der endlich mit der Huperei aufgehört hatte.

„Habe ich auf einer Farm gefunden, 100 Meilen südwestlich von hier. Super, was?“

Dazu wollte Brandon nichts sagen. „Wie bist du daran gekommen? Und was hast du für diesen Haufen Schrott bezahlt? Hoffentlich nicht schon wieder eine Gewinnbeteiligung - dann bleibt nichts mehr für uns.“

Du siehst alles so negativ. Denk positiv! Ich habe den Tipp von einem Tramper, den ich unterwegs mitgenommen habe. Und dem Farmer habe ich zum Dank seinen Traktor repariert. Der hatte keine Ahnung, was er für ein Schätzchen im Stall hatte.“

Brandon zweifelte, ob er jetzt schon wieder Hoffnung schöpfen sollte. „Schätzchen ist gut. Wenn ich mir das Blechteil ansehe, frage ich mich, ob neu bauen nicht einfacher wäre.“

„Ach, das schaffst du schon. Du bist doch ein Genie. Glaub mir, dieses Mal machen wir das große Geld.“

„Das habe ich schon ziemlich oft gehört und bin immer noch arm. Wo willst du denn einen Typ finden, der das große Geld lockermacht?“

„Da hab ich auch schon eine Idee: ebay!“

„ebay?“, meinte Brandon gedehnt. Er hatte schon davon gehört. Irgend so ein Internet-Kram. Das war nicht seine Welt. Er brauchte Werkzeug in der Hand. Eine Tastatur war ihm ein Gräuel. „Seit wann hast du Internet?“

„Ich nicht, aber mein Schwager. Der hat das schon öfter gemacht. Da kannst du alles loswerden - und unser Schätzchen erst recht.“

„Wenn du meinst, dann können wir es versuchen.“

Brandon konnte Joshs Euphorie nicht nachvollziehen, aber der war nicht zu bremsen. Außerdem hatten sie sowieso nichts anderes zu tun.

„Los, fass mit an und hilf mir, die Kiste von der Pritsche zu holen.“

Brandon kletterte hoch und betastete den Wagen. Das tat gut. Seine Finger fuhren über die Beulen und Risse. Sie strichen sanft über den alten Lack. Er brauchte Blech unter den Händen. Auf einmal wusste er: *Ich werde aus diesem Blech etwas machen. Ich werde diesen Haufen Schrott zu neuem Leben erwecken.*

„Hey Josh! Warum sitzt du immer noch hinter diesem verdammten Lenkrad. Komm hierhin - oder muss ich dich zu deinem Glück tragen? Ich will anfangen.“

„Endlich bist du wieder der Alte.“

Josh kletterte aus dem Fahrerhaus und stieg zu Brandon auf die Pritsche.

Von diesem Tag an war Brandon nur noch in der Werkstatt zu finden. Er klopfte und hämmerte unentwegt. Oft gelang es Joanne nicht, ihren Mann zum Essen ins Haus zu bewegen. Also versorgte sie ihn mit Broten, Burgern und Hot Dogs. Sie zweifelte daran, dass er überhaupt wahrnahm, was er aß. Josh wurde ständig von Brandon hierhin und dorthin geschickt, um mal wieder ein unbedingt benötigtes Teil zu besorgen.

Es dauerte Wochen, bis man erste Erfolge sehen konnte. Die gröbsten Beulen waren beseitigt. Neue Bleche verdeckten die Löcher und der Wagen stand wieder auf seinen eigenen vier Rädern. Nach weiteren zwei Wochen gab der Motor seinen ersten Ton von sich. Joanne und Josh hörten nur ein heiseres

Klackern, aber Brandon war begeistert. Endlich waren die groben Arbeiten erledigt, aber der Wagen sah irgendwie nackt aus. Die Farbe fehlte und der Chrom war nur zu erahnen.

Was eine Leinwand für einen Maler war, war das Blech für Brandon. Wie ein Künstler trug er Schicht um Schicht Farbe auf bis zur endgültigen Lackierung. Joanne und Josh stellte er an, um den Chrom zu polieren. Immer, wenn sie dachten, sie wären fertig, fand Brandon noch ein Fleckchen, das nicht gut genug war.

Dann war es soweit. Aus dem Haufen Schrott war eine ansehnliche Rarität entstanden. Stolz wie ein König chauffierte Brandon seine Frau und seinen Freund in einer ersten Fahrt um den Block.

Brandon wusste, dass es ihm das Herz brechen würde, diesen Schatz herzugeben, aber es musste sein. Die Schulden wurden mit jedem Tag mehr und manche Ersatzteile hatte Josh nur bekommen, weil er anschreiben ließ. Aber sie alle waren sicher: Für diesen Wagen würden sie gutes Geld bekommen.

Josh hatte alles vorbereitet. Mit einer geliehen Kamera machte er über fünfzig Fotos. Nicht nur für ebay. Mit dem ersten Geld würden sie einige davon vergrößern und in ihrer Werkstatt aufhängen. Josh träumte schon von Werbeplakaten, die er in der ganzen Stadt aufhängen wollte. Aber zuerst mussten sie den Wagen gut verkaufen.

Die Anzeige machten sie gemeinsam. Sie drängten sich in der engen Wohnung um den Bildschirm und jeder wollte seine Ideen loswerden. Als Joshs Schwager den Anfangspreis mit 1 Dollar angeben wollte, wäre Brandon ihm fast an den Hals gesprungen.

„Ein Dollar?“, schrie Brandon. „Du hast sie wohl nicht mehr alle. Mindestens zehntausend.“

Josh hatte alle Mühe Brandon zu überzeugen, dass ein höherer Preis nur mehr Gebühren bedeuten würde.

Nur mit größtem Widerwillen gab Brandon nach. „Wenn der Wagen für einen Dollar weggeht, bringe ich dich um.“

Von diesem Abend an sah Brandon dreimal täglich vorbei, um sich zu vergewissern, dass der Preis kletterte. Er konnte erst wieder schlafen, als sich die Gebote auf 1000 Dollar erhöht hatten. Noch zwei Tage waren es bis zum Auktionsende. Am letzten Tag waren es immer noch 1000 Dollar. Brandon wurde wieder nervös. Es beruhigte ihn nicht, dass Josh ihm erklärte, es wäre häufig so, dass erst gegen Ende der Preis wirklich hochging. Ebay zeigte mehrere Teilnehmer an, die die Auktion bisher nur beobachtet hatten.

Brandon lief wie ein Tiger vor dem Haus auf und ab. Jetzt kam er alle zehn Minuten zum Nachsehen. Erst eine halbe Stunde vor Schluss kam Bewegung in die Sache. Der Preis steigerte sich auf 2000. Eine Viertelstunde vor Schluss stand er schon auf 5000.

„Habe ich es dir nicht gesagt? Wenn mehrere das Gleiche wollen, kann es sehr schnell sehr viel werden“, erklärte Joshs Schwager.

Jetzt standen sie alle wieder um den PC. Alle paar Sekunden drückte Josh auf ‘aktualisieren’. Der Preis erklomm die 10000 und wenige Klicks später sogar die 15000. Brandon bekam nasse Hände. Wenn das stimmte, dann wären sie mit einem Schlag viele Sorgen los. Drei Minuten noch. 18000. 20000. Zwei Minuten. 25000. 30000. Brandon konnte nicht mehr atmen. Auch die anderen waren still geworden.

„Hier sind stinkreiche Oldtimer-Freaks am Werk“, flüsterte Joshs Schwager.

Die letzte halbe Minute.

40000. 45000. 50000.

Sie zählten die Sekunden mit: „Zehn, neun, acht ... drei, zwei, eins.“

Ihre Stimmen wurden mit jeder Zahl lauter. Josh klickte ein letztes Mal auf ‘aktualisieren’.

„Verbindung unterbrochen“.

„Was ist los? Warum kommt nichts?“, wollte Brandon wissen.

Josh hackte wieder und wieder auf die F5-Taste. Nichts tat sich.

„Was soll das?“, brüllte Brandon.

„Weiß ich doch nicht!“, brüllte Josh zurück.

„Mach was!“, schrie Joanne Joshs Schwager an.

„Was denn?“ Am Ende schrieen alle durcheinander. Josh hackte während dessen weiter auf die Tastatur. Nichts. Nichts. Nichts.

„Gong! Gong!“

Der Nachhall der Gongschläge schwebte fast eine Minute lang in dem unscheinbaren Gebäude in Beijing.

36. Genf, Schweiz

„Wo bleibt Olaf bloß?"

Anne lief zum dritten Mal an die Ecke der Veranda, um die Straße überblicken zu können. Heute war Samstag und den wollten sie nach einer Woche voller Arbeit frei machen. Die Morgensonne warf ihre warmen Strahlen durch die klare Luft. Elena lag im Bikini in einem Liegestuhl und eigentlich sollte Anne auf dem freien Platz neben ihr liegen. Die Männer wollten für das Frühstück sorgen. Tobias setzte den Kaffee auf und Olaf war losgefahren, um frische Croissants zu holen.

„Vielleicht steht er beim Bäcker in einer Schlange", meinte Tobias aus der Küche.

„Trotzdem müsste er schon wieder zurück sein." Anne legte sich wieder hin, aber man merkte ihr an, dass sie sich nicht entspannen konnte. Ständig drehte sie sich hierhin und dorthin.

„Vielleicht sind die Croissants alle und er muss warten, bis neue fertig sind."

„Das glaube ich nicht. Er ist schon viel zu lange weg."

„Mach dir keine Sorgen. Olaf ist bisher jedes Mal wieder gekommen."

„Ich mache mir keine Sorgen."

„Lügnerin", flüsterte Elena zu ihr herüber. „Bleib endlich liegen. Olaf mag es bestimmt, wenn du braun bist."

„Was Besseres fällt dir jetzt nicht ein?"

„Samstag morgens an einem sonnigen Tag nicht."

Elena griff das Glas mit dem Orangensaft und nahm einen kräftigen Schluck.

„Männer wollen, dass ihre Frauen schön sind. Dann kommen sie immer zurück. Also."

„Du machst es dir aber einfach."

„Ja und? Genieße es, wenn die Männer das Frühstück machen. Oft genug musst du für sie springen."

„Ich kann jetzt nichts genießen."

„Ihr westlichen Frauen seid so kompliziert."

Damit war für Elena die Sache erledigt. Sie begann, eine neue Lage Sonnenöl aufzulegen.

Endlich fuhr ein Wagen vor das Chalet.

„Siehst du? Alles in Ordnung“, kam es wieder von Elena. „Ich bin entspannt und du bist ein Nervenbündel. Was hast du gewonnen?“

Anne entgegnete nichts. Sie sprang auf und lief zur Tür. „Wo bist du so lange geblieben? Ich habe mir Sorgen ...“ Anne stockte und verbesserte sich: „Ich habe Hunger.“

„Interessant“, war Olafs Kommentar. „Wenn das alles ist ...“ Er drückte Anne die Bäckertüte in die Hand.

Sie fühlte sich noch warm an. Der Duft ließ einem das Wasser im Mund zusammenlaufen, aber Anne interessierte sich viel mehr für das Bündel Zeitungen, das Olaf unter dem Arm eingeklemmt hatte.

„Was ist das?“

„Nur ein bisschen zum Lesen. Aber da du so einen Hunger hast, werden wir uns das später ansehen.“

Anne warf Olaf zwei messerscharfe Blicke zu, aber der lachte nur und ging zum Frühstückstisch auf der Veranda. Tobias hatte den Kaffee bereits in die Tassen verteilt und sich zu Elena auf die Bank gesetzt. Die lehnte ganz entspannt an ihm und grinste zu Anne herüber.

„Na? Können wir jetzt wieder normal werden?“

Anne machte eine Faust, aber so, dass Olaf das nicht sehen konnte. Elena grinste nur noch breiter.

„Gestern ist eine Menge passiert in der Welt“, verkündete Olaf und legte das Bündel Zeitungen auf den Tisch.

„eBay gestört“, prangte eine große Überschrift auf der Titelseite.

„Amazon gekapert!“, titelte die nächste Zeitung.

Die folgenden Texte listeten eine Anzahl weiterer Internetseiten auf, die gehackt worden waren. Darunter befanden sich auch einige, über die Unternehmen gegenseitig Geschäfte abwickelten.

„Das scheint ein groß angelegter Angriff zu sein“, urteilte Olaf.

„Jetzt passiert, was wir vermutet haben“, pflichtete Tobias ihm bei. „Es wird ernst.“

An Genießen dachte bei diesem Frühstück niemand mehr. Jeder hatte eine der Zeitschriften vor den Augen und aß und trank nebenbei, ohne die leckeren Sachen wirklich wahrzunehmen.

„China schlägt zurück.“

„Und sie treffen da, wo es den Amerikanern wirklich weh tut. Der Internethandel ist ein Lebensnerv der amerikanischen Wirtschaft.“

„Jeder Tag, an dem das so geht, kostet sie mehr als eine Woche Krieg.“

„Erstaunlich, wie sich die Welt durch das Internet verändert hat. Selbst ein Krieg hat ein anderes Gesicht bekommen. Immerhin sterben keine Menschen.“

„Noch nicht. Wir stehen erst am Anfang.“

„Was sagen die Amerikaner zu den Angriffen?“

„Sie beschuldigen die Chinesen.“

„Aber wenn man genau liest, sieht man, dass sie nur Vermutungen haben.“

„Das ist egal.“

„Sie müssen die öffentliche Meinung für sich gewinnen. Die Meinungshoheit ist im Kommunikationszeitalter mindestens so wichtig, wie es in einem früheren Krieg die Lufthoheit war.“

„Werden sie es schaffen?“

„Ich glaube schon, zumindest in ihrem Land. Die Emotionen werden schnell hochkochen, weil Millionen Menschen betroffen sind. Jeder, dem ein Geschäft kaputt gegangen ist, wird sich persönlich angegriffen fühlen. Beweise sind dann nicht gefragt. Man braucht einen Feind, dem man alles zuschieben kann.“

„Und der wird ihnen durch ihre Regierung geliefert. Zusammen mit den Argumenten, dass die Chinesen ihnen die Arbeitsplätze wegnehmen, gibt das eine explosive Mischung. Jeder wird alles glauben, was die Regierung in dieser Richtung behauptet.“

„Gibt es überhaupt Beweise?“

„Das werden wir uns gleich ansehen.“

Tobias stand auf und ging mit den anderen in den Keller. Die Kaffeetassen blieben halb ausgetrunken in der Morgensonne auf der Terrasse zurück.

Das Trace-Tracker-Programm von Tobias beobachtete das Internet Tag und Nacht. Sie hatten an jedem Abend seit ihrer Ankunft intensiv diskutiert und mögliche Szenarien durchgespielt. Auf dieser Grundlage kreiste Tobias die Quellen der möglichen Angriffe und die potenziellen Ziele ein und beobachtete sie gezielt. Sonst hätten sie in der riesigen Weite des Internet keine Chance gehabt. Aufgrund dieser Vorarbeit dauerte es nicht lange, bis sie die ersten Ergebnisse auf dem Monitor sahen.

„Du hast Recht gehabt“, gab Olaf zu. „Dieses Mal kamen die Angriffe aus Europa. Ich habe es nicht geglaubt.“

„Das war eigentlich logisch. Dass die Quelle bei den Chinesen liegt, war uns klar. Aber China selbst haben die Amerikaner, soweit es technisch möglich ist, abgeschottet, oder kontrollieren intensiv, um Beweise zu sammeln. Dann war die Frage, wo es sonst noch nennenswerte Gruppen von Chinesen gibt und eine entsprechend gute Internetanbindung. Sicher leben viele Chinesen in den USA, aber das wäre zu auffällig und zu riskant, weil die werden vermutlich strengstens überwacht werden. Wegen der guten Infrastruktur bietet sich als nächstes Europa an. England hat ebenfalls eine intensive Überwachung, so dass sich als bestes Land Italien anbietet. Daran denkt man zuletzt.“

„Und warum denkst du als erstes daran?“

„Italien hat eine starke chinesische Kolonie, und zwar Festland-Chinesen, nicht Chinesen aus Taiwan.“

„Und was machen die da?“, wollte Anne wissen.

„Kleidung.“

„Kleidung?“

„Wenn du es so nennen willst, haben die Chinesen nach Italien outgesourct. Warum in China nähen und die Sachen nach Europa bringen, wenn man genauso gut die Chinesen nach Europa bringen kann. Dann hat man weniger Probleme mit dem

Zoll und kann ein schönes Etikett anbringen, auf dem 'Made in Italy' steht. Italienische Kleidung bringt einen besseren Preis, und ob die Nähmaschine in einer chinesischen Hinterhof-Fabrik steht oder in einer bei Neapel, ist der ziemlich egal. Die Italiener haben sich inzwischen damit arrangiert. Manche Gemeinden leben gut von chinesischem Geld. Fall es eine Überwachung gibt, findet sie nur oberflächlich statt. Und was das Internet angeht: Die Anbindung ist gut und eine Isolierung unmöglich."

„Raffiniert. Was werden die Amerikaner jetzt tun?"

„Vermutlich einlenken, wenigstens kurzfristig."

„Du meinst, weil sie die Angriffe kaum abwehren können und der Schaden sonst zu groß wird."

„Genau. Im Internet kann man niemand wirklich isolieren und gegen solche professionellen Angriffe wie die der Chinesen kann man sich nur begrenzt schützen. Irgendeinen Weg gibt es immer, wie wir gesehen haben. Ein Krieg auf dieser Ebene wird für die USA zu teuer. Die amerikanische Wirtschaft ist auf das Internet angewiesen. Alles ist vernetzt und baut auf reibungslose Informationsketten auf. Wenn man einige strategische Firmen blockiert, steht die halbe Industrie still, auch die Waffenindustrie. Bei den Chinesen ist das anders. Die Produktion ist bei weitem nicht so vernetzt. Außerdem ist das chinesische Internet zu großen Teilen vom weltweiten Internet abgeschottet, damit die Regierung es besser überwachen kann. Dadurch kann man es aber auch nicht so schnell angreifen."

„Also treffen die Chinesen die Amerikaner wesentlich härter als umgekehrt. Trotzdem werden die nicht klein beigeben."

„Nein, werden sie nicht. Es wird eine nächste Runde geben."

„Wann?"

„Kann man nicht genau sagen. Schätze in ein paar Wochen, von Sticheleien zwischendurch abgesehen."

„Solange können wir nicht hierbleiben", meinte Anne, „auch wenn ich das gerne würde."

„Ja, schade. Aber ich halte euch auf dem Laufenden."

Am nächsten Tag packten Anne, Elena und Olaf ihre Sachen. Besonders Elena fiel es schwer, was nicht nur an den Bergen und der schönen Aussicht lag. Anne und Olaf saßen eine ganze Zeit im Auto, bis Elena endlich auch kam.

„Wir waren bestimmt nicht das letzte Mal hier“, versuchte Anne sie zu trösten. „Und mit der Web-Kamera könnt ihr euch jeden Tag sehen.“

„Das Internet kann viel, aber in den Arm nehmen kann man sich über Internet nicht.“

37. Houston, Texas

Mit seinem Brieföffner, der der Tragfläche eines Kampfflugzeugs nachempfunden war, öffnete Gordon die Post. Papierpost war durch den regen E-Mail-Verkehr selten geworden, aber für manche Angelegenheiten war Papier nach wie vor unverzichtbar. Das betraf auch diesen Brief, der in einem Umschlag aus spürbar teurem Material steckte. Er kam von seinem Anwalt und Gordon wusste, was darin stand. Er wartete darauf, seit dem er vor Monaten seine persönliche Bilanz ge-zogen hatte.

Dabei war er vorgegangen wie bei einem ganz normalen Projekt, hatte auf die eine Seite des Blattes Pluspunkte und auf der anderen Seite Negativpunkte aufgelistet und danach eine Entscheidung getroffen. Die Pluspunkt-Liste war extrem kurz gewesen: „Wäscht meine Wäsche“ und „putzt mein Haus“. Selbst diese wenigen Punkte besaßen noch Einschränkungen. Die meiste Wäsche brachte Amanda in die Wäscherei und den größten Teil des Hauses reinigte die Putzfrau. Die Negativ-Liste war deutlich länger: „Lebt auf meine Kosten“, „nörgelt dauernd herum“, „redet nur über den Klatsch aus ihren Frauengruppen“, „Sex langweilig“ und und und.

Am Ende hatte Gordon einen Strich unter die Liste gezogen und unter die Überschrift „Bilanz“ geschrieben: „Wenig Nutzen - hohe Kosten“.

Ergebnis: „Schnellstmöglich beenden!“

Natürlich kostete eine Scheidung eine Stange Geld, aber etwas ähnliches kannte er von seinen Aktiengeschäften: Eine verlustreiche Spekulation zu beenden war teuer und tat weh, aber nichts war schlimmer, als eine Verlustposition endlos zu behalten. Dann fühlt man sich dauerhaft mies und verlor ständig Geld. Seine Frau war eindeutig eine Verlustposition für ihn.

Amanda hatte gejammert, als er ihr seine Entscheidung verkündet hatte. Sie wollte reden, wissen warum, alles besser machen. Wie er das hasste! Ohne ein Wort zu verlieren, hatte er zwei Koffer gepackt, das Haus verlassen und war zu Mirjam gefahren.

Am nächsten Tag kam prompt ein Anruf von Philip del Haye, dem Pastor der Gemeinde. Er wollte dringend einen Termin für ein Gespräch. Gordon ließ ihn nicht ausreden: „Tut mir leid. Ich kann jetzt nicht. Ich bin in einer Besprechung. Danach werde ich Sie zurückrufen."

Dieser Rückruf geschah natürlich nicht. Statt dessen gab er Teresa die Anweisung, Philip del Haye auf die Liste der unerwünschten Anrufer zu setzen - und seine Frau gleich mit. Vor Anrufen hatte er jetzt Ruhe. Teresa würde es nicht wagen, jemanden von dieser Liste durchzustellen.

Nach zwei Tagen kam eine E-Mail von Philip. Gordon lachte nur.

Wie berechenbar manche Leute sind.

Mit dieser E-Mail stellte er seinen Spam-Filter ganz unkompliziert so ein, dass alle Nachrichten von dieser Adresse automatisch im Müll landeten.

Praktisch sowas.

Gordon war klar, dass sie ihn bald aus dem Gemeinderat werfen würden und kurz danach auch als Mitglied der Gemeinde streichen. In dieser Hinsicht hatten sie ihre Prinzipien, an die sie sich eisern hielten. Es war ihm egal. Er hatte seinen Job bekommen und so, wie es projektmäßig aussah, auch den Höhepunkt seiner Karriere erreicht. Er brauchte die Kirche nicht mehr. Wozu dann noch seine Zeit verschwenden und obendrein gutes Geld für Spenden verschleudern? Zur Finanzierung seiner Scheidung war es besser investiert.

Gordon überflog den Inhalt des Schreibens. Wie erwartet gab es keine Überraschungen. Alles war im Vorfeld ausgehandelt worden und darüber hinaus hatte der Anwalt seine Anweisungen. Dieses Schriftstück war nur die endgültige Bestätigung. Er steckte den Brief in eine Klarsichthülle und heftete sie als oberstes Blatt in den Ordner mit der Aufschrift „Projekt Scheidung". Dann bestellte er Mirjam in sein Büro.

„Hallo, Gordon. Was gibt's?"

„Hi, Mirjam. Heute Abend will ich feiern."

„Aha."

„Zieh dir was Nettes an. Am besten möglichst wenig", grinste er.

„Wann?"

„Ich hole dich um 20:00 Uhr am Appartement ab. Sei pünktlich."

„Klar. Bis dann."

Gordon entging Mirjams versteinerter Gesichtsausdruck. In Gedanken war er schon bei der Besprechung, die in einer halben Stunde bei Richard Wincent stattfinden sollte.

Gordon erschien pünktlich mit einem Stapel Unterlagen im kleinen Konferenzraum, wo die Planungstreffen stattfanden, wenn mehr als 4 Personen teilnehmen sollten. Heute war eine große Runde angesagt, bei der neben Richard Wincent und seinem Stellvertreter neun weitere Projektleiter anwesend waren. Das Dutzend war somit voll, wobei Gordon zufrieden feststellte, dass er nach dem Direktor der wichtigste Mann im Raum war. Auch Romano Gonzales saß da, sein Konkurrent von damals, den er bei seiner Bewerbung für seinen jetzigen Posten ausgestochen hatte. Er war Leiter eines anderen Projekts geworden, eines unbedeutenden wie Gordon fand.

Wie immer machte Richard Wincent den Anfang.

„Meine Damen und Herren, wir sind hier, um den aktuellen Status aus den einzelnen Bereichen abzufragen und das weitere Vorgehen zu besprechen. Zuerst möchte ich den aktuellen Stand wiedergeben.

Unsere ursprüngliche Planung sah vor, mit einer großen Schwerlastrakete eine erneute Mond-Mission zu starten, um die Schraube zu bergen, von der sie inzwischen erfahren haben. Ich hoffe, dass diese Information den Kreis der anwesenden Personen nicht verlassen hat."

Wincent warf einen kritischen Blick in die Runde, aber niemand zuckte auch nur mit der Wimper.

„Fakt ist, dass diese Planung nicht mehr realisiert werden kann. Durch die permanente Sabotage der Chinesen ist es nicht möglich, die Rakete für den Start rechtzeitig fertig zu stellen."

Ellen meldete sich, die einzige Frau in der Runde. „Ich habe gehört, dass man die Verzögerung auf vier Monate begrenzen könnte, wenn man das Projekt mit Priorität betreibt. Wir hatten schon größeren Verzug, zum Beispiel bei den Space Shuttles."

Solche Einwände machten Wincent für gewöhnlich ungehalten, weil sie seine Aussage in Frage stellten, aber Ellen konnte sich das erlauben.

„Das ist richtig. Nur diese Zeit haben wir nicht. Wir wissen, dass die Chinesen von unserem Fund erfahren haben und alles daran setzen, vor uns da oben zu sein. Und sie werden es genauso sehen wie ich: Das wäre eine nationale Katastrophe."

Zustimmendes Gemurmel erfüllte den Raum.

„Das Problem ist: Den Vorsprung, den wir hatten, haben wir zum größten Teil verloren. Schuld daran sind die Chinesen. Was die Sache endgültig schwierig macht, ist, dass wir nicht wissen wie weit sie selbst sind. Vielleicht brauchen sie noch ein Jahr, aber vielleicht starten sie schon morgen. Das ist der Grund, warum wir keine vier Monate warten können. Jeder Tag ist kostbar."

„Wenn die uns sabotieren, warum sabotieren wir nicht auch? Warum sollen wir uns das gefallen lassen?", fiel Gordon dazwischen. Die ganze Angelegenheit rührte an seinen Stolz und die beifälligen Kommentare zeigten, dass es den anderen ähnlich ging.

„Leider können wir nicht mit gleicher Münze zurückzahlen. Es dürfte Ihnen in Erinnerung sein, wie alle wichtigen Handelsplattformen ausgefallen sind. Nicht nur der Online-Handel, auch jede Menge wichtige Lieferketten zwischen den Unternehmen sind unterbrochen worden. Unsere Industrie ist wesentlich stärker auf das Internet angewiesen als die der Chinesen, weshalb unsere Angriffe nicht die entsprechende Wirkung haben. Das ist der Preis, den wir für unsere moderne Wirtschaft bezahlen."

„Dann schlagen wir eben anders zurück. Werfen wir ihnen eine Bombe auf ihren Startplatz."

Normalerweise hätte sich Gordon eine Rüge für diese Unterbrechung eingehandelt. Jetzt aber gingen die Wogen allgemein so hoch, dass Wincent Mühe hatte, alles wieder unter Kontrolle zu bringen. Er war froh, als wieder Ruhe eintrat, und dachte nicht mehr an den Verursacher.

„Meine Damen und Herren, ich bitte um Konzentration. Ob und wie wir gegen China vorgehen, ist nicht unser Thema. Das entscheiden der Präsident und das Pentagon. Unser Job ist es, so schnell wie möglich auf dem Mond zu sein. Wir müssen unbedingt die Umgebung um den Fundort erkunden und vor allem die Schraube endlich auf die Erde bringen. Um das zu erreichen haben wir uns um verschiedene Möglichkeiten bemüht. Gordon, bitte berichten Sie!"

Gordon genoss das Gefühl, wenn sich aller Augen auf ihn richteten und jeder gespannt auf seine Worte wartete.

„Die Angriffe haben uns sehr behindert", begann er langsam, „aber trotzdem sind wir gut vorangekommen. Um das Ergebnis vorwegzunehmen: Ich bin zuversichtlich, dass ich es schaffen kann, diese Mission in vier Wochen startbereit zu haben."

Er konnte es nicht lassen, 'ich' statt 'wir' zu sagen. Er riskierte es, weil er damit rechnete, dass das Erstaunen über diese kurze Frist überwiegen würde. Genauso war es.

Gordon ließ seine Worte wirken und hoffte auf die ungläubige Rückfrage, die unweigerlich kommen musste: „Und wie wollen Sie das erreichen?"

„Wir waren sehr kreativ. Von der ersten Mission existieren zwei Test-Rover. Die hatten wir gebaut, um verschiedene Situationen auf der Erde durchspielen zu können, falls es auf dem Mond Probleme geben sollte. Einen davon können wir so verwenden, wie er ist, um die weitere Umgebung zu erkunden. Wir verzichten auf das Setzen von Markierungen und gewinnen so die nötige Energie für die weiteren Fahrstrecken. Bei dem anderen Rover haben wir das Werkzeug für die Markierungen durch einen Greifarm ersetzt, der die Schraube aufnehmen kann. Das war im Grunde eine Kleinigkeit.

Das Lande- und Startmodul war von Anfang an als Einzelstück konzipiert. Deshalb hatte es mit den normalen Zulieferketten wenig zu tun und war von der Sabotage durch die Chinesen so gut wie nicht betroffen. Diese Angriffe zielten auf die Rakete und waren leider so erfolgreich, dass wir auf deren Einsatz verzichten müssen. Der Ersatz hierfür war die eigentliche Herausforderung.“

Gordon machte eine Pause, um die Spannung zu erhöhen, denn alle wollten endlich die Lösung erfahren.

„Wie Sie wissen, bestand die ursprüngliche Planung darin, die komplette Mission mit unserer neu entwickelten Rakete für große Transporte auf den Weg zu bringen. Nachdem das nicht mehr geht, haben wir uns entschlossen die Mission aufzuteilen. Wir werden den Antriebsteil und das Lande- und Startmodul getrennt nach oben befördern und bei der Internationalen Raumstation zusammenbauen.“

Innerlich amüsierte Gordon sich darüber, dass sie immer noch nicht wussten, wie es eigentlich gehen sollte. Es war ein enormer Reiz für ihn, die Spannung der anderen so lange wie möglich auszudehnen.

„Für beide Teile mussten wir neue Wege finden. Den sensiblen Antriebsteil mit dem dazugehörigen Treibstoff schießen wir mit einer Frachtrakete der Europäer hoch. Die Ariane ECA schafft zwanzig Tonnen, was für uns gerade so ausreicht.“

„Aber die sind auf Jahre ausgebucht“, merkte Ellen an.

„Richtig“, lächelte Gordon, „aber so schnell geben wir doch nicht auf. Der nächste Start sollte zwei brasilianische Satelliten befördern. Wir haben ihnen die Plätze einfach abgekauft. Es war nur eine Frage des Preises. Für das Lande- und Startmodul werden wir einen zusätzlichen Flug eines Spaceshuttle durchführen. Darin sitzt auch die Mannschaft, die beide Teile zusammenbauen wird. Die Leute auf der ISS werden mit ihren

Mitteln die notwendige Unterstützung leisten. Sie sehen, meine Damen und Herren, es ist an alles gedacht."

„Aber die Space-Shuttles sind eingemottet", warf Romano Gonzales ein.

Gordon bedachte ihn mit einem Blick, als würde er einen kleinen Jungen ansehen, der etwas Dummes gesagt hatte. „Ich dachte, es wäre in unseren Kreisen bei allen bekannt, dass wir einen Space-Shuttle so eingemottet haben, dass er in Notfällen wieder reaktiviert werden kann. Oder glaubt hier jemand ernsthaft, dass wir so idiotisch wären, uns nur auf die Mitflugmöglichkeit bei den Russen zu verlassen? So idiotisch ist kein verantwortlicher Amerikaner."

Triumphierend stellte Gordon fest, dass sein Auftritt gelungen war. Alle schwiegen beeindruckt.

„Wir werden uns von niemand unterkriegen lassen. Wir brauchen keine Kompromisse. Wir werden das schaffen, was wir uns vornehmen."

Niemand wagte, ihm zu widersprechen.

38. Darmstadt, Deutschland

„Überraschung!“, tönte es Olaf entgegen, als er seine Wohnungstür öffnete.

„Anne. Was willst du denn hier?“

Damit hatte er wirklich nicht gerechnet an diesem Mittwochabend.

„Ich will feiern, ausgehen, einen schönen Abend haben. Reicht das?“

Anne war tatsächlich ausgehfertig angezogen, ganz so, wie Olaf es mochte.

„Was ist los? Habe ich meinen Geburtstag verpasst?“

„Ach was. Ich habe heute meine Doktorarbeit abgegeben.“

In der Schweiz und den Wochen danach war Anne gut vorangekommen. Sie wollte endlich fertig zu werden und hatte dafür in Kauf genommen 14 - 16 Stunden täglich zu arbeiten. Elena war längst wieder in Russland und informierte dort über ihre Beobachtungen in der Schweiz. Olaf selbst hatte Anne zuletzt auch nicht mehr gesehen. Er kannte solche Zeiten aus eigener Erfahrung und konnte Anne gut verstehen. Man hatte ein Ziel vor Augen und wollte es unbedingt erreichen. Er wusste auch um das Gefühl, endlich fertig zu sein, den letzten Punkt zu setzen, den Stapel Blätter zu binden, sie in einen Umschlag zu stecken und ihn zuzukleben. Eben wirklich fertig zu sein.

„Wenn das so ist - einverstanden. Lass uns feiern! Warte eine Stunde, ich mache mich schnell fertig.“

Olaf musste lachen, als er Annes verständnislosen Blick sah. „War nur Quatsch. Ich bin doch keine Frau. Bei mir geht es schneller.“

Olaf schlüpfte in seine Schuhe. „Schon fertig“, strahlte er sie an. „Es kann losgehen.“

„Dir geht es wohl zu gut heute, was? Kaum lädt man dich ein, da drehst du auf.“

„Wenn ich dich so sehe, kann es mir nur gut gehen.“

„Ich werde mir gründlich überlegen, ob ich das als Kompliment durchgehen lasse.“

„Tu das!“, meinte Olaf, während er seinen Arm um Anne legte und mit ihr hinausging. „Wo soll es eigentlich hingehen?“

„Zur Comedy Hall! Ich habe mitbekommen, dass du noch nie da warst. Da hast du etwas verpasst.“

„Comedy Hall? Ich dachte, die ist immer ausgebucht.“

„Ist sie auch. Aber ich kenne jemanden, der hat mir zwei Karten besorgt.“

„Du kennst jemanden, der nicht auf dem Mond lebt?“

„Ja. Dich! Aber ich überlege schwer, ob ich dich nicht auf den Mond schießen soll.“

„Dann hättest du einen Grund, mich dort zu besuchen.“

Das Geplänkel ging weiter, bis sie die Comedy Hall erreichten. Jeder wollte das letzte Wort haben. Vermutlich hätten sie drinnen weitergemacht, wenn Annes Handy sie nicht unterbrochen hätte. Sie zeigte Olaf den Namen des Anrufers: General Kowalev.

„Frau Winkler?“

„Ja.“

„Können Sie frei sprechen?“

„Einen Moment.“

Olaf und Anne gingen hinaus, wo sie niemand hören konnte. Olaf hielt sein Ohr ganz nahe an Annes Handy, so dass er mithören konnte. Ihre Haare dufteten angenehm.

„Sie sind über alles informiert, was seit Ihrem Aufenthalt in der Schweiz geschehen ist?“, fragte Kowalev.

„Ich denke schon, aber ich weiß natürlich nicht, ob etwas fehlt.“

„In Ordnung. Sie wissen, dass die Amerikaner die Mond-Mission trotz der Sabotage gestartet haben?“

„Ja. Die waren sehr kreativ. Das muss man ihnen lassen. Ich weiß, das sie die Teile bei der ISS zusammengebaut haben und heute morgen von dort gestartet sind.“

„Gut. Was Sie noch nicht wissen: Die Chinesen haben vor einer Stunde auch eine Rakete gestartet. Unsere Ortungen ergeben, dass es sich um eine kleine Rakete handelt. Zu klein für eine Mondlandung.“

„Das klingt nicht gut.“

„Überhaupt nicht. Wir vermuten, dass die Chinesen nur das Ziel haben, die amerikanische Rakete abzuschießen."

„Kann man das verhindern?"

„Ausgeschlossen. Auch die Amerikaner werden keine Möglichkeiten haben."

„Und was sollen wir tun?"

„Informieren Sie so schnell wie möglich Dr. Bardouin. Er ist in der ESA in einem wichtigen Meeting und ich kann ihn dort nicht erreichen. Er soll Kontakt zur ESO aufnehmen. Sie sollen ihre Teleskope auf die Raketen richten. Nach unseren Berechnungen müssten sie eine gute Sicht haben. Vielleicht können wir den Vorgang dokumentieren."

„Wir sind schon unterwegs. Danke für die Info."

Anne und Olaf sahen sich an. Das war eine äußerst gefährliche Entwicklung. Zum ersten Mal kam offene Gewalt ins Spiel. An einen schönen Abend war nicht mehr zu denken. Sie beeilten sich, zurück zum Parkplatz zu kommen. Auf der Straße trafen sie ein junges Pärchen, das außer Schmusen offensichtlich nichts zu tun hatte. Anne drückte ihnen kurzerhand die Eintrittskarten in die Hand.

„Gönnen Sie sich etwas Nettes. Danach können Sie ja weiter machen." Ehe die beiden antworten konnten, war Anne schon weiter und versuchte Olafs Vorsprung einzuholen.

Die Fahrt zur ESA erinnerte Anne an die Autofahrt ins Sternenstädtchen. Olaf schien alle Verkehrsregeln vergessen zu haben. Der einzige Unterschied bestand darin, dass Olaf während der rasenden Fahrt nicht auch noch telefonierte. Anne hoffte inständig, dass sie nicht von einer Radarfalle erwischt wurden. Das würde teuer werden. Sehr teuer.

Der Pförtner der ESA hatte keine Chance mit seiner Beschwerde. Olaf ließ seinen Wagen einfach vor dem Eingang stehen und ignorierte den schimpfenden Mann. Mit ihren Ausweisen gelangten sie problemlos durch die Personenschleuse ins Innere des Gebäudes. Natürlich wussten sie, wo das Direktorium tagte. Ohne anzuklopfen, stürmten sie in den Raum.

Zahlreiche Augenpaare blickten ihnen entgegen, einige nur verwundert über die Störung, andere unverhohlen abweisend.

Bevor Protest aufkommen konnte oder irgendjemand zu einer Reaktion fähig war, hatte Olaf bereits den großen Konferenztisch umrundet und Dr. Bardouin erreicht. Anne beobachtete das ganze Geschehen vom Eingang aus. Olaf flüsterte Dr. Bardouin wenige Sätze ins Ohr.

Der wandte sich kurz darauf an die Direktoriumsmitglieder, die den unerwarteten Überfall verständnislos verfolgten.

„Meine Damen und Herren, bitte entschuldigen Sie das unkonventionelle Auftreten von Dr. Bürki. Es ist tatsächlich berechtigt. Die Angelegenheit ist äußerst wichtig und duldet keinen Aufschub. Ich muss mich sofort darum kümmern."

Die Fassungslosigkeit im Raum war mit Händen greifbar. Gleich würde eine Woge der Entrüstung losbrechen, aber bevor die ersten ihrer Empörung oder Verwunderung Luft machen konnten, ergänzte Dr. Bardouin: „Dr. Bürki wird Ihnen alles erklären. Dann werden Sie verstehen. Eine Bitte noch: Glauben Sie ihm! Es ist wahr."

Mit eiligen Schritten verließ Dr. Bardouin den Raum und ließ Olaf alleine mit seiner Aufgabe zurück.

Dr. Bardouin bedeutete Anne, mit ihm zu kommen. Selbst im Weggehen konnte sie durch die geschlossene Tür hören, wie Olaf mit Fragen bombardiert wurde. Alle schienen gleichzeitig auf ihn einzureden. Er würde es nicht leicht haben.

Anne hatte keine Zeit darüber nachzudenken. Sie bekam von Dr. Bardouin eine eigene, nicht unbedingt leichte Aufgabe: „Gehen Sie in die Steuerzentrale und nehmen Sie sich unsere Programme zur Kursberechnung vor. Der Kurs der amerikanischen Mission dürfte gespeichert sein, den Kurs der chinesischen Rakete müssen Sie mit Näherungswerten berechnen. Ich werde Catherine Montillon anrufen. Sie ist die Generaldirektorin der ESO."

Ihre Wege trennten sich. Während Anne sich beeilte, in die Steuerzentrale zu kommen und in Gedanken bereits eine Liste mit den benötigten Programmen und Daten machte, suchte Dr. Bardouin sein Büro auf.

Catherine zu überzeugen war nicht einfach. Sie kannten sich gut von manchen Auftritten vor den Wissenschaftsausschüssen der Europäischen Kommission. Catherine besaß die gleiche Leidenschaft für den Weltraum wie Dr. Bardouin, allerdings mit unterschiedlichen Schwerpunkten. Während sich die ESA mit Raketen, Satelliten und Weltraummissionen beschäftigte, ging es bei der ESO um die reine Beobachtung, wie es der Name schon sagte: European Southern Observatory, die Europäische Südsternwarte. Sie entwickelte und betrieb riesige Teleskope für die europäischen Teilnehmerstaaten, unter anderem das E-ELT, das European Extremely Large Telescope. Es war das größte Teleskop weltweit und hatte fast eine Milliarde Euro gekostet. Genau das war der Punkt, an dem Dr. Bardouin Catherines Leidenschaft immer wieder sehr schmerzlich erlebte.

Die finanziellen Mittel für die Weltraumforschung waren begrenzt. In krassem Gegensatz dazu waren die Möglichkeiten dieses Geld auszugeben unerschöpflich. Die Wissenschaftler entwickelten enorme Kreativität und jeder war von seiner Idee restlos überzeugt. Leider war jedes Vorhaben enorm teuer. Dreistellige Millionenbeträge waren eher die Regel als die Ausnahme. So kam es, dass sich ESA und ESO unentwegt um die Anteile aus dem verfügbaren Topf stritten. Catherine war bekannt dafür, wie eine Löwin, um jeden Euro zu kämpfen. Kaum war das Very Large Telecope fertig gestellt und hatte die Arbeit in Chile aufgenommen, war schon das Extremely Large Telescope dran gekommen und OWL, das Overwhelmingly Large Telescope, war von Catherine noch längst nicht abgeschrieben. Es sollte mehr als doppelt so groß wie das ELT werden.

Wie erwartet, erreichte Dr. Bardouin Catherine auch um diese fortgeschrittene Uhrzeit in der Zentrale der ESO in Garching. Catherine schien sich immer dort aufzuhalten.

„Ah, Louis, mein Lieblingsfeind“, empfing Catherine ihn am Telefon. „Ein seltenes Vergnügen von dir angerufen zu werden.

Ich halte jede Wette, dass du etwas von mir willst. Also rede nicht lange drumherum. Ich habe viel zu tun."

Typisch Catherine. Sie hasste Smalltalk und legte Wert darauf sofort auf den Punkt zu kommen. Dr. Bardouin wusste das nur zu gut und hatte sich entsprechend vorbereitet. Er schaffte es, die ganzen Ereignisse in fünf Minuten zusammenzufassen. Jeder andere wäre von diesem Extrakt überfordert gewesen, hätte nachgefragt, sein Erstaunen ausgedrückt oder Ähnliches. Nicht so Catherine. Mit ihrem kristallklaren Verstand zog sie sofort die richtigen Schlüsse.

„Dass du mich erst so spät einweihst, darüber reden wir noch, jetzt müssen wir handeln. Du willst also, dass wir unser Teleskop auf die chinesische Rakete richten? Dir ist bewusst, dass unser Teleskop dafür nicht gebaut ist?"

Natürlich wusste Dr. Bardouin, dass das Teleskop dafür gebaut war, Milliarden Jahre in die Vergangenheit zu sehen und die Sterne zu beobachten, die kurz nach der Entstehung des Universums entstanden waren. Erdnahe Beobachtung stand nicht auf der Agenda.

„Ich hoffe, dass ihr es trotzdem könnt."

„Wir werden es versuchen. Wenn überhaupt, wird es nur vorläufige Ergebnisse geben. Für eine gute Auswertung müssen wir die Computerprogramme erheblich modifizieren. Das wird dauern."

„Vorläufiges reicht mir. Es wäre sowieso besser, mit den Bildern noch nicht an die Öffentlichkeit zu gehen."

„Ich werde diesen Missbrauch rechtfertigen müssen."

„Wenn du gute Bilder machst, wirst du sie später zu deinem Vorteil verwenden können. Das wird eine Menge Aufmerksamkeit auf dein Projekt lenken - und dazu eine gute Summe einbringen."

„Du brauchst mich nicht zu ködern. Ich weiß, wann etwas wichtig ist. Was ich brauche, sind exakte Koordinaten."

„Die sind in Arbeit. Es wird nicht mehr lange dauern." Das war zwar nur eine hoffnungsvolle Vermutung, aber Dr. Bardouin rechnete fest mit Annes Fähigkeiten.

„Gut. Wir bereiten alles vor, damit wir nur noch das Feintuning vornehmen müssen, wenn deine Daten kommen. Bis später."

Damit war Catherine fertig. Wenig später flossen Daten zu dem Teleskop-Giganten in Chile. Der 42 Meter durchmessende Hauptspiegel mit seinen 906 Segmenten bewegte sich majestätisch auf seinem mächtigen Gerüst aus Stahlrohren und fokussierte einen Punkt zwischen Erde und Mond. Nachdem Annes Koordinaten eingegeben waren, konnten die Hilfsteleskope einen schwachen, sich schnell bewegenden Punkt ausmachen. Jetzt wurde auch das ELT so ausgerichtet, dass es die spärlichen Lichtquanten dieses Objekts sammeln konnte. Mit Lichtgeschwindigkeit rasten sie auf den Hauptspiegel zu und wurden von ihm in einen kleineren Fangspiegel umgeleitet. Selbst dieser Spiegel war mit seinen 6 Metern Durchmesser größer als viele komplette Teleskope auf der Welt. Von dort wurde das Licht an die adaptive Optik weitergereicht. Fünftausend Aktuatoren bewegten die Spiegel in dieser Optik eintausend Mal pro Sekunde, um die Störungen durch die Erdatmosphäre auszugleichen. Erst danach war es möglich aus den Daten ein Bild zu generieren.

Die vorläufige Auswertung lieferte tatsächlich nur ein extrem unscharfes Ergebnis, aber man konnte schwach ein rotes Rechteck auf dem fliegenden Körper erkennen. Mit etwas Phantasie war klar: Hier sah man die chinesische Flagge!

„Wir haben sie!", lautete die SMS, die wenig später auf dem Handy von Dr. Bardouin eintraf.

Drei Tage später kam ein Bote mit einer DVD. Dr. Bardouin rief Anne und Olaf in sein Büro, um sich die Sendung aus Garching gemeinsam anzusehen. Catherine hatte einen erklärenden Text vorangestellt:

Hallo Louis, hier sind die ersten Fotos, die wir von Hand bearbeitet haben. Sobald die Auswertungsprogramme angepasst sind, gibt es mehr und bessere.

Die Fotos waren grobkörnig und mit geringem Kontrast. Es war ähnlich wie bei Röntgenaufnahmen, bei denen man als Laie nur Schatten sah, aber ein Experte konnte daraus eine Diagnose erstellen. Die drei wussten, wonach sie suchen mussten und konnten es dann auch erkennen: Das erste Bild zeigte einen schmalen, langgestreckten Körper; auf dem zweiten war ein gedrungenes Teil zu erkennen, die US-Mission. Auf dem dritten war der schmale Körper hinten gleißend hell. Das Triebwerk hatte gezündet. Das letzte Bild zeigte nur noch zahlreiche größere oder kleinere Teile, die man nicht weiter definieren konnte.

„Absolut eindeutig", stellte Olaf fest.

„Demnächst wird es jede Menge Schrauben auf dem Mond geben", sagte Anne.

„Richtig", stimmte Dr. Bardouin zu. „Jetzt gibt es da oben einen Haufen Schrott, der Richtung Mond unterwegs ist. Aber interessant ist er nicht."

„Trotzdem ist das ganze ein Hammer. Im Prinzip haben wir den ersten Schuss im ersten Weltraumkrieg gesehen."

„Und was machen wir mit den Bildern?"

„Für die Öffentlichkeit sind sie zu schlecht. Wir müssen auf bessere warten. Jeder muss ohne Interpretation sehen können, was passiert ist."

„Hat jemand mitbekommen, wie die Amerikaner reagiert haben?"

Dr. Bardouin und Anne schüttelten den Kopf.

„Sie werden vor Wut platzen. Warum prangern sie die Chinesen nicht an?"

„Weil sie keine Beweise haben. Sie werden wissen, dass ihre Rakete nicht mehr existiert und sie werden wieder vermuten, dass es die Chinesen waren - aber den einzigen unanfechtbaren Beweis besitzen wir."

„Müssen wir ihnen den Beweis nicht liefern?" Anne war nicht wohl bei dem Gedanken, aber sie konnte ihn auch nicht so einfach beiseiteschieben.

„Was würde dann geschehen?“, überlegte Olaf laut. „Sie würden es als Munition gegen die Chinesen verwenden, womöglich sogar als öffentliche Rechtfertigung für einen Krieg.“

„Aber die Chinesen haben zuerst geschossen. Das ist nicht zu leugnen.“

Sie merkten nicht, wie sie unversehens in eine Diskussion über die Weltpolitik hineingerieten - allerdings weit abseits von jenem unverbindlichen Niveau, wie man sonst darüber redete. Plötzlich zogen ihre Entscheidungen Konsequenzen nach sich - und dann sah alles nicht mehr so einfach aus.

Bevor sie zu einem Entschluss kamen, wurden sie durch das Telefon gestört. General Kowalev rief über eine verschlüsselte Leitung an. Elena hatte sie im Auftrag des Generals bei ihnen eingerichtet.

Aus den Antworten von Dr. Bardouin schlossen Anne und Olaf, dass Kowalev sich nach den Ergebnissen des ELT erkundigte - als ob er wissen würde, dass ihnen die gerade vorlagen.

Vielleicht weiß er es sogar. Wer ahnt schon, wo der FSB überall seine Finger drin hat, dachte Anne.

Dr. Bardouin drückte die Mithören-Taste.

„Gut, dass sie alle zusammen sind“, tönte die Stimme von Kowalev aus dem Lautsprecher. „Dass die Chinesen Erfolg gehabt haben, wissen wir, aber uns fehlen Beweise. Die haben Sie. Aber die Entwicklung geht sehr schnell voran. Wir wissen auch schon, wie die Amerikaner reagiert haben. Vor zwei Stunden haben wir heftige Erschütterungen in der Nähe der chinesischen Raketenstartrampen registriert. Seit dem ist eine riesige Rauchwolke über dem Startzentrum zu sehen. Offensichtlich haben die Amerikaner die chinesischen Raketenanlagen zerstört.“

„Wie haben sie das gemacht?“

„Das wissen wir nicht. Aber dass das kein Unfall war, brauche ich Ihnen nicht zu erklären.“

„Nein. Und wie es aussieht, haben die Amerikaner kein Interesse an öffentlicher Aufklärung. Sie schlagen einfach zurück."

„Was sollen sie auch tun? Den Weltsicherheitsrat einschalten, in dem die Chinesen Vetorecht haben? An die Öffentlichkeit gehen mit irgendwelchen Messwerten, die niemand ohne Erklärung versteht?"

Anne wunderte sich, dass Kowalev die Amerikaner zu verteidigen schien. Ganz Unrecht hatte er nicht. Die UNO war schon bei wesentlich kleineren Konflikten hilflos gewesen und für eine wirksame, öffentliche Information war alles tatsächlich zu diffus. Außer Sachschäden und verletztem Stolz war noch nichts passiert - so würden es die meisten Menschen sehen. Die beginnende Hurrican-Saison, die zu hohen Benzinpreisen führte, war für die Mehrheit das näherliegende Problem.

„Sobald wir hochwertige Fotos haben, werde ich wieder in die USA fliegen", entschied Dr. Bardouin. „Vielleicht kann ich damit etwas bewegen."

„Tun Sie das", pflichtete die Stimme aus dem Hörer bei. „Ich werde mein Glück bei den Chinesen versuchen."

In den folgenden zwei Wochen sah Anne die Nachrichten mit anderen Augen. Jeden Tag wartete sie auf eine weitere Horrormeldung, aber nichts geschah. Die Welt drehte sich weiter, als wäre nichts passiert. Eine Überschwemmung hier, ein Grubenunglück dort, Inflationsrate wegen der Energiepreise gestiegen, usw.

Man sah ihn nicht, den Krieg. Er fand unter Ausschluss der Öffentlichkeit statt. Noch.

Anne hatte ihre Doktor-Arbeit abgegeben und konnte über mehr freie Zeit verfügen.

„Endlich!", freute sich Olaf. Er hatte Ideen für gemeinsame Unternehmungen gesammelt und wollte Anne in der Mittagspause damit überraschen. Er wusste, wann sie ihre Pause machte und beeilte sich, rechtzeitig zur Kantine zu kommen. Tatsächlich konnte er seine übliche Verspätung auf fünf Minuten reduzieren.

Seine Augen suchten den Raum ab - und dann sah er sie: hinten in einer ruhigen Ecke an einem kleinen Tisch gemeinsam mit Timothy Balton, dem Neuen aus den USA.

Olaf zögerte. Sollte er sich einfach dazu setzen? Sie unterhielten sich so angeregt, dass ihm irgendwie die Lust abhandenkam. Offen mit Anne reden konnte er sowieso nicht, wenn Balton dabei war. Geistesabwesend nahm Olaf den erstbesten Teller der angebotenen Mahlzeiten aus der Warmhaltevitrine und suchte sich einen Platz, von dem aus er die beiden unauffällig beobachten konnte. Das Gespräch schien ihnen Spaß zu machen.

Als Olaf die erste Gabel in den Mund schob, verzog er das Gesicht. Leber! Ausgerechnet. Das war so ziemlich das einzige, was er beim besten Willen nicht essen konnte. Schon als Kind hatte er eine Aversion dagegen entwickelt, die sich niemals gelegt hatte. Mühsam würgte er den Bissen hinunter. Er spülte mit Mineralwasser hinterher, aber es konnte den Geschmack nicht vertreiben. Eilig holte er sich eine große Cola. Wieder zurück an seinem Platz wollte er seine Beobachtung fortsetzen, aber der Tisch in der Ecke war leer. Anne und Balton waren weg.

„Scheiß Tag!“, fluchte Olaf. Jetzt war ihm der Appetit endgültig vergangen. Hungrig und missmutig verließ er die Kantine.

Olafs Laune wurde um keinen Deut besser, als er zufällig kurz vor Feierabend aus dem Fenster sah und Anne entdeckte, wie sie mit Balton das Gebäude verließ.

Am nächsten Tag wollte er mit Anne reden, aber sie ging nicht ans Telefon. Eine E-Mail kam umgehend mit einer automatischen Antwort zurück:

Abwesenheitsmitteilung!

Ich bin erst ab Montag wieder zu erreichen.

Diese E-Mail wird nicht weitergeleitet.

„Heute ist Mittwoch. Was macht Anne solange?“, grübelte Olaf. Sie hatte ihm nichts von auswärtigen Terminen erzählt. Auf dem Handy erreichte er nur ihre Mailbox.

Der Rest der Woche und das Wochenende verliefen wenig entspannend. Am Montag ging Olaf bald in Annes Büro. Er hatte sich vorgenommen, sie ganz locker zu begrüßen, was ihm aber nicht wirklich gelang.

„Du hast dich rar gemacht in der letzten Zeit."

„Ich hatte mir ein paar Tage frei genommen."

„Du hast mir nichts davon erzählt."

„Meine Mutter ist krank geworden und da bin ich kurzfristig hingefahren, um sie zu besuchen und ihr zu helfen."

„So, deine Mutter ist krank", wiederholte Olaf. „Dann hoffe ich, dass es ihr bald wieder besser geht."

„Warum sagst du das so eigenartig? Hast du was?"

„Ich hatte gehofft, wir könnten etwas zusammen unternehmen. Statt dessen sehe ich dich nur mit diesem Balton herumhängen."

"Schnüffelst du mir nach? Ja, ich habe mit Tim gesprochen. Das ist nicht verboten, oder?"

„Du kannst reden, mit wem du willst. Du bist erwachsen."

„Ich wollte wissen, wer Tim ist. Er war in dem Mond-Rover-Projekt der NASA. Das ist doch logisch, dass mich das interessiert."

„Und? Wie ist er?"

Die Art und der Unterton, mit dem Olaf fragte, begann Anne zu ärgern. „Er ist sehr nett, wenn du das wissen willst. Man hat ihm übel mitgespielt. Er kann einem richtig leid tun."

„Und du hast ihn sicher getröstet. Mir schien er ganz munter, als er mit dir geredet hat."

Jetzt wurde es Anne zu bunt. Sie hatte keine Lust, sich zu rechtfertigen. Und dass sie mit ihrer Anteilnahme auch ihr schlechtes Gewissen beruhigen wollte, weil sie Tim ausspioniert hatte, musste sie Olaf nicht auf die Nase binden. „Bist du nur gekommen, um mich zu ärgern? Das brauche ich nicht."

„Du scheinst ja zufrieden zu sein, wie alles läuft. Dann will ich nicht weiter stören."

Als Olaf zur Tür heraus war, rekapitulierte Anne das Gespräch. War Olaf eifersüchtig? Wenn er wieder normaler drauf war, musste sie unbedingt mit ihm darüber reden. Sie war sich keiner Schuld bewusst. Sie wollte einfach nett zu Tim sein. Er brauchte jemanden, mit dem er über seine Erfahrungen reden konnte. Anne hatte nicht viele Kontakte zu Gordon Forell gehabt, aber sie war wenigstens ein bisschen eine Leidensgenossin.

Tim brauchte solch ein Gegenüber, und wenn er es gefunden hatte, fasste er sehr schnell Vertrauen. Bei der NASA war es Teresa gewesen, mit der er sich gut verstand. Sie hatten sich gegenseitig aufgebaut, wenn Gordon es zu schlimm trieb. Diese Freundschaft hatte sich durch die Kündigung und seinen Wegzug nicht verändert. Tim war hervorragend informiert und erzählte alles bereitwillig Anne.

Es störte ihn auch nicht, wenn Anne einiges von seinen Informationen an Dr. Bardouin weitergab. Warum sollte er Gordon in Schutz nehmen? Gordon hatte reichlich Schaden angerichtet, und wie es aussah, war er noch nicht fertig damit. Wenn ein paar Insiderinformationen dazu beitragen konnten, alles zu einem besseren Ende zu bringen, war Balton das nur Recht.

39. Houston, Texas

Seit dem Abschuss seiner Mond-Mission stand Gordon Forell unter Hochspannung, mehr als je zuvor. Alle, die ihn länger kannten und gedacht hatten, seine unausstehliche Art könnte nicht mehr schlimmer werden, wurden eines besseren belehrt. Er war weder für Kritik noch für neue Gedanken offen. Über das weitere Vorgehen wurde natürlich viel diskutiert. An Aufgeben dachte niemand - trotz aller Rückschläge. Aber es gab einige, die nachdenklich geworden waren und nicht einfach so weitermachen wollten. Das war Gordon zuwider. Jedes Mal, wenn die Worte „Kompromiss" oder „Zusammenarbeit" fielen, fuhr er dazwischen und erstickte jeden Gedanken im Keim. Niemals würde er Kompromisse eingehen.

„Zusammenarbeit ist etwas für die, die alleine zu schwach sind", donnerte Gordon seine Mitarbeiter an. Er war nicht schwach.

Diese Linie verfolgte Gordon mit aller Konsequenz. Als größten Erfolg verbuchte er, dass Wincent darauf einschwenkte. Gordon präsentierte ihm Lösungsvorschläge und vermittelte die Überzeugung, dass es zu schaffen war. Gordon bereitete die Powerpoint-Präsentation für Wincents Besuch in Washington persönlich vor.

Dieser Erfolg sorgte zum Leidwesen seiner Mitarbeiter nicht dafür, dass Gordon endlich zufrieden war und wieder umgänglicher wurde. Er hatte sich in dieses Projekt verbissen - und das bekam jeder zu spüren, der in seine Reichweite geriet, was alle nach Möglichkeit zu vermeiden suchten. Die Einzige, die absolut keine Chance zum Ausweichen hatte, war Teresa. Wenn Gordon niemand anderen fand, an dem er seine schlechte Laune auslassen konnte, musste sie herhalten. Eigentlich wie immer, nur noch heftiger.

Als Gordon heute in die Firma kam, war Teresas Platz leer. Das ärgerte ihn maßlos. Sie hatte da zu sein. Sie hatte zu funktionieren. Dafür wurde sie schließlich bezahlt. Er konnte

Zuspätkommen nicht leiden und würde ihr gehörig die Meinung sagen.

Bis dahin durchforstete Gordon seine E-Mails. Die zweifellos wichtigste war die von Richard Wincent. Er war sehr früh nach Washington aufgebrochen - was Gordon wusste. Was er noch nicht wusste, war der Termin, den er an Stelle von Wincent wahrnehmen sollte. Heute Vormittag war ein Treffen mit Dr. Bardouin angesetzt. Der hatte dringend um diesen Termin gebeten und wollte Wincent persönlich sprechen. Das hatte der ihm auch schriftlich zugesagt. Nur gab es jetzt diesen Termin beim Präsidenten und dessen Beraterstab. Das war tausendmal wichtiger als ein Besuch von Dr. Bardouin, selbst wenn der aus Europa kam. Eine Absage war nicht mehr möglich gewesen, Bardouin hatte schon im Flieger gesessen. Pech gehabt.

„Und dann wird Wincent auch keine Lust haben, sich wieder einen Vortrag über Zusammenarbeit anzuhören“, grummelte Gordon. „Also schiebt er mir das in die Schuhe.“

Immerhin hatte Wincent einen kurzen Anhang für Dr. Bardouin geschrieben, in dem er sich förmlich entschuldigte, Gordon als seinen Vertreter in dieser Angelegenheit benannte und ihm diesbezüglich alle Vollmachten gab.

Na prima, dachte Gordon sarkastisch. *Auf dieses diplomatische Geplänkel kann ich gerne verzichten.*

Grimmig stand Gordon auf und ging ins Vorzimmer. Verflucht! Teresas Schreibtisch war immer noch leer. In Gordons Büro läutete das Telefon und er lief zurück.

„Die Personalabteilung hier. Wir sollen Ihnen von Frau Mitchel mitteilen, dass sie den Rest der Woche krank sein wird ...“

Gordon ließ die Dame nicht ausreden, sondern knallte den Hörer auf den Apparat. „Teresa krank. Lächerlich!“, schimpfte er. „Das macht sie nur, um mich zu ärgern.“

Gordon rief Mirjam an und beorderte sie in sein Büro.

Mirjam kam sofort.

„Hi, Mirjam. Teresa ist krank. Du musst vorerst ihren Platz einnehmen.“

Mirjam rührte sich nicht. „So. Muss ich das?“, sagte sie langsam und betont. „Warum m u s s ich das?“

„Weil ich es dir sage.“ Das war für Gordon so selbstverständlich, dass er nicht weiter darüber nachdachte.

„Könntest du nicht freundlich darum bitten?“

Gordon sah irritiert hoch. „Warum? Es ist doch nötig.“

„Du bist sehr wenig nett seit einiger Zeit.“

„Es ist viel Stress. Das weisst du. Mach jetzt keine Szene und geh an Teresas Platz!“

„Ich lasse mich nicht von dir herumkommandieren, nur weil ich mit dir im Bett war.“

Gordon hatte keine Nerven für eine Diskussion - und für Widerspruch erst recht nicht. „Das hat nichts miteinander zu tun“, sagte er scharf. „Und ich kommandiere, weil ich der Chef bin. Es liegt viel Arbeit an, die gemacht werden muss, und wir haben keine Zeit für Diskussionen.“

Mirjam blieb stur. „Ich lasse mich nicht zur Tippse herabstufen. Lass dir von der Personalabteilung einen Ersatz schicken.“

„Ich wusste gar nicht, was für eine Zicke du bist. Du solltest aufpassen, damit du es mit mir nicht verdirbst.“

„Du willst mich wohl loswerden, was?“

Daran hatte Gordon tatsächlich schon gedacht. Irgendwie war Mirjam in der letzten Zeit langweilig geworden. Sie machte ihn nicht mehr wirklich an.

„Aber so einfach wird das nicht werden“, machte Mirjam weiter.

„Warum nicht? Machen wir es kurz: Von meiner Seite aus ist es vorbei.“

„Ich bin schwanger“, sagte Mirjam kühl.

Gordon glaubte, sich verhört zu haben. „Du willst mich verarschen!“

Mirjam schüttelte langsam den Kopf, während sie ihn scharf ansah.

„Du hast mir gesagt, dass du die Pille nimmst.“

„Was du alles glaubst.“

„Dann lass es wegmachen. Ich zahle das auch.“

„Für wie blöd hältst du mich eigentlich?"

„Was soll das heißen? Was willst denn noch?"

„Du hältst dich vielleicht für einen kleinen Bill Clinton. Ein bisschen Spaß mit einer Praktikantin haben - und wenn der Spaß vorbei ist, wird sie abserviert. Ich kenne diese Geschichte. Es gibt aber auch noch andere."

„Ich habe keine Ahnung, wovon du sprichst."

„Vor einigen Jahren hat man sich die Geschichte von einem deutschen Millionär erzählt, ein Tennisspieler. Der hatte ein tolles Erlebnis in einer Besenkammer. Die Frau bekam ein Kind von ihm - und schwupps hatte sie ein schönes Leben. Das will ich jetzt auch."

Langsam dämmerte Gordon, worauf Mirjam hinauswollte. Das war gar nicht gut. „Willst du mich erpressen?"

„Was denkst du von mir?", tat Mirjam entrüstet. „Ich werde doch nichts Illegales tun. Ich möchte nur, dass du dein Kind gut versorgst - und die Mutter, die sich darum kümmern muss, natürlich auch."

In Gordons Hals begann sich ein Knoten zu bilden. Diese Sache konnte ihn den Job kosten. „Willst du das jetzt überall herumposaunen?", brachte Gordon weit weniger selbstbewusst hervor, als er eigentlich wollte.

„Du hältst mich immer noch für blöd und kapierst nicht. Niemand wird etwas von mir erfahren, vorausgesetzt du bist hübsch freundlich zu mir. Ich will doch, dass du deinen Job behältst. Ich wünsche dir sogar noch viele Gehaltserhöhungen - schließlich bin ich ab jetzt prozentual daran beteiligt."

Das Lächeln in Mirjams Gesicht wirkte gar nicht mehr freundlich. Es wirkte irgendwie ... von oben herab.

Erst jetzt begriff Gordon, was wirklich geschehen war. Nicht er hatte sie benutzt - sie hatte ihn benutzt!

Womöglich hat sie das von Anfang an geplant, dieses Biest. Ich bin ihr auf den Leim gegangen und jetzt soll ich bezahlen.

Es sah nicht gut aus für ihn. Obendrein musste er aufpassen, dass sein Patzer nicht publik wurde. Das Personalkarussell drehte sich sehr schnell, zumal die Projekte nicht so liefen, wie sie sollten.

„Ich sehe, du beginnst zu verstehen." Mirjam wandte sich zum Gehen. „Sieh es doch positiv: Du hattest mehr, als einmal Besenkammer. Das ist doch was."

„Klick", fiel die Tür ins Schloss.

Bewegungslos saß Gordon hinter dem Schreibtisch und starrte in die Luft. Das konnte nicht sein. Das durfte nicht sein. Es war so!

Wie in Zeitlupe tropfte die Erkenntnis in seinen Verstand. Der Knoten in seinem Hals wurde enger. Gordon spülte ein Glas Wasser hinunter. Es half nichts. Das zweite auch nicht. Jetzt griff er zum Whisky, den er zum Anstoßen auf gute Gelegenheiten im Schrank hatte. Dies war beim besten Willen keine gute Gelegenheit, aber irgendwas brauchte er jetzt.

Der Whisky brannte in der Kehle, aber der Knoten lockerte sich ein wenig. Noch ein kräftiger Schluck und die innere Lähmung verschwand. An deren Stelle begann Zorn hochzukochen. Zorn auf Mirjam. Zorn auf sich selbst. Zorn auf die Chinesen. Zorn auf das Projekt. Am liebsten hätte Gordon seine Wut laut hinausgebrüllt, mit einer Axt das Mobiliar zertrümmert, das große Modell seiner Rakete zum Fenster hinausgeworfen. Nichts davon konnte er tun.

Das Telefon klingelte. Ausgerechnet jetzt. Gordon griff nach dem Hörer und hätte ihn fast zerquetscht.

„Mr. Forell, Dr. Bardouin ist für Sie an der Rezeption."

Die Hand am Hörer verkrampfte sich schmerzhaft.

NEIN! Jetzt nicht! Auf keinen Fall!

„Halten Sie ihn hin", atmete Gordon mühsam beherrscht ins Telefon. „Ich bin noch nicht so weit."

„Er hat sich schon beschwert, dass Richard Wincent nicht da ist. Er hätte eine schriftliche Zusage."

„Die kann er sich ...", entfuhr es Gordon, aber er konnte sich gerade noch beherrschen. „Er kann ja warten. In drei Tagen ist Wincent wieder da."

Die Stimme am anderen Ende schwieg. Die Dame an der Rezeption wusste nicht, wie sie mit Gordons Aggression umgehen sollte.

„Bringen Sie ihn in den kleinen Besprechungsraum und geben Sie ihm einen Kaffee.“ Gordon wartete keine Antwort ab, sondern legte den Hörer krachend auf. Er musste dieses Telefonat dringend beenden, bevor er die Beherrschung verlor.

Gordons Gedanken rasten in seinem Kopf wie eine Achterbahn. Er bekam einfach keinen von ihnen zu fassen. Was sollte er tun? Wie sollte er sich beruhigen? Viel Zeit blieb ihm nicht. Er konnte den Europäer höchstens eine halbe Stunde warten lassen. Das war das absolute Maximum.

Gibt es eine Möglichkeit den Termin abzublasen? Gibt es nicht. Ich bin ja schon der Vertreter.

Gordon verfluchte seinen Chef, der ihm das eingebrockt hatte, und goss sich noch einen Whisky ein.

Gordon nutzte die halbe Stunde bis zur letzten Sekunde aus, um sich einigermaßen zu sammeln. Im Besprechungsraum traf er auf einen sichtlich verärgerten Generaldirektor der ESA.

Dr. Bardouin hatte höchsten Wert auf ein Treffen mit dem Leiter der NASA gelegt. Diese Angelegenheit war zu wichtig, um sie auf unterer Ebene zu behandeln. Nun speiste man ihn nach der langen Reise mit einem Vertreter ab - und der ließ ihn auch noch warten. Der Händedruck der beiden Männer war so eisig, dass die Luft gefror.

„Ich hatte eine verbindliche Zusage Richard Wincent zu treffen“, begann Dr. Bardouin.

„Der hat einen wichtigen Termin beim Präsidenten.“

Aus dem Tonfall war unmissverständlich herauszuhören, dass Gordon den Termin mit Dr. Bardouin alles andere als wichtig fand.

„Sie müssen mit mir vorlieb nehmen. Hier ist meine Vollmacht.“ Patzig schob Gordon den ausgedruckten Anhang der E-Mail über den Tisch.

Dr. Bardouin überflog ihn kurz. „Also gut. Machen wir das Beste daraus. Wir wissen, dass Ihre Mond-Mission gescheitert ist. Die Chinesen haben Ihre Rakete abgeschossen.“

„Ach. Und weiter?“

„Wir wissen, dass Sie durch fortwährende Sabotage große Probleme haben, etwas Neues auf die Beine zu stellen."

„Wir werden es schaffen."

„Ihr Land hat die chinesischen Startbasen zerstört."

„Sehr gut."

Dr. Bardouin spürte, dass es so zu keinem Gespräch kommen würde. Gordon Forell blockte alles ab. Deshalb änderte er seine Taktik. „Das ganze Geschehen ist fortwährend eskaliert. Die Schäden wurden immer größer. Glauben Sie nicht, dass die Chinesen zurückschlagen werden und alles noch schlimmer kommt?"

„Wir werden uns wehren."

„Wir könnten versuchen zu verhandeln. Die Chancen sind jetzt nicht schlecht. Die Chinesen sind auch in ihrer Entwicklung zurückgeworfen und werden alleine Schwierigkeiten haben. Es wäre für alle Seiten billiger, wenn man die Mond-Mission gemeinsam aufbauen würde. Die Erkenntnisse von dort oben könnten allen zugutekommen. Es würde Ihnen nichts entgehen."

„Abgelehnt."

Gordon verschränkte die Arme und lehnte sich zurück. Genauso hart wie seine Worte war sein Gesichtsausdruck.

Dr. Bardouin versuchte erneut, diesen Brocken aufzuweichen. „Können Sie mir erklären, warum Sie so ablehnend sind? Dann finden wir möglicherweise einen Ansatzpunkt."

„Ich habe kein Interesse an einem Ansatzpunkt. Wir haben das intern diskutiert und unsere Entscheidung steht fest. Richard Wincent ist in Washington, um genau das dem Präsidenten zu vermitteln."

„Es läuft alles auf einen Krieg hinaus und wir haben die Chance ihn zu verhindern."

„Das ist reine Spekulation. Daran beteilige ich mich nicht."

„Sie wollen ganz offensichtlich kein Gespräch." Dr. Bardouin wurde an ein verstocktes Kind erinnert, so wie Gordon ihn ansah. „Gestatten Sie mir ein offenes Wort. Ich habe den Eindruck, dass Sie persönlich in der Klemme sitzen und deshalb alles blockieren. Haben Sie kein Gefühl für die Verantwortung, die Sie haben, wenn Sie so weitermachen?"

„Ihr persönlicher Eindruck interessiert mich nicht. War das jetzt alles?“

Dr. Bardouin sah Gordon einen Moment lang schweigend an. Dann erhob er sich und strahlte plötzlich eine Autorität aus, die Gordon überraschte. „Ich stelle fest, dass wir so nicht weiterkommen. Sie sind nicht in der Lage, verantwortungsbewusste Entscheidungen zu treffen. Ihr Vorgehen läuft auf einen Krieg hinaus, und ich werde alles tun, um das zu verhindern. Glauben Sie mir, ich werde nicht zulassen, dass Menschen wie Sie diesen Versuchen im Weg stehen.“

Ohne einen Gruß ging Dr. Bardouin zur Tür hinaus.

Gordon war froh diesen Termin endlich hinter sich zu haben. Sollte der Europäer doch reden. Was juckte ihn das? Worte. Nichts als Worte. Gordon ging in sein Büro, stellte das Telefon ab und widmete sich dem verbliebenen Rest Whisky.

Die Rückreise von Dr. Bardouin gestaltete sich schwieriger als geplant. Bis Orlando ging alles gut. Aber danach bekamen sie die Ausläufer eines Hurrikans zu spüren, der sich südlich von Florida aufbaute und den Flieger zu einem großen Umweg zwang. Aus dem Fenster konnte Dr. Bardouin in der Ferne die mächtigen Wolkenwände sehen. Er war froh, mit den dort tobenden Gewalten nichts zu tun zu haben.

40. Miami, Florida

„Gut, dass du kommst, Harrison. Ich hatte schon befürchtet, mit diesem Mist alleine zu bleiben."

Harrison war Mitarbeiter des Nationalen Wetterdienstes, NOAA, in Miami. Sie waren für Süd-Florida zuständig und hatten alle Hände voll zu tun. Die Hurrikan-Saison schlug in diesem Jahr besonders heftig zu. Erst gestern mussten sie den Hurrikan Kelvin von Kategorie 2 auf 3 hoch stufen. Er näherte sich langsam von Süden und war der Grund, weshalb an der südlichen Küste Floridas die Warnung „Hurricane-Watch" ausgegeben worden war. Das bedeutete erhöhte Wachsamkeit. Sobald der Kurs genauer feststand, würde die Stufe für die betroffenen Gebiete auf „Hurricane-Warning" erhöht werden.

Das wollte Mitch nicht alleine entscheiden. Er war zwar schon lange bei NOAA beschäftigt, aber erst seit einigen Monaten in Florida. Mitch hatte sich von New York hierher versetzen lassen, um seinen Eltern näher zu sein, die inzwischen häufiger seine Hilfe brauchten. Seine Eltern hatten ihr Leben in einem Vorort von New York verbracht und sich mit Eintritt in den Ruhestand einen Traum erfüllt. Der Traum hieß Sonne, Süden und ein Blockhaus an einem See. So waren sie in das Rentnerparadies Florida gezogen und hatten tatsächlich ein kleines Blockhaus gefunden. Die Preise in Florida waren allerdings weniger traumhaft als die Sonne, weshalb ihnen nichts anderes übrig geblieben war, als eine abgelegene Lage zu nehmen. Mitchs Mutter machte das mehr aus als seinem Vater. Der war glücklich, wenn er morgens mit einer Angel in der Hand verschwinden konnte.

„Was liegt denn an?", wollte Harrison wissen.

„Sieh dir diesen riesigen Eddy an. Der gefällt mir gar nicht." Mitch deutete auf einen Monitor, der eine aktuelle Satelliten-Aufnahme zeigte. Ein großer Fleck im Meer südlich von Florida war rot eingefärbt, ein Warmwasserwirbel, Eddy genannt. Wenn ein Hurrikan über diese großen Wirbel mit warmem Wasser zog, gewann er an Stärke. Es waren praktisch die Tankstellen der

Hurrikans. Der Eddy, auf den Mitch deutete, war der größte, den er bisher gesehen hatte.

„Du hast Recht. Das sieht wirklich nicht gut aus. Wir werden Kelvin bald hochstufen müssen. Die Windgeschwindigkeit liegt bei knapp 130 Meilen."

„Kategorie 4 wird nicht die letzte sein."

„Nein. Dieses Mal wird es ein ganz dickes Ding."

„Sollen wir schon eine Warnung ausgeben?"

„Es ist noch zu früh. Erst in zwei bis drei Stunden, wohin der Kurs geht. Solange warten wir."

Bis dahin war etwas Ruhe, die Mitch nutzte, um seine Eltern anzurufen.

Mitchs Vater saß auf der kleinen Holzveranda und genoss sein Frühstück. „Hi, Mitch, schön von dir zu hören. Sag mal, was macht ihr eigentlich für ein Scheißwetter?"

„Hi, Dad. Du weißt doch, wir machen das Wetter nicht, wir beobachten es nur."

„Das ist mir egal. Ich will gleich mit dem Boot raus."

Mitch seufzte. So war sein Vater eben. Von Argumenten hielt er nicht viel, trotzdem liebte er ihn.

„Du kannst heute nicht mit dem Boot raus. Es ist zu gefährlich."

„Ich hab's in den Nachrichten gesehen. Kategorie 3 habt ihr gesagt. Das sind Kinkerlitzchen. Bei Kategorie 3 trinke ich noch meinen Kaffee auf der Veranda."

„Dieses Mal könnte es gefährlich werden."

„Das sagt du jedes Mal, wenn ein bisschen Wind bläst. Ich lebe jetzt schon 15 Jahre hier und das ist nicht mein erster Hurrikan. Du bist neu und hast noch keine Ahnung."

Auch wie immer, dachte Mitch. *Man kann zwanzig Jahre seinen Job machen, aber weil er älter ist, meint er alles besser zu wissen.*

Mitch versuchte es nochmals: „Er wird bestimmt stärker. Bring dich und Mum in Sicherheit. Am besten nehmt ihr für drei Tage ein Hotel in Miami. Eure Blockhütte ist nicht gut bei so einem Sturm."

„Ach, wir haben Zeit genug. Ich lass den Fernseher laufen. Wenn der Hurrikan stärker wird, kriege ich das schon mit. Und behaupte nicht, meine Blockhütte wäre nicht stabil. Sie ist schon 60 Jahre alt."

„Eben!"

Mitch wusste, dass weiteres Reden nichts bringen würde. Sein Vater war schon immer stur gewesen und würde es bis an sein Lebensende bleiben. „Pass auf dich und Mum auf!"

„Mach ich Junge - und sorge für besseres Wetter."

„Mitch, was machst du denn für ein Gesicht?" Harrison hatte einige Gesprächsfetzen mitbekommen.

„Mein Vater will nicht auf mich hören und ich mache mir Sorgen."

„Das ist alles?", lachte Harrison. „Es gibt Millionen Väter, die nicht auf ihre Kinder hören. Da bist du in guter Gesellschaft."

„Danke für dein Verständnis. Das baut mich jetzt ungemein auf."

Die Ironie in Mitchs Tonfall war nicht zu überhören, aber das kannte Harrison. Das Beste war, Mitch mit Arbeit von seinen trüben Gedanken abzulenken.

„Neue Bilder von Kelvin?"

„Moment. Ich sehe nach."

Mitch wandte sich seinem Rechner zu und gab die Codes für die Satellitenverbindung ein. Nur ein Megabyte schaffte es, Mitchs Rechner zu erreichen, dann wurde der Bildschirm schwarz. Überhaupt wurde nicht nur sein Bildschirm dunkel, sondern der ganze Raum, in dem er mit Harrison saß. Nur das trübe Licht, das durch die dichte Wolkendecke und die ungeputzten Fenster drang, beleuchtete den Raum.

„Verdammter Strom", schimpfte Harrison, dessen Computer sich ebenfalls verabschiedet hatte. „Schon wieder ein Ausfall. Kriegen das die Versorger denn niemals hin? Wenn wir so arbeiten würden wie die, wären wir längst gefeuert."

Es war nicht das erste Mal in diesem Jahr, dass der Strom ausfiel. Manchmal betraf es nur wenige Stadtteile, manchmal ganze Landstriche. Den Unternehmen ging es um Quartalsgewinne. Langfristige Investitionen in die Stromnetze vernachlässigte man systematisch. Damit befand sich Florida in guter Gesellschaft mit den meisten anderen Bundesstaaten. Und da die Menschen sich daran gewöhnt hatten wie an eine gelegentlich Erkältung, würde sich in absehbarer Zeit auch nichts daran ändern. Es wurde wieder heller im Raum. Die Notstromaggregate waren angesprungen. Viele Unternehmen hatten sich in den letzten Jahren damit versorgt und man munkelte bösartig, dass die Stromversorger Aktien der Hersteller dieser Geräte gehortet hatten. Mitch und Harrison machten sich daran, ihre Systeme wieder hochzufahren.

„Warum haben wir eigentlich keine Batterien, die so schnell einspringen, dass die Geräte bei einem Stromausfall nicht ausgehen?“, wollte Mitch wissen.

„Man merkt, dass du noch nicht lange hier bist. Zu teuer. So einfach ist das. Solange wir das jedes Mal wieder hinkriegen, sieht niemand ein, dass er Geld ausgeben sollte.“

„Na super!“, meinte Mitch bissig. „Unsere gute Arbeit verhindert, dass wir vernünftig ausgerüstet sind.“

„Jammer nicht rum! Sieh lieber nach, was unser Baby macht.“

Mitch stellte die Satellitenverbindung wieder her und begann erneut mit dem Download der Bilder.

Harrison stand hinter ihm und wartete ungeduldig auf die ersten Daten. „Das gefällt mir gar nicht“, brummte er, noch bevor der Bildaufbau abgeschlossen war. „Leg die Windgeschwindigkeit drüber.“

Mitch forderte die Daten vom Windradar an und überlagerte beide Bilder. So konnten sie sehr gut überblicken, an welcher Stelle welche Windgeschwindigkeit herrschte. Die Zahlen reichten von 215 bis 240 Km/h in der Spitze.

„Dacht ich’s mir. Das ist jetzt schon Kategorie 4. Er hätte sich ruhig etwas Zeit lassen können.“

„Wir müssen eine Warnung rausgeben. Die Leute müssen sich darauf einstellen.“

„Lass uns den voraussichtlichen Kurs berechnen.“

Mitch rief weitere Wetterdaten auf und fütterte damit die Prognosesysteme. Hier wurden die aktuellen Daten mit den

Erfahrungswerten aus der Vergangenheit zusammengebracht. Früher hatten die prognostizierten Verläufe eher einem Glücksspiel geglichen, aber inzwischen konnte man die zukünftige Entwicklung mit hoher Wahrscheinlichkeit voraussagen konnte. Die Ergebnisse wurden per Internet, Radio und Fernsehen zeitnah weitergegeben, damit sich die Bevölkerung entsprechend vorbereiten konnte.

Man hatte sich daran gewöhnt, rechtzeitig und gut informiert zu werden. Kamen Warnungen, richtete man sich auf der vorhergesagten Durchzugsroute des Hurrikans darauf ein; kamen keine Warnungen, war alles gut.

„Das dauert aber lange heute."

„Hoffentlich haben uns die Chinesen nicht auch einen Floh ins System gesetzt. Das wäre das Letzte, was wir jetzt gebrauchen können."

Inzwischen redete jeder davon. Die Regierung hatte entsprechende Verdachtsmomente verbreitet und die allgemeinen Spekulationen angeheizt. Alle relevanten Stellen waren angewiesen worden, ihre Systeme zusätzlich abzusichern und alle Ergebnisse doppelt gegenzurechnen. Das war der eigentliche Grund für die Verzögerung.

„Mit dieser Masche kriegen sie uns nie wieder. Dieses Spiel ist vorbei."

„Und das Wetter können selbst die nicht beeinflussen."

Endlich erschienen die Ergebnisse auf dem Schirm. Ausgehend vom aktuellen Standort des Hurrikan-Auges wurde ein Trichter auf dem Bild angezeigt. Die dunkelrote Linie in der Mitte war der wahrscheinlichste Verlauf, zur Seite wurde es mit abnehmender Eintrittswahrscheinlichkeit heller.

„Verdammt!", stießen Mitch und Harrison gleichzeitig aus. Die dunkelrote Farbe lief parallel zur Ostküste. Es gab keinen Landfall, wie man den Punkt nannte, an dem das Auge eines Hurrikans das Land erreichte. Das war zwar unangenehm für die Gegend, aber über Land nahm die Kraft eines Hurrikans kontinuierlich ab, bis er über die Stufe „tropischer Sturm" zu einem normalen Tiefdruckgebiet wurde.

„Das Scheißteil zieht die ganze Küste entlang. Es wird kaum schwächer werden."

„Im Gegenteil. Er wird den halben Atlantik aufsaugen und über Florida auskippen. Die Leute sollten ihre Häuser vernageln und für die nächsten Tage abhauen."

„Ich gebe das an die Radio- und Fernsehsender."

„Und ich sage unseren Internet-Jungs Bescheid."

Mitch und Harrison setzten die routinemäßigen Abläufe in Gang, um die Informationen an die relevanten Stellen zu leiten. Zum Schluss kam eine Telefonrunde, um wirklich sicher zu gehen, dass die Daten komplett angekommen waren. Das war zwar lästig, aber es konnten Menschenleben davon abhängen.

„Böse Nachrichten aus der Internetabteilung", verkündete Mitch. Harrison hatte noch nicht angefangen zu telefonieren.

„Was ist los? Geht unsere Seite nicht?"

„Das ist kein Problem. Unsere Daten und die Warnung sind schon online. Nur - es gibt fast keine Zugriffe darauf."

Harrison dachte einen Moment nach. „Wir haben Notstrom, viele Leute nicht. Dann stehen deren Rechner still", vermutete er. „Das könnte auch ein Problem beim Fernsehen und Radio werden. Ich werde die Stationen fragen, wie groß die Reichweite des Stromausfalls ist. Vielleicht wissen die mehr als wir."

Harrison begann zu telefonieren. Mitch beobachtete, wie sein Kollege mit jedem Gespräch unruhiger wurde.

„Ganz Florida?", hörte Mitch heraus.

Harrison stellte den Lautsprecher zum Mithören an. Der Ausfall betraf tatsächlich ganz Florida, soweit es die Anstalten beurteilen konnten. Bessere Daten würden erst nach und nach eintrudeln. Nur der „Pfannenstiel", der Landesteil Floridas, der sich am nördlichen Teil des Golfs von Mexiko in Richtung New Orleans hinzog, war verschont geblieben. Den Hurrikangefährdeten Gebieten an der Ostküste half das wenig.

Eine fieberhafte Suche nach der Ursache des Ausfalls begann. Glücklicherweise brauchten die Elektrizitätswerke ihre Mitarbeiter nicht mühsam zusammenzurufen. Alle hatten Anweisung, bei einem Stromausfall sofort an zugewiesenen Orten zu erscheinen. Die Kraftwerke waren schnell überprüft. Sie arbeiteten fehlerfrei. Genauso war es bei den zentralen Steuerungssystemen.

Erhebliche Probleme wurden von den Außentrupps gemeldet, die die Leitungen inspizieren sollten. Nur bei vierzig Prozent der Leitungen war eine Überprüfung aus der Luft möglich. Bei den anderen sechzig Prozent konnten die Hubschrauber wegen der starken Windböen nicht so tief fliegen, wie es zu einer sinnvollen Kontrolle der Leitungen erforderlich gewesen wäre. Und auf dem Landweg tausende Meilen abzufahren kostete Zeit, die man nicht hatte. Trotzdem brachen zahlreiche Trupps auf. Vielleicht spielte das Glück mit.

Bei einer späteren gründlichen Untersuchung stellte sich heraus, dass eine Anhäufung von Fehlern bei kleineren Stationen erfolgt war. Jede für sich war unbedeutend, weshalb es hier weder zusätzlichen Sicherungen noch eine umgehende Kontrolle gegeben hatte. Solche Fehler kamen häufig vor und wurden kurzfristig umgangen, weil die Steuerungssysteme automatisch auf Umleitungen schalteten. Aber in der Summe dieser Fehler ergaben sich ungleiche Lastverteilungen in den großen Leitungen, die zu Abschaltungen führten. So hatte sich eine Kettenreaktion ergeben, die gleich einer Lawine den halben Staat überrollt hatte.

„Glaubst du an Zufälle?"

„Meinst du den Mist mit dem Strom?", fragte Harrison missmutig zurück.

„Was denn sonst?"

„Dann sag das doch gleich. Ich bin nicht mehr gut drauf. Seit gestern Morgen sitze ich hier und mache den ganzen Tag Analysen, die kein Schwein zu sehen bekommt."

Mitch und Harrison hatten die Nacht durchgemacht. Die Ablösung war nicht gekommen. Harrison wusste, dass Mary und Simon weit außerhalb der Stadt wohnten. Normalerweise waren sie überpünktlich, aber was war heute normal? Der Sturm war sehr heftig, obwohl das Zentrum noch weit weg war. Gut möglich, dass die Straßen durch umgefallene Bäume versperrt waren. Und ohne Strom - das wusste Harrison aus eigener Erfahrung - herrschte in der City das helle Chaos. Alle, die sonst die U-Bahn benutzten, stiegen auf Busse oder Auto um. Aber da die Ampeln genauso wenig funktionierten, blieb man am besten gleich zu Hause.

So blieben Mitch und Harrison bei NOAA und verfolgten im Licht der Notstromaggregate, wie der Hurrikan ständig an Stärke zunahm.

„Also?“, bohrte Mitch weiter, „was glaubst du?“

„Ich bin sehr wenig gläubig, und, was Zufälle betrifft, erst recht. Das hier stinkt zum Himmel.“

Mitch nickte. „Die größte Scheiße ist, dass wir hier herumsitzen und nicht wirklich etwas tun können. Ich hasse es, nur Zuschauer zu sein.“

„Wir machen unseren Job und sorgen für die Informationen. Mehr tun können nur die Behörden und die Armee.“

„Hast du mitbekommen, ob sie etwas tun?“

„Wie denn? Bin ich Hellseher? Ich weiß nicht mehr als du.“

Harrison war unüberhörbar aggressiv, aber Mitch musste reden. Seine Gedanken kreisten unentwegt um seine Eltern und das Herumsitzen machte ihn verrückt.

„Die am meisten betroffenen Gebiete müssten evakuiert werden.“

„Und wie stellst du dir das vor? Soll die Armee Zettel verteilen?“

Mitch stellte sich gar nichts vor. Er fühlte sich schrecklich hilflos. Da saßen sie vor ihren Bildschirmen, die Notstromaggregate erlaubten ihnen, Kelvin weiterhin zu berechnen - und dann war’s das schon. Dagegen kämpften die Leute draußen mit den Folgen des Stromausfalls, fluchten auf das schreckliche Wetter - und ahnten nicht, welches Monster auf sie zukam.

Gegen Mittag hielt es Mitch nicht mehr aus. „Ich muss zu meinen Eltern. Sie sitzen in ihrem Blockhaus und haben keinen blassen Schimmer vom Hurrikan.“

„Wir haben einen Job. Du kannst nicht einfach verschwinden.“

„Ja und? Was soll ich hier tun? Höher stufen können wir den Hurrikan nicht mehr. Er ist schon oben angekommen. Schlimmer kann der Kurs auch nicht mehr werden und warnen können wir sowieso niemand. Also?"

Harrison zögerte, aber er verstand Mitch. Er wusste, wie sehr Mitch seine Eltern liebte, und er konnte wirklich nichts mehr tun. „Okay. Verschwinde! Ich halte die Stellung." Er warf Mitch seinen Schlüsselbund zu.

„Nimm meinen Wagen. Mit deiner Gurke wirst du nicht weit kommen."

„Danke. Du hast was gut bei mir."

„Ist schon okay. Bring ihn heil zurück, sonst reißt mir meine Frau den Kopf ab."

Mitch verzichtete auf den Fahrstuhl. Es war zu riskant, weil das Notstromaggregat nicht immer alles schaffte, und er hatte es eilig. Als er ins Freie trat, riss ihn eine Windböe fast von den Beinen. Der mitgelieferte Schwall Wasser durchnässte Mitch auf dem ersten Meter. Harrison hatte seinen Parkplatz in der Nähe des Hauseingangs. Dort stand sein Jeep Grand Cheerokee völlig unbeeindruckt von dem Wetter. Triefend vor Nässe setzte sich Mitch hinter das Steuer.

„Zum Glück hat nicht jeder einen energiesparenden Kleinwagen", murmelte Mitch, der sich erst vor kurzem einen Honda zugelegt hatte. Mit dem hätte er heute sehr energiesparend fliegen können.

Es dauerte Stunden, bis Mitch die breite Ausfallstraße erreichte. Der Verkehr war völlig zum Erliegen gekommen. Die eine Hälfte der Bevölkerung versuchte verzweifelt, trotz des Wetters zur Arbeit zu kommen, während die andere Hälfte genauso verzweifelt den Weg nach Hause suchte. Die Ampeln und die Straßenbeleuchtung waren aus. Die dicken Wolken dimmten das Tageslicht auf die Werte einer späten Dämmerung. Die Scheibenwischer kämpften auf höchster Stufe gegen die Wassermassen, die wie in einer Autowaschanlage auf die Scheibe niedergingen.

Mitch setzte seine Hoffnung auf die Ausfallstraße, aber er hatte sich getäuscht. Statt mit den gewohnten 80 Meilen wälzte sich die Autoschlange im Schritttempo voran. Erst kurz vor der Ausfahrt, die in die ländliche Gegend seiner Eltern führte, wurde es geringfügig besser. Auf der Landstraße ging es endlich schneller, weil hier kaum jemand fuhr - allerdings nur die ersten zehn Meilen. Dann versperrten umgefallene Bäume die Straße. Vorsichtig umkurvte Mitch sie. Den letzten überwand er nur, indem er mit Schwung über die dünneren Äste der Baumkrone preschte. Sie verursachten ein hässliches Geräusch, als sie an der Karosserie entlang kratzten. Er würde Harrison eine neue Lackierung spendieren müssen.

Nach viel zu langer Zeit bugsierte Mitch den Jeep um die letzte Straßenbiegung. Von hier aus hätte man einen wunderschönen Blick auf den See und das Blockhaus gehabt - vorausgesetzt man könnte weiter sehen als bis zur eigenen Stoßstange.

Mitch hatte gehofft, wenigsten einen Lichtschimmer zu erkennen. Nichts. Nur Baumstämme. Mitch ließ den Wagen stehen. Ab hier musste er klettern. Es war, als ob ein Riese in ungezügelter Wut die Bäume in ganzen Reihen umgehauen hätte. Mitch bekam Angst. Er kämpfte sich durch Äste und Gestrüpp. Hier hätte das Blockhaus seiner Eltern stehen müssen. Das wusste er genau. Aber es war nicht da. Dort konnte er schwach einige Balken erkennen, die verkeilt herumlagen. Wo das Wohnzimmer hätte sein sollen, ragte eine Baumkrone schräg in die Luft. Mitch erkannte die Reste des Kamins. Der Kamin war der einzige gemauerte Teil in dem Haus.

Ein schrecklicher Gedanke durchfuhr Mitch. Er kroch die Meter zum See, der weit über seine Ufer getreten war.

„Nein!“

Schemenhaft erkannte Mitch Teile des Dachgiebels auf dem Wasser.

„Nein. Nein. Nein.“

Mitchs Herz schrie „Nein“, aber sein Verstand sagte: „Ja!“

Mitch wusste, dass Tornados häufige Begleiter von Hurrikans waren. Selbst in großer Entfernung vom Auge gab es häufig diese Sturmwirbel, die ganz plötzlich auftauchten, eine Schneise der Verwüstung hinterließen und sich dann wieder auflösten.

Es gab keinen Zweifel: Hier hatte ein Tornado gewütet. Er hatte das Haus seiner Eltern gepackt und in den See geblasen. Seine Eltern hatten nicht den Hauch einer Chance besessen. Selbst wenn sie rechtzeitig aus dem Haus gekommen wären - in der ganzen Umgebung waren die Bäume wie Streichhölzer umgeknickt.

Die Kenntnis der wissenschaftlichen Zusammenhänge half Mitch nicht. Die bittere Erkenntnis der Wahrheit war wie eine Nadel, die in einen Luftballon stach. Genauso plötzlich verließ Mitch jegliche Kraft. Wie eine leere Hülle sackte er auf einem Baumstamm zusammen. Er spürte nicht, wie die Wassertropfen fast waagerecht auf ihn eindroschen. Bewegungslos ließ er es geschehen.

Nach einer Stunde riss ein heftiger Schlag in den Rücken Mitch aus seiner Starre. Benommen drehte er sich um, konnte aber nur einen kleinen Ast ertasten. Es war so dunkel, wie er es noch nie erlebt hatte. Nicht das geringste Restlicht eines Sterns drang durch die Wolken. Keine Laterne ringsum. Schwarz überall. Einzig das Hämmern der Regentropfen auf seinen Körper signalisierte ihm, dass er noch lebte.

Klar denken konnte Mitch nicht, aber irgendwo tief in seinem Inneren regte sich ein Überlebensinstinkt, der die Kontrolle übernahm. Später konnte Mitch niemandem erklären, wie er in dieser tobenden Natur zum Auto zurückgefunden hatte. Er wusste nicht, ob es eine, zwei oder drei Stunden gedauert hatte. Nur seine zerfetzte Kleidung bewies ihm, dass der Weg nicht einfach gewesen war.

Das Auto war seine einzige Überlebenschance. In der ganzen Umgebung gab es nichts, was ihn vor dem Sturm schützen konnte, der mit Sicherheit noch stärker werden würde. Selbst das Auto bot nur eine Chance von fünfzig Prozent. Mitch wusste, dass in starken Hurrikans sogar beladene Lastwagen umgeweht werden.

Mitchs Überlebensinstinkt analysierte die Lage. Es war, als ob er neben sich stünde und ungläubig beobachtete, was er tat. Die Lösung für sein Überleben musste im Umkreis von hundert

Metern zu finden sein. Größer war der Teil der Welt nicht mehr, den er erreichen konnte - wenn ihn die Natur überhaupt so weit kommen ließ.

Vor seinem Auge sah Mitch wieder das Bild, kurz bevor er den Wagen verlassen hatte. Die Bäume waren nicht entwurzelt gewesen, sondern in einer Höhe von vielleicht zwei Metern abgeknickt. Wenige Schritte neben seinem Standort waren dickere Stämme, die eng beieinander standen. Wenn er den Jeep dazwischen rammen könnte, hätte er seitliche Stabilität bei den kommenden heftigen Windböen.

Mitch setzte viermal vor und zurück, um den Jeep in die richtige Ausgangsposition zu bringen. Er benötigte genügend Schwung, durfte aber auf keinen Fall gegen einen der Baumstämme fahren. Dann wäre der Jeep so beschädigt, dass er keinen weiteren Versuch mehr hätte. Endlich hatte er den Jeep richtig positioniert. Die Scheinwerfer reichten nur einen Meter weit, aber da war die Lücke, die er brauchte. Er setzte zurück. Bloß nicht lenken. Die Stämme verschwanden aus der Reichweite der Scheinwerfer. Das musste er in Kauf nehmen. Mit einem Ruck wurde seine Rückwärtsfahrt gestoppt. Das war's. Weiter ging es nicht. Jetzt wieder vorwärts. Der Anlauf musste ausreichen.

Mitch holte tief Luft und trat das Gaspedal bis an den Anschlag. Einen kurzen Moment drehten die Reifen durch und schleuderten Matsch nach hinten. Dann griffen sie und der Jeep machte einen Satz nach vorne. Für einen Sekundenbruchteil tauchten die Stämme vor ihm auf. Dann ein ohrenbetäubendes Kreischen. Die Seitenspiegel splitterten. Ein letzter Ruck, dann sah Mitch durch das linke und rechte Seitenfenster Rinde. Er hatte es geschafft. Er saß so fest eingekeilt, dass der Wagen nur noch mit schwerem Gerät herauszubekommen war. Fürs Erste war er sicher. Sogar die Scheiben waren heil geblieben und er konnte davon ausgehen, das Unwetter einigermaßen trocken zu überstehen - abgesehen von der Nässe, die er bereits in seinen Kleidern hatte.

Die Nacht dauerte endlos. Mitch kam sich vor wie im Inneren eines Schlagzeugs. Die Regentropfen hämmerten mit der

Geschwindigkeit eines Rennwagens gegen das Blech. Übertönt wurde der Lärm nur durch die Schläge, wenn ein losgerissener Ast das Auto traf. Zu seinem Glück waren alle Bäume in Reichweite bereits abgebrochen, sonst hätte er die Sorge haben müssen, dass das Dach eingedrückt würde. Eine neue Lackierung für Harrison würde nicht reichen. Im Prinzip war der Wagen Schrott. Aber was bedeutete das im Vergleich zu dem Verlust seiner Eltern. Unendliche Trauer überschwemmte Mitch.

Mitch überlebte. Am Nachmittag des folgenden Tages flaute der Sturm so weit ab, dass er durch die Heckklappe den Jeep verlassen konnte. Auf Hilfsmannschaften brauchte Mitch nicht zu warten. Er schaffte es nicht, bis zum Abend den Highway zu erreichen und musste die Nacht im Freien verbringen. Völlig durchnässt und übermüdet fand er am folgenden Morgen ein Haus, das unversehrt war und dessen Bewohner ihn aufnahmen. Damit ging es ihm besser, als den tausenden anderen, die von dem gigantischen Hurrikan überrascht worden waren. Die extremen Böen wehten ganze Autoschlagen in einem Rutsch von den Highways und würfelten sie durcheinander. Komplette Wohngebiete wurden dem Erdboden gleich gemacht, Einfamilienhäuser wie Pappkartons zusammengefaltet. In größeren Häusern wurden die Keller überschwemmt, in die sich die Bewohner geflüchtet hatten. Rettungsmannschaften waren keine im Einsatz, denn sie kamen aus ihren Stationen nicht heraus. Die Armee hatte Befehl erhalten, ein Abschwächen des Sturms abzuwarten.

Drei Tage später startete das prominenteste Flugzeug der Welt zu einem Tiefflug entlang der Ostküste Floridas. An Bord der Airforce One befanden sich der Präsident der Vereinigten Staaten, Verteidigungs- und Außenminister sowie der Minister für Heimatschutz und weitere wichtige Persönlichkeiten, die sich ein Bild der Katastrophe machen wollten. Aus Sicherheitsgründen hätten so viele hochkarätige Regierungsmitglieder nicht gleichzeitig in einem Flugzeug sein dürfen, aber diese Regel hatte man bewusst gebrochen. Immerhin hatte man den stellvertretenden Präsidenten zu Hause gelassen.

Anfangs betrachtete die Gruppe schweigend und mit tiefer Betroffenheit die Verwüstungen. Mit zunehmender Flugdauer wurde aus der Betroffenheit Wut. Der Präsident kochte förmlich.

„Halb Florida hat sich in eine Wüste verwandelt. Aus dem Rentnerparadies ist eine Rentnerhölle geworden. Unser Raumfahrtindustrie ist auf weite Strecken zerstört. Warum konnten wir das nicht verhindern?“

Die Frage schwebte minutenlang im Raum, ohne dass jemand eine Antwort wagte.

Endlich versuchte sich der Minister für Heimatschutz an einer Zusammenfassung.

„Wegen der Stromausfälle konnten wir fast niemanden warnen. Die üblichen Wege, um die Bevölkerung zu informieren, waren gestört. Die Evakuierungsaufrufe kamen nicht an und die Katastrophenpläne griffen ins Leere. Die Mitarbeiter zur Sicherung der sensiblen Einrichtungen konnten nicht alarmiert werden oder sie haben ihre Einsatzorte nicht mehr erreicht.“ Die Aufzählung der Negativpunkte fiel ihm sichtlich schwer, aber er war noch nicht fertig. „Die jeweils vor Ort anwesenden Mitarbeiter haben ihr Bestes versucht, aber das war angesichts der Stärke des Sturms zu wenig. Als das Ausmaß des Hurrikans klar war, war es für das Militär zu spät, um mit schwerem Gerät anzurücken. Gegen solche Naturgewalten sind wir machtlos.“

Beim Stichwort „Militär“ sah der Verteidigungsminister auf. „Naturgewalten, schön und gut. Entscheidend war doch der Stromausfall. Wenn der nicht gewesen wäre, hätten wir ganz anders operieren können.“

Er erntete grimmiges Nicken als Zustimmung.

„Und da hatte jemand seine Hand im Spiel.“

Wieder nickten alle.

„Können Sie das beweisen?“

Alle sahen die Außenministerin an.

„Wir wissen, dass Sie immer daran denken, wie wir unsere Aktionen gegenüber unseren Verbündeten verkaufen können. Aber wie lange wollen Sie warten? Sehen Sie aus dem Fenster.

Demnächst trifft es Los Angeles oder New York. Wer weiß, was sich diese Teufel als Nächstes ausdenken."

Jeder wusste, wen der Verteidigungsminister meinte.

„Wie lange brauchen Sie, bis Sie den Weltsicherheitsrat überzeugt haben – in dem die Chinesen Vetorecht haben? Oder diese übersensiblen Europäer?" Es war klar, dass diese Optionen für ihn nicht in Frage kamen.

„Was schlagen Sie vor?"

„Mr. President, wir sollten unsere Flotte mobilisieren."

„Und was wollen Sie damit erreichen? Wollen Sie etwa China angreifen?"

„Nein, aber wir werden ihnen drohen. Sie sollen uns vor ihrer Küste sehen und wissen: Das nächste Mal ist eine von ihren Städten dran, Beweise hin oder her. Wir haben lange genug gewartet."

„Unsere Umfragewerte brechen dramatisch ein", schaltete sich der Minister für Heimatschutz ein. „Die Leute wollen sehen, dass wir handeln. Sie werden hinter uns stehen."

Der Präsident sah in die Runde. Er spürte, dass sie eine Entscheidung von ihm verlangten. Er dachte an seinen Vorsatz, niemals leichtfertig in einen Krieg zu ziehen. Aber war das nicht schon Krieg? Begonnen von den Chinesen? Vor seinem inneren Auge zogen nochmals die Bilder der Zerstörung vorbei, Cape Canaveral, die Küstenstädte. Sie erreichten den nördlichen Teil Floridas, den es nicht so stark erwischt hatte. Die Highways nach Norden waren verstopft. Wer konnte, flüchtete aus dem Sonnenstaat. Die Bilder waren schlimmer als manche Kriegsbilder. Einfach nichts zu tun, war keine Lösung. Ein Präsident musste Handlungsfähigkeit beweisen.

„Machen Sie die Pazifikflotte mobil!"

41. Houston, Texas

„Ratsch - Knister - Plopp."

Gordon riss ein weiteres Blatt von seinem Block ab, knäuelte es zusammen und warf es in den Papierkorb, der vor seinem Schreibtisch an der gegenüberliegenden Wand stand. Besser gesagt, er wollte den Papierball hineinwerfen, traf aber nicht. Er prallte am Rand ab und landete auf dem Boden. Noch nicht einmal das schaffte er, geschweige denn, einen Gedanken für ein neues Konzept zu fixieren.

Hurrikan „Kelvin" hatte den größten Teil ihres Raumfahrtprogramms zerstört, zwar nicht die Verwaltung, die Entwicklung und die Steuerungszentralen, aber entscheidende Teile der Startanlagen in Cape Canaveral. Damit hatte der Hurrikan auch Gordons Pläne und sein Projekt vernichtet.

„Nein! Nicht der Hurrikan. Die Chinesen waren es!", korrigierte Gordon.

Der Hurrikan war zwar schlimm gewesen, aber mit den entsprechenden Vorbereitungen hätten sie es geschafft. Schließlich war es nicht der erste Hurrikan, der über Florida gezogen war. Aber eben diese Vorbereitungen waren ausgeblieben, weil die Chinesen die Stromversorgung manipuliert hatten. Sicher, in Cape Canaveral hatten sie, wie in allen wichtigen Einrichtungen, eigene Notstromaggregate. Aber die waren dafür ausgelegt, das Nötigste im Normalbetrieb aufrecht zu erhalten. Für einen Katastrophenfall, in dem man an allen Stellen gleichzeitig mit höchster Energie Schutzmaßnahmen installieren musste, reichten sie bei weitem nicht aus. Außerdem hatten ihnen die Leute gefehlt. Ihr ausgefeiltes Katastrophenmanagement konnte nur funktionieren, wenn man mit den Mitarbeitern kommunizieren konnte - was ohne Strom kaum möglich war.

„Ratsch - Knister - Plopp."

Außer der Überschrift stand nichts auf dem Blatt, das dem Papierkorb entgegenflog und ihn genauso verfehlte, wie alle anderen vorher. Diese Leere entsprach exakt dem Zustand von Gordons Gehirns. Und wenn der Leiter keinen Plan hatte, ergab es sich zwangsläufig, dass auch die Mehrzahl seiner Projektmitarbeiter tatenlos herumsaß, wenn sie sich nicht - wie Teresa - krankgemeldet hatten. Es musste ein Gedanke her, koste es, was es wolle.

Gordon quälte sein Gehirn und hätte fast das Telefon überhört. Er blickte auf das Display. Richard Wincents Sekretärin war am anderen Ende der Leitung.

Was will die? Das routinemäßige Meeting ist erst in zwei Tagen.

Er möge bitte zum Generaldirektor kommen. Nein, Unterlagen bräuchte er nicht mitzubringen.

Gordon wusste, dass das selten etwas Gutes bedeutete. Andererseits - er warf einen Blick auf den Hügel aus Papierbällen rund um den Abfalleimer - hätte er auch keine sinnvollen Unterlagen mitnehmen können.

Auf dem Weg nach oben kam er an Mirjam vorbei, die an Teresas Schreibtisch saß und einen Pappkarton packte. Neben ihr stand Richard Spencer, der Hüne vom Sicherheitsdienst, der speziell dafür zuständig war, Mitarbeiter nach draußen zu begleiten, die gefeuert worden waren. Das war übel. Sehr übel.

Mirjam sagte kein Wort. Sie bedachte Gordon nur mit einem giftigen Blick.

Der Weg zum Fahrstuhl schien Gordon heute kürzer als sonst. Auch schien der Fahrstuhl schneller zu fahren. Viel zu schnell für seinen Geschmack. Als er das Büro von Wincent betrat, war sein Gehirn immer noch leer. Wincent blieb hinter seinem mächtigen Schreibtisch sitzen, was er sonst selten tat.

„Wie ist der Stand Ihrer Planungen?“, kam Wincent sofort zur Sache.

Diese Frage hatte Gordon befürchtet. Was sagt man, wenn man nichts zu sagen hat? Oberstes Gebot: Bloß keine Unsicherheit anmerken lassen! „Die neuen Planungen sind noch nicht fertig. Wir arbeiten daran.“

„Ich habe eine Bestandsaufnahme von Cape Canaveral vorliegen. Danach dürfte es keine Basis für irgendwelche neuen Planungen geben.“

Wincent hatte es klar auf den Punkt gebracht. Aber er, Gordon, war doch nicht schuld daran. „Die Chinesen ...“

„Sie brauchen mir nicht zu erklären, was die Chinesen gemacht haben“, fuhr Wincent dazwischen. „Sie können mir glauben, dass ich voll im Bild bin. Was ich mich frage, ist, ob wir noch Verwendung für Ihr Projekt haben.“

Sag doch gleich, ob du noch Verwendung für mich hast, dachte Gordon.

„Kurzfristig sicher nicht“, gab Gordon zu. „Aber wir werden wieder aufbauen müssen. Amerika wird sein Raumfahrtprogramm niemals aufgeben.“

Wincent nickte. „Niemals!“

„Und dafür werden erfahrene Männer gebraucht“, setzte Gordon nach.

Wincent nickte wieder. „So ist es. Ich hege allerdings Zweifel, ob Sie dazugehören werden.“

Jetzt war es heraus. Die Chancen standen denkbar schlecht, aber Gordon wollte nicht kampflos weichen. „Welche Fehler werfen Sie mir vor? Wer kann ähnliche Erfahrungen wie ich vorweisen?“

Wincent schob Gordon ein Blatt herüber. Den Ausdruck einer E-Mail. „Lesen Sie!“

Gordon überflog den Inhalt. In seinem Magen verknotete sich etwas.

„Das ist heute an alle Ihre Projektmitarbeiter gegangen und zusätzlich an zahlreiche Führungskräfte der NASA. Was sagen Sie dazu?“

Gordon dachte fieberhaft nach. Die E-Mail schilderte detailliert sein geheimes Verhältnis zu Mirjam, ihre Schwangerschaft, die Erpressung von Teresa und einiges mehr. Gordon konnte es nicht fassen. Wer konnte das alles wissen? Er hatte Mühe, einigermaßen Haltung zu bewahren. Sollte er leugnen? Mirjam hatte es schon erwischt. Er musste auf ein anderes Schlachtfeld ausweichen.

„Das ist doch klar. Hier versucht jemand mich auszubooten. Wir haben in den letzten Monaten auch von anderen manipulierten E-Mails gehört." Das war die rettende Idee. Gordon schöpfte einen Funken Hoffnung.

„Ich weiß, worauf Sie anspielen. Gehen Sie davon aus, dass ich alles gecheckt habe. Diese E-Mail stammt definitiv nicht von einem Mitarbeiter der NASA, der sie anschwärzen will. Sie stammt auch nicht von den Chinesen. Die NSA hat sie genauestens überprüft und kann mit Sicherheit sagen, dass sie europäische Handschrift trägt und aus Europa stammt. Den tatsächlichen Absender kennen wir nicht, aber das dürfte wohl reichen."

Wincent machte eine Pause, in der er Gordon beobachtete. Der erinnerte sich an eine Äußerung von Dr. Bardouin.

Sollte der ...?

Weiter kam er nicht mit seinen Überlegungen, denn sein Chef war noch nicht fertig.

„Sie erinnern sich, dass Dr. Bardouin erstaunlich gut über unseren Fund Bescheid wusste? Viel zu gut?"

Natürlich erinnerte Gordon sich.

„Das heißt, es muss eine undichte Stelle geben."

„Die muss es geben, aber dafür bin ich nicht verantwortlich", wiegelte Gordon ab. Alles wollte er sich nun wirklich nicht in die Schuhe schieben lassen. „Das ist Sache unserer Security-Abteilung und der NSA."

„Wirklich?"

Gordon hatte nicht den Schimmer einer Ahnung, worauf Wincent hinaus wollte, also schwieg er.

„Die NSA hat herausgefunden, dass ein gewisser Michael Forell das komplette Video unserer Entdeckung ins Internet gestellt hat. Kennen Sie den?"

Mein Sohn! Wie kann das passiert sein? Wie kommt Michael an das Video?

Gordon hatte keine Antworten.

„Ihrem Gesichtsausdruck entnehme ich, dass Sie Michael Forell kennen." Die Stimme von Wincent gewann bedrohlich an Schärfe. „Ihr eigener Sohn hat wesentlich dazu beigetragen, dass die anderen über unsere Entdeckung bestens informiert sind.

Trotz höchster Geheimhaltungsstufe. Und von wem sollte er die Informationen haben, wenn nicht von Ihnen?“

Zu dem Knoten in Gordons Magen gesellte sich ein Knoten in seinen Stimmbändern. Gordon brachte kein Wort heraus. So musste sich ein Rind fühlen, kurz bevor es geschlachtet und zu Hamburgern verarbeitet wurde.

Wincent war voll in Fahrt und wollte die Schlachtung bis zu Ende durchziehen. „Ich stelle also fest, dass *SIE”* - dieses „Sie“ kam wie eine Pistolenkugel auf Gordon zugeflogen - “dass *SIE* mit Schuld daran sind, dass wir Milliarden verloren haben. Ich stelle fest, dass *SIE* die Angelegenheiten in Ihrer Familie nicht im Griff haben. Ich stelle fest, dass *SIE* die moralischen Werte unserer Firma untergraben: Sie besetzen willkürlich Positionen, Sie setzen zuverlässige Mitarbeiter unter Druck, Sie haben Sex mit Abhängigen.“

Jede einzelne Feststellung hätte zu einer Vollstreckung ausgereicht. Unter diesem Kugelhagel an Anschuldigungen sackte Gordon zusammen. Das Fatale war: Alles traf zu. Gordon wartete auf das endgültige Urteil - das er im Prinzip schon kannte.

Wie auf ein Zeichen öffnete sich die Tür.

„Dieses unehrenhafte Verhalten werde ich in unserer Institution nicht dulden. Wer so denkt und handelt, hat keinen Platz bei uns. Mr. Spencer, bitte begleiten Sie Mr. Forell hinaus.“

Es gab keine Verabschiedung, keinen Dank für geleistete Überstunden, keine Ehrung für vollendete Projekte. So hatte sich Gordon seinen Abgang nicht vorgestellt. Im Fahrstuhl stellte er fest, dass sich auf Spencers Gesicht ein Zug der Zufriedenheit breitmachte.

Die folgende Prozedur war Gordon bekannt. Er hatte sie oft genug selbst in Gang gesetzt. Ein Pappkarton stand sogar schon fertig vorbereitet in seinem Büro. Irgendeine „hilfreiche“ Hand hatte ihn bereits auf dem Schreibtisch platziert.

Mit wenigen Handgriffen packte Gordon seine persönlichen Sachen ein. Die Kleidung zum Wechseln und das Reisebett würde ihm nachgeschickt werden. Gordon sah sich ein letztes

Mal um. Er war fertig. Oder doch nicht? Ein Schrecken durchzuckte ihn.

Die Whisky-Flasche hinter den Ordnern!

Er hatte die geleerte Flasche längst wieder durch eine volle ersetzt. Sollte er die hier lassen? Man würde sie finden und dann? Nach allem, was ihm jetzt anhing, würde er größte Probleme haben, einen vernünftigen Job zu finden. Einen gleichwertigen konnte er sowieso vergessen. Wenn man ihm dann noch Alkohol am Arbeitsplatz nachsagte, bedeutete das sein endgültiges Aus.

Ich müsste nur die Hand ausstrecken, zugreifen und sie in den Karton stecken. Fünf Sekunden. Unbeobachtete Sekunden.

Gordon sah Spencer an. Konnte man ihn irgendwie ablenken? Gordon ging blitzschnell seine Optionen durch. Spencer schien zu merken, dass etwas nicht stimmte. Das Grinsen auf seinem Gesicht wurde breiter. Spencer schien das Ganze zu genießen.

„Nun? Fertig?", fragte er.

Nur fünf Sekunden.

Gordon wusste, dass er nicht eine halbe von diesen fünf bekommen würde. Er seufzte und holte die Flasche hinter den Ordnern hervor. Verloren hatte er sowieso. Dann wollte er ihnen nicht auch noch den Whisky lassen. Vor den aufmerksamen Augen von Spencer verstaute er ihn bei den anderen Sachen in seinem Karton.

Spencer grinste noch breiter als vorher. Gordon würde seinen restlichen Besitz verwetten, dass Spencer diese Beobachtung nicht für sich behalten würde.

Gordon griff den Karton, blieb noch einmal vor dem großen Modell der Rakete stehen und ließ sich dann von Spencer nach draußen geleiten. Diese Türen würden sich nie wieder für ihn öffnen.

42. Point Loma, San Diego, Kalifornien

Die Vorbereitungen für das Auslaufen waren abgeschlossen. Der Flugzeugträger USS Ronald Reagan stand voll ausgerüstet und bewaffnet mit seinen 90 Flugzeugen und Hubschraubern bereit. Auf seinem riesigen Deck war die gesamte Besatzung aus über 3000 Seeleuten und fast 2500 Flugpersonal angetreten und richtete ihre Blicke auf den Präsidenten.

Um den Flugzeugträger herum gruppierten sich die zahlreichen Begleitschiffe, auf denen sich die Besatzungen an der Reling aufgereiht präsentierten.

Bereits auf dem Meer, aber noch in Sichtweite lagen die Flugzeugträger USS Nimitz und USS John C. Stennis mit ihren Begleitschiffen, die ebenfalls in San Diego beheimatet waren. Zusammen bildeten sie einen Teil der Pazifik-Flotte.,

Die Vorbereitung zum Auslaufen geschah unter reger Anteilnahme der Öffentlichkeit. Die Marine hatte im Hafen ein Volksfest arrangiert, das der Größe der Flugzeugträger angemessen war. Alle Schiffe waren mit bunten Wimpeln und übergroßen amerikanischen Flaggen geschmückt. Die Marinekapelle spielte, was die Instrumente hergaben, und begeisterte die kaum zu überschauende Menge an Angehörigen und Besuchern. Es herrschte eine Stimmung, als ob nach einem langen, dunklen Winter zum ersten Mal wieder die Sonne aufging. Alle großen Fernsehgesellschaften im ganzen Land ausgestrahlt berichteten live von diesem Ereignis. Höhepunkt war die Rede des Präsidenten vom Deck des Flugzeugträgers.

Vor den riesigen Monitorwänden, die im gesamten Hafengelände verteilt waren, schien der Jubel keine Grenzen zu kennen. Die Menschen hatten genug von den Demütigungen und Katastrophen der letzten Monate. Endlich ergriff ihr Präsident, der erste Amerikaner, die Initiative und sagte ihnen voller Inbrunst, dass sie ein starkes Volk seien. Bei jedem Satz brandete Beifall auf. Die Regieanweisungen, wann Applaus stattfinden sollte, waren überflüssig. Die Menge klatschte von sich aus und jedes Mal länger als geplant.

Man sah dem Präsidenten an, wie dieser Funke auf ihn übersprang. Er hatte in den vergangenen Monaten viel gelitten und reichlich Kritik einstecken müssen. Die Umfragewerte der letzten Wochen hatten ein Tief nach dem nächsten erreicht - aber das wurde in dieser Stunde zur Geschichte. Er sog den Applaus auf wie ein trockener Schwamm, wirkte aufs äußerste zufrieden und es hätte ihm nichts ausgemacht, seine Redezeit zu verdoppeln.

Symbolisch startete der Präsident in einem Kampfjet. Unter dem Donner der Salutschüsse setzten sich die riesigen Stahlkolosse in Bewegung. Ganz Amerika sah diese beeindruckenden Bilder der Stärke. Durch die Fernsehkanäle getrieben schwappte die Adrenalinwoge vom Militärstützpunkt über das gesamte Land. Sie schwappte über die Grenzen hin zu den Flotten, die in Pearl Harbor auf Hawaii auf den Zusammenschluss warteten oder bereits aus dem Indischen Ozean unterwegs waren.

Die ganze Welt verfolgte diese Demonstration mit höchster Aufmerksamkeit. Im Gegensatz zu der Situation in den USA war es allerdings nicht der Adrenalinspiegel, der bei diesen Bildern anstieg, sondern der Pegel der Sorge. Allen voran hatte die Europäische Union zur Besonnenheit aufgerufen, aber trotz moderner Technik schien diese Stimme den Atlantik nicht überwinden zu können. Sie prallte an der Ostküste der USA ab und versank in den Tiefen des Atlantik. Die Kommentare, in denen sie überhaupt erwähnt wurde, reagierten unisono nach dem Schema „Von euch haben wir sowieso nichts anderes erwartet." Der Generalsekretär der Vereinten Nationen saß zwar in New York, aber es kam kein nationaler Vertreter der USA zu der angesetzten Pressekonferenz.

Die Flottenverbände legten Seemeile um Seemeile zurück und näherten sich dem Längengrad von Hawaii. Obwohl nichts passierte, flimmerten von morgens bis abends Flottenberichte über die Bildschirme, wurden startende und landende Flugzeuge gezeigt und jede einzelne Einheit mit viel Pathos vorgestellt. Historiker wühlten sich durch altes Film-Material und jede Szene mit einem Kriegsschiff rissen ihnen die Fernsehstudios aus den Händen.

In den Talkshows wimmelte es von tatsächlichen oder selbsternannten Experten, deren Analyse immer auf das Gleiche hinauslief: Die Chinesen würden es nicht wagen, die Flotte anzugreifen, denn dies bedeutete einen offenen Krieg, den niemand riskieren konnte. Das waren die Lehren, die man im Kalten Krieg gewonnen hatte. Hierin stimmten sogar die Experten aus Europa überein, obwohl sie nur in ihrer Heimat gefragt wurden.

Selbstverständlich galt auch für die Amerikaner, dass sie keinen offenen Krieg beginnen durften, der unweigerlich zu einem vernichtenden Atomkrieg führen würde. Das lag trotz ihrer Überlegenheit nicht in ihrem Interesse. Aber die Drohung durch die Flotte signalisierte unmissverständlich, dass weitere Manipulationen durch die Chinesen nicht ohne Folgen bleiben würden.

43. Anytown, USA

Mit zitternden Händen ließ Martha den Motor an. Sie hasste dieses Geräusch in dem Maße, wie es ihr Mann, Sam, liebte. Für ihn gab es nichts Größeres als das tiefe, dumpfe Wummern, wenn der Motor ihres Geländewagens lief. Dafür würde er sein letztes Hemd geben - was nicht mehr allzu fern lag.

Sam hatte Martha tanken geschickt. Das tat er oft in den letzten Monaten. Er wollte nicht mit der Tatsache konfrontiert werden, dass die Ausgaben für das Benzin ihre Möglichkeiten überschritten. Vor zwei oder drei Jahren hatte ihr Geld gerade so gelangt, um den unbändigen Durst des Wagens zu finanzieren. Das war fast von Monat zu Monat schwieriger geworden und nach den letzten Preissteigerungen war es gänzlich unmöglich - aber Sam verlangte es einfach von ihr.

„Ich gebe dir genug Haushaltsgeld", pflegte er zu brüllen. „Wirtschafte vernünftig, dann kommst du auch hin."

Jeglichen Widerspruch erstickte er mit äußerst schmerzhaften Argumenten.

Mit dreißig Dollar in Tasche machte Martha sich auf den Weg. Mehr war nicht übrig, dabei war erst der Zwanzigste. Wie sie den Rest des Monats über die Runden kommen sollte, wusste Martha nicht, aber das war ein Problem für morgen. Jetzt galt es, heute zu überleben. Mit etwas Glück konnte sie zwanzig Liter dafür bekommen. Martha bog in die Goshun-Street, dort war die billigste Tankstelle der Umgebung.

Ein jäher Schreck durchfuhr Martha und ließ sie das Bremspedal bis aufs Blech durchtreten. Die Reifen quietschten.

Himmel! Hoffentlich bleibt der Wagen stehen, schrien ihre Gedanken.

Es klappte gerade so. Ein Unfall wäre eine Katastrophe gewesen.

Was soll der Stau hier?

In den fünfunddreißig Jahren, in denen sie hier lebte, war hier noch nie ein Stau gewesen. Von ihrem erhöhten Sitzplatz hatte sie einen guten Überblick. Die Schlange der Autos begann an den Tanksäulen. Die Fahrer vorne gestikulierten wild. Martha konnte sich keinen Reim darauf machen. Erst als sie durch das heruntergekurbelte Fenster die Worte „Preis“ und „Dollar“ hörte, beachtete sie die großen Preistafeln an der Tankstelle. Ihr Atem setzte aus. Das durfte nicht wahr sein: 6 Dollar und 50 Cent - für einen Liter!

Das ist ein Alptraum. Das ist nicht möglich. Ich bin krank.

Martha war nicht krank. Dieser Benzinpreis war der Grund für die ganze Aufregung. Martha spürte, wie sie von einer Sekunde auf die andere schweißgebadet war. Wie im Fieber kurbelte sie am Lenkrad. Ohne jede Rücksicht auf den Gegenverkehr wendete sie. Bloß weg. Dieser Ort musste die Hölle sein.

Martha raste zur Joseph-Road, hier war die nächste Tankstelle. Sie hatte es nicht glauben wollen, aber insgeheim doch befürchtet. Hier war das gleiche Bild. Der einzige Unter-schied war, dass 6,80 auf der Tafel stand.

Martha fuhr langsam an der Tankstelle vorbei und sah, wie sich mehrere Autofahrer vor den Tanksäulen prügelten.

Was soll ich tun?, fragte sich Martha verzweifelt. *Die nächste Tankstelle ist fünfzehn Meilen entfernt.*

Sie war sich sicher, dass es dort nicht anders aussehen würde. Sie hätte kaum eine Chance bis zur Tanksäule vorzudringen. Ratlos fuhr Martha zurück. Die Tankanzeige stand bedenklich auf Reserve. Martha betete, dass es bis nach Hause reichte. Ihr Flehen wurde nicht erhört. Eine halbe Meile vor ihrer Einfahrt gab es erste Aussetzer. Dann war das Wummern vorbei. Die Stille war unerträglich. Zaghaft drehte Martha den Zündschlüssel. Ein paar Fehlzündungen erzeugten ein hässliches Geräusch. Dann wieder Stille.

Eine halbe Stunde saß Martha regungslos da, bis sie sich auf den kurzen Weg nach Hause machte. Sie hatte schlimmste Befürchtungen, aber wohin sollte sie gehen? Voller Angst setzte sie einen Schritt vor den anderen.

Sam empfing sie an der Haustür. Er hatte sie kommen sehen - zu Fuß. Bevor sie ein einziges Wort hervorbringen konnte, riss er sie an ihrem Arm ins Haus und knallte die Tür zu.

„Du kommst zu Fuß?“, brüllte er in einer Lautstärke, die alles in Schatten stellte, was Martha bisher von ihm gehört hatte.

„Hast du den Wagen kaputtgemacht?“ Sams Stimme überschlug sich.

Martha brachte keinen Laut heraus. Er schleuderte sie in einen Sessel und war mit einem Satz über ihr. Sie sah noch, wie er seine Faust erhob. Dann presste sie ihre Augen zusammen und wartete auf die Explosion von Schmerz in ihrem Gesicht.

Sie kam nicht. Vorsichtig öffnete Martha ihre Augenlider. Durch ihre Tränen verzerrt, erkannte sie die erhobene Faust von Sam, aber sie bewegte sich nicht. Wie eingegipst hing sie starr über ihrem Kopf. Erst jetzt sah sie sein leichenblasses Gesicht. Sams Augen starrten zu dem Fernseher, der in der Ecke lief.

Martha drehte den Kopf. Fox-News hatte das laufende Programm unterbrochen. Die Bilder zeigten Krawalle an Tankstellen im ganzen Land. Der Preis war inzwischen über sieben Dollar geklettert. In Wyoming hatte der aufgebrachte Mob einen Tankstellenpächter erschossen.

Martha bemühte sich, aus dem Sessel herauszukommen. Sam hinderte sie nicht daran. Sie verstand die Zusammenhänge nur bruchstückhaft. Es war von den Chinesen die Rede, die einen Teil ihrer Dollarreserven auf den Markt geworfen hatten. Daraufhin war der Dollar abgestürzt. Andere asiatische Länder mit hohen Dollar-Reserven hatten sich umgehend den Chinesen angeschlossen. Nicht, weil sie sich ebenfalls bedroht fühlten, sondern weil sie nicht mit ansehen wollten, wie ihre Devisen wertlos wurden. Hedge-Fonds, die hohe Dollar-Positionen zu Spekulationszwecken hielten, verkauften panikartig, was sie hatten. So kamen auf einen „chinesischen“ Dollar zwei weitere, die in den Markt gepuscht wurden. Gleichzeitig war der Ölpreis, der traditionell in Dollar abgerechnet wurde, buchstäblich durch die Decke geschossen. Beides zusammen hatte dafür gesorgt, dass sich die Benzinpreise in kürzester Zeit verdreifachten. Wer konnte, stürmte zu den Tankstellen, um sich schnell noch einzudecken. Im Handumdrehen leerten sich die Lager der Tankstellen und jeder Pächter, der für Nachbestellungen zum

Telefonhörer griff, bekam sofort die hohen Preise zu hören. Ein Teufelskreis begann.

Selbst wenn Martha und Sam an einer Tankstelle bis zur Zapfsäule vordringen könnten, um Benzin zu kaufen. Mit ihrem restlichen Geld wäre es gerade so viel, um den Weg zur Tankstelle und zurück zu finanzieren. Das begriff sogar Sam. Er sackte im Sessel zusammen und begann zu schluchzen wie ein kleines Kind.

Überall auf der Welt flimmerten ähnliche Bilder der Sondersendungen über die Bildschirme. In Hintergrundberichten wurde die amerikanische Flotte gezeigt, wie sie auf der Höhe von Hawaii Kurs nach Westen hielt, Richtung China.

Das war der konkrete Auslöser für die chinesischen Maßnahmen. Die Chinesen hatten angekündigt, eine Annäherung amerikanischer Militäreinheiten als Aggression zu werten, die man nicht hinnehmen würde. Davon hatten sich die Amerikaner nicht beeindrucken lassen und ihre Schiffe weiter fahren lassen. Als überlegene Macht akzeptierte man keine Einschüchterungen.

Anne und Olaf hatten sich getroffen, um über die Missverständnisse zu reden, die sich in letzter Zeit zwischen ihnen aufgebaut hatten. Weit kamen sie nicht. Der rotschimmernde Wein stand unangetastet in ihren Gläsern. Sie hatten nur Augen für den Fernseher. Gerade kam die Meldung, dass der US-Präsident einen Teil der strategischen Öl-Reserven freigegeben hatte.

„Bloß eine Beruhigungspille“, murmelte Olaf.

„Wieso?“, wollte Anne wissen.

„Die Öl-Reserve ist dazu da, einen Engpass bei Öl zu überbrücken, der durch Katastrophen, Anschläge oder Krieg entstanden ist. Es gibt aber keinen Engpass beim Öl. Es wird kein Liter weniger gefördert als gestern oder letzte Woche. Das Problem ist der Dollar und nicht das Öl. Mit dem fallenden Dollar ist Öl fast unerschwinglich geworden. Und bei dem Dollar können die Amerikaner nicht genug gegensteuern.“

„Warum merken wir dann kaum etwas davon?“

„Weil im Gegenzug zum Dollar der Euro in die Höhe schießt. Das gleicht den höheren Ölpreis zum Teil aus."

„Schaden sich die Chinesen nicht selbst damit? Sie haben doch viele Dollars?"

„Jeder Krieg kostet Geld. Das muss man einkalkulieren. Eine Flotte, die den Amerikanern Paroli bieten könnte, würde Unsummen verschlingen. Zudem haben die Chinesen in der Vergangenheit von Dollar in Euro umgeschichtet. Wenn die Dollar-Hälfte ihres Vermögens abnimmt und gleichzeitig die Euro-Hälfte zunimmt, halten sich für die Chinesen die Kosten in Grenzen. Außerdem sind es nicht alleine die Chinesen. Sobald andere den Dollarverkauf der Chinesen mitkriegen, verkaufen sie so schnell wie möglich, um nicht die Letzten zu sein."

„Ganz schön raffiniert."

„Durchaus. Die Chinesen treffen die Amerikaner an einer ganz empfindlichen Stelle - ohne eine Waffe zu ziehen oder eine Bombe zu zünden. Aber es würde mich wundern, wenn das schon alles war."

Olaf sollte Recht behalten. Nach einer kurzen Beruhigung ging die Meldung über die Ticker, dass einige US-Raffinerien ausgefallen waren. Die Ursache wurde nicht genannt, aber schon wenige Minuten später streuten Kommentatoren die Vermutung, dass wieder die Chinesen schuld waren. Die ganze Öl-Reserve nutzte nichts, wenn man daraus kein Benzin machen konnte. Die Preise an den Tankstellen stiegen ungehemmt weiter. Es gab Plünderungen, die nur mit Mühe und erheblichen Polizeieinsätzen unter Kontrolle gebracht werden konnten. Der Heimatschutz begann Tankstellen zu bewachen. In Einzelfällen mussten sie mit Waffengewalt gegen aufgebrachte Fahrer vorgehen, die in langen Schlangen vor den Tankstellen warteten. Stundenlang tatenlos herumzustehen und mit anzusehen, wie in dieser Zeit die Preise ständig nach oben verändert wurden, ließ bei vielen die Nerven blank werden. Dass zahlreiche Fahrer eine Schusswaffe besaßen, machte die Sache nicht einfacher.

Trotz allem fuhren die amerikanischen Schiffe unbeeindruckt weiter. Die Regierung wollte auf keinen Fall nachgeben. Eine neuerliche Warnung der Chinesen verpuffte wirkungslos. Die Finanzmärkte verfolgten jede noch so kleine Bewegung des Dollars mit größter Nervosität.

Es kam, was alle befürchtet hatten. China warf eine neue Tranche Dollars auf den Markt. 100 Milliarden auf einmal. Und jeder hatte Sorge, dass es nicht die letzten waren. China hatte in den zurückliegenden Jahren unglaubliche Mengen Währungsreserven aufgebaut. Diese Sorge brachte die letzten Händler dazu, auch ihre Dollars zu verkaufen - zu Schleuderpreisen. Es gab keine Käufer mehr.

Der Preis für Öl - in Dollar berechnet - schoss in nie für möglich gehaltene Höhen. Und der für Benzin lag noch weit darüber. Um die fehlende Menge auf dem Heimatmarkt auszugleichen, kaufte die Regierung alles auf, was auf dem Weltmarkt an Benzin zu bekommen war, sodass auch in Europa die Preise stiegen. Spötter bemerkten, dass es inzwischen billiger wäre, seinen Wagen mit Chanel No.5 zu betanken.

Die Katastrophe wuchs schneller, als die Schiffe fahren konnten. Immer mehr Werke in den USA mussten ihre Produktion einstellen, weil ihre Beschäftigten nicht mehr zur Arbeit kommen konnten. Stattdessen sammelten sie sich in den Stadtzentren zu Demonstrationen. Sie forderten Unterstützung von ihrer Regierung.

Anfangs half die Rhetorik, alle Schuld den Chinesen zu geben und die eigene Bevölkerung zum Durchhalten aufzufordern. Nach kurzer Zeit wurde klar, dass das nicht reichte. Die ersten Supermärkte wurden nicht mehr beliefert. Die Speditionen wollten abgelegene Märkte wegen der hohen Benzinkosten nur gegen hohe Aufpreise beliefern. Und wo die Supermärkte noch voll waren, gab es viele Bürger, die einfach zu weit weg von den Geschäften wohnten. Man hatte sich daran gewöhnt, dass das eigene Auto immer zur Verfügung stand. Die Armee versuchte, das schlimmste zu verhindern, war aber angesichts der Menge hoffnungslos überfordert.

Inzwischen war allen klar, dass die Chinesen ungehemmt weiter Dollars auf den Markt schütten würden, solange die Schiffe unterwegs waren. Mit Devisenbeschränkungen, Interventionen der Notenbank oder Militäreinsätzen gegen die eigene Bevölkerung waren die Berge von Problemen nicht annähernd zu lösen. Die Tradition, sich im Krisenfall hinter den Präsidenten zu stellen, brach angesichts der persönlichen Not vieler zusammen wie ein Kartenhaus.

Kriege hatte man schon zahlreich geführt - aber die wesentlichen Opfer waren immer im Ausland zu beklagen gewesen, bis auf die begrenzte Zahl trauernder Familien von gefallenen Soldaten. Dieses Mal war alles anders. Es gab keine Gefallenen. Es gab keine Helden. Es gab keine aufputschenden Kriegsbilder im Fernsehen.

Was es gab, war ein leerer Tank und bei manchen ein leerer Magen. Die wenigsten mussten ernsthaften Schaden an ihrem Leben befürchten, aber für die, die es gewohnt waren, immer alles zu jeder Zeit bekommen zu können, ging eine Welt unter.

Der Druck auf die Regierung stieg. Von morgens bis abends zeigten die Talkshows verzweifelte Menschen, die die Regierung beschimpften. Die Zeltstädte um das Kapitol und das Pentagon wuchsen und die Fragen, ob diese Auseinandersetzung nötig wäre, wurden mit jedem Tag lauter.

TEIL 3

SHOWDOWN AUF DEM MOND

44. Sondersendung

War es das zwanzigste oder dreißigste Mal, dass er die Muster auf der ausgebleichten Tapete zählte? Gordon wusste es nicht. Er hörte auch nicht den Verkehr, der eilig an dem Hotel vorbeiströmte. Gordon hatte es nicht eilig. Die Zeit tröpfelte dahin, während in seinem Kopf immer die gleichen Gedanken wiederkehrten wie in einem Kreisverkehr ohne Ausfahrt.

In sein Haus konnte er nicht. Es gehörte ihm nicht mehr. Er hatte es Amanda überlassen, als ihr Vermögen aufgeteilt wurde. Was sollte er in dieser spießigen Vorstadt, die so weit außerhalb lag? Anstelle des Hauses hatte er den großen Wagen und den weitaus größten Teil der Aktienpakete behalten, was ihm weitaus lieber gewesen war. Damals! Heute verwünschte er sich jedes Mal für diese Entscheidung, wenn die Nachrichten die neuen Höchststände für Benzin zeigten. Vor einigen Wochen hätte er darüber gelacht. Er hätte zu den auserwählten gehört, denen die Preise an den Tankstellen egal waren.

„Hätte.“ Konjunktiv.

Heute lachte er nicht mehr.

Gordon hätte auch über die Anwaltskosten gelacht. Dreihundert Dollar die Stunde, und sein Anwalt wusste, wie man Stunden machte. Trotzdem, bei dem Wert seines Aktiendepots waren das Peanuts, erst recht, wenn man die Hebelwirkung seiner Optionsscheine berücksichtigte, die ihm sein Finanzberater empfohlen hatte.

Dann kam der dramatische Einbruch. Die Kurse fielen wie ein Stein und die Hebelwirkung der Optionen wirkte sich aus wie ein Turbolader - nur dass es ausschließlich abwärts ging.

Anfangs war Gordon gelassen geblieben. Es gab immer ein Auf und Ab an der Börse. Als die Flotte ausgelaufen war, hatte die Stimmung gedreht und ein Teil der Verluste von vorher war wieder ausgeglichen worden. Die Freude dauerte nur wenige Tage. Mit den Aktionen der Chinesen brach nicht nur der Dollarkurs ein. Alle Welt trennte sich von Aktien - vor allem von amerikanischen, als ob ihnen eine ansteckende Krankheit anhaften würde. Die New York Stock Exchange an der

Wallstreet setzte an mehreren Tagen kurz nach der Öffnung den Handel aus, um einen Crash zu verhindern. Es nützte nichts. Sobald der Handel wieder aufgenommen wurde, gab es nur eine Richtung der Kurse: Abwärts. Die Profis bei den Banken und Fonds reagierten am schnellsten. Schließlich saßen sie den ganzen Tag vor ihren Börsensystemen. Die normalen Anleger waren wie so oft die Verlierer. Bis sie reagieren konnten, war es schon zu spät. Es gab nur eine Gruppe von Anlegern, die noch schlimmer dran waren: Die Anleger, die so mit anderen Problemen beschäftigt waren, dass sie gar keine Zeit für die Börse hatten. Dazu gehörte Gordon. Als er sich endlich mit seinem Aktiendepot beschäftigen konnte, war es für ihn später als zu spät. Seine finanzielle Bilanz war verheerend.

In sein Appartement konnte Gordon auch nicht. Mirjam hatte die Schlösser austauschen lassen und würde ohne Anwalt die Tür keinen Millimeter für ihn öffnen. Das kostete wieder Geld und Zeit. Zeit hatte er eigentlich genug - wenn er nicht das Hotel bezahlen müsste. Zum Glück hatte er es geschafft, den Portier beim Einchecken zu beeindrucken. Er war mit seinem teuren Wagen vorgefahren und hatte seine goldene American Express Karte vorgelegt. Das hatte ihn vor unangenehmen Fragen bewahrt - bisher. Der Portier würde bald merken, dass sein Kreditlimit erschöpft war.

Diese Gedanken kreisten in Gordons Kopf, während das Fernsehen die Hintergrundgeräusche abgab. Ein reguläres Programm fand nicht mehr statt. Auf nahezu allen Sendern liefen unentwegt die Sondersendungen, die sich auffallend ähnelten. Entweder flimmerten Bilder der Flotte über den Schirm oder Bilder der neuesten Proteste. Seit zwei Tagen häuften sich Berichte von Plünderungen. Gordon sah nicht mehr hin. Sollten sie plündern. Was ihn interessierte, war sein Glas, dessen Füllstand schon wieder auf das untere Drittel gesunken war.

Zunächst war es nur eine Irritation. Etwas war anders, aber noch nicht so, dass es ins Bewusstsein drang. Gordon brauchte ein paar Minuten, um seinen gedanklichen Kreisverkehr anzuhalten und zu registrieren, dass die laufende Sondersendung einen anderen Ton eingeschlagen hatte. Die wohlvertraute Sprecherin von CNN kündigte sensationelle Bilder aus Europa an.

„Europa?“, stutzte Gordon. Amerika hat Probleme - mehr als genug. Was sollte Europa? Das Spiel fand zwischen den USA und China statt. Bis er wirklich aufnahmefähig war, verpasste er die Einleitung. Nur so viel bekam er mit, dass Europa die Hintergründe des Konflikts aufdecken wollte. Während Gordon noch über den Sinn dieser Aussage rätselte, tauchten Bilder auf dem Bildschirm auf, die ihm seltsam vertraut vorkamen. Das war der Mond, genauer, die Oberfläche, wie sie der Mond-Rover aufgenommen hatte. Von einer Sekunde auf die andere verschwand der Whisky-Nebel aus seinem Gehirn.

Gordon war nicht mehr überrascht, als kurz darauf die Schraube in die Aufnahme kam. Was ihn erstaunte, war die außerordentliche Qualität.

Verdammt, wie haben die Europäer das gemacht?

Die Aufnahmen waren besser, als er sie selbst zu sehen bekommen hatte. Es war, als ob die Schraube greifbar nahe vor ihm auf dem Tisch läge. Jeder konnte sich ein eigenes Bild davon machen, dass es ein fremdartiges Teil war. Und die Menschen machten sich dieses Bild. Es waren Millionen rund um den Erdball, die zeitgleich mit Gordon diese Aufnahmen sahen. Es gab keinen bedeutenden Kanal, der diese Ausstrahlung versäumen wollte. Die Welt hielt den Atem an.

Das Bild einer attraktiven, blonden Frau wurde eingeblendet. Anne Winkler, Wissenschaftlerin der ESA, hatte die geheimen Bilder aufgedeckt, die jetzt auf allen Kanälen um die Welt gingen. Später sollte es ein ausführliches Interview geben. Vorher wurden weitere Aufnahmen angekündigt.

Was kommt denn noch?

Gordon hatte nicht die geringste Idee.

„Der folgende Text ist Original-Wortlaut der ESA.“ Die Sprecherin hörte sich an, als wollte sie sich entschuldigen. Man spürte deutlich, dass es ihr peinlich war. „Wir sind zu der Ausstrahlung dieses Textes verpflichtet worden, um Ihnen die folgenden Bilder zeigen zu dürfen.“

„Unerhört!“, zischte Gordon und rutschte auf die vorderste Kante des Sessels.

„Die NASA hat die Entdeckung der Schraube verschwiegen, um sie in einer geheimen Mission zu bergen und die Ergebnisse eigennützig auszuwerten“, las die Sprecherin von einem Blatt ab. „Dieses Vorhaben ist auf den Widerstand Chinas gestoßen und gewaltsam verhindert worden. Das Geschehen ist Hintergrund und Ursache der Konflikte, die unsere Welt an den Rand einer Katastrophe geführt haben. Wir hoffen, dass durch diese Aufklärung ein besseres Verständnis des Konflikts entsteht und hoffentlich eine friedliche Lösung gefunden werden kann.“

Die Sprecherin sah von ihrem Blatt auf und wiederholte eindringlich, dass es eine verpflichtende Erklärung der ESA war und keinesfalls Meinung des Senders.

Gordon kochte - und mit ihm der Präsident und die gesamte amerikanische Regierung. Das war eine Frechheit! Das war ganz und gar nicht diplomatische Gepflogenheit. Es würde Konsequenzen auf höchster Ebene haben. Was bildeten sich die Europäer ein, so etwas Unverschämtes zu behaupten und weltweit zu verbreiten.

Die Sprecherin verschwand vom Bildschirm. An ihrer Stelle erschien eine lange, schmale Rakete, die langsam um ihre Längsachse rotierte. Jetzt kam die allen bekannte chinesische Flagge ins Bild. Es gab keinerlei Zweifel.

„Chinesische Abfangrakete“, bestätigte der eingeblendete Text.

Fasziniert verfolgte Gordon eine weitere Drehung. Etwas Neues wanderte oben rechts ins Bild. Der Ausschnitt wurde herangezoomt und ließ das Sternenbanner und den typischen Schriftzug „United States“ erkennen. Diese Rakete war deutlich größer.

„Amerikanische Mondmission“, kam als Erklärung.

„Das gibt es nicht! Das kann nicht sein! Das ist unmöglich.“ Gordon kroch fast in den Fernseher. Tatsächlich. Es war „seine“ Rakete. Seine Mission. Er kannte jedes Detail. Eine Fälschung war nicht möglich.

Wie haben die Europäer das gemacht? Es war ihm ein Rätsel.

Das Bild zoomte zurück und zeigte wieder beide Raketen. Bei der chinesischen zündeten zweimal in kurzen Abständen die Steuerdüsen. Dann wurde das Bild grellweiß, als sie beschleunigte. Das Grelle verschwand und man erkannte für Sekunden beide Raketen, wie sie sich näherten. Als sie sich berührten, blitzte es auf. Dann wurde es schwarz und man sah schemenhaft verbogene Teile aus dem Aufnahmebereich verschwinden.

Gordon stöhnte auf und sackte in den Sessel zurück. Es war, als hätte ihn die chinesische Rakete persönlich getroffen. Die Welt atmete wieder aus und musste erst einmal verdauen, was sie gesehen hatte.

Es herrschte Stille. Minutenlang. Stille vor dem Sturm. Dann brach er los, der Sturm der Entrüstung. Amerikaner entrüsteten sich über Chinesen, die ihre Mission so brutal vernichtet hatten, und über die Europäer, die nicht zu den Amerikanern hielten. Die Welt entrüstete sich über die eigennützigen Amerikaner. Nur die Chinesen entrüsteten sich nicht. Sie bekamen die Bilder nicht zu sehen, weil die Regierung sich weigerte, den Text zu senden. Nur ausgewählte Personen aus der höchsten Regierungsebene erhielten Zugang. Zunächst - denn über das Internet sickerten die Aufnahmen auch zu den anderen durch.

45. Darmstadt, Deutschland

Aufmerksam verfolgte Anne jeden Handgriff von Sina, der Visagistin. Anne mochte es nicht, zu intensiv geschminkt zu sein. Sina hatte eine Menge Geduld aufgebracht, um Anne zu erklären, dass unter Scheinwerferlicht Farben ganz anders wirkten, als bei Tageslicht. Natürlich wollte Anne gut aussehen. Ein Fernsehinterview erlebte man nicht alle Tage.

Als Sina fertig war, simulierte sie Studiobeleuchtung. Anne war erstaunt. Das grelle Licht kannte sie schon von der Probe, aber wie es sich bei ihr auswirkte, sah sie jetzt zum ersten Mal. Die Farben verloren viel von ihrer Intensität.

„Es ist tatsächlich gut", gab Anne zu. „Eigentlich sogar sehr gut."

„Wenn Sie zufrieden sind, bin ich auch zufrieden. Viel Erfolg beim Interview."

Anne ging in den Raum, den die ESA der Deutschen Presseagentur für das Interview zur Verfügung gestellt hatte. Mehrere Techniker waren seit Stunden an der Arbeit, um den Raum entsprechend herzurichten. Markus Henkel, der verantwortliche Redakteur, empfing Anne mit einem freundlichen Lächeln.

„Hallo, Frau Winkler. Unsere Fotografen warten schon ungeduldig auf Sie. Wir möchten zuerst ein kleines Fotoshooting machen. Bis Dr. Bardouin vorbereitet ist, haben wir das durch."

Anne hatte nichts dagegen. Sie wusste, dass Fotos zu professioneller Öffentlichkeitsarbeit dazugehörten. Olaf hatte alles entsprechend geplant und verfolgte die Realisierung aus dem Hintergrund.

Die Fotografen waren gleichzeitig mit Sina fertig, die Dr. Bardouin vorbereitet hatte. Anne, Dr. Bardouin und Markus Henkel nahmen um einen kleinen, runden Tisch Platz, so dass ein möglichst zwangloser Eindruck entstand. Diesen Eindruck bekamen allerdings nur die Zuschauer an den Bildschirmen. Anne konnte sich trotz aller Vorbereitung nur schwer an das unfreundliche Licht gewöhnen. Außerdem stand auf der einen Seite alles voller Kameras, huschten Kabelträger herum und diverse Mitarbeiter versuchten, mit wedelnden Armen in Zeichensprache zu kommunizieren. Alles in allem nichts, was für eine zwanglose Atmosphäre sorgte.

Markus Henkel war ganz Profi und schaffte es trotz der für Anne ungewohnten Umgebung sehr schnell, ihr die Nervosität zu nehmen. Nach kurzer Zeit erzählte Anne locker, wie sie das Geheimnis um die Bilder vom Mond gelüftet hatte. Darüber hatten sie in der Vorbereitung gesprochen und Anne war entsprechend präpariert. Anne dachte schon, sie sei fertig, als Markus sie nochmals ansah.

„Was unsere Zuschauer mit Sicherheit noch interessiert: Müssen wir jetzt Angst vor Aliens haben?"

Anne war überrascht. Diese Frage war nicht abgesprochen. War das ein Trick, um sie aus der Reserve zu locken? Anne mochte das Gerede um Aliens absolut nicht, aber sie ahnte, dass die Menschen voll darauf abfahren würden, wenn sie jetzt nur ein falsches Wort sagte.

Ich muss höllisch aufpassen, sonst gibt es üble Schlagzeilen.

„Nein. Müssen wir nicht." Anne zögerte einige Sekunden und ergänzte dann: „Wir sollten mehr Angst haben vor den Leuten, die ab morgen mit wilden Spekulationen um sich werfen."

Jetzt machte Markus ein verblüfftes Gesich. Mit dieser Antwort hatte er nicht gerechnet. In einer Ecke hinter den Kameras entdeckte Anne Olaf, der ihr den hochgereckten Daumen zeigte. Anne lächelte ihr strahlendstes Lächeln in die Kamera, während Markus nach einer neuen Frage suchte.

„Glauben Sie etwa an Aliens?"

„Natürlich", antwortete Anne mit einer Selbstverständlichkeit, als hätte er sie nach der Uhrzeit gefragt.

„Aber Sie sind Wissenschaftlerin."

„Eben. Genau deshalb glaube ich daran." Anne schmunzelte über sein noch immer verblüfftes Gesicht, aber sie wollte es nicht übertreiben.

„Lassen Sie mich kurz erklären. Den Begriff „Alien" finde ich furchtbar. Man denkt sofort an alles Mögliche, was man im Kino sieht - und das ist häufig nicht intelligent und jedermanns Geschmack. Aber dass es da oben Leben gibt, davon sind so gut wie alle Wissenschaftler überzeugt. Wir entdecken fast täglich neue Planeten. Es gibt Milliarden davon. Es wäre vermessen zu denken, dass sich nur auf der Erde Leben entwickelt hat."

„Und warum sagen Sie, dass wir keine Angst haben müssen?"

„Nur weil etwas fremd ist, müssen wir noch lange keine Angst davor haben. Soviel sollten wir inzwischen gelernt haben. Vorsicht ist wichtig - und Neugier."

„Aber auf dem Mond ist etwas ..."

„Da *war* etwas", korrigierte Anne, bevor Markus weiterreden konnte. „Die Schraube liegt länger da oben, als es Menschen gibt. Ich glaube nicht, dass ein kleines, grünes Männchen sich so lange dort hinter einem Felsen versteckt, um uns böse anzusehen, wenn wir die Schraube holen."

Markus hatte noch nie jemanden im Studio gehabt, der so selbstbewusst den Spieß umdrehte und jetzt ihn verunsicherte. Er rettete sich mit einer neuen Karteikarte und wandte sich an Dr. Bardouin. „Die Bilder sind sensationell. Warum haben Sie sie so lange zurückgehalten?"

„Weil wir keine wilden Spekulationen wollen. Wir sind Wissenschaftler. Wir möchten keine diffusen Ängste erzeugen. Wir wollen eine Zusammenarbeit herbeiführen, um die Geheimnisse gemeinsam aufzuklären. Das ist leider nicht gelungen."

„Im Gegenteil. Der Konflikt ist eskaliert und inzwischen sitzt die ganze Welt vor dem Fernseher und macht sich Sorgen."

„Das ist der Grund, weshalb wir an die Öffentlichkeit getreten sind. Wir wollen versuchen, das Schlimmste zu verhindern."

„Und deshalb haben Sie einen sehr aggressiven Ton gewählt und die Sender gezwungen Ihren Text auszustrahlen?"

„Unserer Ansicht nach ist die Krise so weit fortgeschritten, dass mit diplomatischen Floskeln nichts mehr zu machen ist."

„Fürchten Sie keine Konsequenzen?"

„Die Konsequenz, die ich am meisten fürchte, ist, dass nichts passiert."

„Und was sollte passieren?"

„Die USA sind eine starke Demokratie. Mit unseren klaren Worten möchten wir die Menschen wachrütteln. Sie sollen verstehen, worum es geht, und dann selbst entscheiden, ob sie so weitermachen wollen. Dazu braucht es klare Informationen jenseits von Propaganda. Wir liefern handfeste Beweise."

„Was Sie liefern ist tatsächlich beeindruckend. Alle Welt fragt sich, wie Sie an den Film gekommen sind, der die Zerstörung der amerikanischen Mondmission zeigt. Aus den internationalen Reaktionen kann man leicht entnehmen, dass weder die Amerikaner noch die Chinesen dieses Material gekannt haben."

„Das ist richtig. Die Bilder vom Mond haben befreundete Spezialisten aus Russland aufgearbeitet. Die Aufnahmen des Raketenangriffs hat das ELT geschossen. Natürlich kann dieses Teleskop keine Filme aufnehmen, aber mit den modernsten Filmtechnologien kann man heute einen Film daraus machen. Für mich ist das ein Ergebnis hervorragender Team-Arbeit, auf die ich sehr stolz bin. Kreativität und Zusammenarbeit wiegt schwerer als ein hohes Budget."

„Und wie soll es jetzt weitergehen?"

„Wir haben den Menschen die nötigen Informationen gegeben. Jetzt liegt es an ihnen, die Regierungen zu überzeugen die Eskalation zu beenden. Und dann träumen wir davon, dass alle zusammenarbeiten, um gemeinsam herauszufinden, was auf dem Mond ist. Wir wissen bis jetzt nur, dass dort etwas ist, aber nicht, ob es eine Gefahr oder eine Chance darstellt. Das müssen wir herausfinden. Und wir sollten es zusammen tun, denn es geht uns alle an."

Markus ließ nicht locker. „Ihre Träume sind sehr ehrenhaft - aber wie stellen Sie sich das praktisch vor? Die gesamte Start-Technologie in China und den USA ist zerstört. Es wird viele Jahre dauern, alles wieder aufzubauen."

„Wie so oft denkt man an alles und jeden, nur nicht an Europa", lächelte Dr. Bardouin. „Europa ist erheblich weiter, als den meisten bewusst ist. Wenn ich Europa sage, schließe ich hier unsere russischen Kollegen mit ein. Unsere Zusammenarbeit in der Raumfahrt ist sehr fruchtbar. Gemeinsam haben wir das nötige Know-how und die technischen Möglichkeiten für eine Mission, um die Schraube vom Mond auf die Erde zu holen. Das Einzige, was fehlt, sind die finanziellen Mittel. Sobald die da sind, können wir sofort mit der Realisierung anfangen. Alle Pläne und Vorbereitungen sind fertig."

„Das klingt gut, aber meines Wissens sind die finanziellen Mittel der größte Stolperstein. Die ESA hat ein knappes Budget und die Kosten für die Raumfahrt sind bei den Regierungen nicht sehr beliebt."

„Ich glaube, dass Sie hier Europa schon wieder unterschätzen. Viele Menschen sind begeistert von der Raumfahrt."

„Mag sein, aber die Politiker, die das Geld geben?"

„Wenn es um so einen wichtigen Beitrag zum Frieden geht, wird kein Politiker „Nein" sagen. Davon bin ich fest überzeugt. Bei Wissenschaft und Frieden kann sich die Welt auf Europa verlassen."

„Wir werden es gespannt verfolgen."

Nach der Ausstrahlung der Filme und des Interviews vergingen gerade einmal zwanzig Minuten, bis das Handy von Dr. Bardouin klingelte. Lord Carrington, Mitglied des ESA-Council, verlangte eine Sondersitzung - sobald wie möglich.

„Falls Sie das nicht selbst sofort in die Wege leiten, werde ich sehr schnell genügend Stimmen der anderen Mitglieder beisammenhaben, um den Council zu erzwingen."

Damit hatte Dr. Bardouin gerechnet. Es hatte ihn bloß interessiert, wer sich zuerst melden würde. Lord Carrington also, der alte Haudegen aus England. Die Engländer hatten großes Verständnis, wenn es um Alleingänge ging - aber meistens nur für ihre eigenen.

Die Einladung zum Council, in dem jeder ESA-Mitgliedsstaat vertreten war, war bereits vorbereitet. Natürlich wollte der Council Rechenschaft von ihm haben. Sie würden einigermaßen angesäuert über das nicht abgesprochene Vorgehen von Dr. Bardouin sein. Der ausgestrahlte Text war auch nicht das, was sich einzelne Regierungen schon immer gewünscht hatten.

Dr. Bardouin hatte lange mit Olaf und Anne über ihr Vorgehen diskutiert. Glücklicherweise brachte Olaf als Kommunikationswissenschaftler professionelles Know-how mit. Unter seiner Leitung gelang es, ein Gesamtkonzept zu entwickeln. Olaf hatte erklärt, wie wichtig es sei, klare und unmissverständliche Worte zu wählen. Er hatte sie überzeugt, eine synchrone Ausstrahlung weltweit zu organisieren - was ein kleines Meisterwerk war. So waren alle an allen Orten gleichzeitig auf dem gleichen Stand. Niemand hatte einen Informationsvorteil, den er gegenüber anderen nutzen konnte. Aber das Wichtigste: Es war für alle Bedenkenträger zu spät zum Bremsen. Bei einer Diskussion im Council hätte jeder zuerst mit seiner Regierung Rücksprache halten wollen. Kaum jemand hatte den Mut, sich die Finger zu verbrennen. Als Ergebnis wäre bestenfalls ein Text mit der Durchschlagskraft eines Weihnachtslieds herausgekommen. Also waren sie volles Risiko gegangen.

Jetzt hieß es: Koffer packen. Selbstverständlich flogen sie zu dritt nach Paris in die Zentrale der ESA. Bei diesem Thema waren sie zu einem eingespielten Team zusammengewachsen.

46. ESA-Zentrale, Paris

Zwei Tage später saßen Dr. Bardouin, Anne und Olaf in dem großen, holzgetäfelten Konferenzraum und warteten auf die letzten Teilnehmer des ESA-Council. Überall rund um den Tisch war leises Gemurmel zu hören. Anspannung lag in der Luft und die Blicke, die Dr. Bardouin musterten, waren nicht unbedingt freundlich.

So musste sich Martin Luther auf dem Reichstag zu Worms gefühlt haben, mit dem Unterschied, dass ihm damals der regierende Kaiser freies Geleit zugesichert hatte. Dieses Versprechen besaßen Dr. Bardouin, Anne und Olaf nicht. Hier zählte nur, ob ihre Taktik aufging oder nicht.

Ob es Dr. Bardouin schaffen wird, diese mühsam zurückgehaltene Angriffslust in den Griff zu bekommen?

Anne sah in die Runde. Einige wichen ihrem Blick aus. Anderen war es anzusehen, dass sie nur aus lange eingeübtem Anstand warteten, bis das Wort freigegeben wurde.

Wer wird als Erstes loslegen? Wer wird folgen und den Weg bereiten, dass die Meute sich auf uns stürzen kann?

Anne spürte, wie Dr. Bardouin neben ihr aufstand. Als Generaldirektor gehörte es zu seinen Aufgaben, das Council zu eröffnen.

„Guten Tag, meine Damen und Herren." Dr. Bardouin machte eine kurze Pause, um sicherzugehen, dass jeder alles mitbekam. „Lassen Sie uns auf jegliches diplomatische Geplänkel verzichten. Deshalb gibt es heute keine freundliche Begrüßungsrede."

Spätestes jetzt hatte er die volle Aufmerksamkeit.

„Ich an Ihrer Stelle würde mich ärgern. Wahrscheinlich wäre ich sogar wütend und würde nur darauf warten, dass ich endlich mit der Faust auf den Tisch hauen könnte."

Dr. Bardouin erntete überraschte Blicke. Mit solch einem Anfang hatte niemand gerechnet. „Ich habe Sie nicht gefragt, obwohl ich das von der Satzung her hätte tun müssen. Und dann habe ich Dinge gesagt, für die mich einige von Ihnen am liebsten in der Luft zerreißen würden."

Wieder eine Pause, um die Worte wirken zu lassen. Die wütende Anspannung machte einer gewissen Neugier Platz.

„Ich werde Ihnen gleich Gelegenheit geben, über mich herzufallen. Vorher möchte ich jedoch Dr. Olaf Bürki bitten, eine Präsentation zu zeigen."

Bevor einer der überrumpelten Teilnehmer ein Wort einwenden konnte, zerriss ein ohrenbetäubender Schuss die entstandene Stille. Das Licht dimmte herunter und auf den großen Wandbildschirmen war ein Mann zu sehen, der zusammenbrach. Polizisten eilten herbei und noch mehr Schüsse fielen. Sie versuchten vergeblich, eine aufgewiegelte Menschenmenge vor einer us-amerikanischen Tankstelle zu beruhigen. Die Szene wechselte. Eine riesige Woge türmte sich an einem Pier auf, überflutete ihn und riss eine ganze Häuserzeile weg. Das anschließende Flimmern zeugte davon, dass es auch die Kamera erwischt hatte. Ein Flugzeugträger kam ins Bild, von dem mit mächtigem Donnern ein Kampfjet startete, begleitet von aggressiver Musik.

Urplötzlich verstummte jegliches Geräusch. Der Flug der chinesischen Abfangrakete erfolgte in vollkommener Stille. Genauso die Explosion, die zur Vernichtung der amerikanischen Mondmission geführt hatte.

Ein Wappen wurde eingeblendet: „President of the United States". Ein Sprecher erschien und erklärte, man hätte den Vormarsch gestoppt. Die Flotte würde vor Hawaii eine Warteposition einnehmen.

Szenenwechsel.

Ein chinesischer Sprecher erklärte, man wäre bereit über ein Moratorium wegen der Deviseninterventionen zu verhandeln.

Szenenwechsel.

Berlin. Eine Stunde vor dem Council. Ein Politiker sprach in ein Mikrofon. Er äußerte sich erfreut, dass es endlich eine Perspektive für eine friedliche Lösung zu geben schien. Deutschland würde selbstverständlich seinen Beitrag dazu leisten.

Szenenwechsel.

Paris. „... Frankreich wird keinesfalls zögern, sondern jegliche Unterstützung leisten, die für den Weltfrieden notwendig ist ..."

Szenenwechsel.

Brüssel. „Wenn es zum Frieden beiträgt, wird die Europäische Union selbstverständlich alle nötigen finanziellen Mittel bereitstellen."

Das Licht dimmte hoch. Die Teilnehmer des Council waren zu erfahren, um nicht zu wissen, dass, während sie hier saßen, eine psychologische Lawine ins Rollen gekommen war. Welcher Politiker könnte es in so einer Stimmung wagen, sich gegen eine Aktion für den Frieden auszusprechen? Alle würden sich überbieten in Vorschlägen und Großzügigkeit und sich als Kämpfer für den Frieden positionieren.

Die anschließende Diskussion im Council drehte sich nur kurz um Dr. Bardouin. Man erteilte ihm eine förmliche Rüge, weil er eigenmächtig gehandelt hatte. Die meisten Teilnehmer waren froh, als dieser Punkt endlich erledigt war. Viel interessanter war das viele Geld, das plötzlich in Aussicht stand.

47. Anne

Als Anne am anderen Morgen wieder ihr kleines Büro bei der ESA betrat, fühlte sie sich wie gerädert. Der Council in Paris war optimal verlaufen. Das Ergebnis hätte besser nicht sein können und die Perspektiven für die weitere Arbeit waren mehr als gut. Trotzdem hatte das Ganze an ihren Kräften gezehrt. Irgendwie musste sie den Tag herumkriegen.

„Ich sollte schon heute Mittag Schluss machen", murmelte sie. „Verdient habe ich es mir."

Bewaffnet mit einer großen Tasse extra starkem Kaffee machte Anne sich daran, ihre E-Mails zu checken. Weil sie unterwegs gewesen war, hatte sich einiges angesammelt. 275 zeigte die Zahl neben dem Schriftzug „Posteingang". Ungewöhnlich viele. Hatte der Spam-Filter versagt, der sonst den Müll herausfilterte? Hatte er nicht. Die Absender sagten Anne nichts, aber die ersten Klicks auf die E-Mails zeigten ihr, dass wirklich sie gemeint war.

Erst nachdem es zum dritten Mal an ihre Tür klopfte, reagierte Anne.

„Ja, bitte!", rief sie abwesend, ohne den Blick vom Bildschirm zu nehmen.

Ein junger Mann kam herein. „Sie haben Post, Frau Winkler."

„Legen Sie sie auf die Ablage", murmelte Anne, immer noch mit ihren E-Mails beschäftigt.

Der junge Mann räusperte sich. „Ich glaube, das wäre nicht gut für die Ablage."

„Sehen Sie nicht, dass ich beschäftigt bin?" Die Müdigkeit ließ Anne reizbarer sein als sonst. Anne sah auf.

„Was wollen sie mit den Kisten bei mir?"

Hinter dem Mann stand ein kleiner Schubwagen mit zwei Kisten, wie sie für Büroumzüge bei der ESA verwendet wurden, was häufiger vorkam.

„Entschuldigung. Das ist Ihre Post."

Anne starrte abwechselnd den Mann und die Kisten an. „Das ist jetzt nicht Ihr Ernst? Wir haben keinen ersten April."

Es war sein Ernst. Anne sah es ihm an. Langsam stand sie auf und ging um ihren Schreibtisch herum.

„Das Interview ist anscheinend gut angekommen. In der zweiten Kiste sind übrigens die Zeitungen, die wir für Sie in den letzten beiden Tagen gesammelt haben.“ Der junge Mann packte die Kisten auf den Boden und schob den Wagen wieder hinaus.

„Viel Spaß beim Lesen!“

Anne erwiderte nichts. Fassungslos griff sie mit beiden Händen in die erste Kiste und holte langsam einen Schwung Briefe heraus. Es stimmte tatsächlich. Briefe. Briefe. Briefe. Und alle an sie adressiert: Frau Anne Winkler, ESA, Robert-Bosch-Straße 5, 64293 Darmstadt.

Sie nahm die zweite Kiste in Augenschein. Zu oberst lag die Bild-Zeitung mit einem großen Foto von ihr auf der Titelseite. „Junge Wissenschaftlerin rettet die Welt“, prangte ihr in übergroßen Buchstaben entgegen.

„Das gibt es nicht“, flüsterte Anne tonlos.

Sie überflog die nächsten Zeitungen. Sie dramatisierten nicht so extrem, aber in der Tendenz waren sie ähnlich. Fast überall war ihr Foto auf der Titelseite, entweder zusammen mit einem Foto der Schraube oder einem Bild der Raketenkollision.

Das musste sie zuerst verdauen. Sie holte einen Stoß Zeitungen und packte ihn auf ihren Schreibtisch. Genug Material für die nächste Stunde.

Anne merkte nicht, wie Olaf ins Zimmer kam, so vertieft war sie in ihre Lektüre.

„Hallooo! Frau Winkler! Reden Sie nicht mehr mit normalen Menschen?“

Anne sah verdutzt auf. „Ach, du. Natürlich rede ich mit dir. Ich habe dich nur nicht gehört.“

„Tja, wenn man so berühmt ist.“ Olaf ließ seinen Blick über die Post- und Zeitungsstapel schweifen. „Wie fühlt man sich denn so als Supergirl?“

„Was soll das? Ich bin ganz normal. Ich muss das alles bloß begreifen.“

„Das ist doch nicht so schwer.“ Irgendwie klang Olaf anders als sonst. „Die Welt stand vor einer großen Krise und durch deine Entdeckung hat sie jetzt wieder Hoffnung.“

„Durch *unsere* Entdeckung! Ich habe nichts alleine gemacht."

„Aber sie sehen nur dich - jedenfalls, wenn man die Zeitungen liest."

Ist Olaf etwa eifersüchtig, weil er nicht in der Zeitung ist?

„Du hast alles geplant. Ich habe nur getan, was du mir gesagt hast."

Olaf nahm einen Stapel Briefbögen, die Anne inzwischen aus den Umschlägen geholt hatte, und blätterte darin herum.

„Du bist eben nicht nur ein Held. Du bist auch noch jung, weiblich und sexy. Genau das, was die Presse so liebt. Ein gefundenes Fressen für sie."

„Das habe ich mir nicht ausgesucht."

Ihre Stimme schien nicht bis zu Olaf durchzudringen. Er blätterte weiter in den Briefen und warf dann den Stapel auf die Zeitungen vor Anne.

„Und Verehrer hast du ja jetzt auch reichlich, wie ich sehe."

„Hey, Olaf. Was ist los?"

„Viel Spaß noch - Supergirl."

Bevor Anne etwas erwidern konnte, fiel die Tür ins Schloss.

Was war das denn für ein Auftritt? Olaf ist wirklich eifersüchtig.

Anne war sich keiner Schuld bewusst, aber das änderte im Moment nichts.

Vielleicht treffe ich ihn heute Mittag in der Kantine. Hoffentlich hat er sich bis dahin wieder so weit normalisiert, dass wir miteinander reden können.

Anne schob den Gedanken beiseite und nahm sich die Briefe vor. Wenn sie mit all dem klarkommen wollte, musste sie systematisch vorgehen. Sie legte drei Stapel an: Einen für Verehrerpost - von der es tatsächlich überraschend viel gab, einen zweiten Stapel für Journalisten & Co, wie sie es nannte, und einen dritten für den Rest.

Nach kurzem Überlegen entschied Anne sich, die E-Mails auszudrucken und auch auf die Stapel zu verteilen. Das war zwar irgendwie altmodisch, aber für gewöhnlich war es ihr lieber, ein Papier in der Hand zu halten als alles am Bildschirm zu lesen. Außerdem konnte sie so besser den Überblick behalten.

Das Drucken der Mails dauerte länger als gedacht. Ein Blick auf die Uhr sagte ihr, dass der Nachmittag schon fortgeschritten war. Zu spät für ein Mittagessen.

Was soll's? Ein Kilo abnehmen ist immer gut.

Die Arbeit mit ihrer Post war auch zu interessant.

Spontan entschied Anne sich für den Stapel „Journalisten & Co". Den wollte sie sich zuerst vornehmen. Die Verehrer konnten warten und der Rest musste leider auch - obwohl die eine oder andere interessante Sache dabei war, wie Anne beim Sortieren auf die Schnelle festgestellt hatte.

Was Anne bei den Journalisten am meisten reizte, waren die Einladungen zu Interviews für Zeitungsartikel und für Talkshows. Nicht, dass sie noch berühmter werden wollte. Dieser Gedanke kam ihr nicht in den Sinn. Anne war besessen davon, von ihrem Lieblingsthema zu erzählen, dem Mond. Vielleicht konnte sie auf diesem Weg mehr Menschen dafür begeistern. Noch am gleichen Nachmittag kam sie einigen Wünschen um Rückruf nach. In den Stunden bis zum Abend füllte sich ihr Terminkalender. Erst kurz vor 20:00 Uhr hörte Anne auf, denn ihr Magen protestierte immer lauter mit energischem Knurren gegen die gähnende Leere.

Als Anne am Ende erschöpft Bilanz zog, musste sie mit Schrecken feststellen, dass sie vergessen hatte, die Reisezeiten zu berücksichtigen. In ihrer Unerfahrenheit und in ihrer Eile hatte sie sich übernommen.

Alle Versuche, eine Lösung zu finden, wurden durch immer lauteres Rumoren ihres Hungers torpediert. Zuerst musste Anne ihren Magen beruhigen. Sie packte die ungelesenen Briefe und ihren Terminkalender in einen Karton und schleppte sie zum Auto. Auf dem Weg nach Hause machte sie einen kurzen Stopp bei McDonalds und holte sich am Autoschalter ein Maxi-Menü. Der Duft von Big Mäc und Pommes breitete sich in ihrem Wagen aus und ließ den Rest der Fahrt zu einer wahren Folter werden. Der Weg von Darmstadt nach Hofheim war ihr noch nie so lang vorgekommen. Annes Magen schien mit seinem Knurren dem Motor Konkurrenz machen zu wollen. Zu Hause stürzte Anne sich mit Heißhunger auf das Fastfood. Der große Becher Cola brachte sie so weit, dass sie sich wieder ans Internet setzen konnte. Sie kämpfte sich durch Routenplaner und die Seiten für Bahn- und Flugverbindungen. Wenn sie mit dem Auto nach München fahren würde, dann dort übernachten und am Morgen mit dem ersten Flieger nach Berlin ... Anne kam ins Schwitzen.

Das ist ja schwieriger, als den Kurs einer Raumsonde durchs Sonnensystem zu berechnen!

Bis Mitternacht hatte sie einen Plan, wie sie die verschiedenen Stationen am besten absolvieren konnte. Einige Termine mussten etwas verschoben werden, aber das waren nicht viele. Darum musste sie sich direkt morgen früh kümmern. Und die Kosten? Das sollten die Gastgeber schlucken. Sie hatte keine Lust, Fahrkarten und Hotels von ihrem Honorar zu begleichen. Schließlich würde sie unbezahlten Urlaub nehmen müssen.

Als Anne am anderen Morgen aufwachte, raschelte etwas unter ihr. Verschlafen knipste sie das Licht an und fand den zerknitterten Brief eines Verehrers auf ihrem Kopfkissen. Richtig, den wollte sie noch gelesen haben. Ein Mann aus Stukenbrock war ganz begeistert von ihr und wollte sie heiraten.

Stukenbrock? Wo liegt denn das?

Er hatte ganz nett geschrieben und sich viel Mühe gegeben.

Immerhin ist sein Brief mit mir im Bett gelandet, dachte Anne amüsiert.

Sie strich den Brief glatt und legte ihn zusammen mit dem Brief aus Konstanz, der an ihr Fußende gewandert war, auf den Stapel der ungelesenen Verehrerpost zurück. Später würde sie sich darum kümmern. Jetzt musste sie sich beeilen. Mal wieder.

In ihrem Büro wartete bereits neue Post auf Anne. Zum Glück waren es heute nur 15 cm und keine Kiste voll. Zeitungen waren auch keine da. Die Welt hatte neue Schlagzeilen gefunden.

Dr. Bardouin bewilligte ihr den Sonderurlaub gerne. Immerhin waren Annes Auftritte eine gute Werbung für die ESA.

Anne machte die Mittagspause durch und schaffte es gerade so, die nötigen Restarbeiten zu erledigen und die Anrufe zur Verschiebung diverser Termine zu tätigen. Ein Pizzadienst verhinderte erneute Störungen durch zu lautes Magenknurren. Heute Abend stand glücklicherweise nur ein Termin bei der Frankfurter Neuen Presse an, zu dem sie eben noch rechtzeitig erschien.

In den nächsten Wochen änderte sich Annes Leben in einer Weise, die sie niemals für möglich gehalten hätte. Das relativ beschauliche Wissenschaftlerleben wurde ersetzt durch termingetriebene Reisetätigkeit. Ihr Büro wurde ersetzt durch Besprechungsräume in Redaktionen oder Aufnahmeräumen in Fernseh- und Hörfunkstudios. Statt an Formeln zu arbeiten, grübelte sie in engen Zugabteils an Vorträgen, die sie zugesagt hatte. Das waren die Briefe aus dem dritten Stapel gewesen. Die Job-Angebote, die auch in dieser Rubrik gelandet waren, legte Anne zunächst beiseite. Manches war nur albern, aber es gab auch seriöse Stellen, die für eine junge Wissenschaftlerin sehr interessant waren. Eine echte Versuchung. Vielleicht später.

Anne hatte gelernt, sich selbst in kurzer Zeit so zu schminken, dass es einem Vergleich mit der Arbeit von Sina einigermaßen standhalten konnte. Wie gut, dass sie dort aufgepasst hatte. Auch ihre Garderobe hatte sich verändert, was zum einen daran lag, dass die Honorare einen größeren Spielraum ermöglichten als ihr bescheidenes Wissenschaftler-Einkommen. Zum anderen waren die öffentlichen Auftritte doch eine andere Welt, als der tägliche Gang in ihr kleines Büro.

Die Verehrerpost reiste ständig mit. Anne nahm sie zwar nicht ernst, aber irgendwie tat es gut, abends nach einem anstrengenden Tag in einem sterilen Hotelzimmer darin zu lesen und mit einigen netten Komplimenten einzuschlafen.

Anfangs versuchte Anne Olaf anzurufen, erreichte aber immer nur die Mailbox. Rückrufe gab es keine. Sie konnte sich das nicht erklären, aber viel Zeit, um darüber nachzudenken, ließen die zahlreichen Verpflichtungen ihr nicht.

Die hohe Auslastung durch Termine führte dazu, dass Anne nicht mehr realisierte, wie viel Zeit verging. So war sie sehr überrascht, als sie einen Brief der ESA mit einer Einladung erhielt.

Sehr geehrte Frau Winkler,
wir freuen uns, dass die Vorbereitungen für unsere Mond-Mission nun abgeschlossen sind. Wir möchten Sie dazu einladen, den Start persönlich in Kourou zu erleben. Die Daten können Sie den beiliegenden Tickets entnehmen.
Mit freundlichen Grüßen
Dr. Louis Bardouin

P.S.: Ich freue mich sehr auf ein Wiedersehen.

48. Kourou, Französisch Guayana

Der Brief mit der Einladung war eine echte Überraschung. Anne konnte es kaum fassen.

So viel Zeit ist vergangen? Unglaublich.

Anne rechnete auf dem Kalender nach. Es waren erst sechs Monate her. Normalerweise dauerte die Vorbereitung solch einer Mission Jahre. Das war seltsam aber anderseits auch nicht weiter wichtig. Sie würde Dr. Bardouin danach fragen. Erst jetzt fiel ihr auf, wie sehr sie ihn vermisst hatte.

Sicher ist auch Olaf dort. Ob wir zusammen im Flieger sind?

Ab jetzt kreisten ihre Gedanken nur noch um dieses eine Ereignis. Ärgerlicherweise schien die Zeit nach diesem Brief nur in Zeitlupe zu verstreichen. Früher waren die Zeiger über das Zifferblatt gehetzt, jetzt legten sie zwischendurch Pausen ein.

Endlich war der Tag da. Voller Spannung stieg Anne ins Flugzeug, aber leider waren von ihren Kollegen nur solche dabei, die sie bloß flüchtig kannte. Der Flug verlief ereignislos und war doch auf eine besondere Art und Weise beeindruckend. Wenn Anne aus ihrem Fenster sah, gab es nur Wasser. Wasser ohne Ende. Gelegentlich konnte sie ganz klein ein Schiff erkennen. Eine Stunde später war immer noch Wasser zu sehen. Und dann wieder Wasser. Zehn Stunden lang. Man bekam ein ganz anderes Gefühl für die Größe der Ozeane - und der Welt.

Und der Weltraum ist noch unendlich viel größer.

Als Anne durch die Flugzeugtür ins Freie trat, hatte sie das Gefühl, gegen eine Mauer zu laufen. Die Luft war dick und schwül. Von einer Sekunde auf die andere war sie durchgeschwitzt. Es war, als ob man die Sauerstoffmoleküle zwischen der Feuchtigkeit einzeln suchen musste.

Der europäische Weltraumbahnhof lag mitten im Urwald von Französisch-Guayana, knapp sechs Grad nördlich des Äquators, nur wenige Kilometer vom Atlantik entfernt und von diesem durch einen dichten Mangrovengürtel getrennt. Palmen ragten in den Himmel. Aber alles überragend stand sie da, die Ariane-5 ECA. Die Schwerlastrakete, mit der die Mondmission zur

Bergung der geheimnisvollen Schraube abheben sollte. Mehr als fünfzig Meter hoch ragte sie in den blauen Himmel.

Dr. Bardouin bereitete nahm Anne herzlich in den Arm. Zeit zum Erzählen war jetzt nicht. Zuerst war der Start der Rakete wichtig. Auf dem Weg zum Aussichtsturm erkundigte Anne sich, wie die Mission so schnell startklar sein konnte.

„Die russischen Kollegen haben hervorragende Arbeit geleistet. Vieles war schon fertig, womit man aber erst nach dem Einverständnis des ESA-Council an die Öffentlichkeit gehen konnte. Und weil unsere Mission plötzlich von weltweitem Interesse war, haben wir unseren Terminplan komplett umgestellt. Die Rakete, die schon für einen anderen Transportauftrag bereitstand, haben wir in Akkordarbeit umgerüstet. Das Ergebnis erleben Sie heute."

Inzwischen waren sie angekommen.

General Kowalev entdeckte Anne als Erster. „Unsere Heldin ist da", dröhnte Kowalev verbunden mit seinem typischen Lachen.

Wie gut es Anne tat, diese Stimme zu hören. Ihr war gar nicht aufgefallen, wie sehr sie ihr Team vermisst hatte. Anne sah sich um.

„Wo ist Olaf? Ich kann ihn nirgends entdecken."

„Der ist nicht mitgekommen. Er meinte, er hätte zu viel zu tun", erklärte Dr. Bardouin. „Ich habe ihn kaum gesehen in der letzten Zeit. Er hat sich zurückgezogen."

Kowalev sah die Enttäuschung in Annes Gesicht. „Aber es ist jemand anderes da, der sich sehr auf Sie freut."

Kowalev trat zur Seite.

„Elena!" Anne hatte sie hinter dem breiten Kreuz von Kowalev übersehen. Die beiden Frauen nahmen sich minutenlang in den Arm. „Ich habe euch alle sehr vermisst."

Für mehr blieb keine Zeit. Der Count-down war schon fortgeschritten. Es dauerte nicht lange, bis die Triebwerke zündeten und ein gewaltiges Tosen die Zuschauer erreichte. Die fröhliche Begrüßungsstimmung wich einer Anspannung, wie sie bei jedem Raketenstart zu spüren war. Heute war sie noch stärker als sonst, denn es handelte sich nicht um irgendeinen Kommunikationssatelliten. Hier stand eine Mission auf dem Spiel, wie es sie in der Geschichte der Raumfahrt noch nicht gegeben hatte - und um die beinahe ein Weltkrieg ausgebrochen wäre.

Langsam bewegte sich der Koloss in die Luft. Er ritt auf dem blendend hellen Feuer senkrecht in die Höhe. Alle Augen verfolgten seinen Weg, bis man nur noch seinen Rauchschweif sehen konnte. Die Minuten verstrichen, während alle den Atem anhielten. Endlich signalisierte der Missionsleiter: „Alles okay."

Applaus brandete auf. Die gefährliche Phase war gut überstanden. Die Rakete war auf Kurs. Die Anspannung, die trotz aller Routine und gründlicher Vorbereitung auf der Mannschaft gelegen hatte, fiel ab wie ein großer Sandsack, der einen Heißluftballon am Abheben gehindert hatte. Jetzt konnte man feiern.

Dr. Bardouin köpfte einige Flaschen Champagner, den er eigens aus Frankreich mitgebracht hatte.

Zur Pressekonferenz am anderen Vormittag erschien Anne nicht. Sie befürchtete, dass die Reporter sich hauptsächlich auf sie stürzen würden, weil sie das bekannteste Gesicht war. Das war nicht fair, fand sie. Schließlich hatten die anderen die Arbeit gemacht und die Mondmission in Rekordzeit auf die Beine gestellt. Dann sollten sie auch eine Gelegenheit haben, sich zu präsentieren.

Stattdessen nutzte Anne die Gelegenheit, um mit Elena einen Ausflug in die kleine Garnisonsstadt Kourou zu machen, die dank der europäischen Raumfahrtindustrie aufgeblüht war. Auf dem Markt wanderten sie zwischen Bergen von aufgetürmten exotischen Früchten und Gewürzen wie Cayenne-Pfeffer, Safran und Zimt umher. Nach gut einer Stunde Fahrt mit einem Katamaran erreichten sie die Insel, auf der die Franzosen früher Schwerverbrecher und politische Gefangene untergebracht hatten. Anne kannte sie aus dem Bestseller „Papillon". Glücklicherweise gab es heute niemanden mehr, der Haie anfütterte, damit sie in der Nähe der Insel blieben, um die

Gefangenen von einer Flucht über das Meer abzuhalten. Die seltenen, bunten Wasservögel waren Anne und Elena doch lieber.

Auf dem Rückflug hatte Dr. Bardouin leichtes Spiel, Anne davon zu überzeugen, in der nächsten Zeit wieder bei der ESA zu arbeiten. Sie hatte die Popularität aus vollen Zügen genossen, aber die Sehnsucht dem Weltall nahe zu sein, lebte nach wie vor in ihr. Sie war eher noch gewachsen. Bei den Begegnungen in Kourou hatte Anne gespürt, was ihr in den letzten Monaten gefehlt hatte.

Sie wollte live dabei sein, wenn der europäische Rover über den Mond rollte, um die Herkunft der geheimnisvollen Schraube zu klären - auf dem Kurs, den sie berechnet hatte - um die Herkunft der seltsamen Schraube zu klären.

49. Darmstadt

Wieder arbeitete sich ein menschengebautes Fahrzeug über die staubige, lebensfeindliche Oberfläche des Mondes. Dieses Mal standen die Schriftzüge ESA und Roskosmos auf jeder Seite. Flug und Landung waren planmäßig verlaufen und dank der Unterstützung durch die NASA hatte das Landemodul in relativer Nähe zur Schraube aufgesetzt. Diverse Simulationen hatten es dem Team nahegelegt, auf einen ausreichenden Sicherheitsabstand zu achten. Es wäre nicht förderlich gewesen, den Fundort der Schraube mit einer dicken Schicht von aufgewirbeltem Staub zu überziehen.

Anne verlegte ihre Mondlandschaft in einen größeren Raum und markierte den Landeplatz mit einem leuchtenden, roten „X". Eine ebenfalls rote Linie führte, leicht gezackt aber im Wesentlichen geradeaus, von dem „X" in Richtung Schraube. Diese Fotos lagen jetzt für jeden sichtbar an der Fundstelle. Es war nicht mehr nötig sie vor irgendjemandem zu verbergen. Überhaupt war ihre Mondlandschaft kein Geheimnis mehr, denn als das erste Fernsehteam sie entdeckt und einen Bericht davon gesendet hatte, interessierten sich plötzlich alle dafür. Für das Fernsehen war es die ideale Kulisse, wenn über die Fortschritte der Mond-Expedition berichtet wurde - und das war in diesen Tagen oft der Fall.

Man schaffte einen ganzen Lastwagen voll Technik herbei. Fünf Beleuchter montierten ein gutes Dutzend Scheinwerfer, um alles optimal auszuleuchten, was dazu führte, dass die Temperaturen Sahara-Werte erreichten. Dazu kamen vier fest montierte sowie zwei mobile Kameras, von denen mindestens eine dauernd zu arbeiten schien.

Anne hatte immer die Einstellung vertreten, dass Wissenschaft unter den Augen der Öffentlichkeit stattfinden sollte - aber *so* öffentlich? Das hatte sie sich doch anders vorgestellt, dachte sie, als sie schwitzend die rote Linie um ein paar Zentimeter verlängerte.

Der Rover kam gut voran und dank der Markierungen war die Orientierung kein Problem. Heute saßen Millionen Zuschauer weltweit vor den Bildschirmen, um die zweite Entdeckung der geheimnisvollen Schraube live zu erleben. Das Timing war keine große Sache. Umso größer waren die Anstrengungen der Sender aus dem eigentlich harmlosen Ereignis ein bedeutendes Event zu machen. Dr. Bardouin war das ganz recht. Die ESA verdiente gut an den Lizenzen für die Ausstrahlung. Olaf hatte entsprechende Verhandlungen geführt und seinen Job sehr gut gemacht. Das Geld war hochwillkommen.

Die unerwarteten Finanzmittel hatten zur Überraschung von Dr. Bardouin nicht nur positive Seiten. Früher formulierte jeder Projektleiter seine Ansprüche und beantragte die Mittel, die dann gekürzt wurden, worauf er sich über die Knauserigkeit der Geberländer ärgerte. Heute formulierte jeder Projektleiter größere Ansprüche und beantragte mehr Mittel, die dann gekürzt wurden, worauf er sich über Dr. Bardouin und das Entscheidungsgremium ärgerte.

Trotzdem war Dr. Bardouin bestens gelaunt. Der Fortschritt auf dem Mond tat gut. Aber vor allem änderte sich die Einstellung der Menschen. Immer mehr erkannten, dass die Forschung im Weltraum sehr wohl etwas mit unserem Leben auf der Erde zu tun hat - unabhängig davon, was man tatsächlich auf dem Mond finden würde.

Zufrieden schlenderte Dr. Bardouin zu dem zentralen Überwachungsraum, um die zweite Entdeckung der Schraube auf dem großen Bildschirm zu verfolgen. Er fand Anne in der ersten Reihe.

„Hallo, Frau Winkler. Dieses Mal sind die Umstände wohl etwas anders, als zu der Zeit, in der Sie die Schraube entdeckt haben."

„Das kann man wohl sagen. Trotzdem ist es spannend." Anne zögerte einen Moment. „Wo ist eigentlich Olaf?"

„Der hat um einen Telearbeitsplatz gebeten. Er wählt sich über eine gesicherte Verbindung von zu Hause aus bei uns ein."

Dr. Bardouin musterte sie aufmerksam. „Eigentlich schade. Sie waren so ein gutes Team."

„Ja, schade." Anne wusste nicht wirklich, was sie sagen sollte.

Dr. Bardouin sah Anne vielsagend an. „Ich habe ihm den Telearbeitsplatz für drei Monate genehmigt."

In diesem Moment erfasste die Spezialkamera des Rovers die Schraube, so dass Anne nicht auf die letzte Bemerkung von Dr. Bardouin reagieren musste. Obwohl nichts Neues zu sehen war, spürte man, wie die meisten anwesenden Mitarbeiter den Atem anhielten. Jedem war bewusst, etwas Besonderes zu sehen, und es gab wohl kaum jemanden, der sich nicht fragte: „Was steckt dahinter?"

Nach einem lange diskutierten Schema machte der Rover mit seinen beiden Kameras Überblicks- und Detailaufnahmen. Dann kam der spannende Moment, in dem der Greifarm die Schraube aufnahm und in einem Spezialbehälter verstaute. Dort lag sie sicher eingebettet in einem Granulat, das die Stöße, die bei einer Landung auf der Erde unvermeidlich waren, absorbieren sollte. Eine Anzahl Steine aus der direkten Umgebung verschwanden in weiteren Behältern. Vielleicht konnten sie in Vergleichsanalysen Aufschluss darüber geben, wie lange die Schraube an dieser Stelle gelegen hatte.

Mit dem erfolgreichen Verschließen des letzten Behälters legte sich die Anspannung spürbar, was man deutlich an den Witzeleien ablesen konnte.

„Mist. Wir haben etwas vergessen!"

„Was?", fragte ein anderer erschrocken.

„Wir hätten noch Fingerabdrücke nehmen sollen."

Allgemeines Gelächter.

„Auf jeden Fall haben wir das teuerste Stück Altmetall eingesammelt, das es je gegeben hat."

„Ich werde einen Antrag für das Guiness-Buch der Rekorde stellen."

„Hat die ESA überhaupt eine Lizenz als Schrotthändler?"

Dr. Bardouin war stolz auf seine Mannschaft. Sie hatten viel bewegt in den letzten Wochen - und er war sicher, in den nächsten Wochen würde sie noch mehr bewegen. Der Rover musste die wertvollen Behälter sicher zum Landemodul bringen und dort so verstauen, dass das integrierte Modul zum Rücktransport mit dem Material starten konnte. Dann würde sich der Rover auf den Weg machen, um nach dem Ursprung der Schraube zu suchen. Das Ganze war ein Programm für mehrere Wochen.

Noch vor wenigen Wochen hatte jeder, der die Möglichkeit besaß, ständig ein Auge auf den Fernseher gerichtet mit der Sorge, dass die nächste Katastrophe auch ihn treffen könnte. Diese Angst war gewichen, aber man wurde das Gefühl nicht los, dass es sich bloß um eine kurze Pause handeln könnte, die Ruhe vor dem nächsten Sturm.

Die Verhandlungen der Kontrahenten gestalteten sich mehr als schwierig. Jeder versuchte einen Vorteil für sich herauszuschlagen aber achtete peinlichst darauf, selbst nicht benachteiligt zu werden. Manche Ergebnisse waren so grotesk, dass die Presse spöttisch urteilte: „Der kleinste gemeinsame Nenner ist der größte mögliche Aufwand."

Das heikelste Problem stellte die Bewachung der Schraube dar - wenn sie denn heil auf der Erde angkam. Die Regelung für die wissenschaftliche Auswertung war innerhalb weniger Stunden geklärt. Die USA wollten sie selbstverständlich im eigenen Land untersuchen, wogegen China sein Veto einlegte. Umgekehrt legten die USA ihr Veto gegen eine Untersuchung in Asien ein. Bei diesen Standpunkten gab es keine Bereitschaft einzulenken. Also blieb Europa übrig, das als einziges über ausreichende wissenschaftliche Kapazitäten verfügte. China hatte zwar den Vorbehalt, Europa sei zu amerikafreundlich, aber mangels Alternative akzeptierte es zähneknirschend. Das fiel insofern nicht allzu schwer, weil der technisch bedingte Landeplatz, Kasachstan, bei den Amerikanern die Zähne knirschen ließ.

Der kasachische Unterhändler signalisierte großes Entgegenkommen seiner Regierung. „Das kasachische Volk wird selbstverständlich alles tun, um den Friedensprozess zu unterstützen.“

Für eine Übergangsfrist akzeptierte man sogar die Anwesenheit ausländischer Truppen zur Sicherung der Schraube - natürlich gegen eine entsprechende Unkostenbeteiligung.

Die kasachische Regierung machte das Geschäft ihres Lebens. Sie verkaufte die Plätze in ihrer öden Steppe so teuer, als könnte man von dort aus das Endspiel der Fußballweltmeisterschaft sehen. Das war aber kein Hindernis für Amerikaner oder Chinesen, sich gegenseitig in der Anzahl der aufgebotenen Truppen zu überbieten. Oberstes Gebot war, auf keinen Fall hinter dem anderen zurückzubleiben.

Nach der Landung - so der Plan - würden die Behälter in Anwesenheit der Kommandeure beider Parteien von den russischen Spezialisten geborgen, die das Rückkehrmodul entworfen hatten. Der anschließende Transport nach Frankfurt sollte von je zwei Maschinen der chinesischen und amerikanischen Luftwaffe eskortiert werden.

Für Transporte innerhalb Europas war eine Eskorte geplant, die aus vierzig Sicherheitskräften bestand, die zu gleichen Teilen von beiden Parteien gestellt wurde. Hier hatte es Streit gegeben, weil jeder eine höhere Zahl wollte, bis es dem Vertreter der Europäischen Kommission gelang, die Erkenntnis zu vermitteln, dass die Sicherheit durch zweihundert Soldaten jeder Partei nicht höher sei als bei zwanzig. Mehr machte die ganze Sache nur unübersichtlich, was die Fehlerquote erhöhte. Also einigte man sich auf zwanzig, wobei die Europäer für eine ununterbrochene Kameraüberwachung zu sorgen hatten.

Olaf hatte es leichter - dachte er!

Als klar war, dass die wissenschaftlichen Untersuchungen in Europa stattfinden sollten, einigte man sich schnell auf die ESA als organisatorisches Zentrum. Olaf fiel die Aufgabe zu, das Team zu leiten, das die Auswahl der geeigneten Institute vornahm. Die öffentlichen Ausschreibungsverfahren waren standardisiert und erprobt, so dass es normalerweise keine Probleme geben sollte. Normalerweise.

Nach der Sichtung der Antworten traf sich Olaf mit Dr. Bardouin, um den weiteren Verlauf zu besprechen. Olaf hatte Probleme angedeutet.

Dr. Bardouin überflog die vor ihm liegende Übersicht. „Ich sehe, Sie haben eine Menge Rückmeldungen erhalten. Das ist doch positiv. Wie werden Sie vorgehen?“

„Wir werden jedes Angebot im Kreis der festgelegten Expertenrunde durchgehen und nach dem üblichen Punktesystem bewerten.“

„Und wo liegt das Problem?“

„Ich kenne eine ganze Reihe der Institute, die sich beworben haben. Von daher weiß ich, dass sich nicht wenige in der Bewertung nach oben geschummelt haben.“

„Jeder Institutsleiter kennt das System, nach dem bei Ausschreibungen gearbeitet wird.“ Dr. Bardouin schmunzelte. „Darf ich raten? Man hat sie angerufen?“

Olaf nickte.

„Und Druck gemacht?“

Olaf nickte wieder.

„Und bei den Referenzen übertrieben, und ... und. Sie werden feststellen, dass viele Leiter härter für ihr Institut kämpfen als mancher Soldat für sein Land. Die friedliche Wissenschaft gibt es nur vor den Kulissen. Hinter den Kulissen werden die Messer gewetzt und es wird gekämpft wie auf einem mittelalterlichen Schlachtfeld.“

„Da wünscht man sich die Genfer Konvention, um im Bild zu bleiben.“

„Das können Sie vergessen. Es gibt immer welche, denen jedes Mittel recht ist.“

„Deshalb bin ich hier. Mit den Ausschreibungen kommen wir klar. Das Problem ist der politische Druck. Es gibt Länder, die meinen, ihren Instituten würde aus Proporz-Gründen ein Anteil zustehen. Und das kann ich nicht entscheiden.“

„Das ist auch Europa“, seufzte Dr. Bardouin. „Manchmal muss die Wissenschaft hinter dem Frieden zurückstehen, den man mit solchen Kompromissen erkauft.“ Er nahm sich einige Minuten zum Nachdenken, bevor er eine Entscheidung traf. „In diesem Fall brauchen wir das optimale wissenschaftliche Ergebnis - um des Friedens willen. Also: Entscheiden Sie rein nach wissenschaftlichen Kriterien. Alles andere leiten Sie an mich weiter.“

Olaf fuhr zufrieden nach Hause. Er hatte gehofft, dass Dr. Bardouin so entscheiden würde. Es war klar, dass dieses Vorgehen eine Menge Schwierigkeiten nach sich zog und er war dankbar, dass Dr. Bardouin so viel Rückgrat bewies.

Anne kämpfte derweil einen anderen Kampf. Von Olafs Anwesenheit bei der ESA wusste sie nichts. Anne hatte sich in ihr Büro verkrochen und prüfte zum zehnten Mal ihre Formeln. Der Rover war auf dem von ihr berechneten Kurs unterwegs, aber er fand nichts. Das Gelände wurde schwieriger und der Rover musste immer längere Umwege fahren. Die euphorische Anfangsstimmung nahm kontinuierlich ab und machte zunehmender Besorgnis Platz.

50. Konvoi

Obwohl die Straßenverhältnisse in Europa wesentlich besser waren als auf dem Mond, kam der Konvoi, der die Schraube von einem Untersuchungsort zum nächsten begleitete kaum schneller voran als der Mond-Rover. Jeder Ortswechsel entpuppte sich als größerer logistischer Akt.

Die Behälter mit dem Material vom Mond waren zusammen nicht größer als ein Umzugskarton. Trotzdem musste man den größten Geldtransporter verwenden, der in Europa aufzutreiben war - damit es darin genügend Platz für die chinesischen und amerikanischen Sicherheitskräfte gab, die den strengsten Befehl hatten, die Behälter auf keinen Fall aus den Augen zu lassen. Zusätzlich fuhren vor und hinter dem Transporter jeweils fünf gepanzerte Fahrzeuge mit weiteren Sicherheitskräften. Es folgten zwei Chrysler Voyager mit amerikanischen Wissenschaftlern und zwei Autos der Marke „Brilliance", die man extra für die chinesischen Wissenschaftler aus China hatte einfliegen lassen. Weitere Versorgungsfahrzeuge, Übertragungswagen von Fernsehgesellschaften, Reporter auf Motorrädern und eine wachsende Anzahl von Fans machten es schier unmöglich, den offiziellen Teil des Konvois vom inoffiziellen Teil zu unterscheiden. Je größer der Konvoi wurde, um so mehr Schaulustige zog es an die Straßen. Das hatte wiederum zur Folge, dass ein immer größeres Polizeiaufgebot dafür sorgen musste, die Straßen frei zu halten. Ein kreativer Kommentator von Associated Press erfand in Anlehnung an die Tour de France den Begriff „Tour de Science". Da zeitweise auch Hubschrauber den Tross von oben filmten, fehlten tatsächlich nur die Fahrräder.

Vorschläge, alle Untersuchungen an einem Ort zu machen, hatte man schnell verworfen. Es war unmöglich, die zur Untersuchung benötigten empfindlichen und zum Teil sehr großen Apparaturen ohne Schaden zu transportieren. Wollte man Röntgenstrahlen haben, die tiefer als 0,1 mm in das Material eindringen konnten, musste man zwangsläufig nach Hamburg fahren. Solche Strahlen bekam man eben nur an einem Synchrotron wie dem DESY. Und das lies sich beim besten

Willen nicht abbauen. Mit anderen Untersuchungsmethoden war es ähnlich.

Die kritischen Stimmen über die Aufwände verschwanden schnell, als man die Vorteile entdeckte. Zu den ersten Begeisterten gehörten die beteiligten Institute. Um existieren zu können, waren sie auf öffentliche Gelder angewiesen, was zu einem beständigen und manchmal erbitterten Kampf führte, der um so schwieriger war, je weniger man das jeweilige Institut öffentlich wahrnahm. Jetzt sprach man plötzlich über sie und sie kamen sogar ins Fernsehen. Manche zum ersten Mal seit ihrer Gründung. Eine findige Werbeagentur entwarf in kürzester Zeit ein Konzept, dass ihr von den Instituten förmlich aus der Hand gerissen wurde. Bereits am dritten Haltepunkt erkannten regionale Politiker ihre Chance. Sie organisierten regelrechte Kampagnen, um für ihren Ort und natürlich auch für sich selbst als großzügige Förderer der Wissenschaft zu werben. Jede Stadt wollte ein größeres Event präsentieren als das der Konkurrenten.

Die Ergebnisse jeder Untersuchung wurden vereinbarungsgemäß veröffentlicht. Da sie kaum jemand verstand, tat sich ein breites Feld für Experten auf, die auf jedem Fernseh- und Hörfunkkanal und in fast jeder Zeitschrift ihre Erläuterungen verbreiteten. Innerhalb kurzer Zeit entwickelte sich die Schraube zu einem Medienereignis und Wirtschaftsfaktor, der umgekehrt proportional zu ihrer Größe stand.

Nur die besonders aufmerksamen Beobachter bemerkten, dass die offiziellen Stellungnahmen mit jeder Untersuchung zurückhaltender wurden. Wer sich vorher mit dem geplanten Ablauf vertraut gemacht hatte, dem fielen Änderungen auf. Man fuhr Institute an, die nicht geplant waren oder wiederholte die gleiche Untersuchung an mehreren Orten.

51. Darmstadt

Das Team, das für die Steuerung des Rovers zuständig war, wurde von Tag zu Tag ungeduldiger. Holger Schickler, der Projektleiter, setzte durch, dass man den Raum mit der Mondlandschaft mindestens vier Stunden täglich ohne eine laufende Kamera benutzen konnte. Es war schließlich nicht jede Überlegung für die Öffentlichkeit gedacht. Anne wusste, was er wollte, als er zu ihr kam. Es war nicht das erste Gespräch.

„Neue Erkenntnisse?", fragte Holger kurz.

Anne schüttelte den Kopf.

„Nichts! Ich kontrolliere die Berechnung jeden Tag. Es gibt keine Fehler. Außerdem habe ich das nicht alleine gemacht."

„Ich weiß, aber wir kommen unter Druck. Mit jedem weiteren Tag wird das Feld, das wir absuchen müssen, größer. Und der Rover wird nicht ewig halten."

Anne wusste, was Holger meinte. Sie hatte vom Lagepunkt der Schraube aus die wahrscheinliche Flugbahn berechnet. Das Ergebnis ergab einen Trichter, der ähnlich aussah wie die Zugprognosen von Hurrikans. Je weiter man vom Ausgangspunkt entfernt war, desto breiter wurde der mögliche Bereich. Der Kurs des Rovers führte in wildem Zick-Zack durch dieses Dreieck, zum einen, um keine potenzielle Fundstelle auszulassen, zum anderen, weil das schwierige Gelände auf dem Mond ihn dazu zwang.

„Der Bereich, den du als mögliche Herkunft für die Schraube berechnet hast, ist zu groß. Du musst ihn weiter eingrenzen."

„Das ist nicht möglich. Mir fehlen bessere Daten. Das weißt du selbst."

„Was ich weiß, ist, dass mir gewisse Leute aufs Dach steigen, wenn der Rover stehen bleibt und wir bis dahin nichts gefunden haben. Das Projekt hat Millionen gekostet und die ganze Welt sieht uns auf die Finger."

Anne konnte Holgers Frust sehr gut verstehen, aber sie war sich sicher, keinen Fehler gemacht zu haben. „Ich werde mir die Daten von der Smart-Sonde besorgen, die den Mond kartiert hat.

Vielleicht können wir damit einen Weg für den Rover finden, der ihn nicht so belastet."

„Meinetwegen. Das verschafft uns Zeit, aber eine wirkliche Lösung ist das nicht." Holger wusste, dass er keine „wirkliche" Lösung bekommen würde. Die Daten, die Anne zur Verfügung hatte, beschränkten sich schließlich auf wenige Fotos und die neuen Erkenntnisse über Gewicht und Masse der Schraube. Das war schon alles, um die Parameter der Flugbahn zu berechnen. Aber, wie man es auch drehte und wendete, selbst mit den zusätzlichen Daten der Smart-Sonde blieb es nur bei Wahrscheinlichkeiten.

Der größte Druck kam auch nicht von außen. Die Kommentatoren im Fernsehen, denen die Suche zu lange dauerte und die entsprechende kritische Anmerkungen machten, konnte man abschalten. Aber die eigenen Gedanken?

Holger wusste, wie viel von der Mission abhing. Der Waffenstillstand zwischen USA und China war nur eine Atempause. Die Aggressionen schaukelten sich schnell auf und konnten sich jederzeit wieder Bahn brechen. Sie brauchten unbedingt einen Erfolg der Mondmission, um die labile Lage zu stabilisieren.

Und natürlich wollte er - wie eigentlich jeder im Team - wissen, was das Geheimnis der Schraube war. Hinter jedem Felsen konnte es liegen - aber man konnte nicht hinter jeden Felsen fahren und nachsehen. Vielleicht lag es in einem Krater? Möglicherweise war es von Mondstaub bedeckt? Hatten sie überhaupt eine Chance?

Der Rover hatte alles an Bord, was zum Aufspüren hilfreich sein konnte, verschiedene Kameras, Radar, einen Metall-Detektor und einiges mehr. Man hatte an nichts gespart. Aber reichte das?

52. Konvoi

Im Nachhinein konnte niemand mehr mit Sicherheit sagen, wer angefangen hatte. Vermutlich war es Samuel Higgins gewesen, der jüngste unter den US-Sicherheitskräften. Die Langeweile war endlos, besonders wenn die Wissenschaftler am Werk waren und auf dem Dienstplan für die Sicherheit jeden Tag das gleiche stand: Gebäudeüberwachung.

Die Sicherheitskräfte durften die Institute nicht betreten. Das war den Wissenschaftlern vorbehalten, die ungestört arbeiten sollten. Samuel und seine Kameraden bewachten die Gebäude von außen. Wenn er wenigstens die Aufgabe an der Pforte bekommen hätte. Da war etwas los, weil ununterbrochen Leute kamen und gingen, die kontrolliert werden mussten. Aber natürlich hatte man ihn, den Youngster, hinter die Gebäude abkommandiert. Häufig genug stand Samuel den ganzen Tag an einem Hinterausgang neben diversen Mülltonnen. Die chinesische Wache schien genauso wenig begeistert über diese Aufgabe zu sein. Lu Feng war so alt wie Samuel. Es schien ein Grundgesetz zu sein, das überall auf dem Planeten gültig war: Die jüngsten machen die dümmsten Jobs.

In der ersten Woche schwieg man sich grimmig an, taxierte den Feind, achtete misstrauisch auf jede Bewegung, bereit sich zu verteidigen.

In der zweiten Woche realisierte Samuel, dass Lu ihn nicht erschießen würde, wenn er ihm den Rücken zukehrte.

In der dritten Woche geschah es dann. Es war besonders heiß, die Mülltonne mit den Küchenabfällen stand in der Sonne und das Essen schien darin zum zweiten Mal zu kochen. Als in der Mittagshitze der Geruch am schlimmsten war, fingerte Samuel ein Airwaves-Kaugummi aus der Tasche und schob es sich in den Mund. Ein weiteres reichte er Lu. Die chinesischen Augen sahen ihn dankbar an.

Am nächsten Tag hatte Lu etwas in einer Plastiktüte dabei, das Samuel nicht weiter definieren konnte. Die Hälfte des Vormittags ging um und Samuel hatte die Tüte schon vergessen, als Lu begann daran herumzunesteln. Er holte zwei Styropor-

Verpackungen heraus und reichte Samuel eine davon. Noch bevor Samuel seine Verpackung geöffnet hatte, wusste er, was darin war: gebackene Bananen! Samuel konnte nicht so schnell schlucken, wie ihm das Wasser im Mund zusammenlief. Lu hatte öfter gebackene Bananen dabei und wahrscheinlich war ihm aufgefallen, wie sehnsüchtig Samuel jedes Mal zusah, wie er sie aß. Jetzt erntete Lu ein dankbares Lächeln.

Seit diesem Zeitpunkt entwickelte sich ein regelrechter Tauschhandel, der in kürzester Zeit auf alle anderen übergriff. Gehandelt wurde mit allem, was verfügbar war, Hamburger, Zigaretten, Cola - aber Kaugummis und gebackene Bananen blieben die Spitzenreiter.

53. Darmstadt

Von gebackenen Bananen war Anne weit entfernt. Ihre Ernährung bestand aus den immer gleichen Pizzen, deren Kartons sich in einer Ecke ihres Büros stapelten. Als Zwischenmahlzeiten gab es Müsliriegel und - was sie schon seit Jahren nicht mehr gegessen hatte - tafelweise Schokolade. Die sollte ihr Gehirn ankurbeln. Zu ihrer Abi-Zeit hatte das gut funktioniert, aber jetzt schlug die Schokolade nicht mehr an. Neue Ideen waren so weit weg, wie der Rover auf dem Mond.

Anne hatte Verständnis dafür, dass ein ganzes Team Kollegen sich ebenfalls mit ihren Berechnungen befasste. Sie wünschte sich nichts sehnlicher, als dass der Rover etwas finden würde - egal, wer den Ruhm dafür bekam. Deshalb spürte sie keine Genugtuung, als Holger ihr mitteilte, dass die Kollegen auch keine besseren Ergebnisse erzielten.

„Warum muss heute auch noch diese Feier sein? Gerade jetzt", schimpfte Anne leise vor sich hin, als sie die Eintragung in ihrem Terminkalender las. Man hatte ihr die Doktor-Würde verliehen und dazu wollte die ESA einen kleinen Empfang geben. Es war nichts Großes. Doktoren gab es bei der ESA wie in jeder Autowerkstatt Mechaniker. Trotzdem war es eine Leistung, und weil sie bei jedem gewürdigt wurde, sollte es auch bei Anne so sein.

Sie hatte Dr. Bardouin bekniet den Empfang abzusagen, aber er war hart geblieben. „Sie haben schwer dafür gearbeitet und sie haben eine große Leistung erbracht. Das ist eine Feier wert."

„Aber ich habe keine Zeit", protestierte Anne.

„Die sollten Sie sich nehmen. Sie haben Ihr Gehirn ausgequetscht und jetzt ist es leer. Egal, wie viel Sie weiter quetschen, es wird nicht mehr herauskommen. Im Übrigen haben Sie keine Fehler gemacht. Bei manchen Aufgaben gibt es eben keine Lösungen. Das gehört zu wissenschaftlicher Arbeit dazu, und das wissen Sie. Damit müssen wir leben, aber es schmälert nicht Ihre Leistung."

Anne fand es nett, dass Dr. Bardouin sie trösten wollte, aber sie fühlte sich trotzdem verantwortlich für den bisherigen Misserfolg der Suche.

Jetzt war der Termin da. Widerwillig packte Anne ihre Schminkutensilien und ging zum Waschraum. Trotz ihrer Routine, die sie inzwischen gewonnen hatte, dauerte es eine halbe Stunde, bis sie die Anzeichen ihrer Erschöpfung so weit getarnt hatte, dass sie sich vor Menschen traute.

Von der kurzen Rede, die Dr. Bardouin hielt, bekam Anne nichts mit. Die Worte blieben in der Watte stecken, die ihren Schädel ausfüllte. Der Applaus schreckte sie aus ihren Gedanken auf, die immer noch um das ungelöste Problem auf dem Mond kreisten. Wie einprogrammiert ging Anne nach vorne, bedankte sich für die Unterstützung von Dr. Bardouin und die Zusammenarbeit mit ihrem Team und erhob ihr Glas.

Ihre Kollegen prosteten ihr zu. Zum ersten Mal registrierte Anne, wer überhaupt da war. Hinten, neben der Tür, war das nicht Olaf? Ein Lächeln huschte über ihr Gesicht. Sie setzte sich in Bewegung, um sich einen Weg durch die Kollegen zu bahnen. Für einen kurzen Moment bildete sich eine schmale Gasse. Anne stutzte.

Wer ist das neben Olaf? Das Gesicht kenne ich doch. Sina!

Annes Lächeln gefror.

Was will die hier?

Ein gelber Ball drängte sich vor Annes Gesicht, die Schaumstoffhülle eines Mikrofons. Hinter der Frau, die den Ball vor ihren Mund steuerte, drängte sich ein Mann mit einer Kamera auf der Schulter in die Gasse.

„Wir gratulieren Ihnen ganz herzlich. Wie fühlen Sie sich jetzt, als Frau Doktor Winkler?“

Wie fühlen Sie sich? Die Frage explodierte in Annes Gehirn.

„Wie ich mich fühle?“, wiederholte Anne tonlos.

Die Gasse schloss sich und Olaf verschwand aus ihrem Blickfeld.

„Sie wollen wissen, wie ich mich fühle?“, wiederholte Anne zum zweiten Mal. Ihr fiel nichts ein.

„Ja. Wie geht es Ihnen, wo Sie jetzt quasi befördert worden sind?“, versuchte die Reporterin Anne zu helfen.

„Wie es mir geht? - Scheiße! Ganz einfach nur: Scheiße!“

Die Reporterin sah Anne entgeistert an. Auf diese Antwort war sie nicht vorbereitet. Der gelbe Ball sank einige Zentimeter herunter.

„Kommen Sie mit!“, kommandierte Anne barscher als beabsichtigt. „Ich will Ihnen etwas zeigen.“

Anne ging mit schnellen Schritten durch die Traube ihrer Kollegen, die sich um sie gebildet hatte. Die wichen überrascht zur Seite, machten der Reporterin und ihrem Kameramann Platz und folgten dann den beiden. Anne ging zu dem Raum mit der Mondlandschaft.

„Sehen Sie das?“

Anne zeigte auf die Fotos, die über den gesamten Boden verteilt waren. Die Kamera schwenkte mit, obwohl dieses Bild hinreichend bekannt war.

„Das ist Wissenschaft“, erklärte Anne.

„Und sehen Sie das?“ Sie zeigte auf die gezackte, rote Linie, die den Kurs des Rover darstellte und irgendwie kein Ziel zu kennen schien.

„Das ist auch Wissenschaft! Wir suchen uns die Seele aus dem Leib. Wir suchen seit Wochen ohne das geringste Ergebnis. Wir wissen, wie wichtig das alles ist, und sind verzweifelt, dass wir nicht weiterkommen. - Und deshalb geht es mir beschissen.“

Die Reporterin spürte, dass jetzt nicht der Zeitpunkt war, um jemanden bloß zu stellen. Nachdenklich ging sie zwischen den fixierten Fotos herum. Dann kam sie zu dem Teil, den Anne aus den Ausdrucken der Smart-Sonde zusammengeklebt hatte. „Die sehen ganz anders aus. Als ob man über den Mond fliegen würde. Man sieht alles von oben.“

Anne starrte die Reporterin an. „Das ist es! Das könnte die Lösung sein.“

Ohne auf jemanden zu achten, stürmte Anne in den Flur. „Dr. Bardouin!“, rief sie. „Sie müssen mir helfen.“

Der trat gerade aus dem Versammlungsraum, denn er war der Gruppe nicht gefolgt. „Was ist los? Warum schreien Sie so?“

„Das ELT! Wir brauchen das ELT! Sie müssen sofort die ESO anrufen."

„Nun beruhigen Sie sich erst mal. Und dann erklären Sie mir, was das ELT mit unserem Problem zu tun hat."

Anne schloss die Augen und atmete dreimal tief ein und aus. „Jetzt bin ich ruhig, reicht das?"

„Sie sind unverbesserlich", schmunzelte Dr. Bardouin. „Also gut. Schießen Sie los!"

„Das ELT hat hervorragende Aufnahmen von den beiden Raketen geschossen, die sich gegenseitig vernichtet haben. Also sollte es auch in der Lage sein, hochauflösende Aufnahmen von unserem Zielgebiet zu machen. Vielleicht entdecken wir irgendeine Anomalie. Irgendetwas, das uns weiterhilft."

„Das ist sehr vage."

„Natürlich. Aber besser, als vollkommen blind zu suchen."

„Catherine wird mir den Kopf abreißen, wenn ich schon wieder mit einem Anliegen komme."

„Catherine wird Ihnen um den Hals fallen, dass sie eine weitere Gelegenheit bekommt, allen zu zeigen, was das ELT kann."

„Sie haben eine Art, einen zu überzeugen."

„Nicht wahr?" Anne setzte ein entwaffnendes Lächeln auf. „Und am besten tun wir es sofort."

Die „Tour de Science", wie sie inzwischen überall genannt wurde, näherte sich ihrem letzten Ziel: Chemnitz. Hatte man zu Anfang alle zerstörungsfreien Methoden zur Materialanalyse eingesetzt, wurden im Laufe der Zeit die Untersuchungen härter. Um zu aussagekräftigen Ergebnissen zu kommen, musste man zum Leidwesen zahlreicher Forscher Teile des Materials opfern, was man natürlich erst so spät wie möglich tat.

Das größte Opfer wollte man in Chemnitz bringen. Per Nanothomografie wurde das Material der Schraube Schicht für Schicht abgetragen. Der Preis dafür war extrem hoch. Eine materiell existierende Schraube gab es danach nicht mehr. Dafür besaß man ein atomgetreu nachgebildetes Modell im Computer. Jetzt konnte sie durch die Hochgeschwindigkeitsnetze kopiert und verteilt werden, so dass auch die Institute an den Forschungen beteiligt wurden, die man im Lauf der „Tour de Science“ nicht angefahren hatte. Auf diesem Weg überschritt die Schraube auch die Grenzen Europas und besuchte Labore in den USA und China.

Für alle normalen Fans stand auf der Homepage der ESA eine abgespeckte Version zum Download bereit.

54. Darmstadt

Dr. Bardouin war es gelungen, Catherine erneut zu überreden, das Großteleskop für Zwecke zu missbrauchen, für die es nicht gemacht war. Anne fertigte Ausdrucke in der höchstmöglichen Auflösung an und tapezierte damit die Wände im Raum der Mondlandschaft. Auf dem Fußboden war nicht mehr genügend Platz. Nun suchte sie Zentimeter für Zentimeter die Gegend ab, die sie als mögliche Zielregion für die Suche des Rovers berechnet hatte.

Ihre Kollegen unterstützten sie, aber Anne war morgens schon da, bevor die ersten kamen, und wenn der letzte ging, war sie immer noch da. Dr. Bardouin begann sich Sorgen zu machen. Niemand konnte solch ein Pensum lange durchhalten.

„Es geht mir gut", wehrte Anne jedes Mal ab. Oder: „Wir müssen etwas finden." Oder: „Ich kann mich später noch genug ausruhen."

Sätze in dieser Art flossen aus ihrem Mund, manchmal bevor Dr. Bardouin zu Ende geredet hatte. Anne allein wusste, dass sie nicht nur von dem Wunsch angetrieben wurde, einen Anhaltspunkt zu finden. Ihr überdimensioniertes Arbeitspensum war auch eine Flucht in Aktivität. Das kurze Bild von Olaf und Sina ging Anne nicht aus dem Gedächtnis.

Was ist zwischen den beiden? Und warum antwortet Olaf nicht mehr auf meine E-Mails und SMS?

Fast hätte sie den einen Pixel übersehen, der geringfügig heller als die Umgebung war. Man hätte ihn für einen Bild- oder Übertragungsfehler halten können, aber Anne wollte sichergehen. Sie holte sich die Originaldatei auf den höchstauflösendsten Bildschirm, den sie erreichen konnte. Ein Fehler beim Ausdruck war es auf keinen Fall. Auch hier konnte sie ihn sehen: ein einziger kleiner Pixel. Er lag am unteren Rand einer Felswand, gerade noch innerhalb ihres errechneten Suchbereichs.

Anne alarmierte Dr. Bardouin, der sofort zu ihr kam.

„Ich habe etwas gefunden. Da! Sehen Sie!"

Dr. Bardouin suchte die gezeigte Position aufmerksam ab. „Ich sehe nichts."

„Dort. Dieser Pixel."

„Ja - und? Das ist nur ein Pixel." Dr. Bardouin stutzte. „Wollen Sie etwa sagen, dass Sie die ganze Zeit nur einen einzigen Pixel gesucht haben?"

„Sicher. Auf der Mondoberfläche sind das mehrere Meter. Haben Sie erwartet, dass wir ein Hochhaus finden?"

Dr. Bardouin überhörte den harten Ton von Anne. Er dachte nach.

„Diese Fläche hier hat überall die gleiche Farbhelligkeit", bekräftigte Anne und zog dabei mit ihrem Finger einen Kreis auf dem Bild. „Das ist logisch, weil das Material und der Lichteinfall gleich sind. Wenn an dieser Stelle etwas heller ist, kann es nur ein anderes Material sein, das das Licht besser reflektiert."

„Das ist sehr vage. Könnte es nicht einfach ein Felsen sein? Oder eine andere Neigung der Oberfläche?"

„An dieser Stelle nicht."

Anne wollte zu einer langen Erklärung ansetzen, aber Dr. Bardouin winkte ab.

„Ich kenne Sie. Am Ende haben Sie mich doch überzeugt. Also kürzen wir das Ganze ab. Wir fahren mit dem Rover dorthin und sehen nach. Letztenendes ist es egal, wo wir suchen. Aber nur unter einer Bedingung."

„Und die wäre?"

„Sie fahren sofort nach Hause und schlafen zwei Tage lang."

„Aber ich muss ..."

„Nur unter dieser Bedingung. Ja oder nein!"

„Ja, aber ..."

„Das 'Ja' habe ich gehört, das 'aber' nicht. Sie verlassen in einer Minute diesen Raum." Dr. Bardouin sah Anne streng an. „Ihre Kollegen werden sich, um alles weitere kümmern."

55. Erkenntnisse

Olaf befand sich zu dieser Zeit im CERN in der Schweiz. Er traf sich dort mit allen leitenden Wissenschaftlern der Institute, die Untersuchungen an der Schraube vorgenommen hatten. Hier wollten sie die Einzelergebnisse zu einem großen Ganzen zusammensetzen.

Das CERN bot ihnen ungestörte Abgeschiedenheit speziell vor der aufdringlichen Presse. Olaf legte Wert auf eine offene Diskussion, ohne dass jeder darauf schielte, wie seine Worte in der Öffentlichkeit ankamen. Außerdem wollte er am Ende handfeste Ergebnisse präsentieren und es unbedingt vermeiden, dass zwischenzeitlich herausgesickerte Halbinformationen die Gerüchteküche anheizten. Wilde Spekulationen gab es ohnehin mehr als genug.

Trotz dieser Abgeschiedenheit standen den Teilnehmern alle Möglichkeiten der Kommunikation mit ihren Instituten offen, da CERN an das europäische Hochgeschwindigkeitsnetzwerk GÉANT2 angeschlossen war, dem modernsten Forschungsnetzwerk der Welt.

Die optimale Ausstattung und die allgemein inspirierende wissenschaftliche Atmosphäre genügten dennoch nicht, innerhalb der geplanten drei Tage zu einem Ergebnis zu kommen. Olaf verschob den Pressetermin, an dem die Resultate präsentiert werden sollten. Die Schraube war eine echte Herausforderung. So klein und unscheinbar, wie sie war, machte sie es den Menschen doch sehr schwer ihr die Geheimnisse zu entreißen.

Olaf hatte sich auf Auseinandersetzungen eingestellt, speziell bei der Gruppe der Physiker. Einige waren von Beginn der Untersuchungen an schon skeptisch, weil sie befürchteten, die Anwesenheit der Schraube auf dem Mond würde ihr bewährtes und geliebtes Weltbild ins Wanken bringen, das Einstein mit der Konstante der Lichtgeschwindigkeit aufgestellt hatte. Andere hofften, dass genau das geschah.

Es kam ganz anders.

Die Untersuchungen ließen nur einen Schluss zu, gegen den kein Physiker etwas einzuwenden hatte. Jedenfalls nicht als

Physiker. Wenn eine Gruppe Wissenschaftler Probleme haben würde, dann die der Historiker, die aber nicht eingeladen waren. Warum auch?.

Trotzdem war nicht einfach alles klar. Die kleine Schraube rüttelte an dem Weltbild von *jedem* der anwesenden Wissenschaftler.

Sie nahmen sich doppelt so viel Zeit wie geplant. Das Ergebnis änderte sich nicht. Und allen war klar: Es würde sich auch nicht ändern. Nicht bei der dreifachen oder vierfachen Zeit. Die wesentlichen Parameter standen fest: Die Veränderung des Materials durch die kosmische Strahlung ermöglichte zwar eine grobe, aber doch eindeutige Altersangabe. Das Vorkommen diverser Isotope stand ebenfalls fest - und damit gab es einen eindeutigen Hinweis auf die Herkunft. Alles andere lag außerhalb jeglicher vernünftiger Wahrscheinlichkeiten.

Tags darauf versammelten sich die Wissenschaftler zur Abschlusspressekonferenz. Durch die imposante „Tour de Science“ war so viel Aufmerksamkeit entstanden, dass die Plätze für die Presse vollständig belegt waren. Olaf sah einen ganzen Wald von Mikrophonen und Objektiven auf sich gerichtet. Vor einem überdimensionierten Modell der Schraube gab er nochmals eine Zusammenfassung der Geschehnisse und der wissenschaftlichen Untersuchungen. Erst auf seiner letzten Powerpoint-Folie kam das langersehnte Ergebnis, für das die Menschheit die umfangreichste wissenschaftliche Untersuchung ihrer Geschichte in Gang gesetzt hatte.

Binnen Sekunden flogen die drei Kernsätze um die Welt, sei es per Live-Aufnahme der Kamerateams, per E-Mail in die Redaktionen der Nachrichtenagenturen, über Twitter oder per Handy, in das die Reporter folgende Sätze hineinbrüllten:

1.Das Material ist extrem widerstandsfähig und kann nicht endgültig definiert werden.
2.Das Alter der Schraube liegt bei 50 - 80 Millionen Jahren.
3. Die Herkunft der Schraube ist - die Erde.

Wo bis jetzt aufgeregte Unruhe geherrscht hatte, trat vollkommene Stille ein. In den Gehirnen der Presseleute arbeitete es auf Hochtouren. Konnte das richtig sein? Wenn man diese Aussagen zusammenbrachte - was hatte das für Konsequenzen?

Dann brach der Orkan los. Alle wollten gleichzeitig fragen - und alle wollten dasselbe fragen. Es dauerte eine Viertelstunde, bis sich der gröbste Tumult legte und Olaf etwas Sinnvolles an den Mann, bzw. an die Frau bringen konnte.

„Nein. Es liegt kein Fehler vor."

„Ja. Die Ergebnisse sind sicher."

„Ja, wir haben alles gesagt, was wir wissen."

„Nein. Ich verstehe es auch nicht. Und so geht es jedem meiner Kollegen, die Ihnen gerne für weitere Auskünfte zur Verfügung stehen."

Olaf war froh, sich auf diese Weise Luft verschaffen zu können. Es gab einen neuen, kurzen Tumult, bis sich Grüppchen gefunden hatten, die sich um jeden der Wissenschaftler bildeten.

56. Mond

„Ich bin dafür, die Suche an dieser Stelle abzubrechen“, hörte Anne die Stimme von Holger Schickler, als sie im Begriff war, sich nach den zwei Tagen Abwesenheit bei Dr. Bardouin zurückzumelden. Anne stockte und lauschte weiter.

„Ich habe Frau Winkler versprochen, dort zu suchen.“ Das war Dr. Bardouin.

„Aber das Gelände ist zu schwierig. Wir riskieren den Rover. Das kann ich nicht verantworten.“

Jetzt klopfte Anne und betrat auf das „Herein“ von Dr. Bardouin dessen Büro.

Nach der üblichen Begrüßung erklärte Dr. Bardouin ihr: „Wir kommen an der Stelle nicht weiter, die Sie uns genannt haben.“

„Was ist der Grund?“

„Der Boden ist unsicher, überall gibt es Löcher und es liegen viele Felsen herum. Der Rover könnte jeden Moment irgendwo feststecken. Das dürfen wir nicht riskieren.“

„Verstehe“, nickte Anne. Der Schlaf hatte ihrem Denkvermögen merklich gut getan. „Sieht es so aus, dass vor nicht allzu langer Zeit ein Einschlag stattgefunden hat?“

„Das könnte sehr gut möglich sein.“

„Dann sollten wir auf jeden Fall hier weitersuchen.“

„Warum?“, fragten Holger und Dr. Bardouin gleichzeitig.

„Irgendetwas muss die Schraube mit Gewalt von ihrem Ausgangspunkt weggesprengt haben. Eine Möglichkeit wäre der Einschlag eines Meteoriten. Also ist ein relativ junger Einschlag ein starkes Indiz, dass wir an der richtigen Stelle sind.“

„Da ist etwas dran“, stimmte Dr. Bardouin zu.

„Niemand kann erwarten, dass uns der Ursprung der Schraube auf einem freigeräumten Platz präsentiert wird“, bekräftigte Anne. „Gerade, wo in den letzten paar tausend Jahren etwas los war, ist es spannend.“

„Wir werden dort weitersuchen“, entschied Dr. Bardouin.

Sie gingen gemeinsam zur Steuerzentrale des Rovers. Anne sah die Bilder, die der Rover von seinem jetzigen Standpunkt übertrug und sie begriff, welche Leistung Holger und sein Team bisher vollbracht hatte. Über Luftaufnahmen zu sitzen oder ständig mit Felsen und Abgründen konfrontiert zu werden, waren zwei verschiedene Welten.

Mehrere Stunden lang beobachtete Anne, wie Holgers Team den Rover durch den Irrgarten manövrierte. Mehr als einmal landeten sie in einer Sackgasse und mussten ihn mühsam wieder hinausbugsieren. Mit allen verfügbaren Instrumenten sondierte der Rover den Boden um ihn herum.

Plötzlich sagte Holger: „Endstation!"

Anne sah ihn fragend an.

„Wir stehen vor einer Felswand und kommen nicht mehr weiter. Endstation. Wir können nur noch zurück. Es war umsonst."

Jedes seiner Worte stach wie ein Messer in Annes Herz. Regungslos nahm sie wahr, wie Holger die Anweisung zum Wenden gab. Auf das gesamte Team legte sich eine Decke der Resignation. Sie hatten so gekämpft. Jeder von ihnen.

„HALT!" Annes Stimme zerschnitt die bedrückende Stille. „Nicht wenden! Wir sind da!"

Dr. Bardouin, Holger und jeder aus dem Team sah Anne an, als ob sie ihren Verstand verloren hätte.

„Nicht wenden. Nur zurücksetzen", wiederholte Anne.

„Was soll das? Es ist vorbei. Wir haben verloren."

„Wir haben den ganzen Boden analysiert. Richtig?"

Holger nickte.

„Aber nicht die Wand. Fahren Sie zwanzig Meter zurück und richten Sie die Instrumente auf die Wand."

Holger sandte die Befehle zum Mond. Vorsichtig bewegte sich der Rover die gewünschten zwanzig Meter zurück. Er justierte die Kameras nach oben auf die Wand. Und dann sahen sie es.

Niemand sprach ein Wort. Andächtig bestaunte das ganze Team das Bild, das der Rover übertrug. An der Felswand, in vier Metern Höhe, befand sich eine Platte. Man konnte noch sehen, dass sie ursprünglich eben und glänzend gewesen war. Jetzt war sie schrundig und matt - und strahlte damit ein Alter aus, das jedem im Team eine Gänsehaut über den Rücken jagte.

Die Platte war etwas mehr als einen Quadratmeter groß und hatte an der unteren rechten Ecke eine hässliche Wunde. Teile waren abgesplittert, was offensichtlich durch den Einschlag eines Meteoriten geschehen war. An dieser beschädigten Stelle konnte man sehen, dass sich hinter der Platte etwas verbarg.

Die ersten Mitglieder des Teams erlangten ihre Fassung zurück und dann machte sich die Anspannung der letzten Wochen in einem wahren Freudentaumel Luft. Sogar Dr. Bardouin vergaß seine sonst vorbildliche Beherrschung und nahm zuerst Anne und dann alle anderen aus dem Team in den Arm.

Wenig später gingen die Bilder um die Welt. Der Jubel über die einmalige Entdeckung war groß und jeder wollte den anderen im Lob für das gute Ende der Mondmission übertreffen. Die Suche war zu Ende, aber schnell war klar: Die Welt erlebte überhaupt kein Ende. Die Welt erlebte einen Anfang!

Vor allem, wenn man die Bilder mit der Analyse der Wissenschaftler zusammenbrachte, wurde deutlich: Das Rätsel war nicht kleiner geworden, sondern größer. Viel größer.

Und wer die Menschheit kannte, wusste: Niemals würde sie Ruhe geben - bis dieses Rätsel gelöst war.

57. Zero-G

Aus dem kleinen Kabinenfenster des Spezial-Airbus „Zero-G“ der ESA beobachtete Anne, wie die Küstenlinie des Mittelmeers langsam hinter ihnen verschwand. Über dem Golf de Gascogne tobte ein Sturm, weshalb der Pilot an diesem Tag einen Kurs in Richtung Süden flog.

Annes Gedanken wanderten drei Sitzreihen nach hinten. Dort saß Olaf neben anderen Kollegen. Mit etwas Wehmut dachte sie an die erste Zeit ihres Kennenlernens zurück. Eigentlich war es ganz schön gewesen.

Warum habe ich bloß immer wieder gebremst? War ich zu besessen von meiner Karriere? Zu sehr auf meine Interessen und Träume fixiert? War es das wert?

Alle Fragen änderten nichts. Die entstandenen Missverständnisse waren nie richtig ausgeräumt worden. Getrieben von wichtigen Ereignissen und Terminen fehlte die Zeit zum Reden. Irgendwann im Lauf der zwei Jahre nach der Entdeckung der Schraube hatte sich ein kollegiales Miteinander eingependelt. Oder sollte sie besser sagen „kollegiales Nebeneinander“?

Zwei Jahre, staunte sie. *So viel Zeit ist schon vergangen? Kaum zu glauben.*

„Träumst du?“, riss Elena Anne aus ihren Gedanken.

„Ich ...“

„Du brauchst nichts zu sagen. Wenn du diesen Ausdruck im Gesicht hast, denkst du wieder an ihn.“ Elena zeigte mit ihrem Daumen über ihre Schulter nach hinten.

„Hm“, machte Anne nur.

„Ein bisschen Leiden ist ja ganz nett, aber du bist doch kein Archäologe.“

Anne sah Elena fragend an.

„Na, jemand, der nur die alten Knochen der Vergangenheit abstaubt“, erklärte Elena. „Du willst Astronautin werden. Das ist ein Job der Zukunft. Vergiss das nie! Und wer weiß? Vielleicht bekommst du eine zweite Chance.“

Anne wollte erwidern, dass es so etwas nur in romantischen Filmen gab, aber sie kam nicht dazu, denn in diesem Moment ging der Airbus in einen extremen Steigflug über. Die Horizontlinie, die sie durch das Fenster sehen konnte, sackte nach hinten weg. Anne wurde mit dem doppelten ihres Gewichts in den Sitz gepresst. Ihr Magen und alles andere an und in ihr zog mit Gewalt nach unten. Anne wollte den Sitz ihres Gurtes überprüfen, aber sie bekam ihre Arme kaum hoch. Sie fühlten sich an, als ob jemand Gewichte daran gehängt hätte.

Schlagartig erstarb das monotone Brummen der Triebwerke. In die Stille hinein trat ungewohnte Leichtigkeit. Der Airbus schien antriebslos und schwerelos in der Luft zu hängen.

Die gleiche Schwerelosigkeit griff nach Anne. Nur ihr Gurt verhinderte, dass sie nicht von ihrem Sitz getrieben wurde. Der Anhänger ihrer Kette schwebte direkt vor ihrer Nase in der Luft. Auf der anderen Seite des Mittelgangs versuchte jemand, seinen Ausweis wieder einzufangen, der sich selbständig gemacht hatte. Er griff ungeschickt daneben und der Ausweis trudelte zur Decke hinauf.

Ohne Antrieb neigte sich der Airbus nach vorne und ging in einen Sturzflug über. Zwanzig Sekunden lang fiel er immer steiler nach unten. Dass niemand in Panik aufschrie, lag daran, dass dieses Manöver geplant und sie alle eingewiesen waren. Diese Parabelflüge gehörten zum Programm der ESA, um Schwerelosigkeit zu simulieren, deshalb auch der Name „Zero-G“ für den Airbus, der speziell für diese Aufgabe ausgerüstet war. Der Pilot hatte schon mehrere tausend Parabeln geflogen, mal für Forscher und ihre Experimente, mal für künftige Astronauten oder andere interessierte Teilnehmer. Sogar Dreharbeiten für Kinofilme hatte es schon im Zero-G-Airbus gegeben, dem größten Parabelflugzeug der Welt.

Bei einem Sturzwinkel von 42 Grad fing der Pilot die Maschine wieder ab und die Passagiere mussten ihr Erlebnis der Schwerelosigkeit erneut mit ihrem doppelten Gewicht bezahlen, bis das Flugzeug wieder in der Waagerechten flog.

„Wow!“, war Annes einziger Kommentar.

„Ja“, bestätigte Elena. „Ganz anders als in unserer Zentrifuge in Swjosdny Gorodok. Da wirst du nur in den Sitz gepresst, bis du das Gefühl hast, platt wie eine Flunder zu werden.“

„Das will ich auch noch erleben.“

„Wirst du. Schließlich hat man dich als Teilnehmerin am Ausbildungsprogramm für Astronauten ausgewählt.“

„Kaum zu glauben.“

„Aber wahr.“

„Ich hätte nie gedacht, dass die ESA so schnell eine so wichtige Rolle in der bemannten Raumfahrt spielt.“

„Die anderen haben sich gegenseitig alles kaputt gemacht. Bis sie es wieder aufgebaut haben, werden etliche Jahre vergehen. Zusammenarbeit ist eben besser, als alleine der Supermann zu sein.“

„Ob sie was draus gelernt haben? Ich habe meine Zweifel.“

„Warum?“

„Weil Amerikaner und Chinesen ihre Astronautenausbildung alleine machen. Warum machen wir es nicht zusammen, wo wir doch in einer gemeinsamen Mission fliegen werden?“

„Vielleicht weil es zu viele sind. Immerhin werden eine Menge Leute ausgebildet, bei denen wie bei uns. Und fliegen werden am Ende nur vier.“

„Ich befürchte, das ist nicht der einzige Grund. Inzwischen bin ich sehr misstrauisch geworden.“

Anne sollte noch empfindlich zu spüren bekommen, wie sehr dieses Misstrauen berechtigt war. Aber davon ahnte sie nichts. Jetzt wurde sie abgelenkt, weil der Pilot zur nächsten Parabel ansetzte. Anne wurde schwerer und schwerer.

58. Darmstadt

Drei Monate später bat Dr. Bardouin Anne in sein Büro. Es war, kurz bevor sie nach Hause gehen wollte.

„Wie klappt es mit Ihrer Astronautenausbildung?“

„Sehr gut. Anstrengend, aber es ist das, was ich wollte.“

„Gut. Ich möchte mit Ihnen über die Entscheidung sprechen, die heute für die Zusammensetzung der bemannten Mond-Mission gefallen ist.“

Annes Muskeln strafften sich. Das war eminent wichtig für sie.

„Sie wissen, dass nur vier Plätze zur Verfügung stehen. Da die Amerikaner und die Chinesen jeweils einen erhalten, bleiben für uns nur zwei.“

Das wusste Anne natürlich. Aber warum diese umständliche Einleitung? Das konnte nichts Gutes bedeuten. Ihr Mund wurde trocken.

„Von diesen beiden beanspruchen die Russen als unsere Partner einen für sich, sodass nur einer übrig bleibt.“

Diese Rechnung hätte sie auch ohne Mathematikstudium verstanden. Anne musste sich räuspern, um ihre Frage mit heiserer Stimme an den Mann zu bringen: „Und wer wird es von uns sein?“

„Dr. Olaf Bürki.“

Annes Knie wurden weich. Ohne zu fragen, setzte sie sich auf den nächsten Stuhl. Die Frage „Warum?“ brachte sie nicht heraus, aber Dr. Bardouin kannte sie auch so.

„Ich weiß sehr gut, wie viel Ihnen diese Mission bedeutet und ich kann Ihnen versichern, dass ich mich sehr für Sie eingesetzt habe.“

Endlich kam das „Warum?“ heraus.

„Es gab eine lange Diskussion unter allen Beteiligten. Den Russen konnte man keinen Platz verwehren. Bei dem verbliebenen Platz für die ESA tauchten dann die alten Rivalitäten wieder auf. Den Chinesen wäre ein Franzose am liebsten gewesen, was die USA ablehnten. Umgekehrt war es mit einem

Briten. Bei Ihrem Namen haben die Amerikaner ihr Veto eingelegt."

„Aber wieso? Ich habe niemandem etwas getan."

„Wirklich nicht? Ich glaube, die Amerikaner haben nicht verwunden, dass wir ihren Fund aufgedeckt, sie öffentlich bloßgestellt und sie praktisch zu dieser gemeinsamen Mission gezwungen haben. Mit dieser Niederlage verbindet sich für die Amerikaner nur ein Gesicht: Ihres. Auf der anderen Seite des Atlantik gibt es eine Reihe wichtiger Personen, in deren Augen Sie den gleichen Wert haben wie ein Verräter."

Anne wollte protestieren, aber Dr. Bardouin blockte ab.

„Es gibt kein Argument, dass ich nicht vorgebracht hätte. Vergeblich. Und es gibt für diese Mission keinen anderen Weg, als dass wir uns einigen. Die Amerikaner bestanden auf dem neutralsten Land, das Europa zu bieten hat: die Schweiz. Es tut mir persönlich sehr leid für Sie. Sie hätten die Teilnahme mehr als verdient. Das ist meine feste Überzeugung, aber die ist leider nicht ausschlaggebend. Denken Sie daran, dass Sie nicht die Einzige sind, die verzichten muss. Viele haben diesen Traum auf dem Mond zu landen - und nur sehr wenige können ihn verwirklichen."

Natürlich war das Anne klar. Trotzdem war diese Eröffnung der schmerzhafteste Schlag, den sie in ihrem Leben einstecken musste. Sie war so nahe dran gewesen an ihrem Traum.

Anne bedankte sich für Dr. Bardouins Bemühen und machte sich so schnell wie möglich auf den Weg nach Hause. Ihr Verstand hatte die Information aufgenommen - aber nur als Information. In ihrem Leben musste sie erst ankommen.

Noch auf der Autobahn überlegte Anne es sich anders. An der nächsten Raststätte kaufte sie ein Sandwich und eine Flasche Wasser. Dann fuhr sie direkt zu ihrer Wiese im Wald. Sie wollte alles mit ihrem Freund besprechen, aber dazu musste sie sich gedulden, denn noch war es zu hell. Anne kaute lustlos an ihrem Sandwich und schlief über ihren traurigen Gedanken ein.

Als Anne aufwachte, war es finster, aber da stand er über ihr. Er sah ihr direkt ins Gesicht wie damals, als sie als Kind in ihrem Bett lag.

Wortlos betrachtete Anne das weiche Licht des Mondes. Ihre Trauer löste sich auf. Sie konnte sich entspannen und sogar wieder lächeln. Und dann wusste sie es.

„Wir werden uns treffen“, sprach Anne es laut aus. Und noch einmal lauter: „Wir werden uns treffen.“

Während Anne diesen Satz auf ihrem Weg zurück zum Auto ständig wiederholte, prägte er sich unauslöschlich in ihr Bewusstsein ein: „Wir werden uns treffen.“

Am folgenden Tag führte Annes erster Weg zu Dr. Bardouin. Der hatte mit einer niedergeschlagenen Mitarbeiterin gerechnet und war entsprechend erstaunt, als er Anne sah. Anne strahlte Tatendurst und Energie aus. Ohne Umschweife trug sie ihr Anliegen vor.

„Ich habe eine Bitte an Sie. Ich möchte so an der weiteren Ausbildung teilnehmen, als ob ich für den Flug zum Mond nominiert wäre.“

„Aber ...“

Jetzt ließ Anne Dr. Bardouin nicht zu Wort kommen. „Das dürfte keiner Vereinbarung widersprechen, die sie getroffen haben.“

„Nein“, gab Dr. Bardouin zu.

„Bei allem, was ich für dieses Projekt getan habe, könnte man das entsprechend begründen.“

„Ja, aber ...“

„Und was die Kosten betrifft: Ich werde mich in einem vertretbaren Maß daran beteiligen.“

Die Honorare für Vorträge und Veröffentlichungen hatten einiges eingebracht, von dem Anne das meiste zurückgelegt hatte. Und wenn es für sie eine Investition gab, die es wert war, die Rücklagen zu opfern, dann war es diese.

Dr. Bardouin überlegte lange, wobei er Anne immer wieder intensiv ansah. „Wegen Ihrer großen Verdienste für das Projekt -

einverstanden. Aber an der Entscheidung für die Teilnahme an der Mission ändert das nichts. Das muss Ihnen bewusst sein."

„Das ist es - aber das macht nichts. Vielen Dank!"

Als Anne gegangen war, schüttelte Dr. Bardouin den Kopf.

Ob ich diese Frau jemals verstehen werde?

Anne war noch nicht lange im Büro, als Olaf in der Tür erschien.

„Oh, welch seltener Gast in letzter Zeit", empfing Anne ihn.

„Ich habe gehört, dass du nicht bei der Mond-Expedition dabei sein wirst. Ich wollte dir sagen, dass es mir sehr leidtut."

„Kein Problem."

„Das scheint dir nicht so viel auszumachen. Ich dachte, du wärst am Boden zerstört und man müsste dich aufbauen."

„Es ist nett, dass du so denkst. Oder ist es ein schlechtes Gewissen, weil du fliegen wirst?"

„Natürlich freue ich mich, dass ich fliege. Das ist ja wohl normal. Aber ich wollte dir sagen: Ich habe nichts getan, um dich auszubooten."

„Ich weiß. Ich bin schlicht und ergreifend ein Opfer der Weltpolitik. Das ist die Rechnung dafür, dass ich damals berühmt geworden bin."

„Ich wundere mich, dass du diese Entscheidung so gelassen hinnimmst."

„Oh. Es hat mich umgehauen, so ist das nicht. Aber jetzt sagt eine Stimme in mir: „Gib nicht auf. Es ist erst dann zu spät, wenn die Rakete abgehoben hat." Ich habe von Dr. Bardouin die Genehmigung, die volle Ausbildung und Vorbereitung für die Expedition mitzumachen."

„Aber was soll das? Die Entscheidung steht fest."

„Ehrlich - ich habe keine Ahnung. Ich weiß nur eins: Ich werde niemals aufgeben."

„Das sind große Worte. Auf jeden Fall werde ich dir einen Stein von da oben mitbringen. Wenn du nicht zum Mond kommst, dann kommt der Mond eben zu dir."

„Abwarten, wer zu wem kommt."

Als Anne wieder allein war, wunderte sie sich über die Fürsorge von Olaf. Die Stimme der Vernunft in ihr sagte: „Mach dir keine falschen Hoffnungen."

Die folgenden Wochen und Monate vergingen wie im Flug. Theoretische Ausbildung, praktische Übungen, Fitnesstraining, ärztliche Untersuchungen. Der Stundenplan war randvoll, umso mehr als diese Mission auch auf der technischen Seite mit höchster Priorität und engem Zeitplan vorangetrieben wurde. Bei der Produktion der benötigten Raumschiffteile arbeitete man rund um die Uhr.

Es handelte sich in mehrfacher Hinsicht um eine Premiere. Solch eine große Mond-Mission hatte es noch nie gegeben, und dann war sie international gemischt. Bedauerlich war, dass die NASA seit ihren Mondlandungen sehr viel Know-how verloren hatte. Es war einfach zu viel Zeit vergangen, man musste im Prinzip wieder bei Null anfangen.

Neu war auch das Crew Space Transportation System, kurz CSTS, der Europäer. Da man aus Kosten- und Zeitgründen keine neue Schwerlastrakete wie die Saturn V entwickeln wollte, hatte man sich vor Jahren schon für ein modulares System entschieden. Wohnmodul, Servicemodul, Mondmodul und Rückkehrmodul wurden einzeln entwickelt. Mit bewährten Raketen sollten sie in den Orbit befördert und anschließend bei der ISS aneinander gekoppelt werden. Hierbei konnte man auf das Know-how beim Bau der ISS zurückgreifen und auf die reichhaltige Erfahrung von Roskosmos bei der bemannten Raumfahrt. Die russischen Systeme waren seit Jahren die zuverlässigsten, die es weltweit gab.

Annes Teilnahme an den Vorbereitungen blieb nicht verborgen und es dauerte nur einen Tag, bis die NASA sich entsprechend beschwerte. Dieses Mal war es Richard Wincent, der bei Dr. Bardouin anrief.

Dr. Bardouin war über sich selbst erstaunt, welch großes Vergnügen es ihm bereitete, Wincent abblitzen zu lassen.

„Selbstverständlich kenne ich unsere Vereinbarung. Deshalb habe ich die Teilnahme von Frau Dr. Winkler genehmigt."

„Wie soll ich das verstehen?", klang es wenig freundlich über den Atlantik.

„Wir haben eine Vereinbarung über die Aufteilung der Teilnehmer an der Mission beschlossen und daran werden wir uns selbstverständlich halten", erklärte Dr. Bardouin. „Frau Dr. Winkler wird nicht von der ESA nominiert. Und was die Ausbildung betrifft, war es Ihnen selbst ausgesprochen wichtig, sie in eigener Regie durchzuführen."

„Aber jetzt geht es um die konkreten Vorbereitungen ..."

„... die eindeutig zur Ausbildung gehören."

„Das sehe ich anders."

„Bedauerlich. Aber laut Vertrag beginnt die Mission mit dem Start der gekoppelten Module von der ISS. Ich kann Ihnen den Vertrag gerne nochmals zukommen lassen, wenn er Ihnen abhandengekommen sein sollte." Diese Spitze konnte sich Dr. Bardouin nicht verkneifen.

„Danke. Nicht nötig."

Wincent war fertig und unzufrieden, ganz im Gegensatz zu Dr. Bardouin. Mit einem sehr zufriedenen Lächeln lehnte er sich in seinen Sessel zurück. Dieses Gefühl gönnte er sich als Entschädigung für den ganzen Ärger, den er in Houston erlebt hatte.

59. Kourou

Endlich ging es los nach Kourou. Die vielen Monate harter Ausbildung näherten sich ihrem Ende. Jetzt folgten noch vier Wochen letzte Einweisungen in das CSTS. Eine lebensgroße Kopie der gekoppelten Module wartete auf die potenziellen Astronauten. Von den Originalmodulen waren nur zwei dort, die sie allerdings nicht zu sehen bekamen. Sie wurden von den Technikern für den Start präpariert. Das Mondmodul und das Rückkehrmodul befanden sich in Baikonur, um von dort in den Orbit befördert zu werden.

Elena und Olaf flogen mit gespannter Erwartung. Sie sehnten den Start herbei. Anne flog mit sehr gemischten Gefühlen. Nichts deutete darauf hin, dass sie die geringste Chance zu einer Teilnahme hatte.

Jage ich doch einem Phantom nach?

Hinter Annes Rücken hatte es in der letzten Zeit nicht wenige spöttische Bemerkungen gegeben.

Werde ich in vier Wochen mit einem Raumanzug bekleidet der startenden Rakete hinterher sehen? Musste ich mich mit einem Stein vom Mond begnügen?

Nach außen dokumentierte Anne unerschütterliche Zuversicht, aber vor sich selbst konnte sie die wachsenden Zweifel nicht verleugnen. Lisa hatte ihr zum Abschied einen Gedanken mitgegeben, den sie sich immer wieder ins Gedächtnis rief: „Die Schraube wollte von DIR gefunden werden, trotz aller Hindernisse. Das Schicksal will DICH!“ Diese Worte taten gut. Nur - wusste das Schicksal auch von diesem Plan?

Am Tag nach ihrer Ankunft traf sich zum ersten Mal die komplette Mannschaft. Die beiden Astronauten aus den USA und aus China waren für diesen Morgen angekündigt. Olaf, Elena und Anne langweilten sich im Aufenthaltsraum. Weder die herumliegenden Zeitschriften noch der Fernseher konnten ihre Aufmerksamkeit wecken. Sie wollten endlich wissen, mit wem sie die große Reise antreten würden. Weder aus den USA noch aus China waren Details durchgedrungen.

Kein besonders freundliches Kommunikationsverhalten, waren sie sich einig. Schließlich würden sie zu viert auf engstem Raum zusammenleben müssen und gemeinsam gefährliche und unbekannte Herausforderungen meistern. Möglicherweise hing das eigene Leben von einem der anderen ab.

Endlich ging die Tür auf und ein Mann schob sich herein. Anne hatte eher den Eindruck, dass ein amerikanischer Kühlschrank den Raum betrat. Alles an ihm war groß, breit und wirkte eckig. Auf dem muskulösen Körper mit den breiten Schultern saß ein weiteres Rechteck: der Kopf. Die Haare kurz, borstig und so geschnitten, als hätte der Friseur beim Schneiden eine Wasserwaage auf den Kopf gelegt. Mit Kopf maß der Kühlschrank gut 1,95m.

Er streckte Anne, die der Tür am nächsten stand, eine Pranke entgegen und entblößte, während er lächelte, zwei Reihen Zähne, die Anne an die weißen Kaugummis erinnerte, die sie manchmal für frischen Atem kaute.

„Ich heiße Walter Bullrider“, quoll es mit breitem Akzent zwischen den Zahnreihen hervor, während er Annes Hand quetschte. „Meine Freunde nennen mich Bully.“

„Wie schön für Ihre Freunde - Mr. Bullrider“, gab Anne ungerührt zurück. „Ist es bei Ihnen üblich, jemandem bei der ersten Begegnung die Hand zu brechen?“

Das Lächeln veränderte sich keinen Millimeter.

„Ich wollte nur testen, wie widerstandsfähig Sie sind. Schließlich sind wir aufeinander angewiesen.“ Er ließ Annes Hand los und stockte einen Moment. „Oh, sorry. Ich glaube, ich habe mich getäuscht. Sie sind doch das fünfte Rad am Wagen, wenn man so sagen darf. Sie fliegen ja nicht mit.“

„Sie dürfen sagen, was sie wollen. Und was das fünfte Rad betrifft - lenken Sie mit einem Joystick?“

„Nun gut. Wir müssen uns ja nicht mögen.“

Bullrider wandte sich Elena zu, wodurch er Anne den Blick auf eine kleine, zierliche Chinesin freigab. Sie war unbemerkt eingetreten und in der erdrückenden Anwesenheit von Bullrider nicht aufgefallen. Außer ihrem zarten Gesicht und ihren dunklen, kinnlangen Haaren konnte Anne nicht viel erkennen. Zu ihrem

Erstaunen trug sie Kleidung mit langen Ärmeln und Hosenbeinen. Und das bei der schwülen Hitze.

„Mein Name ist Fang Si“, stellte sie sich mit starkem asiatischen Akzent vor. Sie wirkte schüchtern und ging direkt weiter zu Elena. Anne staunte über ihre geräuschlos Art, sich zu bewegen. Fang war das krasseste Gegenteil, das man sich zu Bullrider vorstellen konnte.

Nach der kurzen Begrüßung schien Anne Luft für Bullrider zu sein. Er suchte nur das Gespräch mit Olaf und Elena. Fang stand ruhig neben den Dreien und hörte zu. Nach zehn Minuten beschloss Anne zu gehen. Niemand bemerkte, wie sie den Aufenthaltsraum verließ.

In ihrem Zimmer angekommen holte Anne ihr abhörsicheres Handy hervor und stellte eine Verbindung zum FSB her. „Würden Sie mir bitte eine Auskunft über Walter Bullrider einholen. Ach ja, und auch über Fang Si. Beide sind Astronauten. Bullrider aus den USA und Fang Si aus China.“

Dieses Mal hatte Anne kein schlechtes Gewissen. Eine geschlagene Stunde musste sie warten, die sie ungeduldig auf ihrem Bett verbrachte. Endlich kam der Rückruf. Das Ergebnis war spärlich. Bullrider war vor seiner Astronautenausbildung bei einer Spezialeinheit der Luftwaffe tätig gewesen. Dort hatte strengste Geheimhaltung geherrscht, weshalb der FSB keine weiteren Informationen besaß. Zu Fang Si wusste er gar nichts. Anne war enttäuscht. Sie hatte sich mehr erhofft.

Als Anne mit Verspätung zum Mittagessen in die Kantine kam, musste sie feststellen, dass die anderen zusammen an einem Vierertisch saßen.

Na, prima, dachte Anne.

Sie holte sich ein großes, belegtes Baguette und ging damit nach draußen. Die tropische Mittagshitze war Anne egal. Sie spürte sehr deutlich, dass das Ganze überhaupt nicht so lief, wie sie sich das erhofft hatte.

Eigentlich läuft es so, wie es von vorneherein geplant, wie es logisch und vernünftig ist. So ist eben der normale Ablauf.

Diesem Einwurf ihres logischen Verstandes konnte Anne nicht widersprechen, aber zufrieden machte sie diese Erkenntnis nicht.

Bei der nächsten Ausbildungseinheit sprach Elena Anne an: „Hey, was ist los mit dir? Du ziehst dich nur noch zurück. Gefällt es dir nicht mehr bei uns?“

„Ich kann Bullrider nicht leiden.“

„Das war nicht zu übersehen. Er dich übrigens auch nicht.“

„Hab ich wohl gemerkt. Es ist aber nicht nur Antipathie. Etwas stimmt mit ihm nicht. Wir müssen vorsichtig sein.“

„Was sollte das sein?“

„Ich weiß es noch nicht. Ist so ein Gefühl.“

„Mein Gefühl sagt mir, dass er ganz nett ist.“

„Du findest jeden nett, bei dem das Testosteron aus den Ohren quillt.“

Elena nahm Anne diese Bemerkung nicht übel. Dafür kannten sie sich zu gut. „Oh, Testosteron kann sehr interessant sein.“

Mit fortschreitender Zeit wurde die Situation schwieriger. Da es nur noch um praktische Übungen mit einem Raumtransporter für vier Personen ging, stand Anne immer öfter beschäftigungslos in der Gegend herum und sah den anderen zu. Die Ausbilder hatten auch immer weniger Lust, Anne zu integrieren. In ihren Augen hatte Anne einen Spleen und so jemand durfte den ohnehin engen Zeitrahmen nicht belasten.

Um nicht zu stören, konzentrierte Anne sich auf die Handbücher und alles, was sonst an theoretischer Information zu greifen war.

Es ergab sich zwangsläufig, dass sie in den Gesprächen an den Rand rückte. Die gemeinsamen Erfahrungen fehlten. Wenig aufmunternd fand sie die Entwicklung der Beziehungen, die sie beobachtete. Elena bemühte sich vor allem um Bullrider, dem das überaus angenehm war. Also blieben Olaf und Fang Si als zweite Paarung übrig, die fast gar nicht miteinander redeten.

Inzwischen sehnte Anne ebenfalls den Start der Rakete herbei. Dadurch würde diese unsägliche Situation beendet.

Vorher einen Schlussstrich ziehen, wollte sie nicht. Sie hatte sich da hereingeritten und dann musste sie das auch durchziehen. Dass es schwer war, war eben der Preis, den sie zahlen musste.

Quälend langsam - aber immerhin ohne anzuhalten - verging die Zeit. Heute war der letzte freie Tag vor dem Start. Bullrider hatte einen Jeep besorgt und lud die strahlende Elena zu einer Tour durch den Dschungel ein. Eine Einladung von Olaf und Fang Si zu einem Ausflug in die Garnisonsstadt schlug Anne aus. Das dritte Rad am Wagen zu sein war genauso blöd wie das fünfte. Sie wollte allein eine Abschlussrunde über das große Gelände zu drehen.

Annes erstes Ziel war die Rampe für die russischen Sojus-Raketen. Man sah diesem Teil der Anlage an, dass er nicht so alt wie die anderen Teile waren. Je näher Anne der Rampe kam, desto deutlicher sah sie die Spuren des letzten Starts. Vor zwei Tagen hatte eine Sojus abgehoben und das Servicemodul in den Orbit gebracht.

Aus Baikonur wusste sie, dass die beiden dortigen Module ebenfalls unterwegs waren. Man brauchte diesen zeitlichen Vorsprung, um die Module vor dem Eintreffen des Wohnmoduls aneinander zu koppeln. Das war eine echte Herausforderung für die Mannschaft der ISS, die man in der Realität noch nie zuvor durchgeführt hatte und die sich auch kaum proben ließ.

Das fehlende Wohnmodul ruhte auf der Spitze der Ariane-Rakete, auf die Anne jetzt zusteuerte. Schon aus der Ferne war Anne vom Eindruck der mächtigen Rakete berührt. Jeder Schritt, den sie näher herankam, ließ die Rakete noch mächtiger erscheinen.

„In wenigen Tagen hebst du ab“, sprach Anne leise zu der Rakete. „Dann werde ich dir zusehen, wie du auf die weite Reise zum Mond gehst. Ich wünsche dir viel Glück.“

Anne konnte die Tränen nicht zurückhalten. Sie zogen eine salzige Spur über ihre Wangen.

In Gedanken versunken ging Anne zurück. Auf halber Strecke hupte es wild hinter ihr. Sie sprang erschrocken zur Seite. Mit Vollgas rauschte ein Jeep an ihr vorbei und wirbelte eine kleine Staubwolke auf.

Ist das nicht der Jeep von Bullrider. Dann muss die kleine Gestalt neben ihm Elena gewesen sein.

Anne hatte sie nur einen Sekundenbruchteil gesehen, aber sie war sich sicher, dass Elena eigenartig schlapp im Sitz gehangen hatte

Einer bösen Ahnung folgend verfiel Anne in Trab und verfolgte den Jeep. Jetzt hörte sie ihn wieder hupen und sah, wie er vor der Krankenstation stoppte. Anne lief schneller.

Zwei Ärzte in weißen Kitteln kamen herausgestürzt und bemühten sich, die leblos wirkende Elena auf eine Trage zu hieven. Hundert Meter noch. Völlig verschwitzt und staubig erreichte Anne die Station, als die Trage mit Elena hinter der Tür verschwand.

„Was haben Sie mit Elena gemacht?“, schrie Anne Bullrider an.

Der sah ziemlich mitgenommen aus.

„Nichts. Sie ist ausgerutscht und mit dem Kopf auf eine Wurzel geschlagen.“

„Ich glaube Ihnen kein Wort.“ Ohne eine Erwiderung abzuwarten, stürmte Anne in die Station. Die Schwester an der Pforte hatte Mühe, Anne zu bremsen.

„Sie dürfen nicht weiter. Ihre Freundin ist nicht ansprechbar. Sie ist schon im OP.“

Widerwillig setzte Anne sich auf einen Stuhl. Sie würde nicht eher gehen, bis sie wusste, was mit Elena war.

Eine Viertelstunde später traf Bullrider ein. Er hatte den Vorfall dem Ausbildungsleiter gemeldet und wollte nun auch wissen, wie es Elena ging. Anne würdigte ihn keines Blickes. Stumm saßen sie nebeneinander und warteten.

Nach endlosen zwei Stunden erschien ein Arzt. „Es ist überstanden.“

„Was ist mit Elena los?“, wollte Anne wissen.

„Ihre Schulter ist gebrochen und sie hat eine schwere Gehirnerschütterung. Deshalb war sie bewusstlos."

„Können wir zu ihr?"

„Auf keinen Fall. Sie braucht mindestens zwei Tage absolute Ruhe."

„Und wird sie wieder gesund?"

„Ja, aber das wird seine Zeit dauern."

„Bitte richten Sie ihr einen Gruß von mir aus und informieren mich, wenn ich zu ihr kann."

„Mich bitte auch", fügte Bullrider hinzu, der das Gespräch schweigend verfolgt hatte.

Am folgenden Tag traf Dr. Bardouin ein. Als verantwortlicher Leiter des Gesamtprojekts wollte er unbedingt vor Ort sein. Er sah müde und sorgenvoll aus, was sicher nicht an dem langen Flug lag. Diese Situation stürzte das ganze Projekt in eine echte Krise, so kurz vor dem Start.

Nur geringfügig später kam General Kowalev an. Er hatte auf einen Linienflug verzichtet und eine Regierungsmaschine genommen. In seinem Gefolge brachte er einen Arzt mit und zwei Beamte des FSB. Kowalev bestand auf einer sofortigen Untersuchung. Während der Arzt sich umgehend zu Elena in die Krankenstation aufmachte, fuhren die Spezialisten des FSB mit Bullrider in den Dschungel. Er sollte sie an die Stelle führen, an der der Unfall geschehen war. Kowalev zog sich mit Dr. Bardouin zurück. Es war das erste Mal, dass Anne ihn bei einer Begrüßung nicht lachen hörte. Wodka gab es natürlich auch keinen.

Kurz vor Mitternacht bat Dr. Bardouin Anne in den kleinen Konferenzraum. Olaf traf gleichzeitig mit ihr ein. Außer ihnen war Kowalev da, der sofort das Wort ergriff: „Ich finde es äußerst schade, dass wir uns unter diesen traurigen Umständen treffen. Bevor wir morgen in einer offiziellen Runde über das weitere Vorgehen beraten, möchte ich Sie beide als Angehörige unseres Teams informieren.

Die gute Nachricht unseres Arztes ist, dass Elena wieder vollkommen genesen wird. Die schlechte Nachricht ist: An eine Teilnahme an dieser Mondexpedition ist keinesfalls zu denken. Als Weiteres hat mir der FSB mitgeteilt, dass die Version von Bullrider dem Augenschein nach stimmt. Alles weist auf einen unglücklichen Unfall hin. Eine endgültige Bestätigung bekommen wir erst, wenn wir mit Elena sprechen können.

Was die Mission betrifft, stehen wir vor einer schwierigen Entscheidung. Sie wissen, dass wir, wie vor jedem bemannten Raumflug, mehrere Astronauten ausbilden, damit Ersatz für Ausfälle da ist. Aber das geht nur bis zu einem gewissen Punkt, an dem wegen begrenzter Kapazitäten eine Entscheidung fallen muss. Dieser Punkt liegt bereits hinter uns. Mit anderen Worten: Ein entsprechend ausgebildeter Ersatz steht nicht zur Verfügung.

Die gewöhnliche Regelung für diesen Fall wäre eine Verschiebung der Mission, wie es häufig wegen schlechtem Wetter oder anderer technischer Probleme geschieht. Das ist bei dieser Mission nicht möglich. Der modulare Aufbau bedingt einen exakten Zeitplan. Man kann ihn nur insgesamt verschieben, aber da bereits drei Module im Orbit sind, geht auch das nicht.

Das ist der Stand der Dinge, mit dem ich Sie jetzt in die Nacht entlassen möchte. Diskutieren können wir nichts. Die Entscheidungen fallen morgen Vormittag in einer Konferenz mit den USA und China.“

„Ich weiß, was Sie möglicherweise denken“, sagte Dr. Bardouin im Hinausgehen zu Anne. „Aber die ESA hat keinen Platz zu vergeben. Den einzigen hat Dr. Bürki. Und wenn - die USA haben sich vehement gegen Sie gewehrt.“

Beim Hinausgehen fiel Annes Blick auf den Mond, zwar nur auf die Neumondsichel, aber das störte Anne nicht. „Wir werden uns treffen“, murmelte sie.

„Was haben Sie gesagt? Ich habe nicht richtig verstanden.“

„Nichts. Gar nichts.“

In der folgenden Nacht bekam Anne kein Auge zu. Ihre Emotionen waren, als hätte man sie in einen Mixer geworfen und würde sie auf höchster Stufe durcheinanderwirbeln. Mitgefühl mit Elena. Gleichzeitig Erleichterung, dass sie wieder gesund werden würde. Durfte sie selbst möglicherweise vom Unglück anderer profitieren? Ärger über die Amerikaner mit ihrem Veto. Ärger über Bullrider. Fragen. Hoffnung. Zweifel. Ihre Gedanken kreisten immer schneller. Die Zeiger der Uhr kreisten immer langsamer. Jeder Versuch einzuschlafen, läutete nur ein neuerliches Mixen ein.

Trotz Klimaanlage war Anne schweißgebadet. Um sich zu entspannen schlüpfte sie in ihre Shorts und ging hinaus. Es war stockfinster. Keine Sterne und auch kein Mond. Ein erster Tropfen klatschte auf ihre Stirn. Ein zweiter folgte einen Atemzug später. Dann öffneten sich die Schleusen eines tropischen Gewitters. Die schwere Wolke schien ihren ganzen Inhalt nur auf sie zu schütten. Anne ließ es geschehen. Das Hämmern der Tropfen auf ihren Körper war so intensiv, dass kein Raum für Gedanken mehr da war. Nur schwere, dicke Tropfen. Die Blitze zuckten durch ihre geschlossenen Augenlider. Der Donner hämmerte mit Gewalt auf ihr Trommelfell ein. Es tat gut. Sie fühlte sich lebendig.

Erst als das Gewitter nachließ, ging Anne zurück in ihr Zimmer. Das T-Shirt klebte auf ihrer Haut. Anne hinterließ eine nasse Spur im Flur. Es kümmerte sie nicht. Es war, als hätte der Regen alle ihre Gedanken weggespült. Anne rubbelte sich trocken, legte sich nackt in ihr Bett und schlief sofort ein.

Anne wachte erst am späten Vormittag auf - und sie war dankbar dafür. Es gab kein Programm, keine Aktivität. Jeder wartete gespannt auf den Ausgang der Videokonferenz, die hinter geschlossenen Türen stattfand. Ging es weiter? Und wenn ja, wie? Oder würde alles gestoppt?

Jeder in Kourou war auf irgendeine Art betroffen, deshalb gab es kein anderes Gesprächsthema. Anne war froh, die endlosen Diskussionen verpasst zu haben, die seit dem

Frühstück an jeder Ecke geführt wurden. Sie führten letzten Endes zu nichts.

Für 12:00 Uhr war eine Generalversammlung angesetzt. Der Raum war schon eine halbe Stunde vorher voll. Auf die Minute pünktlich betraten Dr. Bardouin und General Kowalev das Podium. Gespannte Stille breitete sich aus.

Dr. Bardouin begrüßte die Anwesenden. „Um es kurz zu machen: Wir machen weiter!“

Den nächsten Satz verstand niemand mehr, denn alle sprangen auf und klatschten Applaus. Jeder hatte auf seine Weise gekämpft, um die Mission voranzubringen. Jeder hatte gehofft und gezittert. Unsägliche Erleichterung breitete sich aus.

Nur mit Mühe gelang es Dr. Bardouin für Ruhe zu sorgen.

„Ich freue mich mit Ihnen, aber diese Entscheidung bedeutet viel Arbeit. Ich bitte jeden von Ihnen nach Kräften mitzuhelfen. Wir haben verlorene Zeit aufzuholen.“

Diese Bitte war überflüssig. Jeder würde sich bis zur letzten Sekunde einsetzen. Aber eine Frage war noch offen.

General Kowalev trat ans Mikrofon. „Sie wollen mit Sicherheit wissen, wer der russische Teilnehmer sein wird: Frau Dr. Anne Winkler. Ihr Einverständnis vorausgesetzt.“

Heftiges Gemurmel erfüllte den Raum. Kowalev übertonte es mit seiner Stimme.

„Und bevor die Gerüchteküche kocht und sie sowieso alles herausfinden, möchte ich es Ihnen sofort erklären: Es gab keine andere Möglichkeit, die Mission fortzusetzen. Der Einspruch der USA gilt nicht, da Frau Winkler nicht für die ESA fliegt - und Russland wählt sich seinen Teilnehmer souverän aus. Nehmen Sie unsere Entscheidung als Beweis dafür, wie wichtig wir diese Mission erachten, und für unser Vertrauen.“

Anne bekam von dem weiteren Verlauf nichts mit. Sie war spät gekommen und an der Wand neben der Tür stehen geblieben. Noch während der Erklärung Kowalevs verschwand sie unbemerkt. Sie wollte die Tränen der Freude ungestört fließen lassen.

60. Start

Es grenzte an ein Wunder, dass die Vorbereitungen für den Start rechtzeitig abgeschlossen wurden. Niemand beschwerte sich über doppelte Schichten. Die Teamarbeit mit dem gemeinsamen Ziel setzte bei jedem die letzten Kraftreserven frei.

Anne stand vor der Herausforderung, zusätzlich zu dem engen Programm einiges nachzuholen, was sie als fünfte Teilnehmerin nicht so intensiv hatte trainieren können. Dr. Bardouin musste es persönlich übernehmen, ihrem speziellen Eifer Grenzen zu setzen und verbot ihr, die Nächte durchzumachen.

„Es ist niemandem gedient, wenn Sie beim Start ausgebrannt sind. Sie müssen topfit sein."

Okay, das sah sie ein. Aber dass sie die restliche Zeit ohne Pause arbeitete, lies sie sich nicht verbieten. Nur einmal, am Morgen vor dem Start, verschwand Anne für eine Stunde. Bei allen Glückwünschen, die ihr ausgesprochen worden waren, hatte sie eine nicht vergessen: Elena. Anne benötigte ihre ganze Überredungskunst, um dem Arzt in der Krankenstation eine halbe Stunde Besuchszeit bei Elena abzutrotzen.

Elena tat ihr leid, wie sie da lag zwischen den Geräten und Schläuchen. Müde sah sie aus.

Elena hat auch einen Traum gehabt und hart dafür gearbeitet, dachte Anne. Und jetzt? Vielleicht sind es nur fünf Sekunden Unachtsamkeit gewesen. Das Leben kann hart und ungerecht sein.

Anne nahm Elenas Hand. Elena schlug die Augen auf und sah Anne an.

„Jetzt fliegst du doch. Dein Traum wird wahr."

„Es tut mir so leid, dass du bleiben musst."

„Pssst!", bremste Elena. „Du musst nicht traurig sein. So ist das Leben manchmal. Wer weiß, wozu es gut ist."

„Ich wollte nie, dass mein Traum auf deine Kosten wahr wird."

Elena war einen Moment still. Dann lächelte sie Anne an.„Ich habe dich vorgeschlagen. Ich wollte, dass du für mich fliegst."

Anne drückte ihre Hand. „Danke!"

„In vier Wochen erzählst du mir, warum das alles richtig war. Versprochen?“

„Versprochen.“

„Und einen schönen Stein will ich haben.“

„Den bekommst du. Den schönsten, den ich finden kann. Auch versprochen.“

Der Abschied von den anderen fand in einer kleinen Zeremonie statt. Dr. Bardouin hielt eine kurze Ansprache, in der er nochmals die Bedeutung der Mission hervorhob und allen gutes Gelingen wünschte. Anne und Fang Si standen in ihren Monturen auf der einen Seite des Rednerpults neben ihm, Olaf und Bullrider auf der anderen Seite. Es war kurz und schmerzlos, denn die Zeit drängte.

Während die Mitarbeiter sich auf ihre Plätze begaben, fuhren die Astronauten mit dem Fahrstuhl hinauf zur Spitze der Rakete, auf der sich das Wohnmodul befand. Eine kleine Brücke führte vom Startgerüst hinüber zum Eingang.

Olaf fungierte als Kommandant und führte die Gruppe an. Bullrider folgte ihm. Anne warf einen Blick hinunter in die Tiefe, dann ging auch sie. Jeder Schritt war ein Schritt zum Ziel ihres Traums. Die startbereite Rakete zu betreten, war ein heiliger Moment für sie. Anne schloss die Augen. Diesen Augenblick würde sie nur einmal in ihrem Leben erfahren.

„Tok. Tok. Tok“, riss sie ein lautes Klopfen aus ihren besinnlichen Gedanken. Bullrider hieb mit seiner breiten Faust auf die Wandung der Rakete.

„Hoffentlich taugt dieses europäische Blech etwas und bringt meinen Hintern wieder heil auf die Erde“, dröhnte er.

Anne war konsterniert. „Wenn Ihr Hintern nicht so fett wäre, würden wir viel Geld sparen. Jedes Ihrer Kilos kostet zwanzigtausend Dollar, um es hochzuschießen.“

„Das ist kein Fett. Das sind alles Muskeln.“

„Umso schlimmer. Muskeln wiegen noch mehr als Fett. Das sollten Sie wissen.“

Der heilige Moment war unwiederbringlich gestorben und Anne musste sich beherrschen, Bullrider nicht in seine hinteren

Muskeln zu treten. Wie konnte man sich bloß so benehmen? Jetzt wurde der Traum ihres Lebens erfüllt - und dann mit so einer Begleitung! Das würde noch etwas geben.

Endlich hatte sich Bullrider durch die enge Öffnung gezwängt. Er setzte sich auf den Platz neben Olaf, der für die Kommunikation zuständig war. Bullrider hatte als Pilot das Raumschiff zu steuern. Anne saß etwas versetzt hinter ihm. Ihre Aufgabe war die Navigation. Sie musste vor allem Bullrider zuarbeiten. Fang Si kam ohne Mühe durch den schmalen Eingang und auf ihren Platz schräg hinter Olaf. Es war, als ob sie sich nie woanders bewegt hätte. Sie hatte die Lebenserhaltungssysteme zu überwachen und sich, um die medizinische Versorgung zu kümmern falls nötig, was natürlich niemand hoffte.

Während der zwei Stunden bis zum Start waren alle voll beschäftigt mit dem Check ihrer jeweiligen Systeme. Eine Klarmeldung folgte der nächsten. Der Count-down wurde gut sichtbar auf ihren Bildschirmen hinuntergezählt. Dann waren sie durch. Während die Zahlen vor ihren Augen kleiner wurden, stieg der Adrenalinspiegel in ihren Adern.

Bei 00:00 explodierte es weit unter ihnen. Die Triebwerke zündeten mit ohrenbetäubendem Lärm, der trotz Kopfhörer scheinbar ungehindert zu ihnen durchdrang. Selbst wenn sie nichts gehört hätten, sie hätten ihn gespürt. Die gesamte Rakete vibrierte, als ob die Schallwellen materialisieren wollten. Anfänglich war es nur ein Gefühl wie in einem Fahrstuhl auf den ersten Etagen. Aber der Fahrstuhl stoppte nicht. Er beschleunigte weiter und weiter, wobei sie immer fester in ihre Sitze gepresst wurden.

Weiße Fetzen flogen an den kleinen Fenstern vorbei. Wolken, wusste Anne. Ihr Herz schlug auf höchster Stufe. Der Himmel begann, dunkler zu werden. Das strahlende Blau wechselte zu Dunkelblau und wurde langsam zu Schwarz. Der mörderische Druck ließ nach und machte der Schwerelosigkeit Platz. Es war ähnlich dem Parabelflug und doch ganz anders. Viel extremer. Das Blut, das sich der Andruckkraft folgend aus dem Kopf zurückgezogen hatte, war jetzt im Überfluss da. Trotz Training dauerte es seine Zeit, bis Anne sich konzentrieren konnte. Den anderen ging es ähnlich.

Bullrider schien es am wenigsten auszumachen. Als Kampfpilot war er extremen Andruck gewohnt. Er gab schon wieder erste Klarmeldungen an die Zentrale.

Anne kam gar nicht dazu, die Sternenpracht zu genießen, die sich vor ihr auftat. Konnte man von der Erde aus vielleicht fünftausend Sterne mit bloßem Auge sehen, waren es jetzt fünf Millionen. Mindestens. Aber Anne sah nur auf ihren Bildschirm. Auch wenn der Kurs zu diesem Zeitpunkt im Wesentlichen von den Bordcomputern gesteuert wurde, musste sie doch alles kontrollieren. Kleinste Abweichungen hatten verheerende Folgen. Immerhin galt es, bei einer Geschwindigkeit von mehreren tausend Kilometern pro Stunde ein Ziel zu treffen, das sich ebenfalls schnell bewegte. Im Unterschied zu einem Auto konnte man eine Rakete nicht wenden, wenn man das Ziel verpasst hatte.

Alles war okay. Die Systeme funktionierten reibungslos. Die Startvibrationen hatten keinen Schaden angerichtet. Die Rakete war zu 100 Prozent auf dem richtigen Kurs. Langsam baute sich das Adrenalin ab und Anne hatte einen Moment Zeit zu realisieren, wo sie war: im Weltraum. Auf dem Weg zum Mond. Unfassbar!

Die erste Station auf der langen Reise war die ISS. Seit 1998 im Bau war sie bis heute zu dem größten von Menschen erbauten Objekt im Orbit gewachsen. Bereits lange vor der Ankunft sah man sie schon auf den Radarschirmen. Stunden später konnte Anne sie als kleinen Lichtpunkt zwischen den anderen Sternen ausmachen.

„Soll ich auf manuelle Steuerung umschalten?“, fragte Bullrider.

„Warum?“

„Das ist mir einfach lieber. Ich traue der Automatik nicht.“

„Wir bleiben bei der Automatik“, entschied Olaf. „Sie hat sich beim Andocken der ATVs bewährt.“

„Sie sind der Kommandant“, grummelte Bullrider.

Ob es wieder die europäische Technologie ist, der Bullrider nicht vertraut, fragte sich Anne.

Egal. Sie war mit Olafs Entscheidung zufrieden. Inzwischen konnte sie erste Einzelheiten der Station erkennen. Vor allem die Flächen mit den Solarzellen sahen beeindruckend aus. Sie sorgten für eine Spannweite von mehr als einhundert Metern.

„Wie ruhig sie dort schwebt“, stellte Anne fest.

„Ja. Man kann gar nicht glauben, dass sie sich mit fast 30.000 Kilometern in der Stunde bewegt“, stimmte Olaf zu.

So schnell flogen sie auch selbst, ohne es zu merken. Den geringfügigen Geschwindigkeitsüberschuss hoben die Steuerdüsen nach und nach auf.

„Dort unten, das sind die Module unseres CSTS.“

Olaf wies auf eine Struktur, die wie ein Finger an der ISS hing. „Sieht schon ziemlich fertig aus.“

„Muss es auch. In zwei Tagen wollen wir starten. Ich kann es kaum erwarten“, sagte Bullrider.

Das glaubte Anne gerne. Es war Bullrider deutlich anzumerken, dass er darauf brannte, endlich als Pilot agieren zu können.

61. Internationale Raumstation

Nach dem Überwechseln in die ISS war Anne froh aus dem Raumanzug aussteigen zu können. Er war zwar maßgeschneidert, aber auf Dauer trotzdem unbequem. Die Handlungsfreiheit darin war merklich eingeschränkt.

Die Mannschaft auf der ISS hieß die Neuankömmlinge herzlich willkommen. Besuch kam nicht so häufig vorbei. Man hatte ihnen für Weltraumverhältnisse ein festliches Essen vorbereitet: Rindersteak, Shrimps-Cocktail und Obstsalat. Fehlte nur ein guter Rotwein, aber Alkohol war strikt verboten.

Daran, dass man sich zum Essen festschnallen musste, gewöhnte Anne sich schnell. Schwieriger war es, das Steak am Wegfliegen zu hindern. Bullrider machte sich einen Spaß daraus, es vor seinem Gesicht schweben zu lassen und im Flug davon abzubeißen.

Nach einer Führung durch die Station machte Anne es sich in der Cupola bequem. Das war quasi der Aussichtspunkt auf der ISS, ein Modul der ESA mit freier Sicht in den Weltraum und auf die Erde.

Kurz nach Anne tauchte Fang Si ebenfalls in der Cupola auf.

„Ist das nicht phantastisch?“, begann Anne.

„Ja“, sagte Fang nur.

„Wenn das mehr Menschen sehen könnten, würden sie anders mit der Erde umgehen und über den Weltraum denken.“

„Ja.“

Ob Fang auch noch mehr sagen kann?

„Ist das da nicht die Chinesische Mauer?“, versuchte Anne es wieder.

„Ja, das stimmt.“

Endlich. Drei Worte!

„Warum bist du eigentlich Astronautin geworden?“

„Damit ich zum Ruhm meines Volkes beitragen kann.“

„Nur deshalb? Nicht auch aus eigenem Interesse?“

„Mein Volk ist mir wichtiger als meine Interessen.“

Das konnte Anne nicht wirklich nachvollziehen, zumal die Antwort einstudiert klang, aber Anne wollte keine Diskussion darüber anfangen. Immerhin gab es jetzt die Gelegenheit eine Frage loszuwerden, die Anne schon seit der ersten Begegnung beschäftigte. „Du hast immer lange Ärmel und lange Hosen an. War es dir nicht zu heiß in Kourou?“

„Nein. Ich bin immer so angezogen. Ich möchte nicht braun werden.“

„Warum nicht? Das sieht doch gut aus.“

„In China ist weiß schön.“

„Warum das?“

„Braun sind die Leute, die auf den Feldern arbeiten. Niemand, der es sich leisten kann, will aussehen wie ein Bauer.“

„Wie verschieden die Kulturen und die Geschmäcker sein können, wunderte sich Anne.

„Wenn bei uns jemand braun ist, denkt man, dass er Zeit hat und sich Freizeit in der Sonne gönnen kann. Übrigens, hast du mal beim Zirkus gearbeitet?“

Ein kurzes Lächeln huschte über Fangs Gesicht, das aber sofort wieder verschwand. „Warum?“

„Du bewegst dich so geschmeidig. Man bemerkt es gar nicht, wenn du kommst.“

„Ich habe Jiu-Jitsu gelernt.“

Bevor Anne eine weitere Frage loswerden konnte, stieß Fang sich von der Wand ab und schwebte durch den Eingang hinaus. Sie hatte kein Interesse an einem weitergehenden Gespräch.

Schade, dachte Anne und sah ihr nachdenklich hinterher.

Anne blieb einen ganzen Tag in der Cupola, was auf der ISS bedeutete: Fünfundvierzig Minuten. Solange schien die Sonne und dann flogen sie fünfundvierzig Minuten auf der Nachtseite. Man konnte also sechszehnmal innerhalb von vierundzwanzig Stunden auf seinen Geburtstag anstoßen, rechnete Anne aus.

Auf dem Rückweg vernahm Anne deutlich die unverwechselbare Stimme von Bullrider.

„So nicht, Mädchen. Hier kommst du nicht rein. Mich verarschst du nicht.“

Die Angeredete konnte nur Fang Si sein, denn eine dritte Frau gab es nicht auf der Station.

Instinktiv strampelte Anne mit den Beinen, um schneller voranzukommen, vergeblich. Auch vieles Rudern mit den Armen half nicht. Schwerelos in der Luft zu hängen, war etwas anderes, als im Wasser zu schwimmen.

„Verdammt!“

Endlich kam Anne an einen Haltegriff und stieß sich ab. Viel zu heftig, wie sie feststellte. Alles Rudern in entgegengesetzter Richtung brachte wieder nichts. Ungebremst krachte sie an die gegenüberliegende Wand.

„Scheiße!“

An die Fortbewegung in der Schwerelosigkeit musste man sich echt gewöhnen. Jede schnelle Bewegung wurde sofort bestraft. Jetzt hatte sie die weitere Diskussion verpasst. Als sie an ihrem Ziel ankam, war Fang Si schon verschwunden.

„Was sollte das denn?“, stellte Anne Bullrider zur Rede.

Bullrider war immer noch geladen und fuhr herum. Auch zu schnell. Er drehte sich wie ein Kreisel weiter.

Auch Helden haben ihre Probleme, dachte Anne amüsiert.

Jetzt hatte er sich abgebremst.

„Was das soll? Dieses Biest schnüffelt überall herum. Das gefällt mir nicht.“

„Warum soll sie sich nicht die Station ansehen? Das tun wir schließlich auch“, sagte Anne.

„Meine Güte, was sind Sie naiv. Die Chinesen waren schon immer scharf auf alles, was mit der ISS zu tun hat. Jetzt ist zum ersten Mal einer von ihnen hier. Das ist ein Jackpot für sie. Meinen Sie, die macht nur Sightseeing?“ Bullrider war richtig aufgebracht. „Unsere Mission ist die teuerste und wichtigste, die Menschen jemals unternommen haben. Glauben Sie, die Chinesen schicken uns eine bessere Krankenschwester für unser Lebenserhaltungssystem?“

„Das sind alles nur Vermutungen. Sie haben keine Beweise.“

„Beweise? Ich habe einen gesunden Menschenverstand. Und bis eben dachte ich, Sie hätten auch einen, selbst wenn ich Sie nicht leiden kann." Bullrider drehte sich um - dieses Mal langsam - und schwebte davon.

„Wer hat mich nur mit so einer Mannschaft bestraft", hörte Anne noch.

Selbst wenn die Station alle neunzig Minuten einen Hell-Dunkel-Rhythmus erlebte, gab es im Inneren eine regelmäßige Schlaf- und Arbeitszeit. Wegen des sehr begrenzten Platzes konnte man den Gästen nur zwei Schlafkojen anbieten, die anderen mussten im Freien schlafen. Olaf schlug vor, die Kojen den Frauen zu überlassen.

„Das sehe ich nicht ein", wehrte Bullrider ab.

Anne hatte nichts anderes erwartet. Er konnte weder sie noch Fang leiden. Warum sollte er zuvorkommend sein?

„Frauen zu bevorzugen ist eine Beleidigung", ergänzte Bullrider.

Olaf war erstaunt. „Das müssen Sie mir erklären."

„Ganz einfach. Das ist eine Tradition aus der Zeit, in der Frauen als schwach betrachtet wurden. Da haben die harten Männer auf die weichen Frauen aufgepasst. Diese Einstellung ist ja fast schon eine Beleidigung. Wir haben Gleichberechtigung, aber vielleicht ist das noch nicht bis Europa durchgedrungen."

„Nicht schlecht argumentiert", musste Anne zugeben. Bis auf die spitzte Bemerkung am Schluss, aber das brauchte Bullrider anscheinend.

„Dann losen wir", schlug sie vor.

„Hurra! Es gibt doch intelligentes Leben östlich des Atlantiks."

Bullrider und Fang Si zogen das Los für die erste Nacht und Olaf und Anne für die zweite. Während die beiden anderen sich jeweils in ihre Koje zurückzogen, sah Anne sich hilflos um.

„Und wo schlafen wir?"

Olaf lachte. „Ganz einfach: an der Wand."

„Das glaub ich jetzt nicht."

„Das machen die anderen Astronauten in der ISS auch, wenn es nötig ist. Du hast Schlaufen am Schlafsack. Damit bindest du dich an einem Stuhl oder einem Griff fest, damit du nicht im

Schlaf durch die Station schwebst. Dann gibt es noch eine Augenklappe und Ohrstöpsel und die Nacht ist perfekt."

„Ich kann niemals schlafen, wenn ich mir vorstelle, an der Wand zu hängen."

„Du kannst dich ja unter die Decke hängen. Vielleicht geht das besser."

„Arschloch!" Etwas anderes fiel Anne nicht ein.

Die ausgeloste Kombination bot den Vorteil, dass Anne ungestört mit Olaf reden konnte. In der engen Raumkapsel war kein privates Gespräch möglich gewesen. Anne erzählte ihm von dem Vorfall mit Bullrider.

„Möglicherweise hat er Recht", urteilte Olaf.

„Glaubst du auch, dass Fang Si eine Agentin ist?"

„Vernünftig ist das, was Bullrider sagt. Und wenn ich es mir recht überlege: In meinen ganzen Gesprächen mit ihr habe ich nicht eine persönliche Sache von ihr gehört."

„Stimmt. Ich auch nicht. Und Bullrider?"

„Genauso wenig wie Fang Si Krankenschwester ist, ist Bullrider Wissenschaftler. Die Amerikaner haben mit Sicherheit einen absoluten Elitemann geschickt. Typ Kämpfer, knallhart, hochintelligent, lupenreiner Patriot."

„Also zwei Elitesoldaten, die sich gegenseitig den Dreck unter den Fingernägeln nicht gönnen."

„So ungefähr."

„Und wir sind zwei harmlose, friedliche Wissenschaftler, die mit diesen beiden in einer besseren Konservendose auf die weite Reise gehen sollen."

„Eine sehr teure Konservendose."

„Richtig, aber genauso eng."

„Es wir bestimmt nicht langweilig. Nur, wenn du jetzt nicht schläfst, verpasst du später die spannenden Momente."

Mit einem „Gute Nacht!", klappte Olaf die Augenklappe herunter und stopfte sich die Ohrstöpsel in die Gehörgänge.

Anne seufzte und tat es ihm nach. Die Vorstellung, wie sie beide nebeneinander an der Wand hingen, und das Gespräch machten ihr das Schlafen nicht leicht. Hinzu kamen die

Lichtblitze, die sie trotz geschlossener Augen wahrnahm. Anne wusste, dass es die kosmische Strahlung war, die auf ihrer Netzhaut diese Reaktionen auslöste. Ein seltsames Erleben und sehr gewöhnungsbedürftig. Das also war Weltraum live.

Anne wachte wenig erholt auf. Die anschließende Morgentoilette trug auch nicht zu ihrer Aufmunterung bei. Sich mit einer Spritzpistole das Wasser auf den Körper zu schießen, die Zahnpasta herunter zu schlucken und in eine Art Staubsauger zu urinieren hatte nicht unbedingt zu ihrem Traum gehört.

Die Gespräche mit der Besatzung der ISS waren da schon besser. Gierig sog Anne alles auf, was sie in Erfahrung bringen konnte. Wo jemand für Erklärungen greifbar war, musste er herhalten. Wenn niemand Zeit hatte, beobachtete Anne durch eines der zahlreichen Fenster die Arbeiten zur Ankopplung der Module für das Mondraumschiff. Gelegentlich sah sie Fang Si durch die Station treiben, dicht gefolgt von Bullrider, der beschlossen hatte, Fang nicht aus den Augen zu lassen.

Die nächste Nacht war besser. Auch wenn die Koje nicht größer war als ein dickes Kanalisationsrohr, war sie doch angenehmer, als an der Wand zu hängen. Man hatte wenigstens ansatzweise das Gefühl von Privatsphäre.

Der Abschied war wieder herzlich. Die Crew hatte gute Arbeit geleistet und war sogar eine Stunde vor Plan fertig geworden. Die vier Mondfahrer quetschten sich in ihr Wohnmodul, das noch wesentlich beengter war als die ISS. Das war nun ihr Lebensraum für die nächsten drei Wochen. Jetzt wurde es ernst.

62. Zum Mond

Während des Fluges passierte herzlich wenig. War erst der richtige Kurs eingeschlagen, ging es tagelang nur geradeaus. Um einem Weltraumkoller vorzubeugen, der sich unter den beengten Verhältnissen leicht einstellen konnte, sah das Programm endlose Routineaufgaben nach Handbuch vor. Das Einzige, was sich mit den Tagen änderte, war, dass die Erdkugel kleiner und die Mondscheibe größer wurde.

Jegliche Versuche von Olaf, mit einem sinnvollen Gespräch eine entspanntere Atmosphäre zu schaffen, verliefen ergebnislos im Sand. Bullrider beschränkte sich auf kurze Bemerkungen, die gewöhnlich irgendeine Spitze enthielten, während Fang Si es fertigbrachte, stundenlang komplett zu schweigen. Die gefühlte Temperatur in der Kapsel unterschied sich in nichts von der Weltraumkälte außerhalb.

Endlich kroch die Entfernungsanzeige zur Erde über die Marke von 300.000 Kilometern. Damit war der Mond in greifbare Nähe gerückt und die Anpassungsmanöver begannen. Bullrider koppelte das Servicemodul ab und steuerte es in eine Warteposition im Orbit. Dann leitete er die Landephase ein, die sie spiralförmig um den Mond herumführen sollte, immer tiefer hin zu ihrem Ziel.

Aus einem undefinierbaren Gefühl heraus nahm sich Anne die aktuellen Flugdaten vor und glich sie mit dem Kurs ab, den sie berechnet hatte. Irgendetwas stimmte hier nicht. Es gab eine geringfügige Abweichung, die man auf den ersten Blick für eine natürliche Schwankung halten konnte, aber Anne war zutiefst misstrauisch und rechnete genauer. Es war tatsächlich kein Zufall. Bullrider steuerte einen anderen Kurs.

„Hallo Mr. Bullrider, Sie fliegen falsch."

„Ich fliege niemals falsch."

„Sie fliegen nicht den Kurs, den ich Ihnen gegeben habe."

„Ich fliege den optimalen Kurs. Er führt auf dem kürzesten Weg ins Ziel."

Bullrider schaltete eine Grafik auf die Monitore, die eine gestrichelte Linie zeigte. Sie führte direkt auf die Zielkoordinaten zu. „Und wir befinden uns hier." Bullrider deutete auf einen roten Punkt, der sich wie eine winzige Ameise auf der Linie entlang arbeitete.

Anne ließ nicht locker: „Aber das ist nicht mein Kurs."

„Nein, ist er nicht."

„Wie kommen Sie dazu, einfach eigenmächtig den Kurs zu ändern, den ich vorgegeben habe? Die Kursberechnung ist meine Aufgabe." Anne war ärgerlich. Mit Recht, wie sie meinte. Die gefühlte Temperatur in der Kapsel erhitzte sich merklich.

„Ich bin der Pilot. Ich habe tausende Stunden praktische Flugerfahrung. Sie kennen nur die Theorie. Wenn ich feststelle, dass Sie schlecht gerechnet haben, habe ich das Recht den Kurs zu ändern."

Binnen Sekunden war die Temperatur am Kochen. Schlecht zu rechnen war das letzte, das man Anne vorwerfen durfte. Olaf wusste das. Er griff ein, bevor Anne explodierte.

„Mr. Bullrider, Frau Winkler ist sehr zuverlässig in Navigation und sie trägt die Verantwortung dafür. Es ist nicht in Ordnung, wenn Sie ohne Rücksprache den Kurs ändern."

„Ach. Und wen soll ich fragen? Sie etwa?"

„Als Kommandant habe ich die letzte Entscheidung."

„Na wunderbar", lachte Bullrider. „Und wenn ich nicht gehorsam bin, setzten Sie mich vor die Tür. „Kommandant" ist ein schönes Etikett für jemanden, der keine Ahnung vom Fliegen hat. Wissen Sie was? Sie können gar nichts machen. Ohne mich kommen Sie niemals da runter."

Olaf wusste, dass Bullrider Recht hatte. Für die Landung brauchte man einen erfahrenen Piloten. Fehler konnte man sich auf der Erde in einem Simulator erlauben, aber diese Zeit war vorbei. Jetzt würde jeder Fehler mit dem Tod bestraft. Olaf saß in der Klemme und Bullrider wusste es.

„Ich habe meine Gründe für meine Berechnungen", kam Anne Olaf zu Hilfe. „Wenn Sie die nicht akzeptieren, fliegen Sie weiter Ihren Kurs."

Bullrider holte tief Luft. „Na dann lassen Sie hören. Für vernünftige Argumente bin ich immer zu haben."

„Unser Zielgebiet ist schwieriges Gelände und Sie fliegen auf geradem Kurs darauf zu."

„Ja und? Auf einem anderen Kurs wird das Gelände nicht einfacher."

„Das Gelände nicht, aber die Sicht. Auf Ihrem Kurs scheint Ihnen die Sonne geradewegs ins Gesicht. Auf der Erde mag das gehen, aber im Weltraum herrschen andere Bedingungen. Wenn Sie alle Filter vorschalten, die wir haben, sehen Sie gerade noch schwarz und weiß."

Anne blendete eine zweite Linie ein und einen hellen Fleck für die Sonne. „Mein Kurs beschreibt einen Bogen. Er ist länger als Ihrer, aber dafür haben wir die Sonne hinter uns. Es kostet uns siebzig Minuten. Dafür sehen wir, wohin wir fliegen. Was ist Ihnen lieber?"

Man sah, wie es in Bullrider arbeitete. Sogar Fang Si sah ihn erwartungsvoll an. Am Ende siegte seine Professionalität. Unnötiges Risiko wollte auch er nicht eingehen. Gefährlich genug war es sowieso.

„Sie haben gewonnen", sagte Bullrider. „Wir fliegen Ihren Kurs."

Die letzte Spirale führte sie über ihren geplanten Landeplatz. Mit allen verfügbaren Kameras schossen sie Bilder, die sie in höchster Vergrößerung analysierten. Viel Zeit hatten sie nicht. Es war schlimmer als befürchtet. Frühere Aufnahmen hatten in ihrer ungenügenden Auflösung nur einen groben Eindruck vermittelt, während der Rover der Vorbereitungsmission naturgemäß keinen Überblick liefern konnte.

Schon Felsbrocken von einem Meter Durchmesser konnten dem Landemodul irreparable Schäden zufügen. Von oben sah es aus, als hätte jemand hunderte Felsen verloren und vergessen sie wieder einzusammeln. Das waren Folgen jüngerer Meteoriteneinschläge. Bei einer reinen Wissenschaftsmission hätten sie den Landeplatz verlegt, aber bei dieser Mission war ein Ausweichen unmöglich.

„Was ist hiermit?“ Anne vergrößerte einen Ausschnitt. „Dieser Platz ist relativ frei. Der Kraterwall hat für einen gewissen Schutz gesorgt.“

„Aber wir kommen mit dem Landemodul nicht über die Wand“, warf Olaf ein.

„Müssen wir nicht. Mit einer kleinen Änderung kommen wir von hier unten.“ Bullrider deutete auf einen Fleck unterhalb des Walls.

„Bleibt immer noch der Abgrund in der Nähe. Das ist knapp.“

„So vorsichtig? Haben Sie etwas Besseres?“, fragte Bullrider.

„Nein.“

„Bullrider wird uns jetzt endlich zeigen, dass er ein richtig guter Pilot ist“, sagte Anne.

„Ich hoffe, dass Sie Ihre Frechheit nicht bereuen.“

„Wenn es schief geht, haben Sie immerhin auf ewig Ruhe vor mir.“

„Dann sollten wir es versuchen.“

„Helme aufsetzen. Fertigmachen zur Landung!“, gab Olaf das Kommando. „Mr. Bullrider, bringen Sie Ihren Arsch heil herunter - und unsere auch.“

Anne sah ihn erstaunt an. Diese Ausdrucksweise kannte sie gar nicht von ihm.

Trotz des neuen Kurses musste Bullrider sein ganzes Können aufbieten, um das Landemodul heil auf den Boden zu bringen. Es gab eine Anzahl heftiger Stöße. Dann wurde es ruhig. Sie lebten noch - also hatten sie es geschafft.

Anne nahm erleichtert den Helm ab. Trotz der Klimaanlage im Anzug war sie schweißnass und sehnte sich nach frischer Luft. Die Luft in der Kapsel war zwar kaum besser, aber wenigstens hatte man das Gefühl.

Bullrider stellte eine leichte Schieflage fest, die er mit den hydraulischen Stützen problemlos ausgleichen konnte. Jeder checkte seine Systeme. Alles war okay.

„Man sieht gar nichts“, stellte Olaf enttäuscht fest, als er durch das Fenster nach draußen sah.

„Unser Pilot hat eben mächtig Staub aufgewirbelt. Das dürfte ihm gefallen haben“, meinte Anne.

„Sie können froh sein, dass wir überhaupt an einem Stück heruntergekommen sind - und nicht verstreut im Staub herumliegen“, meinte Bullrider.

„Ich weiß. Sie haben gute Arbeit geleistet“, gab Anne zu. „Das ist nicht unbedingt eine Traumgegend zum Landen.“

Zunächst gestatteten ihnen nur die Fotos, die Fang Si mit den Außenkameras kurz vor der Landung geschossen hatte, einen Überblick. Fang überspielte die wichtigsten auf die mobilen Geräte, die jeder besaß. Sie ähnelten einem modernen Navigationsgerät und waren nur etwas klobiger, um den extremen Umwelteinflüssen auf der Mondoberfläche zu trotzen. Bei Außeneinsätzen waren diese Geräte Pflicht. Die Orientierung auf der Mondoberfläche war nicht leicht, aber lebensnotwendig.

„Hier sind wir und da ist die Platte, zu der wir müssen“, erklärte Anne. „Wie lange werden wir mit dem Rover für den Weg brauchen?“

„Eine halbe Stunde, wenn alles glattgeht“, schätzte Olaf. „Mit Hindernissen kann es auch deutlich mehr als eine Stunde werden.“

Nach einer unruhigen Nacht, deren Ende Anne kaum abwarten konnte, war es endlich so weit, dass sie sich für den Ausstieg bereit machten. Der Staub war ausreichend zu Boden gesunken und der Blick durch die Fenster zeigte eine trockene, leblose Landschaft. Trotzdem war Anne fasziniert. Die Landschaft war öde - aber es war die Landschaft eines anderen Himmelskörpers. Nur wenigen Menschen war es vergönnt, den Fuß auf eine fremde Welt zu setzen. Was würde sie dort draußen erwarten? Auf jeden Fall mehr als nur Steine.

Bullrider machte den Anfang. „Dann kann ich aufnehmen, wie auch der Rest der Welt auf dem Mond ankommt“, tönte er selbstbewusst. „Wir waren ja schon hier.“ Er nahm die Kamera und kletterte die Leiter hinab.

380.000 Kilometer entfernt warf Gordon Forell einen Blick auf den Fernseher mit der laufenden Nachrichtensendung. Er setzte die Taucherflaschen ab, die er geschultert hatte.

„Haben sie es tatsächlich geschafft", sprach er vor sich hin.

„Und jetzt betritt der erste Schweizer die Mondoberfläche", kam die Stimme aus dem Lautsprecher.

Man hörte ihr die große Entfernung an. Gordon sah eine Gestalt in einem unförmigen Raumanzug vorsichtig die Leiter herunterklettern.

„Olaf Bürki, der Kommandant dieser Mission."

Die Gestalt winkte in die Kamera.

„Nun folgt Anne Winkler. Eine Frage kann sie uns gleich beantworten: Wird sie den ersten Schritt als Frau auf dem Mond machen, als Deutsche oder als Russin?"

Anne hatte über den Helmfunk mitgehört.

„Ich mache gleich drei Schritte. Für jeden einen."

Man sah die drei Schritte. Auch Anne winkte in die Kamera.

„Und jetzt noch einen vierten für Elena Pugatova, meine russische Freundin. Eigentlich sollte sie hier stehen, ich bin stellvertretend für sie hier. Ich wünsche ihr alles Gute für ihre Genesung."

Eine letzte Gestalt erschien in der Luke.

„Ach ja, und China ist auch hier. Sie sehen Fang Si."

„Ich bin stolz, diesen Schritt für mein Volk zu tun."

Die Bilder vom Mond wurden ausgeblendet und ein Kommentator erschien im Bild. Gordon hatte keine Gelegenheit zum Zuhören. Sein Partner, Mitch Hasels, rief ihn.

„Hey, Gordon, wo bleibst du? Die Leute warten schon."

Gordon nahm die Flaschen wieder auf und ging zu ihm hinaus. „Da war eine Sendung vom Mond. Die musste ich sehen. Das war mal mein Projekt, weißt du?"

„Du hast es mir schon zehn- oder zwanzigmal erzählt. Sehnsucht?"

„Nicht mehr. Das war in einem anderen Leben. Was habe ich mir damals für einen Stress gemacht."

„Da haben wir es jetzt besser, was?"

Gordon nickte. Wahrscheinlich musste man erst ganz unten ankommen, um ein wirklich neues Leben anfangen zu können. Als er so weit war und absolut nicht mehr weiterwusste, hatte er sich als freiwilliger Helfer für die Aufräumarbeiten nach dem schrecklichen Hurrikan gemeldet. Dort hatte er Mitch kennen gelernt. Der arme Kerl hatte seine Eltern verloren. Auch er hatte keinen Sinn mehr in seinem Leben gesehen. Gemeinsam begannen sie neu. Als Partner bauten sie eine Tauchschule auf, die inzwischen einigermaßen gut lief.

„Hör auf zu grübeln."

Mitch stieß Gordon an.

„Lass denen ihr kleines Abenteuer da oben. Wir haben unser eigenes."

„Richtig! Auf ins pralle Leben."

Gordon freute sich. Wenn er die vielen bunten Fische beobachten konnte, tauchte er in eine anderen Welt ein, einer Welt, in der er glücklich und zufrieden war.

Das Abenteuer „da oben" begann mit harter Arbeit. Mit vereinten Kräften schafften sie den Rover aus seiner „Garage". Dann betätigten sie sich als Monteure. Lenkrad, Antenne, Sitze für drei Personen, diverse Instrumente. Einfach alles, was den Rover für einen beengten Laderaum zu sperrig gemacht hätte, musste jetzt angebracht werden. Was auf der Erde mit ein paar Handgriffen in wenigen Minuten erledigt war, war in dem Raumanzug mit seinen für irdische Verhältnisse unförmigen Handschuhen harte Arbeit. Die Klimaanlage der Anzüge arbeitete auf höchster Stufe, um zumindest ein Beschlagen der Visiere zu verhindern.

63. Die Platte

Bei der ersten Fahrt zu der geheimnisvollen Platte hatte Olaf das Pech, beim Mondmodul bleiben zu müssen.

„Es wird schon nicht geklaut“, meinte er scherzhaft, aber ihm war klar, dass das Modul ihre Lebensversicherung war. Die einzige, die sie hatten. Deshalb musste immer jemand in Sichtweite bleiben, um bei unvorhersehbaren Ereignissen eingreifen zu können.

Die anderen machten sich mit dem Rover auf den Weg. Bullrider nahm selbstverständlich den Fahrersitz für sich in Anspruch. Er dehnte die Pilotenaufgabe einfach auf den Rover aus. Anne und Fang Si saßen jeweils rechts und links versetzt hinter ihm. Anne gab anhand der Fotos auf ihrem Navigationsgerät die grobe Richtung vor.

Die Geschwindigkeit war bescheiden. Der Rover torkelte mehr über das unebene Gelände, als dass er fuhr. Ein irdischer Jogger hätte ihn mühelos überholt - aber Jogger gab es hier keine.

„Wenn das so weitergeht, kommt mir mein Frühstück hoch“, meinte Anne nach einer halben Stunde.

„Würde ich mir noch mal überlegen“, gab Bullrider trocken zurück. „Das macht sich nicht so gut im Raumanzug.“

„Sehr anregender Gedanke. Vielen Dank.“

„Gerne.“

„Es sieht auch nicht so aus, dass es besser wird“, stellte sie fest.

„Nein, es wird schlechter.“

„Prima - und wir haben noch nicht die Hälfte geschafft.“

„Ich muss mich verbessern“, kam es von Bullrider. „Es wird ganz schlecht.“

„Was heißt das?“

„Das heißt Sackgasse. Da vorne kommen wir nicht durch. Gibt es einen alternativen Weg?“

„Nur, wenn wir zehn Minuten zurückfahren. Und wie es auf dem anderen Weg dann aussieht, kann ich nicht sagen. So detailliert sind die Fotos nicht.“

„Dann sehen wir uns den Mist erst mal an."

Sie kletterten von ihren Plätzen und sahen sich die Steine, die ihnen den Weg versperrten von nahem an. Bis hierhin hatte sich der Rover immer durch irgendeine Lücke hindurchschlängeln können, aber hier war es definitiv zu eng. Zu Fuß wären sie gut weitergekommen, aber sie brauchten die Ausrüstung, die im Rover verstaut war.

„Seht mal da!", rief Anne.

Anne war auf einen der Steine geklettert, um bessere Sicht zu haben. Bullrider und Fang Si kamen angerannt. Genaugenommen hüpften sie heran.

„Da hinten sind die Spuren vom Rover der Erkundungsmission. Das heißt, wir sind richtig und ab da geht es besser. Wir müssen hier irgendwie durch."

Mit vereinten Kräften schoben und zerrten sie an dem Brocken. Nichts. Nicht einen Millimeter bewegte er sich.

„Okay. Dann eben auf die harte Tour", entschied Bullrider.

Da man bei den Vorbereitungen nicht wusste, auf welche Schwierigkeiten die Expedition stoßen würde, hatte man ihr eine ansehnliche Ausrüstung mitgegeben. Es ging schließlich nicht darum, bloß ein paar Steine für wissenschaftliche Zwecke einzusammeln.

Bullrider kramte im Kofferraum des Rovers und holte zwei Sprengladungen heraus, die er rechts und links unter dem Felsbrocken anbrachte.

„Wenn du nicht rollen willst, dann werden wir dir eben das Fliegen beibringen", murmelte er zu dem Felsen.

Sie fuhren ein gutes Stück zurück und dann zählte Bullrider herunter: „drei, zwei, eins ..."

Anne wollte sich unwillkürlich die Ohren zuhalten, was natürlich wegen des Helms nicht ging. Es war auch nicht nötig. Als Bullrider bei „Null" auf den Zündknopf drückte, erhob sich der Brocken wie von Geisterhand einige Meter und stürzte dann seitlich versetzt wieder ab. Kleinere Bruchstücke flogen etwas weiter. Das alles geschah in absoluter Stille. Kein Knall. Keine Druckwelle. Nur eine leichte Erschütterung des Bodens, die sie durch die Stiefel spürten.

„Natürlich. Klar", dachte Anne. „Ohne Luft kein Schall und keine Druckwelle. Wie sehr hängt man an konventionellem Denken fest, auch wenn es logisch ganz anders ist. Andere Welt, andere Gesetze."

Die Aktion war ein voller Erfolg. Es war knapp, aber die entstandene Lücke war groß genug für den Rover. Als sie die Spur des Erkundungsrovers erreichten, holten sie sogar etwas von der verlorenen Zeit wieder auf.

Kurz nach Ablauf der veranschlagten Stunde waren sie am Ziel. Eine Kurve noch und dann sahen sie es. Bullrider hielt den Rover an.

Dort hing sie an der Wand, die Platte, von der die Schraube stammte. Ganz matt glänzte sie goldbraun in der Sonne. Früher war sie sicherlich hochglänzend gewesen, aber der kosmische Staub hatte Millionen Jahre lang an ihr gerieben. Es war ein Wunder, dass sie das überhaupt überstanden hatte.

Was für eine Qualität!, dachte Anne.

Sie kannte kein von Menschen hergestelltes Material, das auch nur annähernd so dauerhaft war. Selbst das Alter der Pyramiden war lächerlich gering dagegen.

Aber es kommt von der Erde.

Der Gedanke fiel ihr immer noch schwer. Er war einfach zu unglaublich. Anne konnte die Gesichter von Bullrider und Fang Si nicht sehen. Die goldverspiegelten Visiere ließen es nicht zu, aber ihre Haltung strahlte etwas von der gleichen Ehrfurcht aus, die sie selbst verspürte.

Sogar Bullrider, staunte Anne, *der sachliche Kämpfer.*

Bullrider war es dann auch, der als Erster die andächtige Stille zerbrach. „Dann wollen wir mal. Fang, bauen Sie die Video-Kamera für die Live-Übertragung zur Erde auf. Und dann machen Sie mit der Digitalkamera Aufnahmen von der Platte und der Umgebung. Jedes kleinste Detail ist wichtig. Und Sie, Frau Winkler, helfen mir mit der Ausrüstung."

Durch die Aufnahmen des Erkundungsrovers waren sie darauf vorbereitet, was sie erwartete. Das war auch gut so, denn sonst hätten sie niemals eine Leiter dabei gehabt.

„Warum mussten die die Platte unbedingt so hoch hängen?", nörgelte Bullrider, während er die Teilstücke der Leiter vom Rover holte, um sie zusammenzusetzen.

„Hoch ist relativ", erwiderte Anne. „Vielleicht waren sie so groß und haben die Platte für ihre Begriffe niedrig gehängt."

„Glaube ich nicht."

„Vielleicht hatten sie Sorge, dass sie im Lauf der Zeit verschüttet werden könnte, wenn sie zu tief hängt."

„Schon eher möglich. Das würde aber bedeuten, sie haben damit gerechnet, dass die Platte lange hier hängen wird."

„Nun ja, das ganze ist ziemlich stabil, es sieht nicht aus wie eine Werbetafel für den neuesten Kaugummi."

„Jetzt verlieren Sie aber auch den Respekt", bemerkte Bullrider.

„Sie färben halt ab. Aber bei allem Respekt, ich frage mich schon lange, wofür das ganze gut ist. Hier auf dem Mond eine Platte an eine Felswand zu schrauben, ist ein riesiger Aufwand. Was macht das alles für einen Sinn?"

Die Frage blieb unbeantwortet im Raum stehen. Schweigend setzten sie die letzten Teilstücke zusammen, während Fang Si mit ihrer hochauflösenden Kamera von unten aus jeden Zentimeter der Platte aufnahm und über das Mondmodul als Relaisstation zur Erde funkte. Dort stürzten sich sofort Horden von Wissenschaftlern auf jedes übermittelte Pixel.

Mit Hilfe der Leiter gelangte Bullrider problemlos bis zur Platte. Sachte strich er mit seiner Hand darüber. Er war enttäuscht. Durch die dicken Handschuhe spürte er nichts. Ein irdisches Garagentor hätte sich genauso angefühlt.

„Hier sind Zeichen drauf", stellte er aufgeregt fest.

„Können Sie erkennen, was es ist?"

„Nein, die Platte ist zu zerkratzt." Systematisch untersuchte Bullrider den Rand, konnte aber an keiner Stelle erkennen, was die Platte verbarg. Der einzige Ort, der etwas verriet, war die Ecke, an der die Schraube abgeplatzt war.

„Irgendeine Art von Folie ist hinter der Platte", meldete er an Anne, Fang Si und die Beobachter auf der Erde. „Mehr kann ich nicht erkennen. Der Meteorit ist hier mächtig hineingekracht. Wir werden jetzt versuchen, die anderen Schrauben zu lösen."

Anne reichte Bullrider das Spezialwerkzeug hoch, das man auf Basis der geborgenen Schraube angefertigt hatte. Bullrider versuchte es dreimal.

„Nichts. Manuell ist hier nichts zu machen."

Die Enttäuschung hielt sich in Grenzen. Man hatte kaum damit gerechnet, nach so einer langen Zeit die Schrauben einfach losdrehen zu können. Aber einen Versuch war es wert gewesen und immerhin wusste man, dass das Werkzeug passte.

„Morgen versuchen wir es mit der Maschine."

Die mussten sie erst aus der Station holen. Alles zusammen passte nicht in den Rover. Außerdem ging ihr Sauerstoff-Vorrat zur Neige. Für den ersten Tag waren sie sehr erfolgreich gewesen.

Olaf benötigte keine Erklärungen. Er hatte den Helmfunk mitgehört und auch die Bilder gesehen. Um so mehr brannte er darauf, am nächsten Tag selbst vor Ort zu sein. Dieses Mal blieb Fang Si bei der Station.

Die Fahrt an diesem Tag war fast schon Routine. Das Gerät zur Lockerung der verbliebenen Schrauben war schnell montiert. Es handelte sich um einen maßgeschneiderten Aufsatz, der mit einem Elektromotor enorme Kraft zur Drehung der Schraube erzeugen konnte. Arretiert wurde das ganze durch eine stabile Teleskopstange, die bis auf den Boden reichte. Der Rover lieferte mit seinen Batterien die nötige Energie.

Bullrider hielt die Stange, damit sie nicht nach außen wegkippte, während Olaf per Fernsteuerung die Drehung in Gang setzte. Die Leistungsanzeige stieg von 10 auf 50 Prozent. Es tat sich nichts.

„Schon 80 Prozent", verkündete Olaf. „Es passiert immer noch nichts."

„Es muss gehen. Machen Sie weiter."

Bullrider spürte die Spannung, die in der Stange herrschte.

„100 Prozent."

Nichts.

„Was soll ich tun?"

„Langsam steigern. Wir haben bestimmt eine Sicherheitsreserve."

Bullrider klang nervös. Sie hatten fest mit dem Funktionieren des Geräts gerechnet. Wirklich gute Alternativen gab es nicht. Sie müssten versuchen, den Fels neben den verbliebenen Schrauben anzubohren und so zu lockern, dass die Schrauben ihren Halt verloren. Ob ihre Energie dazu ausreichen würde, war fraglich, denn niemand kannte die Festigkeit der Felsen. Als Letztes blieb eine Sprengung. Wegen der zu erwartenden Zerstörungen war das aber wirklich die allerletzte Option, wenn alles andere versagte. Schließlich wusste niemand, was die Platte verbarg und wie empfindlich es war.

Bei ausführlichen Tests auf der Erde hatte man mit ihrem Spezialgerät jede Schraube lösen können - außer denen, die nicht zu lösen waren und bei dem Versuch zerplatzten. Das war manchmal schon bei 30 Prozent geschehen. Die beste hatte 48 ausgehalten.

„110 Prozent", meldete Olaf.

„Weiter!", ächzte Bullrider.

Die Stange begann, sich unter der extremen Spannung zu biegen. Jeden Moment konnte sie splittern. Dann hatten sie verloren.

„HALT! STOPP!", schrie Anne. „Olaf. Sofort aufhören!"

Olaf zögerte. Die Anzeige stand auf 120 Prozent. Dann drehte er den Regler zurück. „Was ist los? Warum soll ich aufhören?"

„Du drehst falsch rum."

„Ich verstehe nicht."

„Hast du gesehen, wohin sich die Stange biegt? Sie biegt sich zur falschen Seite. Die Schraube hat ein Linksgewinde. Du ziehst die Schraube fest."

„Scheiße!“, stöhnte Olaf. „Wie konnte das bloß passieren?“ Olaf konnte es nicht fassen. „So ein blöder, primitiver Fehler.“

„Die Macht der Gewohnheit. Bei uns werden alle Schrauben linksherum lose gedreht. Mit den Jahren geht das in Fleisch und Blut über.“

„Du hast Recht. Ich kann kaum glauben, was ich fast angerichtet hätte.“

Bullrider war auffallend still. Er hatte es auch nicht gemerkt.

Anne spürte, wie fertig Olaf war. Und alle Welt hatte mitgehört, weil der Funk und die Bilder auf die Erde übertragen wurden.

„Mach dir nichts draus, du bist in guter Gesellschaft. Die Amerikaner haben einmal eine teure Planetensonde verloren, weil ein Techniker Fuß mit Metern verwechselt hat. Niemand hatte etwas bemerkt.“

Anne hoffte, dass Olaf das wieder etwas aufrichten würde und dass auch die Luft aus den Diskussionen auf der Erde herausgenommen wurde.

Bullrider grunzte nur. Er wusste, dass Anne Recht hatte. „Also versuchen wir es nochmals anders herum. Hoffentlich reichen die Batterien. Ich habe keine Lust, zu Fuß nach Hause zu laufen.“

Olaf drehte den Regler zur anderen Seite. Zu seiner großen Erleichterung wechselte die Anzeige auf grün - und das schon bei 80 Prozent. Die Schraube rührte sich.

Von Olaf fiel eine unfassbare Last ab. Jetzt würde sein Name nur noch in Verbindung mit einer witzigen Anekdote in die Geschichte der Raumfahrt eingehen und nicht in Verbindung mit einer Katastrophe.

„Anne, du hast was gut bei mir.“

Anne nahm es nur am Rande wahr, weil sie mit Spannung zur Platte hochsah und auf eine Veränderung wartete. Es tat sich aber nichts. Sie mussten erst die beiden restlichen Schrauben lösen. Mit der neu gewonnenen Erfahrung gelang es ohne weitere Aufregungen.

Nach der letzten Schraube fiel die Platte nach unten. Sie hatten keine Möglichkeit gesehen, das ohne erheblichen Aufwand zu verhindern. Aber bei dem, was die Platte in 50 Millionen Jahren ausgehalten hatte, war dieser Sturz aus vier Metern Höhe bei der reduzierten Schwerkraft nichts, was sie ernsthaft beschädigen konnte. Es wurde auch erstaunlich wenig Staub aufgewirbelt. Es gab keine Luft, die den reichlich vorhandenen Staub mitgerissen hätte. Die Platte fiel geräuschlos herunter und blieb einfach liegen.

Nun sahen sie, was die Platte schützen sollte, denn das war offensichtlich ihr Zweck: Der Schutz von Folien, die fast so groß waren wie die Platte selbst. Bullrider konnte sie mühelos aus ihrer lockeren Befestigung entnehmen und zu Olaf herunter reichen. Drei Stück waren es, aus einem Material ähnlich dem der Schraube, nur dünn und biegsam - und auf der gesamten Fläche eng beschrieben mit unbekannten Zeichen. Auf der letzten Folie erkannte Anne einen Ausschnitt der Mondoberfläche mit einer Markierung in einem tiefen Krater.

Zeit die Folien lange zu bestaunen hatten sie nicht.

„Wir müssen dringend zurück“, drängte Bullrider. „Der Sauerstoff wird knapp und die Batterien des Rovers haben auch sehr gelitten.“

Sie rollten die Folien zusammen und verstauten sie dort, wo vorher die Teile der Leiter gesteckt hatten. Die Platte mussten sie zurücklassen. Sie war zu sperrig für das Mondmodul und zerteilen konnte man sie nicht. Auch ihre anderen Gerätschaften ließen sie liegen, obwohl sie einmal sehr viel Geld gekostet hatten. Daran dachte niemand der Drei. Es war belanglos. Der eigentliche Schatz war sicher am Rover befestigt.

Anne bemerkte, dass Bullrider auffallend langsam fuhr.

„Was ist los? Warum fahren sie nicht schneller?“

„Die Spannung in den Batterien lässt nach. Wenn ich jetzt schnell fahre, halten sie nicht durch.“

Anne warf einen Blick auf die Anzeige ihrer Anzugfunktionen. „Wenn wir so langsam fahren, halten WIR nicht mehr durch. Meine Atemluft geht jedenfalls zur Neige. Ich bin schon auf Reserve.“

„Ich kann Sie beruhigen, ich auch."

„Aber ..."

„Ich tue, was ich kann", schnitt Bullrider Anne das Wort ab. „Und wenn Sie auch etwas tun wollen, dann halten Sie den Mund. Jedes Wort verbraucht Ihre Luft noch schneller."

Anne verkniff sich eine Bemerkung. Die Situation war tatsächlich ernst. Jetzt hieß es: Nicht aufregen und flach atmen. Wenn es nur eine einzige Verzögerung gäbe ...

Bullrider machte seine Sache gut. Er holte das Maximale aus der Batterie heraus und schaffte es den Rover bis zur Station zu bringen. Ein Handgriff schloss ihn an die zentrale Energieversorgung an und dann ging es so schnell wie möglich zur Schleuse. Wie gut es tat, tief Luft holen zu können!

„Schade, dass die Folien draußen bleiben müssen", stellte Anne bedauernd fest. Sie waren zu groß für das Wohnmodul.

„Und fotografiert haben wir sie auch noch nicht."

„Das machen wir morgen als Erstes. Dann kommen sie in unseren Laderaum und es geht ab nach Hause. Bis dahin wird sie schon keiner stehlen." Bullrider lachte über seinen eigenen Witz. Er ahnte nicht, dass es diese Gefahr tatsächlich gab - und nicht nur diese.

„Wir haben keine Funkverbindung zur Erde", informierte Fang Si, als Anne, Olaf und Bullrider aus der Schleuse ins Wohnmodul kamen.

„Warum nicht?"

„Es sind starke Sonnenwinde angekündigt. Deshalb haben sie auf der Erde zur Sicherheit die Satelliten abgeschaltet."

„Wann war das?"

„Als ihr die Platte abgemacht habt."

„Dann wissen die da unten noch gar nicht, was wir gefunden haben?"

„Nein."

„Na gut. Dann müssen sie eben ein bisschen warten. Sie werden bestimmt platzen vor Neugier." Olaf machte sich keine weiteren Sorgen. Schwankungen im Sonnenwind waren normal. Es gab sogar eine Vorhersage von Weltraumwetter, um gefährdete Satelliten rechtzeitig abschalten zu können. Die Wissenschaftler auf der ISS suchten dann Schutzräume auf. Das Wohnmodul bot Olaf und anderen einen ähnlichen Schutz. Wenn die Partikelströme vorbei waren, wurden die Satelliten wieder hochgefahren. Bis dahin war man eben von der Erde abgeschnitten.

Nicht weiter tragisch, - dachte Olaf.

64. Verrat

Am nächsten Morgen drängte Anne nach draußen. Auch die anderen waren neugierig und so fiel das Frühstück entsprechend kurz aus. Kaum waren sie aus der Schleuse, meldete sich Fang Si zu Wort.

„Ich habe gestern, als ihr die Folien geborgen habt, eine Entdeckung gemacht. Dort könnte noch etwas Interessantes zu finden sein."

„Was ist es?", wollte Olaf wissen.

„Kann ich nicht genau sagen. Es ist ein Radarecho ähnlich dem der Platte und der Folien."

„Warum hast du das nicht früher gesagt? Dann hätten wir es uns gemeinsam ansehen können."

„Ich war auch neugierig auf die Folien und wollte sie schnell sehen. Außerdem dachte ich, dass wir sowieso hinfahren werden."

„Es bleibt uns kaum etwas anderes übrig", meinte Olaf. „Da wir schon hier sind, werden wir uns nicht mit halben Sachen zufriedengeben, wenn es noch mehr zu entdecken gibt. Starten können wir sowieso nicht vor übermorgen, weil erst dann die Möglichkeit zum Rendezvous mit dem Servicemodul zur Rückkehr geplant ist. Wir haben also genügend Zeit."

Es gab keinen Widerspruch. Etwas Sinnvolleres gab es nicht zu tun. Bullrider blieb freiwillig bei der Station.

„Ich mache Fotos von den Folien und verpacke sie für den Rückflug. Damit habe ich genug zu tun."

Fang Si übernahm die Steuerung des Rovers. Dieses Mal ging es in die entgegengesetzte Richtung. Anne genoss die Gelegenheit, noch mehr von der Mondoberfläche zu sehen. Sie konnte nicht genug davon bekommen, denn so eine Chance würde es nie wieder für sie geben. Auch Olaf betrachtete fasziniert die vorbeiziehende Landschaft, wobei in ihm eine größere Spannung herrschte, was der neue Fund sein könnte. Unmöglich war es nicht. Wer damals die Platte montiert hatte, hinterlies bei dieser Gelegenheit vielleicht noch anderes.

Endlich hielt Fang Si an. „Dort, hinter der Wand muss es sein.“

Sie stiegen ab, denn für den Rover war es wieder zu eng. Olaf ging voran, gefolgt von Anne und Fang Si.

„Könnt ihr schon etwas erkennen?“, fragte Fang.

„Nein, noch nicht.“

Anne schloss zu Olaf auf.

„Dann müsst ihr wohl alleine weitersuchen“, sagte Fang

Anne hörte ein Knacksen an ihrem Rucksack. Dann spürte sie einen Stoß und stolperte nach vorne. Aus den Augenwinkeln sah sie, dass es Olaf genauso ging. In ihrem Anzug war sie zu unbeholfen, um sich mit einem schnellen Schritt abzufangen.

Dank der geringen Schwerkraft war der Sturz nicht sehr heftig. Anzug und Visier nahmen keinen Schaden.

Anne rief nach Olaf. Keine Antwort. Sie rief nochmals. Außer Rauschen nichts. Mühsam drehte Anne sich nach Olaf um. Da lag er - und er bewegte sich! Anne war erleichtert. Nun sah Olaf sie an. Besser gesagt, sein goldverspiegeltes Visier sah in ihre Richtung.

Unbeholfen standen Anne und Olaf auf. Da, wo sie den Rover abgestellt hatten, herrschte gähnende Leere. Man sah den Spuren im Mondstaub. Fang hatte zurückgesetzt und war anschließend davongefahren.

„Scheiße!“, entfuhr es Anne, aber niemand konnte es hören.

Sie sah, dass an Olafs Rucksack die kleine Funkantenne abgebrochen war. Es war unschwer zu vermuten, dass ihre Antenne ebenfalls fehlte.

Das ist das Knacksen gewesen. Fang hat unsere Antennen abgebrochen.

Nun standen sie hier in einer Gegend, wie sie einsamer nicht sein konnte. Die Anzeige für den Sauerstoff stand auf dreieinhalb Stunden. Für einen Rückmarsch reichte es nicht.

Ist das die Zeit, die wir noch zu leben haben?

Anne wollte es nicht glauben.

Sie sagte etwas zu Olaf, bis ihr wieder einfiel, dass selbst eine Kommunikation mit dem einzigen Menschen in ihrer Nähe nicht möglich war. Einsamer ging es wirklich nicht. Sie lehnte sich an einen Felsen und dachte nach. Olaf ging langsam herum und sah sich die Spuren des Rovers an.

Miteinander reden unmöglich?, dachte Anne. *Vielleicht gibt es doch einen Weg.*

Anne winkte Olaf herzukommen. Als er dicht vor ihr stehen blieb, ging sie einen weiteren Schritt auf ihn zu, soweit, bis sich ihre Visiere berührten.

„Hallo Olaf", sagte sie. „Kannst du mich hören?"

„Ja", kam es zurück. Etwas schwach aber immerhin.

Bei direkter Berührung wurden die Schallwellen ihrer Stimme auf ihr Visier und dadurch auf das von Olaf übertragen.

„Eine ganz schöne Scheiße, in der wir stecken."

„Das kannst du wohl sagen."

„Hast du eine Idee, was wir tun sollen?"

„Absolut keine. Auf dem Weg zurückzulaufen, auf dem wir hergekommen sind, ist unmöglich. Der Weg ist zu weit. Und Bullrider anrufen, dass er uns entgegenkommt, geht nicht."

„Meinst du, Bullrider wird uns suchen?"

„Kaum. Warum sollte er? Er ahnt nichts. Und wer weiß, was für eine Geschichte ihm Fang Si erzählt."

„Wenn sie ihm überhaupt etwas erzählt. Wenn sie uns ausgeschaltet hat, wird sie auch ihn ausschalten wollen. Er ist viel gefährlicher als wir - was auch immer sie vorhat."

„Ich kann mir nur vorstellen, dass sie alleine starten will. Mit den Folien."

„Geht das denn?"

„Es ist nicht einfach, aber auch nicht unmöglich. Auf dem Hinweg braucht man einen Piloten, weil man nicht weiß, wo man landet. Auf dem Rückweg gibt es im Prinzip keine Unbekannten. Dann kann man zur Not per Computersteuerung fliegen. Vielleicht bekommt sie Hilfe von der Erde. Die wissen ja nicht, was hier abgegangen ist."

„Das heißt, wenn Bullrider nicht aufpasst und Fang es bis in die Schleuse schafft, macht sie die Tür zu und das war's."

„Genau so. Und wir können Bullrider nicht warnen."

„Jetzt wünsche ich mir zum ersten Mal, dass er misstrauisch ist."

„Selbst wenn, Fang Si ist nicht dumm. Das nützt uns alles nichts. Wir haben keine Chance."

So schnell gab Anne nicht aufgeben. „Solange wir Sauerstoff für einen Atemzug haben, sind wir nicht verloren. Wir sind intelligent. Los, denk nach!"

„Zuerst sollten wir feststellen, wo wir überhaupt sind."

„Das haben wir gleich." Anne schaltete ihr Navigationsgerät ein und lud die Übersichtskarte. „Das gibt es doch nicht. In unserer Richtung ist nichts drauf."

Olaf kontrollierte an seinem Gerät. „Das Miststück hat an alles gedacht. Bei mir fehlt der Abschnitt auch. Sie muss schon von Anfang an, als sie die Fotos überspielt hat, diesen Teil weggelassen haben. Anders geht es nicht."

„Das bedeutet, dass sie schon vor der Landung wusste, wie sie uns loswerden wollte. Und wir haben es nicht gemerkt, weil wir uns nur auf den Bereich zwischen dem Landepunkt und der Platte konzentriert haben."

„So etwas hätte ich ihr niemals zugetraut."

„Ich auch nicht. Wir waren tatsächlich zu naiv und jetzt haben wir den Salat. Wir sind nicht nur zu weit weg. Wir wissen auch nicht, wo wir überhaupt sind."

Olaf starrte auf den schwarzen Bereich seiner Übersichtskarte. „Perfekt geplant. So haben wir noch weniger als gar keine Chance." Olaf lehnte sich neben Anne an den Felsen. Es sah resigniert aus.

Anne presste ihr Visier wieder gegen seins. „Fast perfekt geplant. Eins hat Fang Si übersehen."

„Und das wäre?"

„Mich. Ich habe Tage und Wochen jedes einzelne Pixel der Mondoberfläche untersucht. Ich kenne hier jeden größeren Felsen. Zwar nur grob, aber es wird reichen."

„Das ändert nichts daran, dass wir zu weit weg sind."

„Eins nach dem anderen. Du gehst jetzt auf diesen Hügel und siehst dich um. Ich brauche etwas Ruhe."

„Na denn." Olaf stapfte davon. Herumlaufen war immer noch besser, als tatenlos auf den letzten Atemzug zu warten. Hier würde niemand zufällig vorbeikommen, um sie aufzugabeln.

Als Olaf zurückkam, staunte er, Anne vor einem ganzen Feld voll mit Formeln zu sehen. Auf einer Fläche wie ein großes Wohnzimmer hatte Anne den Mondboden voll geschrieben.

„Was ist das denn? Willst du hier dein Testament in Formeln hinterlassen?"

„Quatsch. Ich berechne unseren Heimweg."

„Du machst was?"

„Ich berechne unseren Heimweg, habe ich doch gesagt. Du vergisst mein Spezialgebiet und Fang Si hat auch nicht daran gedacht: Positionsbestimmungen auf planetaren Oberflächen. Sieh mal hier!"

Anne zeigte auf eine abgegrenzte Fläche. „Wo ich den oberen Stein hingelegt habe, ist unsere Mondstation und bei dem unteren Stein sind wir jetzt. Was hast du von dem Hügel aus gesehen?"

„Wilde Gegend. Hügel, Klippen, Gräben. Keine Gegend, um Urlaub zu machen."

„Okay, das ist dieses Areal hier." Anne zeigte auf die zackigen Linien, die sie zwischen die beiden Steine gemalt hatte.

„Und gefahren sind wir so." Mit dem Finger ihres Handschuhs ritzte Anne eine u-förmige Linie von einem Stein zum nächsten.

„Fang Si ist gefahren wie ein großes „U". Das hat sich zufällig so ergeben - zu unserem Glück. Wir werden nämlich hier durchgehen. Das ist viel kürzer."

Energisch fuhr Anne mit ihrem Finger von dem unteren Stein auf direktem Weg zu dem oberen und durchkreuzte dabei die gezackten Linien."

„Und du glaubst echt, dass wir da durchkommen?" Olaf hatte die Gegend gesehen und hegte erhebliche Zweifel.

„Hast du einen besseren Vorschlag? Ich will hier nicht warten, bis mir die Luft ausgeht."

„Ich auch nicht. Aber selbst wenn wir es schaffen sollten, sitzt Fang schon lange in der Station und hat die Tür zugemacht."

„Wer hat gesagt, das Wort „unmöglich“ sollten wir aus unserem Wortschatz streichen?“

„Ich erinnere mich schwach daran. Das muss in einem anderen Leben gewesen sein.“

„Also. Beweg dich!“

65. Mondisch denken

Anne stapfte davon. Da eine Verständigung ohne direkten Kontakt der Visiere nicht möglich war, war die Diskussion damit beendet. Olaf stapfte hinterher. Das Feld mit den Formeln ließen sie achtlos zurück. Wenn nicht ein Meteorit einschlagen würde, würden vielleicht in tausend Jahren Mondfahrer über das Formelfeld rätseln. Sollten sie.

Für Anne und Olaf zählte jeder Meter, den sie vorankamen. Sie hatten nur sehr begrenzte Zeit und niemand wusste, was sie auf dem Weg erwarten würde.

Sie kamen durch eine gespenstische Landschaft. Die Felsformationen warfen lange Schatten. Wegen der fehlenden Atmosphäre gab es keine Zwischentöne. Entweder war etwas von der Sonne hell erleuchtet oder es herrschte finsterste Schwärze. Trotz der Behinderungen durch den unförmigen Raumanzug mit dem klobigen Versorgungstornister auf dem Rücken kamen sie gut voran. Der Blick auf die Anzeige der Sauerstoff-Vorräte trieb sie an. Ohne Gnade und ohne Pause bewegte sich der Zeiger aus dem grünen Bereich in den wesentlich schmaleren, gelben Bereich hinein. Olaf machte Anne ein Zeichen anzuhalten. Sie stellten die Verbindung ihrer Visiere her.

Olaf tippte auf seine Sauerstoffanzeige.

„Das sieht bei mir nicht besser aus“, erwiderte Anne. „Aber was mir wirklich Sorgen macht, ist, dass wir zu hoch kommen.“

Den ganzen Weg hatten sie zwar nur eine geringe, aber doch vorhandene Steigung gehabt. Und wenn es ein Stück abwärts ging, war der Anstieg jedes Mal einige Schritte länger.

„Wir haben keine andere Wahl. Wenn das die richtige Richtung ist, müssen wir weiter.“

Jetzt ging Olaf voran. Eine Viertelstunde später blieb er abrupt stehen und winkte Anne, dass sie herankommen sollte. Die Sauerstoffanzeige war schon in der Mitte des gelben Bereichs.

„Da hinten, hinter diesem Wall müsste die Station stehen. Wir sind richtig!“, jubelte Olaf.

„Woher weißt du das so genau?“

„Als ihr das erste Mal unterwegs wart und ich bei der Station geblieben bin, habe ich die Umgebung erkundet. Da oben habe ich gestanden.“

Olaf zeigte auf eine heraufragende Felsenklippe. Plötzlich war er still. Sein Arm sank herunter.

„Was ist?“, fragte Anne beunruhigt.

„Scheiße, Scheiße, Scheiße!“

„Nun rede endlich!“

„Wenn wir aus der Richtung kommen, in die ich damals gesehen habe, wirst du nicht begeistert sein. - Komm mit!“

Anne musste ihm zwangsläufig folgen, wenn sie etwas erfahren wollte. Und dann sah sie es. Wenige Meter vor ihr befand sich die Abbruchkante eines Grabens. Einhundert, zweihundert oder noch mehr Meter ging es senkrecht in die Tiefe. Genaueres konnte man wegen der Lichtverhältnisse nicht sagen. Unten war es einfach nur tiefschwarz, ohne irgendwelche Abstufungen. Es hätte auch hundert Kilometer abwärts gehen können.

Auf der anderen Seite setzte sich die ebene Mondoberfläche fort, vielleicht fünfzehn Meter tiefer als auf ihrer Seite. Nach rechts und links reichte der Graben, soweit sie sehen konnten. Wie ein höhnisches Grinsen lag er vor ihnen und schien ihnen zuzurufen: „Ihr habt verloren! Nur zehn Meter bis zur anderen Seite, aber ihr habt verloren!“

Anne sah abwechseln in das finstere Loch und auf die Sauerstoffanzeige. Sie setzte sich an der Kante auf einen niedrigen Felsen. Olaf setzte sich neben sie und lehnte seinen Kopf an ihren. Gemeinsam sahen sie zur anderen, rettenden Seite hinüber.

„Und jetzt?“, fragte er. „Klettern können wir nicht. Selbst ohne Anzüge wäre es nicht zu schaffen. Und um den Graben zu umgehen, reicht unsere Luft nicht.“

Anne schwieg, bis Olaf es nicht mehr aushielt. Die Verspiegelung der Visiere war zwar zum Schutz vor dem gleißenden Sonnenlicht nötig, aber man konnte von außen das Gesicht des anderen nicht sehen. Keine Mimik. Nichts. Olaf wusste nicht, ob Anne weinte, trübe in die Gegend stierte oder was auch immer.

„Sag endlich was!“, forderte Olaf.

„Ich denke nach.“

„Gibst du nie auf? Auch der beste Kämpfer kommt einmal an den Punkt, an dem er verloren hat.“

„Solange wir einen einzigen Liter Luft zum Atmen haben, haben wir noch nicht verloren.“

„Dein Optimismus in Ehren, aber manchmal frage ich mich, ob das vielleicht bloß Sturheit ist. Du verschließt die Augen vor der Realität. Der verdammte Graben bricht uns das Genick. Wir werden vertrocknen auf dieser öden, fremden Welt.“

„Sag das noch mal.“

„Was? Wir werden vertrocknen in dieser öden, fremden Welt? Was ist daran so Besonderes?“

„Das ist es. Du hast die Lösung!“

Olafs letzte Worte elektrisierten Anne. Vor Aufregung hatten ihre Helme den Kontakt verloren. Mit einem heftigen Klacken stießen ihre Visiere wieder zusammen, weil sich beide gleichzeitig aufeinander zu bewegten. Glücklicherweise waren die Visiere sehr stabil.

„Was ist es? Was habe ich gesagt?“

„Du hast gesagt: fremde Welt.“

„Ja und?“

„Fremde Welt - andere Gesetze. Wir sind mit irdischem Denken an das Problem gegangen. Damit ist es unlösbar. Aber wir sind auf dem Mond. Wir müssen „mondisch“ denken, wenn du es so ausdrücken willst.“

„Mondisch? Hört sich blöd an. Und wie ist dieses Denken?“

„Ganz einfach: der fremden Welt angepasst. Auf der Erde schaffst du es niemals über einen zehn Meter breiten Graben, und wenn - bei fünfzehn Metern Höhenunterschied brichst du dir alle Knochen.“

„Dieses Denken ist mir bekannt.“

„Aber wir haben auf dem Mond nur ein Sechstel der irdischen Schwerkraft.“

Jetzt begann Olaf zu verstehen. „Du meinst, die fünfzehn Meter auf dem Mond entsprechen nach irdischem Maßstab nur zweieinhalb Meter?“

„Exakt. - Na ja, da ist zwar noch der Raumanzug mit seinem zusätzlichen Gewicht, aber was wäre das Leben ohne Herausforderungen?“

„Ich glaub, ich spinne. Du willst tatsächlich da rüberspringen?“ Olaf verdrehte die Augen, was Anne aber nicht sehen konnte. „Und wenn es nicht klappt?“

„Auch ganz einfach: Dann sind wir eine halbe Stunde früher tot. Das ist der einzige Unterschied.“

„Toll.“

„Warte einen Moment. Ein bisschen Optimierung kann nicht schaden.“

Olaf hätte auch ohne diese Aufforderung gewartet. Mit Annes Tempo kam er zurzeit nicht mit. Die kritzelte schon wieder Zahlen in den Staub.

Noch eine Gedenkstätte für zukünftige Mondfahrer, dachte Olaf.

Anne winkte ihn heran und Olaf stellte den Visierkontakt her.

„Was hast du jetzt ausgerechnet?“

„Es ist schon ein bisschen knapp. Da habe ich gedacht, ich berechne die optimale Flugbahn. Die geringere Schwerkraft verändert auch den bestmöglichen Absprungwinkel.“

Mit schnellen Bewegungen zeichnete Anne den Graben in Profilansicht und eine weitere Linie. „So musst du springen. Dann kommst du bei diesem Höhenunterschied am weitesten.“

„Und welche Startgeschwindigkeit sollte ich erreichen?“, fragte Olaf sarkastisch.

„So schnell du kannst. Also streng dich an. Du hast nur einen Versuch.“

„Danke, dass du mich daran erinnerst. Das hätte ich glatt vergessen.“

„Los! Wir haben noch fünfundzwanzig Minuten.“ Anne ging zurück, um Anlauf zu nehmen.

„Oder nur noch eine“, murmelte Olaf in seinen Helm.

Anne lief los. Der Anzug behinderte mehr als gedacht. Dabei war er wesentlich besser als die Anzüge der ersten Mondfahrer. Die Kante kam näher. Jetzt überschritt sie den Point-of-no-return. Für Bremsen war es zu spät. Was der Anzug an Kraft verzehrte, machte Anne durch ihren eisernen Willen zu überleben wett.

Olaf traute seinen Augen nicht. Wie in Zeitlupe segelte Anne über den Abgrund. Wo auf der Erde ein rasender Sturz in die Tiefe begonnen hätte, gab es hier eine sanft abfallende Flugbahn. Anne rotierte bei unterwegs einmal um ihre eigene Achse, weil sie sich mit rechts stärker abgestoßen hatte, aber das war nicht weiter schlimm. Knapp, aber doch auf der anderen Seite, kam sie an.

Anne rührte sich nicht. Sie lag nur so da. Olaf hielt die Luft an. Eine Minute lang. Dann sah er eine Bewegung. Anne hob den Arm und winkte ihm.

Und das soll ich jetzt nachmachen?

Mit flauem Gefühl im Magen ging auch er die Schritte zurück.

Mondisch denken! So etwas verrücktes habe ich noch nie gehört. Und das kann ich noch nichtmals jemandem erzählen. Der steckt mich in die Klapsmühle.

Olaf zögerte, aber ein Blick auf die Sauerstoffanzeige belehrte ihn, dass seine Minuten sowieso nur noch knapp bemessen waren. Wenn Anne durch ihren eisernen Willen angetrieben worden war, war es bei Olaf der Mut der Verzweiflung, mit dem er sich an der Kante abstieß.

Er drehte sich nicht, sondern musste dem Abgrund ins Auge sehen. Instinktiv ruderte er mit den Armen, um noch einen Meter hinauszuschinden - was natürlich vollkommen sinnlos war.

Sein irdisches Denken sah ihn schon in den Abgrund stürzen, aber die mondische Realität beförderte auch ihn auf die sichere Seite. Ein blitzartiger Schmerz zuckte in seinem linken Knöchel. Es tat höllisch weh. Trotzdem war Olaf erleichtert. Schmerz im Knöchel bedeutete, dass er auf dem Boden aufgekommen war und nicht mit dem Visier gegen die Wand geknallt. Er wollte sich zum Aufrichten abstützen, aber seine Hand griff ins Leere. Er drehte den Kopf.

Himmel!, durchfuhr es ihn. *Da geht es abwärts.*

So nahe war er an der Kante aufgeschlagen. Panik wallte in Olaf auf. Ganz langsam rollte er sich auf die andere Seite.

Bloß nicht mehr in diese Tiefe sehen.

Anne robbte zu Olaf.

„Du liebst es aber spannend."

„Mondisch", murmelte Olaf. „Mir ist kotzübel."

„Beschwer dich nicht. Wir haben es geschafft und bald sind wir da."

Anne richtete sich auf und machte sich auf den Weg. Olaf wollte es ihr nachtun, aber da war wieder der Blitz im Knöchel. Olaf schrie auf. Da kein direkter Kontakt zu Anne bestand, bekam sie nichts davon mit. Das war ihm auch lieber so, denn er wollte keine Belastung sein. Humpelnd machte Olaf sich daran, Anne zu folgen. Die geringe Schwerkraft half dabei. Nur noch diese kleine Steigung hinauf und dann mussten sie über der Mondfähre sein. Den Abstieg würde er auch schon irgendwie schaffen.

Anne hatte bald einen Vorsprung und konnte schon wieder auf der anderen Seite hinuntersehen. Aufgeregt winkte sie ihm. Olaf humpelte so schnell er konnte. Wie gut, dass Anne nicht hörte, wie er vor Schmerz stöhnte. Endlich neben ihr angekommen, ließ er sich in den Staub sinken.

Erst jetzt nahm er die Szene wahr, die Anne so aufregte. Ein Stück unter ihnen war die Mondstation zu sehen. Aber das war nicht das Besondere. Zwanzig Meter vor der Station parkte der Rover. Und um den Rover bewegten sich zwei Gestalten in Raumanzügen, eine große und eine kleine. Die Staubwolke, die im Umkreis von vielleicht dreißig Metern wie ein Nebel im Raum hing, ließ erkennen, dass sich hier schon seit geraumer Zeit Vieles abgespielt hatte.

Fang Si hatte es nicht geschafft, Bullrider zu überrumpeln. Aber ihm war es auch nicht gelungen, vor Fang Si in die Station zu gelangen. So hatte sich eine Patt-Situation ergeben.

In Fangs Handschuh blitzte etwas. Ein kleines Messer. Es fiel erst auf, als sich das Sonnenlicht darin spiegelte. Die Vorstellung war merkwürdig, dass diese kleine Person dem Hünen mit dieser unscheinbaren Waffe gefährlich werden konnte. Olaf machte eine entsprechende Bemerkung zu Anne.

„Denk mondisch", erinnerte Anne Olaf. „Ein einziger, winziger Ritz in seinem Anzug und Bullrider ist tot."

Das schien Bullrider bewusst zu sein. Nur aus diesem Grund war verständlich, dass er keinen Angriff wagte.

„Fang scheint nicht sonderlich aktiv zu sein", stellte Olaf fest.

„Sie spielt auf Zeit. Es ist nur ein scheinbares Patt. Wir sind alle gleichzeitig aus der Station gekommen mit der gleichen Menge an Sauerstoff. Fang rechnet damit, dass Bullrider aufgrund seiner Größe einen höheren Verbrauch hat. Sie muss ihn nur lange genug beschäftigen, dann fällt er von alleine um. Bullrider muss in die Station, wenn er überleben will."

Als ob er es gehört hätte, wurde Bullrider aktiv. Er schleuderte Steine in Fangs Richtung. Das konnte genauso gefährlich sein wie ein Messer.

Selbst im Raumanzug hatten Fangs Bewegungen etwas katzenhaftes. Geschickt wich sie den Geschossen aus, aber sie war für einige Sekunden beschäftigt. Es war nicht leicht, bei der geringen Schwerkraft das Gleichgewicht zu behalten. Diesen Moment nutzte Bullrider aus. Er machte einen gewaltigen Satz. Aus dem Stand brachte er es auf sechs Meter, ein Drittel der Distanz zur Station. Der nächste Satz folgte sofort. Aber auch Fang war bereits im Flug. Wie ein Raubtier im Sprung hechtete sie. Es schien, als wollte sie gar nicht landen. Länger und länger war der Flug. Acht Meter. Sie berührte kaum die Erde und hob bereits wieder ab. Bullrider hatte keine Gelegenheit, den umständlichen Öffnungsmechanismus in Gang zu setzen. Er wirbelte herum und versetzte Fang einen mächtigen Hieb, während sie noch in der Luft war. Sie flog seitlich davon, drehte sich um ihre Achse, landete wieder auf ihren Füßen und setzte sofort zu einem neuen Sprung an. So würde Bullrider niemals die Zeit für einen Einstieg finden. Irgendwann würde Fang ihn mit dem Messer treffen, wenn ihm nicht vorher die Luft ausging. Es musste bald so weit sein.

Anne sah, dass Bullrider alleine keine Chance hatte. Kurz entschlossen sprang sie auf und lief auf eine Klippe zu, die der Station am nächsten war. Olaf rief ihr zu, dass es zu hoch sei, aber der Schrei blieb in seinem Helm stecken. Der erste Schritt, den er zur Verfolgung machte, brachte ihm seinen verletzten Knöchel äußerst schmerzhaft ins Bewusstsein. Hilflos sah Olaf zu, wie Anne sich kräftig abstieß. Es hatte bei weitem nicht das katzenhafte von Fang, aber ihr Salto, den sie unfreiwillig machte, hätte jeden irdischen Punktrichter mächtig beeindruckt. Selbst in der geringen Schwerkraft gewann Anne beträchtliche Geschwindigkeit nach unten. Ihr Schwung trug sie nahe an die beiden Kämpfer heran.

Anne landete hinter Bullriders Rücken, sodass er sie nicht sehen konnte, aber Fang sah sie. Die Überraschung, Anne lebendig und hier bei der Mondstation zusehen, ließ Fang einen Moment in ihrem nächsten Angriff zögern. Diesen Sekundenbruchteil nutzte Bullrider und verpasste ihr einen kräftigen Tritt. Fang hob ab, wie eine Kanonenkugel. Bullrider setzte sofort hinterher. Die Rufe von Anne, dass es unnötig sei, kamen nicht an.

Dieses Mal war Bullrider mit seinem zweiten Sprung bei Fang, ehe sie sich aufrappeln konnte. Sie musste einen weiteren Tritt einstecken und segelte wieder davon. Auf diese Weise trieb Bullrider sie auf einen nahen Abhang zu.

Fang erkannte die Gefahr und wollte sich zur Seite rollen, aber der Tornister hinderte sie an einer flüssigen Bewegung. Schon flog Bullrider heran. Ihr gelang es nur noch, ihm den Arm mit dem Messer entgegenzustrecken. Bullrider konnte weder bremsen noch ausweichen und landete auf ihr.

Fang wand sich unter ihm hervor, stand auf und wollte erneut zustechen. Da streckte Bullrider noch einmal sein Bein aus und traf sie am Knie. Fang verlor das Gleichgewicht, torkelte zwei Schritte rückwärts und geriet auf das abfallende Terrain. Sie kam ins Rutschen. Es gab nichts zum Festhalten, bis sie über die Kante stürzte.

Anne kam bei Bullrider an. Sie presste ihr Visier gegen seins. „Kommen Sie! Ich helfe Ihnen."

„Zu spät. Mein Anzug."

Jetzt sah Anne das Messer seitlich im Anzug stecken. Es hatte ihn auf einer Länge von zehn Zentimetern aufgeschlitzt. Anne konnte förmlich spüren, wie die Luft aus dem Anzug entwich.

„Wir schaffen es noch", sagte Anne trotzdem, zog das Messer aus dem Anzug und presste ihren Handschuh auf den Ritz.

Bullrider winkte ab. "Bringen Sie sich in Sicherheit. Und vor allem: Bringen Sie den Fund heil auf die Erde." Seine Stimme klang schwach. Sein Sauerstoff war verbraucht und der Raumanzug verlor trotz Annes Hand weiter Spannung.

„Sie haben uns das Leben gerettet", sagte Anne. "Da lasse ich Sie nicht einfach hier liegen."

Sie packte Bullriders Anzug um den Schlitz herum und wickelte ihn ein bisschen auf. Es ging wegen des dicken Materials nicht viel, aber so konnte sie besser zugreifen und andererseits wich die Luft nicht so schnell heraus. Dann zog sie an Bullrider. Er tat einen Ruck von etwa einem halben Meter. Lange nicht so weit, wie Anne gehofft hatte.

Viel zu groß und zu schwer für einen Astronauten, dachte Anne, während sie wieder einen halben Meter schaffte.

Aber was ist hier schon normal auf dieser Mission?

Wieder ein halber Meter.

Bullrider winkte schwach, sie solle gehen.

Und du stirbst mir hier nicht!

Bullriders Hand sackte herunter. Beim nächsten Ruck schleifte sie nur noch hinter ihm her.

Der Warnton ihres Anzugs piepte penetrant und laut. Anne sah sich um. Der Eingang der Schleuse stand offen. Olaf musste ihn für sie aufgelassen haben..

Wieder ein halber Meter.

Der Warnton klang jetzt schrill. Sie hatte noch Sauerstoff für eine letzte Minute.

Anne hielt die Luft an, was aber nichts nützte. Es war nur noch so wenig Sauerstoff in der Luft, dass ihr Körper sie zwang, wieder aus- und einzuatmen. Es war ein Reflex, gegen den man sich nicht wehren konnte.

Anne zog.

Weniger als ein halber Meter.

Ihre Muskeln verweigerten die volle Leistung. Die Luft in ihrem Helm hatte einen schalen, schweren Geschmack und floss wie Brei in ihre Lunge. Es war zu wenig Sauerstoff vorhanden, um die Muskeln ausreichend zu versorgen.

Anne zog totzdem.

Zehn Zentimeter.

Fast waren sie am Ziel. Anne konnte schon in das Innere der Schleuse sehen.

Einmal noch kräftig Luft holen, dann …

Aber. Da. War. Nichts. Mehr.

Den Aufprall ihres Visiers auf der staubigen Mondoberfläche nahm Anne nur wie durch Watte wahr. Das helle Sonnenlicht verlosch. Es wurde finster vor ihren Augen.

66. Zurück

Alles war so merkwürdig leicht. Annes Hand wanderte über ihr Gesicht. Sie konnte ihre Haut spüren. Kein Helm. Kein Visier.

Wo bin ich? Was ist passiert? Habe ich geträumt?

Als Anne die Augen öffnete, sah sie direkt über sich die Decke der Schlafkoje. Vorsichtig atmete sie ein. Wie köstlich die Luft war, die durch ihre Nase strömte.

Olaf bekam mit, wie Anne sich bewegte. Vorsichtig strich er ihr eine Strähne aus dem Gesicht. „Du magst es aber auch spannend. Meine Güte, das war knapp."

„Was ist passiert?" Anne konnte sich noch nicht wieder an alles erinnern.

„Du bist kurz vor der Schleuse zusammengebrochen. Das war vielleicht eine Arbeit, dich hier hereinzubekommen."

In Wahrheit hatte Olaf gebrüllt wie ein angestochener Ochse, so weh hatte sein Knöchel getan, als er Anne in die Schleuse zerrte. Aber das sollte sie nie erfahren.

„Du hast mir das Leben gerettet", flüsterte Anne.

„Man tut, was man kann. Ich kann doch nicht zulassen, dass nur du mir dauernd das Leben rettest."

„Was ist mit Bullrider?"

Olaf zeigte zur Seite. "Er liegt nebenan. Du ahnst nicht, wie schwierig es war, ihn in die enge Schleuse zu bekommen. Später habe ich ihn aus dem Raumanzug herausgeschnitten, weil es anders nicht ging."

"Wir er durchkommen?"

Olaf nickte. "Es ist ein kleines Wunder. Die Verletzung durch das Messer ist nicht schwer, aber der Sauerstoffmangel … Er braucht viel Schlaf, damit sich sein Gehirn erholen kann."

„Und Fang Si?"

„Keine Ahnung. Ich konnte nicht hinuntersteigen. Sie kann nicht überlebt haben."

„Sie hat alles von langer Hand geplant."

„Das kann man wohl sagen. Wenn du dich erholt hast, zeige ich dir was."

Lange brauchte Anne nicht. Mit jedem Atemzug wich ein Teil ihrer Benommenheit. Eine Viertelstunde später saß sie mit Olaf vor den Kontrollen.

„Sieh mal hier! Das habe ich unter Fangs Sachen gefunden." Olaf zeigte auf eine unscheinbare SD-Karte und schob sie in den passenden Schlitz am Rechner. Der Explorer zeigte hunderte von Bildern im Verzeichnis der Karte. Olaf klickte die ersten an, Bilder der ISS. Jeder Winkel. In höchster Auflösung.

„Sie hat tatsächlich spioniert, genau wie Bullrider es gesagt hat."

„Erstaunlich. Und das, wo er sie nicht aus den Augen gelassen hat."

„Sie war ein echter Profi. Klein, unscheinbar - und doch ein Elite-Agent."

„Dann geht die Funkunterbrechung zur Erde sicher auch auf ihr Konto."

Es war weniger eine Frage als mehr eine Feststellung, die Olaf umgehend bestätigte. „Ja. Sie hat unsere Anlage manipuliert. Es war nicht einfach, aber ich habe es schon rückgängig gemacht. Inzwischen sind alle unsere Aufnahmen auf der Erde. Die da unten hatten sich mächtig Sorgen um uns gemacht."

„Bei den Bildern werden sie die Aufregung bald vergessen. Aber werden sie uns glauben, was Fang Si getan hat? Wir haben keine Zeugen."

„Da irrst du dich. Die Außenkameras der Station haben alles aufgezeichnet. Es gibt keinerlei Zweifel."

„Wie lange war ich eigentlich weggetreten?"

„Zwei Stunden."

„Mann, habe ich einen Hunger."

Beim Abendessen besprachen sie das weitere Vorgehen. Einen Tag mussten sie warten bis zum geplanten Starttermin, erst dann war die Konstellation mit dem Servicemodul so, dass sie ankoppeln konnten, um sich von ihm für den Rückweg beschleunigen zu lassen.

"Schaffen wir den Start ohne Bullrider?", fragte Anne.

"Nein", kam es aus Bullriders Richtung. Er war aufgewacht und hatte die letzten Sätze mitgehört. "Ich fliege."

"Aha. Unser Held meldet sich zurück zum Einsatz", sagte Anne und kletterte zu Bullrider hin. Er wirkte blass. Ein Versuch aufzustehen scheiterte trotz der geringen Mondschwerkraft.

Anne drückte ihn sanft zurück. "Liegenbleiben und gesund werden. Das ist ein Befehl", sagte sie scherzhaft.

"Ausnahmsweise gehorche ich Ihnen", sagte Bullrider. "Aber nur ausnahmsweise. Und weil Sie mir das Leben gerettet haben."

"Naja, Sie haben auch unseres gerettet. Und die ganze Mission. Ohne Sie würden wir im Mondstaub vertrocknen."

"So gehört sich das für ein Team." Nach einer kurzen Pause fügte er hinzu: "Ich heiße übrigens Walter."

"Freut mich. Also, Walter, dann mache ich dir jetzt mal was zu essen. Und dann wird wieder geschlafen."

"Aber zum Start weckt ihr mich."

Anne schüttelte den Kopf. "Unverbesserlich. Aber okay. Versprochen."

Zu weiteren Erkundungen hatte Anne keine Lust. Olaf konnte sich auf Grund seiner Verletzung ohnehin nur in der Nähe des Mondmoduls aufhalten. Anne sammelte in der näheren Umgebung Material und Proben, die sie in ihrem Laderaum unterbrachte. Gegenüber dem, was sonst dort lagerte, war es zwar fast bedeutungslos, aber es gab genügend Institutionen, die sich darum reißen würden.

Zum ersten Mal hatte Anne ohne größten Stress die Gelegenheit, zu realisieren, dass sie wirklich auf dem Mond war. Sie war am Ziel ihres Traumes angekommen - und doch war alles ganz anders, als sie es je gedacht hatte. Fast wäre der Mond sogar ihr Grab geworden.

Anne zögerte den Moment, in dem sie mit einem letzten Schritt die Mondoberfläche verließ, solange hinaus wie irgend möglich. Mit einem wehmütigen Blick nach draußen betätigte Anne den Hebel, der den Schließvorgang der Schleuse einleitete.

Bullrider fühlte sich fit genug, den Start durchzuführen – und das war auch gut so, schließlich mussten Fang Si's Aufgaben mit übernommen werden.

Als Anne wieder Zeit hatte, um einen Blick durch die kleinen Fenster zu werfen, lag die Mondoberfläche bereits weit unter ihnen.

67. Das Erbe der Menschheit

Die Angleichung der Geschwindigkeit, die grobe und dann die feine Ausrichtung für das Rendezvous der Module würden einige Stunden dauern. Zeit für eine Kommunikation mit der Erde.

„Haben Sie auch nur die geringste Ahnung, was Sie uns da heruntergefunkt haben?“, klang die vertraute Stimme von Dr. Bardouin aus den Lautsprechern.

„Nein. Deshalb rufen wir sie an. Haben Sie schon eine erste Idee? Wir hatten wenig Zeit, uns darum zu kümmern. Steht etwas Interessantes auf den Folien?“

„Etwas Interessantes?“, echote Dr. Bardouin. „Bescheidener können Sie wohl nicht fragen? Wir haben Mühe, dass die Wissenschaftler nicht durchdrehen.“

„Also, nun schießen Sie los. Wir wollen endlich wissen, was wir im Kofferraum haben.“

„Sie haben drei Folien im Kofferraum. Die erste Folie ist eine Art Wörterbuch.“

„Wörterbuch?“, unterbrach Olaf.

„Ja, um ihre Sprache zu lernen.“

„Sie haben also von Anfang an damit gerechnet, dass Fremde die Folien finden.“

„Nicht nur das. Es deutet darauf hin, dass Fremde die Folien finden sollten.“

„Nur Fremde aus ihrer Perspektive“, schaltete Anne sich ein. „Die Fremden, die die Folien finden sollten, sind wir.“

„Wie kommen Sie darauf?“

„Die Folien sind durch eine Platte verdeckt gewesen. Was ist, wenn die Platte nicht nur zum Schutz der Folien da war?“

„Wozu denn?“

„Um die Aufmerksamkeit auf die Folien zu lenken. Die Platte war ursprünglich glänzend gewesen, wie ein Spiegel. Und sie war auf die Erde ausgerichtet. Das heißt, in den ersten paar Millionen Jahren war sie als heller Fleck auf dem Mond zu sehen, je nachdem, wie die Sonne stand. Das kann nur bedeuten, dass man auf die Platte aufmerksam werden sollte.“

„Und neugierig. Niemand konnte damit rechnen, dass so viele Millionen Jahre vergehen würden.“

„Also wissen wir, dass die Folien für uns bestimmt waren“, fasste Dr. Bardouin zusammen.

“Wow!”, sagte Bullrider nur.

Anne lief bei diesem Gedanken eine Gänsehaut über den Rücken. Wer hatte Folien auf dem Mond platziert, damit Menschen sie finden?

Leider mussten sie die Kommunikation unterbrechen, weil sie die Andockmanöver zu überwachen hatten, aber die Gedanken beschäftigen Anne zu sehr. Sie sprach Olaf darauf an.

„Ich glaube, ich weiß, warum sie die Folien auf dem Mond platziert haben“, begann Olaf, „vorausgesetzt, dass diejenigen damit gerechnet haben, dass es vielleicht Millionen von Jahren dauern wird, bis man ihre Nachricht findet. Wo würdest du etwas deponieren, damit man es nach so langer Zeit finden kann?“

Anne überlegte. Die Frage war schwieriger, als es auf den ersten Blick aussah. Für ein paar tausend Jahre konnte man etwas in einer Höhle verstecken. Höhlenmalereien gab es aus der Steinzeit. Aber in Millionen von Jahren gab es die Höhlen nicht mehr. In diesen Zeiträumen wurden ganze Berge eingeebnet, Meeresboden wurde zu neuem Gebirge, die ganze Erde änderte in dieser Zeit ihr Angesicht.

„Es gibt keinen Ort auf der Erde, bei dem man sicher sein kann, dass es ihn in Millionen von Jahren noch gibt, geschweige denn, dass man dort etwas unversehrt lagern könnte.“

„Das heißt: Wenn du etwas über sehr lange Zeit sicher unterbringen willst, bringst du es am besten auf den Mond.“

„Absolut logisch. Und trotzdem ein unglaublicher Gedanke. Wie kann jemand nur so weit vorausdenken? Und warum sollte er das tun?“

„Das beantworten uns hoffentlich die nächsten Folien.“

Als ob Dr. Bardouin das Stichwort gehört hätte, meldete er sich wieder. „Wir können bei Weitem nicht alles entziffern. Zum einen sind die Fotos bei aller Qualität viel zu schwach für die

Details, die wir brauchen. Außerdem ist durch den Meteoriteneinschlag vieles beschädigt. Wir müssen das Originalmaterial untersuchen."

„Aber Sie haben mit Sicherheit schon etwas herausgefunden", drängte Anne.

„Unsere Rechner laufen heiß. Wir haben alles zu einem Verbund geschaltet, was wir auftreiben konnten. Bisher haben wir eine grobe Idee über die zweite Folie", bestätigte Dr. Bardouin. „Sie gibt einen Überblick über die Kultur der Verfasser, quasi eine Art erster Vorstellung. Sie haben tatsächlich auf der Erde gelebt."

„Aber wie kann das sein? Warum haben wir nie etwas von ihnen gefunden?"

Anne hatte sich zwar vorgenommen, unvoreingenommen an die Sache heranzugehen, aber die als gesichert angenommene Denkweise ließ sich nicht so einfach beiseiteschieben.

„Die wenigen Hinweise, die wir haben, geben uns möglicherweise schon Antworten auf Ihre Fragen. Die Verfasser, nennen wir sie „Erste Menschheit", hatten eine sehr hohe Technologie. Trotzdem haben sie der Natur einen großen Raum eingeräumt. Sie haben auf eine Art ökologisch gelebt, wie wir es uns kaum vorstellen können. Während wir Naturschutzgebiete einrichten und ansonsten den ganzen Planeten besetzen, war es bei ihnen umgekehrt. Sie hatten abgegrenzte Gebiete, in denen die Technik vorherrschte."

„Wenn man annimmt, dass sie nicht so zahlreich waren wie wir, könnte das gehen."

„Aber warum haben sie sich nicht weiterentwickelt? Wo sind sie geblieben?"

„Es hat eine große Katastrophe gegeben. Zuletzt hat sich nur eine kleine Gruppe um die Weiterentwicklung ihrer Technologie gekümmert. Sie hatten keine Lobby. Dann haben sie einen Meteoriten entdeckt, der in fünf Jahren ihrer Zukunft auf der Erde einschlagen würde. Bis sie die anderen, die sich ausschließlich um die Erde gekümmert haben, von der Gefahr überzeugt hatten, war es für eine großangelegte Entwicklung von Gegenmaßnahmen zu spät. Sie haben einen Versuch gestartet, um den

Meteoriten zu sprengen, leider vergeblich. Dann hört der Bericht auf.“

„Yukatan?“ Anne fragte nur dieses Wort, aber alle wussten, was sie meinte. Vor 65 Millionen Jahren war ein zehn Kilometer durchmessender Meteorit bei der heutigen mexikanischen Halbinsel Yukatan eingeschlagen. In dessen Folge gab es gigantische Veränderungen auf der Erde, bei denen neunzig Prozent aller vorhandenen Arten ausgestorben sind.

„Diese Vermutung liegt nahe.“

Mit diesen Worten verabschiedete sich Dr. Bardouin. Er hatte mehr zu tun, als die drei Raumfahrer zu unterrichten. Aber die hatten Zeit zum Diskutieren.

„Das würde bedeuten, dass es bereits vor 65 Millionen Jahren hochintelligentes Leben auf der Erde gab - und wir wissen überhaupt nichts davon.“ Selbst Bullrider konnte man das Staunen anmerken.

„So sieht es aus”, sagte Olaf. “Der Bericht auf der Folie und die Katastrophe von Yukatan passen nahtlos zusammen.“

Anne schüttelte den Kopf. „Aber es müsste doch irgendwelche Überreste geben. Etwas, das bis heute überdauert hat. Es kann doch nicht alles verschwunden sein.“

„Wir hatten das Gleiche schon bei der Frage, wo du etwas so lange sicher deponieren würdest. Die Erde ist ein sehr lebendiger Planet. Die meisten Spuren werden innerhalb kürzester Zeit vernichtet.“

„Aber wir haben zum Beispiel jede Menge Saurierknochen, und die hatten keine Hochtechnologie mit stabilen Materialien.“

„Darf ich meine Mathematikspezialistin mit einer mathematischen Berechnung überzeugen?“

„Da bin ich aber neugierig.“

„Wenn du unsere Menschheit siehst, wie lange haben wir dauerhafte Produkte, die von unserer Industrie in nennenswerter Zahl hergestellt worden sind?“

„Ungefähr zweihundert Jahre“, antwortete Anne. „Davor gab es nur Keramik und geschmiedete Metalle aus Handarbeit, also relativ wenig.“

„Und wie lange gab es Dinosaurier?“

„150 bis 200 Millionen Jahre."

„Bleiben wir bei den 200 Millionen, das ist einfacher zu rechnen. Das heißt: Auf ein Jahr menschliche Technologie kommen eine Million Jahre Saurier. Wenn wir gleichzeitig gelebt hätten, ist im Nachhinein die Chance einen Saurierknochen zu finden eine Million mal größer, als ein Zeugnis unserer Technologie zu entdecken."

Anne musste ihm Recht geben.

„Es kommen zwar noch Faktoren hinzu wie Dauerhaftigkeit ihrer Materialien oder ein längerer Zeitraum, aber andererseits ist da die unglaubliche Katastrophe, die fast alles vernichtete - das Verhältnis bleibt beeindruckend. Da werden sich einige Archäologen im Grab umdrehen."

„Nicht nur die Toten. Mit Sicherheit gibt es jetzt auf der Erde die heftigsten Proteste."

„Es geht an die Grenzen unserer Vorstellungskraft - aber rein mathematisch ist es tatsächlich möglich. In der Zeit unseres Planeten ist Platz für eine erste Menschheit, von der wir nicht das Geringste geahnt haben."

„Ein faszinierender Gedanke", meinte Bullrider.

Anne sah zu einem Fenster hinaus. In der Schwärze des Weltalls schwebte eine blaue Kugel mit weißen und braunen Flecken. Ihre Heimat, die Erde. „Ich glaube, ich werde kaum schlafen können. Die Konsequenzen sind unfassbar."

„Da bist du bestimmt nicht die Einzige. Und es fehlt noch eine Folie. Ich glaube nicht, dass darauf Belanglosigkeiten stehen."

Auch wenn es ihnen schwerfiel, sie mussten sich bis zum nächsten Morgen gedulden. Auf der Erde wurde fieberhaft gearbeitet. Erst am späten Nachmittag des nächsten Tages meldete sich Dr. Bardouin erneut.

„Endlich hören wir wieder etwas von Ihnen. Wir sind bald krank vor Neugier."

„Wenn Sie eine Ahnung hätten, wie bei uns geschuftet wird. Es gibt kein anderes Thema mehr. Die halbe Welt steht Kopf."

Das konnte Olaf sich vorstellen, aber das war nicht das, was er wissen wollte. „Was haben Sie über die dritte Folie herausgefunden?“, drängte er.

„Die dritte Folie schließt nahtlos an die zweite an. Hier geht es um das eigentliche Anliegen der Ersten Menschheit.“

„Als ob die zweite Folie nicht schon dramatisch genug war“, stöhnte Anne.

“Schießen Sie los!”, sagte Bullrider.

„Das Bewahren war anscheinend das große Thema der Ersten Menschheit: das Bewahren der Natur und das Bewahren von Wissen. Das muss für sie fast etwas Heiliges gewesen sein. Parallel zu dem Versuch den Kometen zu beseitigen, setzten sie ein Programm auf, ihr gesamtes Wissen zu retten. Sie wussten nicht, wie groß die Katastrophe wird und was davon verschont bleiben würde. Also haben sie ein Depot angelegt mit allem, was ihnen wertvoll war: das Wissen über ihre Technologie und das Wissen über die Natur. Das müssen riesige Mengen sein, inklusive Gendatenbanken und Proben von allem, was zu ihrer Zeit existierte. Sie wollten für den Fall vorsorgen, dass es durch die Katastrophe zur endgültigen Ausrottung von Arten kommt.“

„Moment mal“, unterbrach Olaf. Er hatte einen trockenen Hals bekommen. „Sie wollen sagen, dass sie alles konserviert haben, was es damals an Leben gab?“

„Das haben sie als ihren Auftrag angesehen: die Natur und ihr Wissen zu bewahren“, bestätigte Dr. Bardouin. “Sie haben im Prinzip ein Back-up der gesamten Natur auf dem Mond deponiert, inklusive Anleitungen und Methoden, wie man das wiederherstellen kann, was durch die Katastrophe zerstört worden ist.”

„Das heißt also, ...” Olaf musste schlucken. “... wenn wir davon ausgehen, dass damals neunzig Prozent aller Arten vernichtet worden sind, die Natur also nur mit zehn Prozent weitergemacht hat ...“ Olaf brachte den Satz nicht zu Ende.

„Das heißt, dass nichts von den neunzig Prozent verloren gegangen ist, die uns heute fehlen. Vorausgesetzt, es hat wirklich solange gehalten“, führte Dr. Bardouin den angefangenen Gedanken fort.

Anne sah wieder aus dem Fenster auf die blaue Kugel. Sie konnte es kaum glauben, dass die Natur dort unten sich nur aus den zehn Prozent entwickelt hatte, die nach der Katastrophe übrig geblieben waren. Aber das war eine wissenschaftliche Tatsache. Was für ein Potenzial mochte dann in den neunzig Prozent stecken? Das war wirklich mehr, als sich ein normaler Menschenverstand vorstellen konnte.

“Und diese neunzig Prozent haben sie alles in einem Krater auf dem Mond deponiert?“

„Im Grunde ist das der sicherste Ort des Sonnensystems. Keine Schatzräuber, keine Erdbeben oder Kontinentalverschiebung, keine Temperaturschwankungen, und wenn der Krater tief genug ist, kaum Gefahr durch Meteoriten oder kosmische Strahlung. Einfach genial.“

„Ein riesiger Aufwand”, meinte Bullrider. “Wenn man bedenkt, wie mühsam es ist, auch nur ein paar Menschen zum Mond zu bringen, dann kann ich das kaum glauben.”

„Der Aufwand, das Depot anzulegen, ist nicht groß“, widersprach Dr. Bardouin. „Man muss eigentlich nur sehr stabile Container bauen und sie einigermaßen vorsichtig in den Krater hineinfallen lassen, was bei der reduzierten Schwerkraft keine Zauberei ist.. Das ist durchaus realistisch bei der Qualität ihres Materials. Eine ganz andere Angelegenheit ist die Bergung. Wir haben noch keine Idee, wie das gehen soll.“

„Vielleicht ist das eine letzte Versicherung der Ersten Menschheit, um ihren Schatz nicht einer kleinen Splittergruppe in die Hände zu spielen“, spekulierte Olaf. „Es geht nur, wenn die Menschen sich insgesamt einig sind.“

„Ob wir das erleben werden?“

„Ich hoffe doch sehr. Wenn es irgendeine Gelegenheit gibt, zu erkennen, dass man gemeinsam weiter kommt, als im Alleingang, dann ist es jetzt.“

„Dann vertrauen wir darauf, dass die unbändige menschliche Neugier größer ist als die Ideologie. Weiß man schon, in welchem Krater das Depot liegt?“

„In dem Krater, der auf der letzten Folie zu sehen war?“, schaltete Anne sich ein.

„Alles deutet darauf hin. Um den Ort genau zu lokalisieren, brauchen wir Ihre Originale. Hier unten haben einige schon schweißnasse Hände bei der Sorge, es könnte auf den letzten Metern schiefgehen. Sehen Sie bloß zu, dass Sie alles heil auf die Erde bringen.“

„Keine Sorge, Sir”, sagte Bullrider. “Das schaffen wir.“

„Beeilen Sie sich!“, sagte Dr. Bardouin, obwohl er wusste, dass es keine Möglichkeit gab, den Flug zu beschleunigen. Vier Tage mussten sich alle gedulden.

„Was sollen wir bloß die ganze Zeit machen?“, fragte Anne.

Ihr Gesichtsausdruck verriet Olaf bereits, was sie dachte. Bullrider hatte keine Idee, worauf Anne hinauswollte.

“Ich habe ihr vor langer Zeit gesagt ‘... und wenn ich dir bis auf den Mond folgen muss’“, erklärte Olaf. “Dieser Part ist jetzt erledigt.”

Jetzt ahnte Bullrider, was die beiden vorhatten. Ein breites Grinsen zog über sein Gesicht. “Ihr spinnt, ihr Europäer. Aber wenn ihr einem Amerikaner zutraut, dass er euch ohne Aufsicht nach Hause fährt ...”

“Das trauen wir dir zu”, sagte Anne.

“Und damit du unterwegs keinen Schwächeanfall bekommst, habe ich noch etwas für dich.” Olaf griff zu einer Schachtel und holte einen Würfel heraus. Ein schweizer Kräuterbonbon. “Mein letztes.” Er schnippte es Richtung Bullrider.

“Ich sag doch, Ihr spinnt.” Mit weit offenem Mund fing Bullrider das langsam heranschwebende Bonbon ein. Dann zog er seine Kopfhörer auf, tippte etwas auf seinem MP3-Player und zeigte den beiden den erhobenen Daumen.

„Wir haben viel verpasst“, sagte Olaf zu Anne, als er die schmale Tür zur Schlafkoje hinter ihnen schloss.

„Dann sieh zu, dass du in den nächsten vier Tagen möglichst viel nachholst.“

Während sie in der engen Koje schwebten, öffnete Olaf den Reißverschluss von Annes Anzug. Als er ihre Taille umfassen wollte, geriet seine Hand in die Innentasche.

„Au!“

Hastig zog er sie zurück. Er hatte an etwas Scharfkantiges gegriffen. „Was ist das?“

„Sieh nach!“

Olaf zog eine der Schrauben hervor, mit denen die Platte befestigt gewesen war. „Was willst du denn damit?“

„Die ist für Elena. Als Andenken. Warum soll es nur ein Stein vom Mond sein? Sie hat das Beste verdient, das ich finden konnte.“

Olaf drehte die Schraube nachdenklich in der Hand.

„Wenn man bedenkt, was die alles ausgelöst hat. Neben allem, was wir hier oben gefunden haben, hat sie uns eindrücklich gezeigt, wie überlebenswichtig unsere Raumfahrt ist. In Raumfahrt zu investieren ist zwar teuer – aber es nicht zu tun ist tödlich. Hoffentlich verstehen das jetzt möglichst viele. Der nächste Meteoriteneinschlag kommt so sicher wie das Amen in der Kirche. Wir können nicht davon ausgehen, dass wir immer das Glück haben, dass uns diese herumfliegenden Brocken verpassen.“

„Wenn du noch lange sinnierst, verpasst DU etwas“, erinnerte Anne ihn. „Eins möchte ich nämlich wissen.“

„Was?“

„Ob Kinder, die im Weltall gezeugt werden, etwas Besonderes sind.“

„Das werden wir jetzt herausfinden.“

Ende.

68. Anhang

Was ist aus den Personen geworden?

Elena

Elena ist vom russischen Präsidenten mit einem Verdienstorden ausgezeichnet worden. Danach ist sie in die Schweiz gezogen und wohnt jetzt mit Tobias in seinem Chalet.

Josh und Brandon

Josh und Brandon haben es nicht mehr gewagt, ihren Oldtimer wieder in eBay zu setzen. Aber sie haben den letzten Bieter ausfindig gemacht und tatsächlich die 50.000 Dollar erhalten.

Sam und Martha

Die Benzinpreise sind immer noch höher als früher und Sam fährt weiterhin einen großen, spritschluckenden Pick-up mit wummerndem Motor. Aber Sam schlägt Martha nicht mehr. Martha ist zufrieden.

Anne und Olaf

Ihr Experiment, ein Kind im Weltall zu zeugen, ist gelungen. Aber um einen Vergleich zu haben, haben Anne und Olaf auf der Erde weitergemacht.

ZUM HINTERGRUND DIESES BUCHS

Ich habe es 2007 geschrieben (noch vor der Autokrise in den USA und vor der Finanzkrise). Die Suche nach einem Verlag hat viel Zeit gekostet und blieb trotzdem ergebnislos. Daraufhin ist es erstmal in der Schublade versunken.

Dann gab es bei Amazon die Möglichkeit, “Krieg um den Mond” als E-Book herauszubringen. Das habe ich genutzt, weil mir viele gesagt haben: sehr spannend. Das fanden die Leser im Gegensatz zu den Verlagen offensichtlich auch. “Krieg um den Mond” landete nach kurzer Zeit auf den Bestsellerlisten, wo es wochenlang geblieben ist. (Jetzt, wo ich diese Zeilen schreibe, steht es immer noch da.)

Dann meldeten sich Leute zu Wort, die keinen E-Reader hatten oder keine E-Books mochten. Ob sie nicht eine Papierausgabe bekommen könnten. Nun, jetzt halten Sie diese Ausgabe in der Hand. Mein größter Wunsch ist, dass Ihnen das Lesen jetzt Vergnügen bereitet oder schon bereitet hat. Und dass Sie sich auf etwas Neues von mir freuen, das bestimmt kommen wird.

Mehr über mich auf **www.kseibel.de** oder
Facebook:: **Klaus Seibel Autorenseite**

WEITERE BÜCHER DES AUTORS

ZEHNTAUSEND AUGEN

Krimi – Emons-Verlag

In "Zehntausend Augen" geht es um einen Kriminalfall, der aus dem Rahmen fällt. Ein Erpresser, der sich im Internet versteckt. Die Polizei, deren Ermittlungen über das Internet live von aller Welt verfolgt werden. Eine Erpressung wie ein Computerspiel, jedes Level wird schwieriger - und der Preis, den die Kommissarin zahlen muss, wird höher. Wer wird dieses Spiel gewinnen? Wetten Sie nicht zu früh auf den Sieger.

"Spannend von der ersten Seite an."
Weitere Meinungen von zahlreichen Lesern finden Sie am einfachsten über Links auf meiner Homepage.

www.kseibel.de

4472318R00233

Printed in Germany
by Amazon Distribution
GmbH, Leipzig